Paris le 29 Février 1996

Merci pour tes notes de
musique, cher François, tour
à tour guillerettes ou sentimentales

LES AMOURS
MASQUÉES

J'espère que toutes ces amours
qui ne disent pas toujours
leur nom, sauront te distraire

Affectueusement à toi
et Danielle,

Mireille
Lesage

MIREILLE LESAGE

LES AMOURS MASQUÉES

roman

Pygmalion
Gérard Watelet
Paris

Sur simple demande adressée aux
Éditions Pygmalion/Gérard Watelet, 70, avenue de Breteuil, 75007 Paris
vous recevrez gratuitement notre catalogue
qui vous tiendra au courant de nos dernières publications.

© 1996 Éditions Pygmalion / Gérard Watelet, Paris

ISBN 2-85704-471-2

A Pascale

En 1659, la France est encore gouvernée par le Cardinal Mazarin, ministre du jeune Louis XIV. Malgré les haines qu'il inspire, le Cardinal a réussi à restaurer la paix civile dans le royaume, récemment secoué par la Fronde. Il s'efforce maintenant d'établir la paix avec l'Espagne, la principale, la plus ancienne ennemie.

PRINCIPAUX PERSONNAGES HISTORIQUES

Louis XIV
> Roi de France.
> Fils de Louis XIII et d'Anne d'Autriche, né en 1638.

Philippe, duc d'Anjou puis duc d'Orléans
> Frère cadet du roi, « Monsieur », né en 1640.

Anne d'Autriche
> Infante d'Espagne, veuve de Louis XIII, reine de France.

Jules Mazarin
> Cardinal, ministre et parrain de Louis XIV.

Gaston d'Orléans
> Frère de Louis XIII.

Anne Marie Louise de Montpensier
> Cousine de Louis XIV, fille de Gaston.

Marguerite de Lorraine
> « Madame », épouse de Gaston.

LES AMOURS MASQUÉES

Henriette d'Angleterre
La jeune Madame, épouse de Philippe d'Orléans.
Sœur du roi d'Angleterre, Charles II.

Philippe IV
Roi d'Espagne, frère d'Anne d'Autriche.

Marie-Thérèse d'Autriche
Fille de Philippe IV.

Don Juan d'Autriche
Fils naturel de Philippe IV.

Antonio Pimentel de Prado
Envoyé de Philippe IV.

Don Luis de Haro
Ministre de Philippe IV.

La Pitorre
Folle de Don Juan.

Les nièces de Mazarin : les « Mazarinettes »

Anne-Marie Martinozzi
Princesse de Conti.

Laure Martinozzi
Duchesse de Modène.

Laure Vittoria Mancini
Duchesse de Mercœur.

LES AMOURS MASQUÉES

Olympe Mancini
Comtesse de Soissons.

Marie Mancini
Connétable Colonna.
Premier amour de Louis XIV

Hortense Mancini
Duchesse de Mazarin.

Marianne Mancini
Duchesse de Bouillon.

Et leur frère : *Philippe Mancini*
Duc de Nevers.

Louise de La Vallière
Maîtresse de Louis XIV.

Madeleine de Gaillard, dame de Venel
Gouvernante des jeunes « Mazarinettes ».

Catherine-Henriette
Comtesse d'Olonne, épouse de Louis de
La Trémoille, comte d'Olonne.

Marie-Sol de Lohobiague

Louis de Bourbon, prince de Condé
M. le Prince, cousin de Louis XIV.

Roger de Bussy-Rabutin
Gentilhomme, homme de lettres, cousin de
Mme de Sévigné.

Louis de Rochechouard
Duc de Vivonne.

LES AMOURS MASQUÉES

Antoine, comte de Guiche
Fils du duc de Gramont.

Bernard de Longueval, comte de Manicamp
Ami de Guiche.

François de Beauvilliers
Comte puis duc de Saint-Aignan.

Armand de la Porte de La Meilleraye
Fils du Grand Maître de l'Artillerie.
Futur duc de Mazarin. Epoux d'Hortense Mancini.

Zongo Ondedei
Evêque de Fréjus. Ami du Cardinal Mazarin.

Henri de Turenne
Maréchal de France.

Colbert de Terron
Cousin de Jean-Baptiste Colbert.

Alphonse VI
Roi de Portugal.

Alonzo Lopez
Marchand espagnol.

Quinette
Servante de Madame d'Olonne.

... et mademoiselle *Souris*, chienne de la Grande Mademoiselle.

Avec l'évocation de François de Bassompierre, maréchal de France (1579-1646).

PERSONNAGES ROMANESQUES

Adrien d'Ivreville
   Comte de Saint-Evy. Né en 1638.

Lorenza Muti
   Née en 1641.

Claire de Venel
   Née en 1646.

Paul-Alexandre de Naillac
   Né en 1637.

Floriane d'Ivreville
   Mère d'Adrien.

Artus d'Ivreville
   Père d'Adrien.

Charlotte de Barradas
   Sœur d'Adrien.

LES AMOURS MASQUÉES

René de Barradas
    Mari de Charlotte.

Dame Marote

Brice

Frère Eusébio

Suzanne de Naillac
    Mère de Paul-Alexandre.

Au service d'Adrien

Gillot

Au service de Naillac

Gustav Rupert

Ida

Les extraits des mémoires de Mademoiselle de Montpensier, de Madame de Motteville, de Madame de La Fayette, du comte de Brienne, de Bussy-Rabutin, les propos historiques, les extraits de lettres, les expressions du temps, sont indiqués par des guillemets " ".

Les vers de la page 49 et de la page 67 sont de Segrais.

La lettre d'Adrien à Lorenza en page 137 est inspirée de Bussy-Rabutin ; la chanson de la page 140 est, en grande partie, l'œuvre de Marianne Mancini elle-même.

I
La Mazarinette

(Février-Mars 1659)

« Mon cœur soupire
depuis qu'il vit sous votre loi... »

JEAN REGNAULT DE SEGRAIS

– "**M**ASQUES où courez-vous ? le pourrait-on apprendre ?"*

Ils allaient en bandes, de maison en maison, précédés
de flambeaux, accompagnés de chanteurs et de violons,
de flageolets ou de haubois, de fifres, de tambours, de
trompettes, riant, criant, semant partout une joyeuse
pagaille.
– "Masques où courez-vous ?"...
Depuis des siècles, il en était ainsi. L'Antiquité avait eu
ses bacchanales, ses saturnales. Leur avaient succédé les
mascarades précédant le Carême. En vain, l'Eglise s'était
employée à en interdire la coutume. Rien n'avait pu empêché de fervents chrétiens de donner libre cours à leur gaîté,
à leur gourmandise, afin de mieux supporter, en retour, les
rigueurs du jeûne et de la contrition. Rien n'avait pu les
empêcher chaque année, au plus fort de l'hiver, de se fari-

---

* Molière, « L'Etourdi ».

19

ner ou de se charbonner le visage ; de le couvrir de cuir, de velours ou de papier ; de se travestir.

Monstres et bergères, Chinois et satyres, fées, sorcières et farfadets, bêtes et dieux, soldats de fantaisie, par centaines, par milliers, ils défilaient dans les rues, sur les cours, devant une foule gorgée de gâteaux et de rires. Paris, comme toutes les autres villes, n'échappait pas à ce vent fou.

Faubourg Saint-Antoine, les masques, entassés dans des carrosses ouverts, lançaient des dragées aux badauds. Ailleurs, des combats furieux opposaient de grotesques figurines. Mardi gras, charnu, tout harnaché de bouteilles, secondé par Pansard, Crevard et Saucisson, luttait contre le maigre Carême, recouvert de poissons et de légumes, soutenu par ses deux sbires : Pain Sec et Hareng Sauret. Lutte vouée à l'échec, bien sûr. Mardi gras finissait par succomber, car le sérieux se devait de l'emporter toujours. Mais auparavant, il était permis de s'en amuser et d'en faire chansons.

Le soir, devant les portes illuminées des hôtels, les voitures déversaient des silhouettes masquées impatientes de se joindre aux bals et aux festins. Sans s'annoncer, ces « momons » s'imposaient aux hôtes, faisaient admirer leurs atours, jetaient sur les tables de menus présents, des cornets de dragées. Certains jouaient aux dés, à gage d'embrasser les dames ou de se découvrir. Puis ils repartaient porter plus loin leur tapage.

— Masques, où courez-vous ? Que cherchez-vous ? Le plaisir ? L'oubli ? La gloire ? L'amour ?

Leur mystère permettait tant de libertés, tant de licence !

D'ordinaire silencieux, toujours entourés d'ombre, les bâtiments de l'Arsenal, qui renfermaient les réserves de munitions des Parisiens, brillaient ce soir-là de mille feux, particulièrement le logis du Grand Maître de l'artillerie, orné de girandoles lumineuses. L'éclat des lanternes, les airs de violon échappés de ses murs, en illuminaient, en réveillaient les abords : le mail endormi le long de la Seine voisine, ses ormes nus et ses buissons de mûriers. Devant un large portail, les équipages les plus élégants semblaient s'être donné rendez-vous ; une multitude de carrosses, de chevaux et de laquais, grouillant dans un désordre apparemment inextricable.

Un cavalier, escorté de valets porteurs de flambeaux, réussit malgré tout à s'y frayer passage et mit pied à terre pour rejoindre l'imposant escalier d'entrée. On ne voyait pas son visage masqué de cuir. De longs cheveux blancs flottaient sur ses épaules voûtées de vieillard. Vêtu d'une simarre de velours gris, il s'appuyait sur le manche d'une faux, recouverte de toile argentée. C'était le Dieu Saturne, le sombre, le sévère maître du temps qui, d'une démarche cependant alerte, pénétra dans l'Arsenal.

Aussitôt s'intensifièrent les bruits, la musique et les voix. Malgré son masque, Saturne capta des bouffées de parfums, l'odeur de la cire fondue, celles des mets et des vins descendues de l'étage où bourdonnait la fête, un irrésistible sillage qu'il s'empressa de suivre entre deux haies de domestiques en livrée, postés de marche en marche.

Sur le palier, puis dans l'antichambre, l'attendait la bousculade. La première salle étant bien vite devenue bondée, le Maréchal de la Meilleraye, Grand Maître de l'Artillerie et hôte de ces lieux, avait dû en ouvrir une autre où s'étaient transportés des violons. Devant un tel succès, le vieux La Meilleraye oubliait sa goutte ; la Maréchale, une coquette infiniment plus jeune que son mari, multipliait les sourires. Tous deux étaient les seuls à montrer leur visage découvert. Tout autour dansait une mosaïque de masques, de costumes : un monde bizarre et rutilant.

Au seuil de la grand-salle, Saturne marqua le pas, ses

yeux clairs détaillant chaque silhouette avec intensité. Rien ne pouvait transparaître de son émotion profonde ni du brusque découragement qui l'effleura un court instant à la vue de cette cohue anonyme. Celle qu'il était venu rejoindre était-elle l'une de ces danseuses emportées dans « un branle de Metz » ? A moins qu'elle ne fût là-bas, parmi ces gourmands se disputant des assiettes de noix confites ? Comment la reconnaître ? Son désarroi ne dura guère pourtant ; un éclair de plaisir ne tarda pas à passer dans ses prunelles. Deviner qui était qui faisait partie du jeu. Guidé vers Lorenza par ce pouvoir secret qu'elle exerçait sur lui et que nul déguisement, jamais, ne saurait amoindrir, il réussirait bien à la retrouver.

Plus grand que ne l'étaient la plupart de ceux qui l'entouraient, Saturne se haussa pourtant sur la pointe de ses bottes pour suivre le moutonnement rythmé des danseurs. Une demi-douzaine d'entre eux, costumés en moines capucins, sautaient en tous sens, au mépris de la mesure, pinçaient les tailles, tiraient les cheveux, lançaient des blasphèmes, vrais diables de bénitier que les protestations s'élevant ici et là stimulaient encore. Rien d'inhabituel : les mascarades attiraient toujours cette sorte d'énergumènes friands de scandales. Mais Saturne ne put imaginer ses amis, Lorenza surtout, dans une pareille ambiance. Sans plus attendre, il tourna le dos à la grand-salle, traversa l'antichambre et rejoignit la seconde assemblée.

On y « ballait » aussi, mais sans déchaînement excessif. Les violons jouaient une composition de Baptiste *, une toute nouvelle danse, très expressive, la « marionnette », dans laquelle évoluaient des paysannes et des bergers de Bresse. En jupes de toile chamarrée de dentelles, avec tabliers de velours noir brodé d'or et d'argent, « corps » échancrés lacés de perles, collerettes et manchettes à la

---

* Jean-Baptiste Lulli.

bressane de même que leurs immenses chapeaux noirs agrémentés de plumes, arborant enfin des diamants et des émeraudes d'une très belle eau, ces paysannes-là n'avaient plus rien de rustique. Un désir effréné de magnificence, un goût du paraître, les avaient transformées en astres fabuleux, objets de la curiosité et de l'admiration générales.

Sans se laisser éblouir, mais avec intérêt, Saturne les observa puis se mit à sourire franchement sous son masque devant les évolutions d'une grande Bressane, maniant avec plus d'autorité que les autres sa houlette au vernis couleur de feu. Point n'était besoin d'être devin pour identifier Anne Marie Louise de Montpensier – Mademoiselle –, la cousine de Louis XIV. Le récent voyage de la Cour à Lyon avait permis à Mademoiselle de faire un saut dans sa principauté de Dombes et dans les environs où ses gens l'avaient reçue avec pompe. Depuis lors, elle ne tarissait plus d'éloges sur la séduction, « la propreté » des Bressanes. Leurs habits, leurs cheveux et même leurs dents n'avaient pas d'équivalent dans le royaume ! Et quelle source d'inspiration pour se travestir ! Les bergers qui l'entouraient étaient non moins brillants. Quant aux autres paysannes...

« Où es-tu ? Lorenza, ma divine, mon étoile... »

La prière resta muette et inachevée. Une femme, toute vaporeuse dans ses dentelles et passepoils roses, apercevant Saturne, vint minauder devant lui avec une grâce, une légèreté qui d'abord le charmèrent. Pourtant, un je-ne-sais-quoi d'un peu outré dans son attitude l'empêcha d'être sa dupe bien longtemps. L'exquise créature n'était autre, en effet, que Philippe d'Anjou, Monsieur, le frère cadet du roi. Saturne, qui le connaissait depuis toujours, s'en aperçut sans surprise. Mais sachant combien l'étrange prince, pour lequel du reste il éprouvait une réelle affection, adorait se transformer en fille, il voulut bien ne pas lui gâter sa joie, froisser son extrême susceptibilité et consentit à lui glisser un petit compliment.

Fort heureusement, en repartant soudain dans un galop

guilleret, les violons obligèrent l'équivoque paysanne à rejoindre ses partenaires. Libéré de Monsieur, Saturne put alors pénétrer plus avant dans la salle et découvrir enfin un groupe de vieillards que les atours tapageurs des Bressans lui avaient jusqu'ici cachés : un Mathusalem, un bonhomme hiver, de vieux mendiants, des croque-mitaines à barbes grises, une mère-grand, des tireuses de cartes courbées sous le poids des années. Tous le reconnurent comme l'un des leurs et l'invitèrent aussitôt à entrer dans la danse.

L'âge ; le temps ; la vieillesse…

Le roi avait confié le thème de sa mascarade à ses plus proches amis, des jeunes gens, des jeunes filles, certains comme lui à peine sortis de l'adolescence. Libre à eux de l'interpréter à leur guise. Louis XIV avait choisi pour sa part de se dissimuler sous la dalmatique d'un patriarche des Ecritures. Mais la noblesse, le sérieux de son maintien, sa manière unique de se redresser, de tendre la jambe en cadence, de sauter sans se départir d'une once de majesté, le trahissait vite. Lorsque s'acheva la « marionnette », Saturne salua avec un respect appuyé celui qu'il servait et aimait depuis sa plus tendre enfance.

Le roi n'eut pas même le loisir de lui dire un mot. Une mégère fonça sur lui pour l'entraîner bras dessus, bras dessous, avec une familiarité ne pouvant appartenir qu'à celle qui avait su le conquérir, la jeune Marie Mancini. D'un œil rêveur, non dénué d'une pointe d'envie, Saturne les regarda se diriger vers les tables de friandises.

– Par quel prodigieux phénomène le Dieu du Temps nous arrive-t-il en retard ?

Il sursauta, le cœur bondissant au son de la voix ironique, assourdie sous le masque. Tout occupé par le roi et Marie, il n'avait pas prêté attention aux trois vieilles femmes qui venaient de le rejoindre. Celle qui lui avait fait cette remarque portait une tenue bariolée d'Egyptienne ; sa perruque grise laissait entrevoir d'immenses anneaux d'or. Sa main gantée de mitaines noires et trouées effleura la sienne.

Il se sentit tout à coup le plus confus et le plus ému des hommes. Confus de ne pas avoir reconnu Lorenza sur-le-champ, de s'être fait surprendre, ému par son contact. Saisi d'une hardiesse inaccoutumée, il retint sa main et gagna avec elle le fond plus tranquille de la salle.

— Je vous cherchais, murmura-t-il.

Mais Lorenza se dégagea brutalement en voyant la faux :

— Vous me cherchiez armé de cette horrible chose ? s'écria-t-elle avec répulsion. Vous devez pourtant bien savoir ce que cela évoque, n'est-ce pas ?

Oui, bien sûr, le mouvement perpétuel, fatal de la faux, anéantissant les années, fauchant les destins à plus ou moins brève échéance... Le temps, porteur de sagesse, de fruits à venir, l'allié des âmes patientes, faisait aussi œuvre de mort. Mais confiant de nature et tout à ses amours, Saturne avait oublié cet autre aspect, le plus sinistre, de son personnage.

— La lame de cette faux est de dentelle et de carton, plaida-t-il en brandissant son emblème.

— Qu'importe ! Sa vue m'est odieuse !

L'émotion non feinte de Lorenza paraissait encore s'accroître. Il fut au désespoir d'en être la cause.

— Oubliez-la ! supplia-t-il en rejetant loin d'eux l'objet de ses frayeurs. Et pardonnez-moi, Lorenza...

— Qui vous dit, monsieur, que je suis celle qui vous intéresse ?

Sans transition, elle avait déjà repris le ton moqueur dont elle usait souvent, une manière particulière de provoquer son interlocuteur, d'alterner tendresse et dureté en un subtil dosage qui le subjuguait.

— Il est probable que nous ne nous connaissions pas, ajouta-t-elle, avant de rire sans pitié en réponse à ses protestations.

— Mais si, Lorenza ! Et j'ai beaucoup à vous dire.

Il s'était juré ce soir, en venant à l'Arsenal, de profiter de leurs masques pour se déclarer, lui avouer enfin ce qui, depuis des mois, le brûlait, de n'ôter le sien qu'une fois ses aveux faits. Et voici qu'il se retrouvait avec elle aussi gauche, aussi timide que d'habitude. Accablé par sa propre stupidité, il se jugeait, en outre, complètement ridicule sous des oripeaux dont il aurait voulu se débarrasser, comme il s'était débarrassé de la faux importune. Il n'était décidément pas fait pour la tricherie, les semblants trompeurs.

Lorsque la jeune fille l'avait taquiné tout à l'heure, il avait cru naïvement qu'elle savait qui il était, oubliant les familiarités, les abords faciles permis par les mascarades. Son rire venait le dérouter, saper ses audaces, distiller le doute en son cœur, ainsi qu'un poison.

Malgré son déguisement de vieille Egyptienne, Lorenza conservait pour lui tous ses attraits : sa voix, son parfum musqué de brune, continuaient à exercer leurs pouvoirs. Découragé, il s'en détourna cependant, songeant même à les fuir.

Là-bas, sur leur estrade, les musiciens remirent leurs violons sur l'épaule et penchèrent la tête, prêts à continuer le bal. Au milieu de la salle, des cercles se formèrent, des mains s'unirent. L'air très doux d'une pavane frémit, faisant taire les conversations. Tout près de lui, Saturne remarqua sur une banquette la forme menue d'une « mendiante » à la perruque blanche, fagotée dans une robe vert sombre et dont les petits pieds chaussés de maroquin s'agitaient suivant la mélodie.

Par dépit, il s'avança vers elle et s'apprêtait à l'inviter quand, au même instant, Lorenza se rapprocha tout près, si près ! pour le retenir de son murmure velouté d'Italienne :

– Nous parlerons un autre jour. Faites-moi plutôt danser, M. d'Ivreville... Adrien !

Comme elle avait dit son nom, déjà tout contre lui, sa taille souple venant s'amollir au creux de son bras ! Alors Adrien oublia tout ce qui n'était pas ce doux fardeau, l'appel de la musique. Il l'aurait porté jusqu'au bout du monde !

La petite mendiante soupira imperceptiblement sous son masque avant de se recroqueviller dans le coin le plus reculé de la banquette. A l'exception du halo blanc de ses cheveux, elle devint presque invisible, tapie comme un chat, les yeux attachés au couple qui s'éloignait, attentive. De son poste d'observation, rien ne pouvait lui échapper. Mais pouvait-elle percevoir sous le secret des masques, sous la disparité des costumes, la sourde éclosion des désirs, la remontée de fantasmes d'ordinaire bien cachés ? Pouvait-elle deviner le chassé-croisé tour à tour frivole, grave ou sensuel, des confidences et des passions ?

Enivrée par sa propre grandeur, convaincue, à juste titre d'ailleurs, d'être la femme la plus noble et la plus superbement parée de la fête, Mademoiselle régnait sur sa petite cour de pâtres scintillants. L'orgueil comblait son cœur, trop haut, trop illustre, pensait-elle, pour être un jour vulgairement atteint par l'amour. En revanche, le roi, son cousin, caressait une bien douce chimère, celle de croire à sa portée le bonheur d'un simple mortel. A vingt ans, il aimait. Marie Mancini n'était pas princesse. Sa position privilégiée n'était due qu'à son oncle, le Cardinal Mazarin. Elle n'était pas non plus très belle, maigre et brune, si éloignée des rondeurs blondes couramment prisées. Mais elle régnait déjà sur l'esprit de Louis, par sa culture, sa fougue et son impertinence. Avait-il le droit de lui offrir aussi son trône ? Libéré pour l'occasion de la surveillance de sa mère, la reine Anne d'Autriche, de Mazarin et de tous les fâcheux de la Cour, il osait, il voulait l'espérer de même que Marie, dévorée d'ambition autant que d'amour, poussée à toutes les extravagances.

L'extravagance... Justement, Philippe d'Anjou s'y mouvait à l'aise. Peu nombreux était ceux qui, à l'instar d'Adrien d'Ivreville, l'avait reconnu sous ses passepoils roses. Monsieur avait une telle soif d'être aimé, dominé, lui qui s'était toujours senti laissé pour compte ! Le pied mignon, la gorge haletante, il buvait comme un nectar les hommages de ses cavaliers et se laissait emporter sur les ailes noires de rêves interdits.

Lorenza n'échappait pas non plus au vertige. Si sage en temps normal, tout à fait consciente du prix de sa virginité, comme du reste Marie, sa cousine, elle sentait se réveiller en elle des ardeurs habituellement combattues avec vigilance. Toute l'Italie qu'elle avait quittée fillette, pourtant, revenait la hanter en sensations troublantes et floues. Adrien en était-il la cause ? L'aimait-elle ? Oui... Non... Peut-être... Il l'attirait bien sûr ; elle raffolait de sa dévotion, du pouvoir qu'elle détenait sur lui. Grâce à Adrien, Lorenza escomptait bien échapper aux projets de son oncle, le Cardinal, ne pas être comme ses cousines, les autres « Mazarinettes », un pion sacrifié à de bas calculs politiques ou financiers. Adrien était beau, chevaleresque, il plaisait sans même s'en apercevoir. Lorenza, à l'exemple de tous, était très sensible à son charme, même si, pour ne pas déchoir, elle se gardait de l'avouer, conservant toujours avec lui une distance savante et moqueuse. Cher Adrien ! Comment lui faire comprendre ses obscures aspirations ? Que n'eût-elle donné pour qu'il bouleversât soudain les gestes convenus de la danse et l'entraînât, elle, Lorenza, dans le voluptueux tourbillon qui soufflait sur eux tous cette nuit !

« Dieu qu'elle est belle, pensait de son côté le jeune homme. Royale dans son port de tête, royale dans ses attitudes parfaitement calquées sur les méandres de la musique ! » Son émotion était si forte, son admiration si grande, qu'elles le pétrifiaient. Il savait Lorenza fière et farouche. De crainte de se voir rabrouer comme un malotru, il n'osait accentuer la pression de ses mains autour des siennes, de son bras autour du sien. Il n'osait lui avouer son désir. Quelle expression cachait-elle sous le masque ? Ironie ? Ravissement ? Indifférence ? Dans le langage précieux dont elle usait volontiers, on ne disait pas : "je danse", mais : "je trace des chiffres d'amour". Adrien eût donné cher pour deviner ce qu'exprimaient, avec tant de légèreté, les pas de Lorenza sur le parquet vernis.

Une tête encapuchonnée de bure apparut soudain à l'en-

28

trée de la salle, suivie de la silhouette entière d'un grand capucin, sans que personne parmi les Bressans et les Vieillards n'y prît garde. A son appel, cinq autres moines le rejoignirent et, regroupés autour de lui, tout en se concertant à mi-voix, contemplèrent une minute l'harmonieux déroulement de la pavane. Puis, brusquement, sur un signal du grand capucin, ils se ruèrent tous dans la salle de bal.

La petite mendiante pouffa dans l'ombre solitaire de sa banquette. Récemment, un courtisan avait, par jeu, lâché des singes appartenant à Mazarin dans la chambre des filles d'honneur de la reine. Les dégâts occasionnés par les malignes bêtes avant d'être maîtrisées avaient été considérables, mais moins spectaculaires cependant que l'affolement des jeunes filles. Leurs cris, leurs rires nerveux, leur effroi, leur panique : c'était cela qu'évoquait la mendiante tandis que les moines déferlaient au milieu des danseurs.

Leurs frocs retroussés sur des mollets coquinement gainés de soie rouge, ils s'étaient mis à tournoyer autour des Bressanes. Mademoiselle avait beau les menacer de sa houlette, ils multipliaient les pitreries sacrilèges, agitaient leurs chapelets ornés de rubans, exhibaient des figurines dénudées, des « amours » pendus à leurs scapulaires. Bientôt, plus personne ne parvint à danser correctement. On se heurtait ; on se marchait sur les pieds ; en vain, les dames cherchaient à esquiver les attouchements irrévérencieux des diaboliques capucins qui, à chacune, susurraient des horreurs. Il est vrai que certaines en riaient, aguichaient les trublions : la précieuse Bressane en passepoils roses, par exemple. Le grand moine, plus semblable à Satan qu'à un bon apôtre, la cueillit au passage et se mit à la faire tourner sans ménagement. Entre ses mains puissantes, Philippe d'Anjou, Monsieur, puisqu'il s'agissait de lui, ne fut très vite qu'une poupée pantelante et radieuse. Car loin de vouloir le fuir, Monsieur s'accrochait à son tourmenteur, n'esquivait rien, acceptait avec le même régal ses caresses, ses bourrades et même... ses coups de pied au derrière !

29

LES AMOURS MASQUÉES

Ce qui aurait pu constituer un plaisant intermède tournait maintenant à la méchante farce, engendrait le malaise, en particulier chez ceux qui connaissaient la véritable identité de cette Bressane, victime trop complaisante d'un audacieux. Inquiète, Mademoiselle se demanda si le roi s'était aperçu de la manière effarante dont se conduisait son frère. Apparemment non : un espace lui étant toujours réservé par son entourage, Louis dansait avec Marie, un peu à l'écart de la tourmente.

— Que faire ? s'impatienta Mademoiselle qui ne pouvait que donner de sa houlette sur le dos du capucin, insensible, hélas, à ses coups.

Un soutien lui vint, par bonheur, en la personne d'un Saturne, tout aussi indigné qu'elle. Adrien d'Ivreville, ému de l'affligeant spectacle, lâcha Lorenza pour venir s'interposer entre Monsieur et l'inconnu.

— Savez-vous bien ce que vous faites ? lui cria-t-il, sa voix luttant difficilement contre la rumeur ambiante.

— Messieurs, messieurs, je vous en conjure, pas de scandale ! pria Philippe, partagé entre la terreur d'un éclat qui aurait alerté son frère et l'émoi délicieux, inavouable, d'être au sein d'une vraie querelle d'hommes.

Adrien voyait face à lui, entre les fentes du cuir, un regard noir que l'or des lumières teintait de feu ; un regard insondable, énigmatique, d'une intensité peu commune. Il le soutint malgré tout jusqu'au moment où le capucin, sans même daigner lui répondre, se tourna vers Lorenza. Alors ce fut au tour de la jeune fille d'être prise à sa flamme. L'homme se pencha vers elle, lui dit quelques mots qu'elle seule put saisir. Dans une sorte de stupeur douloureuse, Adrien les vit se prendre les mains, se fondre dans la foule en dansant.

— Evitez tout scandale ! répétait Monsieur cramponné à son bras. N'oubliez pas que le roi est parmi nous.

Adrien le savait : Louis n'avait jamais fait preuve d'indulgence à l'égard de Philippe. S'il l'aimait, son sentiment fraternel était marqué de condescendance et d'ironie. Peut-

30

être commençait-il à soupçonner ses véritables penchants ? Un esclandre n'était pas souhaitable, en effet. Renvoyés aux oreilles de la reine et du Cardinal, les échos auraient immanquablement de désagréables conséquences.

– "Ah ! Voilà bien un joli garçon !" gronderait Anne d'Autriche alors que Philippe, qui adorait sa mère, ne pouvait souffrir de lui déplaire.

La Cour, également, se gausserait sans tendresse du jeune et trop faible Monsieur qui tremblait toujours au bras d'Adrien. Pourtant, malgré son amitié pour lui, son respect pour la famille royale, celui-ci se dégagea avec brusquerie. Le constat de son impuissance, la jalousie surtout, l'étouffaient. L'inconnu n'avait pas seulement atteint à l'honneur d'un prince. Il lui avait aussi arraché Lorenza. La colère fut la plus forte. Ivreville fonça sur leurs traces.

Où étaient-ils maintenant ? Où ce misérable l'avait-il emmenée ? Les musiciens avaient redoublé leur cadence. Prisonnier de la foule, entraîné dans des farandoles débridées, assailli par les masques, les couleurs, des formes étranges, étourdi par le bruit, le jeune homme crut mettre un siècle pour traverser la salle. Lorsqu'il parvint enfin sur le palier, il aperçut la petite troupe de moines, à nouveau réunie, dévaler l'escalier avec, à sa tête, celui qu'il poursuivait. Se retournant au même moment et voyant Saturne penché sur la rampe, l'homme lui adressa un geste sans équivoque, provocateur, qui le mit au comble de la rage. Prêt à franchir en quelques bonds la distance qui les séparait, Ivreville s'élança mais ce fut pour se heurter violemment à Lorenza, dressée devant lui sans qu'il l'eût vue venir, comme par enchantement, au risque de les faire précipiter tous deux au bas des marches. Accrochés l'un à l'autre, ils conservèrent de justesse leur équilibre.

– Où courez-vous, Maître Saturne ?
– Lorenza, laissez-moi passer ! Je dois retrouver ce mufle.
– Quel mufle ? Que vous arrive-t-il donc ? fit-elle toute suave.

– Je veux savoir qui est cet homme. Ecartez-vous, s'il vous plaît.

Loin d'obtempérer, elle chercha à le ramener vers le bal. Adrien vit, qu'en bas, les moines avaient déjà disparu par la porte grande ouverte sur la cour. Plus ondoyante que jamais, la voix poursuivait son murmure apaisant :

– Vous n'allez pas chercher querelle à des plaisantins de carnaval ! Ce soir, tout n'est que jeu sans importance, Adrien. Venez, amusons-nous ! Dansons encore !

Il fut convaincu qu'elle connaissait celui qu'il s'était juré de retrouver. Mais pour l'heure, il dut admettre que l'occasion était perdue. Lorenza triomphait, aussi attirante qu'une sirène, aussi traîtresse peut-être. Mais comment eût-il pu lui résister ? Soulevant le bas de son loup noir, elle vint plaquer sa bouche sur la sienne. Il rencontra sa langue un peu maladroite, mais pressante, et s'en rendit maître aussitôt. Leur baiser fut rapide, violent, un souffle d'affamés vite interrompu par Lorenza elle-même. Vaincu, Adrien oublia ses dernières bouffées de fureur et retourna danser.

Il était tard lorsque le roi décida de quitter le bal. A son exemple, beaucoup de masques tombèrent, occasionnant encore des exclamations, des plaisanteries sans fin. Les surprises n'étaient d'ailleurs pas toujours heureuses et quelques-uns préférèrent s'éclipser en voyant, dévoilés, certains visages. Mademoiselle et ses amis se rengorgèrent sous les félicitations unanimes que leur valaient leurs tenues.

Sur l'ordre de La Meilleraye, les carrosses s'avancèrent dans la cour de l'Arsenal où une confusion bon enfant présida au départ de Louis. Le jeune roi n'était pas seul à regagner le Louvre où logeaient aussi ses officiers, les filles de la reine et les Mazarinettes : Marie, sa sœur Hortense et Lorenza.

Heureux de la façon dont s'était achevée la soirée, plus amoureux que jamais, Adrien aida cette dernière à s'asseoir au milieu d'une « carrossée » de demoiselles aux traits un peu tirés mais bavardes à l'égal d'une nuée de pies. Parmi elles, se trouvait la petite mendiante, installée à leurs pieds, faute de place, assez semblable à un tas de guenilles. Amusé, Adrien se demanda qui était cette comique petite personne que dans un mouvement d'humeur il avait failli faire danser, la seule à avoir conservé son masque. Et précisément, devinant sa curiosité, d'un geste autoritaire, taquin, Lorenza le souleva.

Une drôle de frimousse apparut, triangulaire comme celle d'un chat dont elle avait aussi les yeux verts et obliques. Des mèches d'or bruni dépassaient de la perruque, collées au front par la sueur. Ce n'était encore qu'une fillette ; Adrien ne lui donna pas plus de treize ans. Elle le fixait d'une manière très particulière, à la fois timide et provocante.

– Adrien d'Ivreville, fit-il, tout en la saluant galamment.

Pour toute réponse, la petite se contenta d'un sévère hochement de tête et ce fut donc Lorenza, mi-figue, mi-raisin, qui se chargea d'achever les présentations :

– C'est vrai ! Vous ne connaissez pas encore Claire. Claire de Venel, la nièce de notre très chère gouvernante !

Puis elle éclata de rire, lança un joyeux bonsoir vite couvert par le bruit des équipages quittant un à un l'Arsenal, escortés de gendarmes à cheval et de porteurs de torches.

Comme dans un rêve, Adrien les regarda partir, jusqu'au dernier, les oreilles, le cœur, tout habités longtemps d'un insouciant écho.

*
* *

L'amour avait surgi soudainement dans l'existence d'Adrien d'Ivreville sans qu'il le recherchât ou s'y attendît le moins du monde. Après une première expérience auprès d'une dame de la Cour, experte en galanterie, quelques conquêtes avaient émaillé son adolescence : une marquise, une bourgeoise, une bergère, une chambrière. Son goût était éclectique, son humeur vagabonde. En général, l'aventure ne durait guère et, du reste, séduire n'était pas chez lui une obsession. Ses amis, ses premières campagnes militaires au côté de son père, le maréchal d'Ivreville, et surtout son dévouement sans bornes pour le roi, occupaient Adrien bien plus que des amourettes assez vite oubliées.

– Papillon ! Cœur d'artichaut ! avait coutume de se moquer sa mère.

– Je n'aime qu'une femme, madame, répondait-il alors en l'embrassant. Et c'est vous ! Oui, vous, la plus jolie maman du monde.

Puis il s'amusait à la faire tourner à bout de bras, sans écouter ses protestations.

– Tu es impossible ! Oublies-tu que j'ai passé l'âge de ces gamineries ? disait Floriane avec un rire qui démentait ses propos.

Sa fierté envers son fils, auquel la liait une profonde complicité, frisait souvent la faiblesse. Mais elle n'était pas unique à l'admirer. Adrien d'Ivreville était, en effet, l'un des rares gentilshommes de la Cour à rallier tous les suffrages, courageux, toujours gai, jouant et buvant ce qu'il fallait pour ne pas paraître poseur, éloigné de tout vice et en particulier de ces mœurs italiennes propagées au sein de la noblesse.

C'était sa beauté qui frappait avant tout, dès l'abord. Grand, le corps délié, nerveux, Adrien possédait un visage très régulier, bien que sans mièvrerie, encadré de longs cheveux bruns, un visage où se lisaient comme dans un miroir, tendresse et loyauté, une espièglerie encore juvénile, tempérée par le sérieux de ses yeux gris.

Sa mère, qui tenait cependant à demeurer lucide, lui cherchait parfois quelque défaut de caractère. Un peu d'insouciance, peut-être ? Un fond de rêverie, de fougue impatiente ? Finalement, ses réels travers n'étaient que l'envers de ses qualités.

« Adrien est trop sincère, trop droit, trop pur ». Et consta-

34

tant cela, Floriane ne manquait jamais de trembler car elle savait combien les coups du sort pouvaient être rudes à de telles âmes. En secret, elle avait aussi longtemps redouté de voir surgir celle qui, un jour, captiverait son fils pour de bon. Ce jour était venu. Floriane n'avait pas tardé à deviner la place que, si vite, Lorenza Muti avait prise.

"Vos nièces ? Trois singes ragots... Des magots... Plus méchantes que les vieux Goths ! Et plus baveuses qu'escargots."

Ceci était un échantillon des gracieusetés que les « mazarinades », ces pamphlets opposés au Cardinal et à sa famille, avaient répandues pendant la Fronde. Quelques années plus tard, quand, la guerre civile terminée, Mazarin était redevenu "aussi puissant que Dieu le Père au commencement du monde", le ton avait changé. Dès lors, il n'avait plus été question, sous la plume des gazetiers, toujours à propos de ses nièces, que de "pucelles triomphantes..., de jeunes beautés du Tibre... au mérite infini".

De Rome à Paris, la destinée de Jules Mazarin l'avait porté aux sommets. Il était naturel que les siens fussent venus partager sa fortune et contribuer à la renforcer.

De ses quatre sœurs, l'une d'entre elles, seulement, avait choisi très jeune la voie religieuse. Les trois autres s'étaient mariées. Margarita était devenue comtesse Martinozzi ; Girolama, baronne Mancini ; Cléria avait épousé un obscur gentilhomme du nom de Muti. Aucun éclat dans ces alliances ; aucune honte non plus. Et rien, en tout cas, susceptible de vouer, d'avance, leurs rejetons respectifs à briller dans le siècle s'il n'y avait eu l'oncle Giulio, devenu Son Eminence, le Cardinal duc Jules de Mazarin, parrain et ministre de Louis XIV, le plus habile esprit qui ait jamais mené la France. On avait donc vu déferler d'Italie en vagues successives, une nombreuse tribu d'enfants au teint bistre, aux yeux de braise qui, avec rapidité, avec brio, s'étaient adaptés à leur nouveau pays.

LES AMOURS MASQUÉES

Des neveux, ne restait que le nonchalant Philippe Mancini, trop fantasque, trop poète, pour cultiver l'ambition et, par conséquent, pour plaire à son oncle. Mais, par bonheur, il y avait la troupe séduisante des nièces : Anne-Marie et Laure Martinozzi ; Laure Vittoria, Olympe, Marie, Hortense, Marianne Mancini ; enfin Lorenza Muti. Les « Mazarinettes » !

L'apparition des petites filles n'avait pas toujours suscité l'enthousiasme. Mais chacune avait bénéficié de la bienveillance affectueuse de la reine, de l'amitié du roi et de son frère. Les meilleurs couvents les avaient reçues. A des degrés divers, elles étaient vives, intelligentes, instruites et possédaient le charme pimenté des Romaines. Elles représentaient pour Mazarin le matériau idéal, nécessaire à agrandir encore ses pouvoirs. "L'éclat de sa fortune était si grand qu'il pouvait, en effaçant la bassesse de sa race, élever sa famille aux plus suprêmes dignités." * Certaines, devenues duchesse de Mercœur, Princesse de Conti, duchesse de Modène ou comtesse de Soissons, liaient désormais le cardinal à des lignées prestigieuses.

Et ce n'était pas fini ! Mazarin avait encore quatre nièces, désormais orphelines de père et de mère, dont il s'occupait avec soin, les logeant avec lui dans son appartement du Louvre depuis leur sortie du couvent. Pour elles, se trouveraient d'autres beaux partis ; il n'y aurait que l'embarras du choix !

Pourtant, bien que le Cardinal n'eût jamais douté parvenir à ses fins, il voyait depuis peu que les demoiselles seraient moins dociles que leurs aînées. Les rapports que lui faisait à ce propos madame de Venel, la gouvernante qu'il avait lui-même placée à leur service, étaient éloquents. Par leur attitude, leur humeur, Marie et Lorenza étaient devenues insupportables, leur exemple entraînant Hortense et la

---

* Madame de Motteville.

petite Marianne sur la voie de l'indiscipline. Malgré sa poigne, madame de Venel avait un mal fou à s'en faire obéir ; à lutter contre les fantasmes logés dans la tête des jeunes filles. Ce qui n'avait pas échappé à une mère aimante comme l'était Floriane, le très perspicace Mazarin, maître en l'art de humer l'air du temps, l'avait également compris.

*
* *

Tout avait commencé à l'automne dernier. L'été de 1658 avait été rude, occupé à reprendre les villes de Flandres tenues par les Espagnols. Menés par Turenne, les Français avaient fait capituler Dunkerque, pris Furnes, Bergues. Ainsi, année après année, la guerre poursuivait son œuvre maudite. La chaleur, les exhalaisons nocives des lieux de combat parsemés de cadavres, avaient une fois encore provoqué dans l'armée de terribles épidémies de fièvre dont beaucoup d'hommes avaient succombé. Le roi en personne avait frôlé la mort, mettant tout le royaume en prière, tandis qu'Adrien d'Ivreville, gravement blessé, délirait lui aussi au fond d'un manoir, près de Gravelines.

Appelée au chevet de son fils, Floriane avait pu le sauver, le ramener chez eux en Normandie, le remettre sur pied. Puis vers la mi-septembre, Adrien avait été en mesure de rejoindre Louis XIV à Fontainebleau.

Le grand domaine royal, chargé d'heures glorieuses, véritable trésor de pierres, d'eaux et d'ombrages, était le séjour rêvé pour une convalescence. Surtout lorsque la Cour fleurissait d'ardentes jeunes personnes déterminées à adoucir le repos de ces vaillants guerriers.

Guéri, le roi avait appris que Marie Mancini avait versé beaucoup de larmes pendant que les médecins le disputaient à la mort. La vanité d'être aimé avait vite fait place, chez le jeune et orgueilleux souverain, à un sentiment plus noble, plus tendre. Lorsqu'Adrien les avait retrouvés, Louis et Marie ne se quittaient plus.

Rien n'est davantage contagieux que l'amour, cette fièvre aussi foudroyante, aussi dangereuse que celle qui s'empare des corps. Fragilisé par sa récente maladie, sensible aux plaisirs après les noirceurs de la guerre, attendri par le spectacle de son roi naguère timide, s'épanouissant maintenant sous l'influence de la piquante Marie, envoûté par le climat léger, poétique, propre à Fontainebleau, Adrien n'avait pu que succomber à son tour. Avait-il choisi ou n'était-ce pas plutôt Lorenza, pareille à une sombre chasseresse qui, d'une flèche décidée, avait visé puis touché son cœur de vingt ans ?

Il l'avait rencontrée peu après son arrivée au château, à la tombée du crépuscule, alors qu'il traversait la Galerie des Cerfs. Seuls quelques gardes s'y étaient trouvés à cette heure encore douce où les courtisans préféraient s'attarder dans les jardins. L'endroit, grandiose, que tant de veneurs avaient arpenté, gardait le souvenir proche d'un acte sanglant et, en y regardant bien, de longues traces brunâtres maculaient encore ses dalles sous les pas d'Adrien.

L'année précédente, un après-midi glacial de janvier, la reine Christine de Suède, qui séjournait alors au château, y avait fait tuer le marquis de Monaldeschi, son écuyer et amant, pour une ténébreuse affaire de trahison. Froidement. Impitoyablement. Malgré les objurgations horrifiées d'un prêtre, les prières des exécuteurs eux-mêmes, et les cris, les larmes, les supplications de la victime. Protégé jusqu'à la gorge d'une cotte de mailles, mais les mains nues, la tête, le visage exposés à tous les coups, Monaldeschi avait mis longtemps à mourir, baignant dans des flots de sang. La Cour n'avait jamais pu pardonner à Christine sa cruauté barbare et nombreux étaient ceux qui ne pouvaient emprunter la Galerie des Cerfs sans un frisson à l'évocation du drame.

Adrien y songeait, bien sûr, quand il avait aperçu une silhouette marchant à sa rencontre. A la seconde même, il avait senti son pouls battre plus vite. Non qu'il eût pensé voir Christine de Suède hanter les lieux de son crime : un peu contrefaite, la reine du Nord était toujours attifée bizarrement, empruntant aux hommes une partie de son costume, coiffée d'une cornette sale, sans élégance, sans allure. Au contraire, la femme qui s'était dirigée vers lui avait toute la grâce, tout le maintien altier, qui manquaient à Christine. Sa robe rouge d'amazone était apparue au gré de ses pas, tantôt sombre, tantôt scintillante, selon qu'elle traversait ou non les derniers rayons du soleil. Les mêmes variations de lumière avaient également joué sur ses cheveux de jais, dépassant d'un bonnet de cavalière, frissonnant autour de sa tête comme une gaze noire. Et c'était tout cela – cette alternance d'ombre et d'éclat, cette vision en si parfait accord avec le cadre prestigieux scellé d'or et de sang – qui, précisément, avait frappé Adrien.

Lorenza s'était arrêtée, l'avait examiné d'un regard profond, intimidant ! Elle était restée grave, sûre d'elle, souveraine. Enfin, de son léger accent empreint de sensualité, elle lui avait dit :

– Adrien d'Ivreville ! Je pensais qu'on ne vous reverrait jamais à la Cour.

Il avait eu d'abord du mal à reconnaître, dans cette fière beauté de dix-sept ans, l'une des nièces du Cardinal. Sortie depuis peu du couvent des Visitandines, Lorenza n'avait plus rien de la petite noiraude qu'Adrien avait croisée chez la reine quelques années plus tôt.

– Eh bien, ai-je à ce point changé que vous me regardez comme un spectre ? avait-elle ironisé.

Puis, sans lui permettre de répondre, elle avait poursuivi d'un ton qui n'aurait pu entraîner aucune contestation possible :

– Il y a promenade en gondole tout à l'heure, sur le canal. Vous m'accompagnerez, monsieur.

Il avait accepté, déjà sous sa loi. Ensuite, la soirée passée auprès d'elle, au son des violons, sur les eaux illuminées par un feu d'artifice, avait achevé la conquête.

LES AMOURS MASQUÉES

Cinq mois s'étaient écoulés depuis et l'éblouissement perdurait. Pour Adrien, plus aucune autre femme n'avait compté ; chaque jour s'était paré aux couleurs de ce flamboyant automne ; chaque jour, il avait vu Lorenza, tour à tour sérieuse, plongée dans ses livres ; moqueuse lorsqu'il avouait son ignorance en matière de poésie ou de romans ; patiente quand il s'agissait de lui en apprendre les beautés ; mordante pour critiquer les gens de Cour et médire de son oncle Mazarin ; ardente comme au retour de Lyon, sur la route prise par le gel, quand elle avait chevauché dans le vent, son corps adorable protégé d'un justaucorps fourré de zibeline, le visage rougi sous un bonnet de velours ; Lorenza qui recherchait toujours sa présence mais devenait lointaine dès qu'il esquissait le moindre mot tendre ; Lorenza enfin qui l'obsédait, dont il ne pouvait plus se passer.

*
* *

D'une allure décidée, Adrien traversa la cour du Louvre où rôdait encore la brume et s'engagea dans le monumental escalier Henri II, le célèbre « Grand Degré ». La soirée de la veille, à l'Arsenal, continuait à marquer sa mémoire, si sensible, le poussant à venir ici sans plus attendre. L'incident provoqué par le mystérieux capucin lui avait fait connaître la jalousie, le sentiment de possession brutalement bafoué, l'humiliation et la souffrance, toute une gamme d'émotions nouvelles pour lui et qui ne pouvaient être effacées que l'épée à la main, face à cet homme. Mais avant de se mettre à sa recherche, Adrien voulait être sûr de Lorenza, éclaircir son attitude ambiguë, l'entendre enfin répondre favorablement à sa prière :

« Lorenza, dites-moi que vous m'aimez ! »

Il y avait eu ce baiser hier au soir, son premier véritable baiser et leur abandon passionné à la danse...

A cette évocation, il sentit ses jambes fléchir ; il soupira, puis d'un coup, reprenant toute la fougue, la vigueur de son âge, il franchit quatre à quatre les dernières marches et parvint à l'attique où vivaient le Cardinal et ses nièces.

Tout l'étage leur était réservé. A une extrémité se trouvaient la chambre, l'antichambre, le grand cabinet du ministre, la salle de ses gardes, toutes pièces de proportions relativement réduites mais très bien meublées et surtout directement reliées par le Petit Degré aux appartements du roi et à ceux de la reine, situés aux étages inférieurs. Mazarin n'habitait jamais son bel Hôtel de la rue Tubeuf où s'entassaient ses richesses. Il se contentait d'aller les contempler, parfois, ou d'y organiser, pour la Cour, des loteries aux lots somptueux. Au Louvre, il restait comme il l'avait presque toujours fait, dans l'intimité du roi et de sa mère. En dépit de la goutte et de la gravelle de plus en plus harcelantes avec les années, il dirigeait l'Etat sans faiblir, gardait l'œil sur chaque chose.

C'était bien dans le but d'échapper à sa vigilance qu'Adrien avait emprunté, à l'opposé, le Grand Degré qui desservait le reste de l'attique destiné aux jeunes filles. L'unique obstacle à franchir consistait en un petit palier situé à l'entrée de leurs appartements. Sur ce palier, faiblement éclairé par une chandelle, donnait la chambre de la gouvernante.

Un garde ouvrit la première porte. Personne en vue ! Adrien fit quelques pas feutrés et rapides en direction du salon. Avec un peu de chance...

– Qui vient là ?

Madeleine de Venel apparut soudain, comme un cerbère maussade. Ses origines provençales ne parvenaient pas à ensoleiller ses manières. C'était une personne un peu courtaude, coiffée d'un chignon noir touché de gris, fort bien vêtue quoique sans fantaisie, d'une robe de tabis feuille-morte avec manchettes et collet blancs, agrémentée d'une chaîne d'or. Une petite montre de nacre pendait à sa ceinture.

— C'est donc vous, M. d'Ivreville ! fit-elle en reconnaissant le visiteur malgré la pénombre, le manteau qui l'enveloppait, et son feutre rabattu sur le front.

« La peste emporte cette femme ! » pensa Adrien tandis qu'il se découvrait et affichait son sourire le plus affable.

— Bonjour, madame ! Beau temps, n'est-ce pas ? dit-il avec enjouement.

Mais décidément, la bonne humeur du jeune homme glissait sur elle comme l'eau sur le plumage d'une cane.

« Une cane rousse et dodue, avec de petits yeux trop perçants », se dit encore Adrien qui répondit néanmoins avec le plus profond respect à la question qu'elle venait de lui poser.

— J'espérais présenter mes hommages à mademoiselle de Muti.

— Ces demoiselles sont encore couchées.

Eh bien, justement ! Il eut été délicieux de regarder Lorenza dormir, puis s'éveiller gracieusement, aidée au besoin par quelques caresses, jouir de son étonnement, cueillir sur ses lèvres son premier sourire. Ce matin, Adrien se sentait de nouveau prêt à toutes les audaces.

— Vous avez dansé bien tard, cette nuit, poursuivait madame de Venel. La petite Marianne a voulu attendre le retour de ses sœurs et de sa cousine, connaître ensuite tous les détails de la mascarade. Le résultat fut qu'elles ne se sont pas endormies avant l'aube. Vous les verrez cet après-midi, chez la reine.

« C'est cela. Devant toute la Cour ! »

— Mademoiselle de Muti est peut-être déjà réveillée. Je sais que peu de sommeil lui suffit, avança Adrien en essayant de cacher sa déception.

— Son Eminence tient à la bonne santé de ses nièces. Elles doivent se reposer. Donc, elles se reposent. A bientôt, M. d'Ivreville, fit madame de Venel avant de disparaître en direction de l'inaccessible Saint des Saints, les chambres des jeunes filles !

LA MAZARINETTE

De toute évidence, elle avait reçu des consignes strictes !

Née d'une bonne famille de noblesse de robe, remarquablement cultivée, fidèle au roi et à Mazarin, cette Provençale avait été récompensée en obtenant ce poste de gouvernante qui, à vrai dire, n'était pas une sinécure. Sans méchanceté peut-être mais avec fermeté, Madeleine de Venel s'efforçait de tenir bon pour garder ses ouailles dont, hélas, elle n'avait pas su se faire aimer.

« La surveillance se resserre », constata amèrement Adrien.

Depuis quelques jours, les moments d'intimité entre les jeunes gens se faisaient rares, en effet, mise à part la soirée d'hier. Et encore, pouvait-on appeler intimité une rencontre au sein d'une telle assemblée de danseurs ?

Immobile, songeur au milieu du palier obscur, il ne prit pas garde au mouvement d'une porte dérobée s'ouvrant dans la boiserie. Une silhouette s'en dégagea, s'approcha de lui qui découvrit alors cette présence.

– Oh ! C'est vous ! Bonjour !

– Bonjour ! dit Claire de Venel.

Elle était encore en cornette et pantoufles, et portait une robe de chambre enfilée sur une chemise de nuit, les deux trop courtes pour elle. Sa main tenait une tranche de pain bis tartinée de beurre qu'elle léchait comme un chat gourmand.

– Lorenza dort toujours ? lui demanda-t-il.

– Je ne crois pas.

– Pourrez-vous lui dire que je suis venu la voir ?

Claire prit le temps de donner deux ou trois coups de langue sur son pain avant de lâcher un oui condescendant dont Adrien préféra ne pas se formaliser. Après tout, ce n'était qu'une gamine.

– Ainsi, vous êtes une jeune parente de madame de Venel. Depuis quand êtes-vous près d'elle ? Je ne vous avais encore jamais rencontrée avant hier, n'est-ce pas ?

– J'étais à Lyon chez les dames de Saint-Pierre *. Ma

---

* Bénédictines dont le couvent à Lyon était place des Terreaux.

tante est venue m'y faire une visite lors du séjour de la Cour. Je l'ai suppliée de me ramener à Paris avec elle. Mes parents sont morts ; mes frères, mes sœurs sont tous mariés ou dans les ordres, certains en Provence, à Aix, certains à Lyon. Je ne voulais pas me laisser oublier au couvent pour lequel je me sens si peu faite.

« Se laisser oublier ? Ce ne devait pas être son genre », pensa Adrien, surpris par la fierté, la fermeté de sa voix de petite fille. Par ailleurs, il est vrai qu'elle avait un certain côté de chaton perdu.

— Et madame de Venel a accepté ?

— J'ai pu la convaincre, expliqua Claire comme si la chose allait de soi. Elle m'a demandé d'être sage et discrète, de ne pas la gêner dans son service. J'ai fait tout le voyage dans la voiture des femmes de chambre. Personne n'a prêté attention à moi.

— Mais, hier, vous étiez au bal.

Adrien sous-entendait ainsi que l'événement était exceptionnel pour une enfant de son âge et de sa position.

— Oui, grâce à Marie et à Lorenza. Et à l'insu de ma tante. Nous avons essuyé l'orage à notre retour.

— Pauvre madame de Venel ! Elle va devenir bourrique avec vous toutes, fit Adrien en riant.

— Ce n'est pas vous qui allez la plaindre !

— Qui devrait-on plaindre ? dit alors quelqu'un derrière eux, que ni l'un ni l'autre n'avait entendu entrer.

En reconnaissant le roi, ils firent aussitôt leur révérence. Celle de Claire était irréprochable. On en oubliait les pantoufles, la vieille robe de chambre, la tartine collée à ses doigts, pour ne voir que la grâce spontanée de la fillette. Avec la courtoisie dont Louis usait déjà fort bien avec les femmes – les duchesses comme les maritornes, les laiderons comme les beautés, les jeunes comme les autres –, il lui rendit son salut. Adrien lui présenta Claire.

— Auriez-vous l'amabilité, mademoiselle, d'aller prévenir madame votre tante de ma visite ? pria Louis.

LA MAZARINETTE

Il la traitait de sa façon douce et cependant autoritaire.

Tandis que la petite s'exécutait, Adrien en profita pour relater l'échec qu'il venait d'essuyer et pour exprimer son inquiétude devant cette sévérité inhabituelle. Lorsqu'ils se retrouvaient tous deux sans témoins, il n'y avait plus ni souverain ni sujet, mais de véritables amis liés par vingt ans de complicité. Depuis son premier souffle, Adrien était au roi, né quelques heures seulement avant lui. De son côté, ce dernier lui accordait une affection dont, en général, il était assez chiche, sous l'excellence de ses manières.

– Nous nous en sommes aperçus aussi, Marie et moi, dit-il après la remarque d'Adrien. Il nous faut ruser pour nous voir seuls. Tiens, regarde, ajouta-t-il, je n'ai pas pris le temps de me changer. Ma mère me croit chez M. le Cardinal qui pense, lui, que je n'ai pas encore terminé mes exercices. Je suis monté par le Grand Degré pour ne pas passer par son cabinet.

Louis portait un habit léger, des chaussons de toile aux semelles de liège, sa tenue ordinaire pour ses passes d'armes, ses leçons de voltige dans lesquelles il excellait et qu'il prenait chaque matin avant de rejoindre son ministre pour l'apprentissage du métier de roi. Ce qu'il tirerait de son enseignement subtil, personne n'était encore en mesure de le prévoir. Beaucoup même doutaient de la capacité de Louis à gouverner. Pour l'heure, le maître restait bel et bien Mazarin. L'attitude de madame de Venel, qui vint présenter ses respects au roi, le confirma sans équivoque. La gouvernante répéta ce qu'elle avait déjà dit à Adrien, en y mettant, certes, plus de formes : les nièces de Son Eminence dormaient toujours. Mais elles seraient après dîner * chez la reine. Sa Majesté pourrait donc les y retrouver.

Bientôt, les jeunes gens furent à nouveau seuls, avec une mine identique d'amoureux déconfits. Le premier à réagir

---

* Le dîner se prenait vers midi.

fut Louis. Secouant ses cheveux blond cendré qu'il avait superbes, quotidiennement brossés au réveil par son valet de chambre, il déclara :

— Cela devient impossible. Je vais en parler à ma mère.

C'était précisément la pensée d'Adrien : faire intervenir Floriane auprès du Cardinal dont elle était une amie de longue date.

— Cette Venel tiendrait tête au diable s'il le fallait, se moqua-t-il. Rien ne doit l'effrayer.

— Si ! Les souris.

Claire, encore elle, était revenue sans bruit, petite ombre curieuse, observer les deux garçons. Ses yeux candides, mais extrêmement réfléchis, allaient de l'un à l'autre, de ce jeune roi au corps d'athlète, grave et beau, puissant et tranquille, à son compagnon, le dépassant d'une tête, tout de vivacité, de frémissements qu'elle percevait dans le secret d'elle-même.

— Votre tante aurait donc peur des souris ?

— Oui, Sire. Une peur terrible.

— Il me vient une idée au sujet de ce dragon, murmura Adrien une minute plus tard, alors qu'il redescendait le Grand Degré au côté de Louis.

— Ton idée ne peut être que bonne. Je propose que nous nous occupions ensemble de madame de Venel.

Le temps n'était pas si loin de leurs niches de garnements à l'éducation inégale, brimbalés de ville en ville, dans un royaume déchiré par la guerre. Confrontés très tôt à la trahison, à la tragédie, ils avaient, en contrepartie, intensément goûté à l'amitié, à ses jeux.

Devant eux, les valets se rangeaient ; l'huissier ouvrait la porte de la grand-salle au premier étage, celle-là même où se donnaient les fêtes du Louvre et que les courtisans commençaient à envahir. Louis saluait chacun avec sérieux, sans s'arrêter, poursuivait son bavardage avec Adrien tout en regagnant ses appartements.

— Il y a eu une petite pagaille à la mascarade d'hier.

Monsieur en était, non ? Es-tu au courant ? Ces capucins se sont, paraît-il, très mal conduits. Qui étaient-ils ?

– Je ne sais pas, Sire. Non, vraiment, je ne sais rien.

– Tu ne sais rien ? Tiens, donc ! En tout cas, nous finirons bien par apprendre leur identité. Je vais donner des ordres.

Bien plus tard, en fin de soirée, madame de Venel vit réapparaître le roi et Adrien dans le sillage des Mazarinettes. D'excellente humeur, les jeunes gens envahirent l'attique, peu pressés de se séparer malgré l'heure avancée, parlant haut, pris de fous rires si bruyants que la gouvernante protesta :

– Sire ! Votre Majesté devrait permettre à ces demoiselles d'aller se coucher !

– Les soins que vous apportez à leur éducation me touchent, lui dit le roi avec la gravité dont le plus souvent il faisait montre. Je tiens d'ailleurs à vous en remercier par un présent. Adrien ! fit-il en se tournant vers son ami.

– Un présent ! Sire, quel honneur ! s'étonna madame de Venel.

Adrien glissa la main dans la poche de son habit, en extirpa une boîte de velours bleu, frappée d'un lys d'argent. Son visage respirait l'angélisme et le respect le plus pur pendant que Louis précisait :

– C'est un bien modeste objet dont M. d'Ivreville, qui vous doit tant lui-même, m'a suggéré l'idée.

– Venant de vous, Sire, aucun objet ne peut être modeste, balbutia madame de Venel que personne n'avait encore vue pareillement décontenancée, égarée de doute, de plaisir et de confusion.

Hortense gloussait entre Marie et Lorenza. Claire et la petite Marianne, réveillées par le chahut de leurs aînés, observaient la scène du pas de leur chambre. Très solennel, Adrien remit la boîte entre les mains de la gouvernante. D'un doigt, celle-ci en ouvrit le couvercle, regarda à l'intérieur.

Un long cri secoua soudain une bonne partie des murs. De la boîte rejetée avec horreur par madame de Venel, des souris s'échappèrent, cinq mignons souriceaux exactement, que le valet d'Adrien, envoyé en chasse dans les couloirs du Louvre, avait fourni un peu plus tôt à son maître. Désorientées, les bêtes se mirent à courir sur le tapis de l'antichambre, aux pieds de la pauvre femme éperdue d'effroi qui n'eut bientôt d'autre ressource que de s'enfuir sous les rires des farceurs.

Ce fut moins drôle le lendemain. Sévèrement tancé par le Cardinal, le roi dut s'excuser auprès de la gouvernante. Adrien fit de même après avoir essuyé les foudres de son père. Et la Cour, mise en joie, constata que l'incident n'avait nullement éteint le zèle de madame de Venel.

Les auteurs d'une autre plaisanterie, sans aucun doute moins innocente, eurent la chance, quant à eux, de garder leur mystère et donc de rester impunis. On ne retrouva pas les capucins, bien que quelques noms fussent vaguement avancés dans les jours qui suivirent. Les dévots, nombreux à Paris, s'émurent du scandale en voyant la religion ainsi bafouée. Les prédicateurs tinrent là un magnifique sujet pour leurs sermons de carême. Enfin, assez vite, l'affaire fut close.

Seul Adrien s'obstina, décidant de mener en solitaire sa propre enquête. Comme il avait pu s'y attendre, Lorenza affirma ne pas connaître le grand moine et ses comparses. Elle ne lui répondit pas d'une manière plus satisfaisante quand, peu après, il lui déclara sa flamme, juste avant le ballet du roi, le *Ballet de la Raillerie*, dans lequel lui-même avait l'un des premiers rôles. Le moment, l'endroit, étaient on ne peut plus mal choisis. Toute la Cour bourdonnait autour d'eux qui ne pouvaient que chuchoter :

— Ne faites pas l'enfant, Adrien !

— Mais je veux savoir. Je vous aime, moi ! Souvenez-vous de notre rencontre à Fontainebleau et de tout ce qui s'est ensuivi !

— Certes, des moments très agréables.

– Agréables, Lorenza ? Seulement ?

– Adrien ! Vous allez manquer votre entrée. Filez vite mettre votre costume.

– Pas avant de vous avoir entendu me dire...

– Qu'on s'intéresse à vous ? Qu'on ne regardera danser que vous ce soir ? N'en doutez pas, mon ami.

Il dut se contenter de ce demi-aveu.

"Que je crains votre vue et que je la souhaite !
Que j'y trouve pour moi de joie et de tourments !
Dans mes désirs cachés, dans ma crainte secrète,
Je n'approche de vous qu'avec des tremblements."

Toute une nuit, Adrien travailla à un sonnet dans lequel il tenta de se libérer d'un trop-plein d'amour et de peine : Lorenza ne daigna même pas trouver les vers à son goût ! Pourtant, après s'être moquée du malheureux poète, elle lui fit l'aumône d'un baiser furtif, profitant d'un moment d'inattention de madame de Venel.

Le doux et l'amer ; le chaud et le froid. Ainsi se poursuivait son jeu délicieux, cruel et indéchiffrable.

★
★ ★

– Bien sûr, ce n'est pas la saison idéale pour visiter le domaine. Mais il est tout de même magnifique, n'est-ce pas Adrien ? As-tu remarqué l'ingénieux système hydraulique installé dans les grottes et les bassins ?

Les arbres du parc n'avaient plus de feuilles. La pluie, quelques chutes de neige, avaient écrasé les parterres et la bise soufflait sur les hauteurs de Saint-Cloud. Elle rougissait le joli visage de Monsieur pourtant soigneusement poudré, malmenait les plumes roses de son chapeau, ses longues boucles noires. Mais Philippe d'Anjou était si fier, il éprouvait tant de plaisir à montrer sa propriété, qu'il s'en rendait à peine compte.

Mazarin lui en avait fait don quelques mois plus tôt, après l'avoir achetée une fortune à son dernier propriétaire, le banquier Hervart. Au moins, avait calculé le ministre, le jeune prince tout occupé par son nouveau et somptueux joujou, négligerait de comploter. Consentant ou non, le frère d'un roi n'était que trop souvent, en effet, le centre d'intrigues, à l'exemple de l'oncle de Philippe, Gaston d'Orléans, toute sa vie en lutte contre le pouvoir en place. Depuis des années, avec l'appui de la reine, Mazarin n'avait eu de cesse de rendre le cadet de Louis XIV inoffensif. Il avait flatté ses goûts féminins, le traitait comme un enfant capricieux, le tenait éloigné des armées où pourtant, contrairement à l'opinion générale, il aurait été habile. C'était bien méconnaître la loyauté foncière de Philippe envers son aîné dont, en aucun cas, il n'aurait brigué le trône. En revanche, c'était donner libre cours à son sens inné du décor, des belles choses, du raffinement. Enivré de posséder une telle demeure, il rêvait d'en faire une véritable œuvre d'art.

De jets en cascades, de ruisselets en canaux, sautant les vasques et les degrés, les eaux s'écoulaient sous le regard des Dieux et des Muses du Parnasse, voluptueusement sculptés dans les grottes de pierre. Charmé, Adrien écoutait les projets de Monsieur :

– J'agrandirai la villa, en ferai un château propre à y donner de vraies fêtes.

Derrière eux, à quelque distance, suivaient le comte de Guiche – le préféré –, la séduction et l'arrogance mêmes ! Philippe Mancini et d'autres jeunes gens à la mode dont le duc d'Anjou aimait s'entourer. Adrien voyait que certains étaient jaloux de sa présence, un peu sur leurs gardes. Ses apartés avec Monsieur éveillaient bien des curiosités. Il était venu à Saint-Cloud dans un but précis. La réponse avait été négative : Monsieur ne savait pas qui était son cavalier, ce moine indélicat.

50

– Mais ce n'était qu'un jeu, avait-il plaidé, un peu confus à ce souvenir.

Puis, avec enthousiasme, il avait entraîné son visiteur dans un tour du propriétaire.

Un moment, Adrien avait regretté sa démarche : Monsieur était naïf et bavard, volontiers cancanier, "un tripoteux", disait sa mère. Mais il ne tarda pas à comprendre qu'en l'occurrence, Philippe saurait être discret.

Inquiet tout à coup, prenant garde de ne pas être entendu de sa suite, de Guiche, surtout, Monsieur lui fit cette recommandation :

– Je ne sais ce que tu as dans la tête, Adrien, et je ne voudrais pas que tu te lances dans une fâcheuse affaire.

– Votre Altesse n'a rien à craindre.

– D'autre part...

Philippe hésita puis, comme on se jette à l'eau, il chuchota très vite avant de tourner les talons :

– Si tu apprends le nom de ce capucin, fais-le-moi connaître.

– Si je l'apprends ! fit Adrien à mi-voix et pour lui seul un peu plus tard, pendant que son carrosse prenait le chemin du retour.

Il commençait à penser que ce ne serait pas si facile. A moins que la personne qu'il s'apprêtait à voir ne fût mieux renseignée que le jeune duc d'Anjou ?

Mademoiselle de Montpensier logeait à Luxembourg. Elle s'y était installée en 1657 après une disgrâce de cinq ans que lui avait valu son attitude rebelle pendant la Fronde. Cinq ans d'exil, fort bien remplis du reste, à rendre agréable à vivre et digne de son rang le château de Saint-Fargeau, ce domaine de Bourgogne où dans le plus noir de son malheur elle avait un jour échoué. Mais elle n'avait eu, malgré tant de besogne, que trop de temps pour épuiser les plaisirs de la campagne et méditer sur ce qu'il en coûtait de braver le roi.

Pardonnée, Mademoiselle avait regagné son cher Paris et, surtout, retrouvé sa place de princesse à la Cour, s'efforçant d'y observer une attitude plus réservée que naguère. Et tant pis si les jeunes gens raillaient ses cheveux gris et ses trente ans passés ! Conserver l'affection de la reine, sa tante, du roi et du jeune Monsieur, ses cousins, était son unique ambition. Quant à Mazarin, il ne s'agissait plus de le combattre mais au contraire d'en apprécier la faveur.

Lorsqu'Adrien d'Ivreville se présenta chez elle, il trouva Mademoiselle en négligé, mais remarquable par sa bonne mine et son air olympien, entourée de familiers et de visiteurs, occupée à parer à ses couleurs – le bleu – une petite chienne de Bologne.

C'était une de ces jolies bêtes, frottées dès leur naissance d'esprit-de-vin afin qu'elles ne puissent grandir. « Chiens de chambre » ou « Chiens de manchon », ces miniatures accompagnaient élégamment une femme à la mode.

– Voici Mademoiselle Souris ! C'est M. le Cardinal qui me l'a donnée ! dit la princesse au jeune homme, d'une voix triomphante, tout en nouant un ruban autour du cou menu de la chienne.

Adrien ne pouvait l'ignorer : Mademoiselle ne cessait de se vanter à tous vents d'un présent qui prouvait l'amitié dans laquelle la tenait le ministre. L'ancienne héroïne de la Fronde, l'ennemie irréductible du Cardinal, avait donc, comme tant d'autres, à ce point renié son passé ? Adrien aurait dû logiquement s'en réjouir. Au contraire, il en éprouvait comme un vague chagrin. Auprès de Mademoiselle, il croyait toujours voir l'image d'une autre Frondeuse, celle de sa propre sœur Charlotte, l'indomptable, l'énigmatique Charlotte partie depuis longtemps déjà dans les Iles d'Amérique *.

---

* Voir *Le Vent se lève* chez le même éditeur.

« Charlotte n'aurait pas capitulé », pensa-t-il en caressant distraitement Souris.

Malgré sa nature inconséquente, Mademoiselle n'était point sotte. Elle vit Adrien troublé, en devina, en partie, la raison. Laissant la petite chienne à un écuyer, elle entraîna le jeune homme dans une autre pièce.

— Ne vous méprenez pas, M. d'Ivreville. "Je connais ce qui est solide et ce qui n'est que du vent. A la Cour, cette dernière marchandise est commune mais je sais maintenant qu'il est prudent de ne pas la mépriser."

Heureuse de le voir s'amuser à son propos, sans transition, elle continua :

— Vous désiriez me parler, m'avez-vous écrit. De quoi s'agit-il ?

Adrien lui confia sans hésiter qu'il cherchait à retrouver l'un des capucins de l'Arsenal, celui qui s'en était pris à Monsieur et qu'elle-même avait bastonné avec ardeur. Peut-être le connaissait-elle ? Ce à quoi Mademoiselle répondit qu'elle ignorait tout de cet individu et des autres, qu'elle avait réagi poussée par l'indignation, l'exaspération.

— Monsieur a parfois des indulgences qui m'étonnent. Il est vrai qu'à dix-huit ans, on est encore bien jeune. Mais enfin... Au fait, que voulez-vous faire de ce maudit moine ? Auriez-vous l'idée de lui chercher querelle ?

Les protestations d'Adrien ne la rassurèrent qu'à moitié.

— Ai-je besoin de vous rappeler que le duel est interdit ?

— Non, bien sûr.

Les jappements de Souris, ses petites pattes griffant la porte qui la séparait de sa maîtresse, tirèrent à propos le jeune homme d'un embarras certain. Mademoiselle ouvrit à la chienne, souleva son poids plume.

— Avez-vous des nouvelles de votre sœur, madame de Barradas ? demanda-t-elle avant que le jeune homme ne prît congé.

Il la remercia de son amitié, de son intérêt, lui répondit que Charlotte allait bien, qu'elle se plaisait toujours sur l'Ile de Saint-Christophe dont son mari était gouverneur.

– C'est pourtant si loin ! murmura Mademoiselle que cette idée effarait.

En retrouvant son carrosse et ses gens dans la cour de Luxembourg trempée d'une pluie aussi coupante que de petits traits de glace, Adrien eut la vision de paysages baignés de soleil et de parfums, comme ceux qu'évoquait Charlotte dans ses lettres.

Sa pensée s'attarda alors sur celle-ci. Personne n'aurait été en mesure d'affirmer si Charlotte avait réellement oublié ou avait seulement décidé de surmonter les drames de sa propre existence. Mais le fait était là : les Iles semblaient lui avoir apporté la paix. En cet instant même, Adrien fût volontiers parti la rejoindre dans ces contrées idylliques. A l'inverse de Mademoiselle, la distance ne l'aurait pas retenu, au contraire. Mécontent de lui-même, déçu, découragé par ses vaines poursuites, plus que jamais assoiffé de revanche, blessé par Lorenza, il avait soudain une violente envie de fuir.

Son carrosse était parvenu sur le quai où la pluie n'empêchait pas les bateaux, les charrettes, les portefaix d'y apporter leur agitation familière. Sur l'autre rive de la Seine, le Louvre assombri étirait son profil, comme un écrin géant qui aurait contenu en son milieu, à l'égal d'une perle rare, cette jeune fille qui fascinait tant Adrien et semblait le torturer à plaisir.

Tournant à droite, l'équipage roula quelques minutes jusqu'à la porte ouverte en arceau d'un bel Hôtel de pierres blanches que le maréchal d'Ivreville avait acheté à l'époque de son mariage.

Adrien y retrouva sa mère qui avait fait dresser le couvert pour deux dans sa chambre, devant la cheminée. Les tentures rouges et jaunes, les tapis, les plats d'étain et d'argent, captaient le tremblement des flammes. Tout était lumineux et paisible.

Sans plus attendre, Floriane passa à table. Elle avait toujours eu un appétit solide, que nul problème de santé ou

54

d'embonpoint n'était venu contrarier. Comme on était en plein carême, le maître d'hôtel apporta du chou, un pâté d'anguille, une petite friture et de la macreuse rôtie. La macreuse était certes un gibier, mais tellement nourri de poissons que sa chair, qui en avait pris le goût, pouvait décemment figurer à un menu maigre.

Aussi gourmand que sa mère, Adrien adorait ces repas pris avec elle. Aujourd'hui, comme toujours, il admira sa robe, un corps et une jupe en velours gris-bleu bordé de vair, assorti à la couleur de ses yeux, et bien sûr, il la complimenta sur son éternelle jeunesse.

— Grand fou ! Que fais-tu de mes rides, de mes cheveux blancs ?

— Mais on les remarque à peine ! Comment faites-vous ?

Si Floriane avait renoncé à s'habiller de couleurs vives, elle usait encore en secret de petits artifices, un peu de poudre, d'onguent, quelques coups habiles de peigne et de brosse dans sa chevelure, sans aucun remords de conscience. La passion que lui conservait Artus, son mari, justifiait bien ces légers soubresauts de vanité ; l'admiration de son fils et de ses amis également. Cependant, elle était trop sensible à autrui pour s'attarder sur des futilités et ne pas deviner les peines qu'on s'efforçait de taire. Surtout celles d'Adrien.

Une peine contre laquelle, malheureusement, elle ne pouvait pas grand-chose.

— Où est donc ce soir mon joyeux compère ? fit-elle après avoir décortiqué une cuisse de macreuse alors qu'Adrien, contrairement à son habitude, avait tout juste picoré quelques goujons d'un air distrait.

Prisonnier de son idée fixe et, par ailleurs, en parfaite harmonie de pensées avec sa mère, Adrien ne s'étonna pas de sa question, saisissant au contraire ce prétexte pour s'épancher :

— Mère, je ne sais plus que faire, que dire. Elle paraît s'intéresser à moi, soupira-t-il sans nommer Lorenza tant

55

son invisible présence était évidente, et même, elle semble m'aimer. Pourtant, le plus souvent elle s'échappe dans un rire, un mot qui blesse, un silence. Avec elle, voyez-vous, mère chérie... Adrien hésitait, honteux de sa faiblesse mais si heureux de pouvoir en toute confiance, en toute quiétude, parler de son tourment : avec elle, je me sens toujours un peu maladroit, un petit garçon pris en faute.

« Petit garçon, tu l'es encore ! » faillit s'écrier Floriane attendrie par cette confession.

Car sous ce corps d'homme aguerri, ce visage capable de séduire les plus blasés, se cachaient encore l'innocence, la fraîcheur d'un cœur tout neuf.

Devant la tristesse de son fils, Floriane ressentit une brusque, une profonde animosité envers celle qui en était responsable. Tout en reconnaissant de l'intelligence et quelque beauté à Lorenza, elle n'avait jamais éprouvé pour elle de sympathie particulière, la jugeant insolente, orgueilleuse. Néanmoins, pour ne pas heurter Adrien, elle n'avait jusqu'à présent jamais rien révélé de son opinion.

— Personne ne peut, sans démériter, se jouer d'un sentiment sincère, fit-elle un peu sèchement.

Aussitôt Adrien prit la défense de sa bien-aimée :

— Lorenza n'a pas cette bassesse ! Non, non. Il doit s'agir d'autre chose. Sans doute craint-elle son oncle, sans vouloir en convenir. Madame de Venel épie ses moindres faits et gestes. Nous n'avons plus de liberté, comme je vous l'ai déjà expliqué. En avez-vous touché mot à M. le Cardinal ?

— Pas plus tard qu'hier, répondit Floriane.

— Et vous ne m'en disiez rien !

Les coudes sur la table, le menton dans ses mains, Adrien se pencha vers sa mère, vibrant, prêt à écouter quelque merveilleux récit.

— Ne t'emballe pas. Notre entrevue a été courte. M. le Cardinal est souffrant et uniquement préoccupé à préparer la paix avec l'Espagne. En fait, tout gravite autour de ce projet. Il a donc surtout été question, entre nous, du futur mariage du roi avec l'Infante et, par conséquent, du mécontentement de Son Eminence devant l'intérêt que porte sa Majesté à Marie Mancini.

— Cet intérêt n'est pas récent, marmotta Adrien, déçu de voir son cas négligé.

— Peut-être, mais leurs relations ont pris un tour passionné qui déplaît à la reine. Le roi doit épouser Marie-Thérèse, fille de Philippe IV d'Espagne, pour qu'enfin l'accord se fasse entre nos deux pays, après tant d'années de guerre. L'idée n'est nouvelle pour personne, *à fortiori* pour Marie qui, pourtant, cherche à écarter le roi de son devoir. Son oncle ne peut la laisser continuer à exercer sa mauvaise influence. Elle doit revenir à la raison. Madame de Venel a donc un rôle essentiel à jouer auprès d'elle.

Adrien repoussa son assiette sans cacher son impatience, jugeant hors de propos ce que lui disait sa mère. Chacun savait bien que, depuis plusieurs mois, s'agitait la question de marier le roi. On avait d'abord annoncé son union avec Marguerite, fille de la duchesse régnante de Savoie. Officiellement le voyage à Lyon avait eu pour but de rencontrer cette jeune fille et sa famille. Ce qui s'était assez bien passé. Mais, en réalité, le dessein véritable de Mazarin avait été, par ce moyen, de provoquer l'Espagne hésitante, de décider Philippe IV à donner son Infante à la France. Or le stratagème avait parfaitement réussi. Un émissaire secret était accouru de Madrid à Lyon.

Dès le message reçu, la reine, le cardinal avaient remercié la duchesse de Savoie qui, de dépit, s'était frappé la tête contre le mur de sa chambre. Plus dignement, Marguerite avait ravalé ses larmes. Quant au jeune Louis XIV, il avait aussitôt oublié les gros yeux tristes et le teint olivâtre de cette éphémère fiancée pour rire avec Marie. L'Infante était loin. Les tractations si délicates avec les Espagnols s'annonçaient longues. On verrait bien. Tout pouvait encore changer. Louis et Marie dans l'euphorie de leur jeunesse se grisaient d'espoir, d'insouciance. Et qui mieux qu'Adrien aurait pu les comprendre ? Toutefois, le destin d'un roi n'étant pas celui d'un sujet, les mesures prises pour le détacher de Marie Mancini ne pouvaient concerner Lorenza. A moins... A moins que Mazarin n'eût pour cette dernière des vues précises dans lesquelles n'entrait pas Adrien d'Ivreville.

— Madame de Venel s'acharne aussi sur mademoiselle de Muti qui n'a pourtant rien à voir avec le roi. Voyons, mère, M. le Cardinal vous a-t-il confié quelque chose ? Aurait-il dans la tête de....

Adrien se tut car venait de se dessiner une affreuse éventualité : Lorenza victime d'une impitoyable politique ! Lorenza promise à un autre !

Floriane devina ses craintes :

— Je te dis que le cas de Lorenza fut à peine effleuré ! M. de Mazarin m'a simplement laissé entendre qu'il se préoccuperait plus tard du sort de ses nièces. Pour le moment, tant que la paix n'est pas réglée, tant que le mariage espagnol n'est pas conclu, leur intérêt est évidemment de se montrer discrètes, de ne pas entraver la marche de l'Etat par leur inconduite.

— Vous auriez pu cependant parler de mes sentiments pour mademoiselle de Muti, s'entêta Adrien. De mes intentions...

La patience de Floriane n'avait jamais su établir de bien lointaines limites et ce, malgré des efforts louables pour y parvenir.

— Quelles intentions ? s'écria-t-elle. Vous oubliez, monsieur, que c'est à votre père qu'il reviendrait éventuellement de décider et de traiter ce genre d'affaire. J'espère que vous n'avez rien promis à cette jeune fille. Encore une fois, je précise qu'il n'est pas dans les préoccupations immédiates de Son Eminence de l'établir. Avec vous pas plus qu'avec un autre. Vous n'avez rien promis, n'est-ce pas ? insista-t-elle, inquiète.

— Ce serait donc si terrible ? fit Adrien en se levant brusquement. Mon père, vous-même, ne seriez donc pas heureux et fiers que j'épouse Lorenza ?

Jamais encore Floriane ne lui avait vu cet air hostile, ni entendu ce ton cassant. Quelle transformation soudaine et combien se révélait la violence de sa passion ! Elle se jugea maladroite, voulut ramener son fils dans le cercle étroit, chaleureux de leur complicité, murmura avec tendresse :

— Tu sais que nous ne voulons que ton bien et ton bonheur. Seulement, ne sois pas si pressé. De toute manière, personne ne t'interdit de fréquenter Lorenza. En ami. Elle-même, de son côté, ne semble pas vouloir prendre maintenant d'autre engagement avec toi. C'est une attitude très raisonnable.

— Raisonnable !

Bien après qu'Adrien l'eût quittée pour regagner le Louvre, Floriane entendait encore son exclamation et le rire qui l'avait suivie. Surprise, amertume, mépris, tout cela s'y était fait sentir, du moins en était-elle persuadée. Pour la première fois, une faille se dessinait dans leur si parfaite entente. Raisonnable ! Oui, c'était bien elle dont la vie avait été marquée de coups de tête, de coups de cœur, elle, la femme d'un amour fou, qui conseillait à son fils le chemin de la sagesse et du renoncement !

Mais comment éviter à cet enfant si précieux, la cruelle déception qu'elle redoutait pour lui ?

Assise près de la cheminée, ses doigts caressant sans y penser la fourrure grise entrecroisée sur sa poitrine, elle évoquait sa visite chez le Cardinal dont elle n'avait pas voulu tout dire. Forte de leur amitié de plus de trente ans, elle avait abordé le sujet sans détour : Adrien pouvait-il, avec espoir, aimer Lorenza ?

Au fil de l'âge, le séduisant visage de Jules Mazarin s'était aiguisé ; sous la paupière fripée, dans ses yeux noirs creusés par les veilles et la maladie, brillaient plus que jamais l'intelligence, la ténacité de cet homme hors du commun.

Parfumé, soigné à l'extrême, il avait accueilli Floriane dans son déluge coutumier de compliments fleuris.

« Il aurait pu être mon amant », avait-elle pensé, de manière assez incongrue, en se rappelant une soirée de leur jeunesse, alors qu'il n'était encore qu'un nonce sémillant.

La douceur et la ruse, la patience et le calcul, la volonté d'atteindre le faîte des honneurs, puis l'ivresse de tenir les rênes de l'Etat, avaient mis le Cardinal hors de portée de chacun, parent, ami, maîtresse. Hormis le roi, clef de voûte de son ambition, ses affections étaient rares. Les liens qui le rattachaient encore à la reine Anne, tous ces secrets d'alcôve qui avaient assuré sa réussite, avaient beaucoup perdu de leurs couleurs.

Anne l'irritait de plus en plus. Quant à ses nièces, il remplissait auprès d'elles, sans tendresse excessive, son rôle de chef de famille.

« Il n'a jamais aimé personne véritablement. Pas même moi », s'était dit Floriane avec un mélange d'orgueil et d'humble lucidité exclusivement féminin.

Le plaisir charnel n'avait, au fond, tenu dans la vie de Mazarin qu'une place furtive, épisodique. Le pouvoir et l'argent avaient su autrement le transporter. Il n'en était pas repu, ne le serait jamais.

Avec jouissance, il traitait avec l'Espagne. Avec jouissance, il continuait à accroître sa fortune, à collectionner des œuvres d'art. Il jouait toujours. Ah ! comme il maniait les dés et les cartes et avec quel bonheur il voyait s'amasser les gains sur la table, comptait ensuite ses pistoles, en inspectait les rognures, refilait les plus légères à ses partenaires ! Il n'aurait jamais assez d'or ; jamais trop de pouvoir. Son avarice était chaque jour plus prononcée, sa soif de grandeur plus âpre.

A demi étendu sur un lit de repos, son corps maigre noyé dans un flot de soie pourpre, Mazarin s'était mis alors, devant Floriane, à confesser tout haut son frénétique besoin.

Tout fait... Il avait tout fait pour que lui et les siens

gagnent l'amitié de la famille royale. L'amour du roi pour Marie ne lui avait pas toujours paru déplacé, au contraire. Personne au monde, même parmi ceux qui dénonçaient son ambition, n'aurait pu soupçonner le vertige qu'il avait éprouvé quelques instants, en imaginant sa propre nièce sur le trône de France. Une montée brutale sur les plus hautes cimes où même respirer devenait douloureux ? Une chute sans fin au creux d'un abîme insondable ? Qu'importe ! La sensation d'être allé plus loin que les êtres ordinaires avait été unique. Mais justement parce qu'il était différent, supérieur aux autres, le Cardinal avait su très vite revenir aux limites permises. D'ailleurs, il savait qu'Anne se serait pour une fois dressée contre lui et combien d'adversaires avec elle ! Marie Mancini, elle-même, était prête à le trahir à la première occasion.

Elle ne serait donc pas reine de France. Il y aurait plus de gloire pour Mazarin à refuser cet honneur, à préférer l'Infante, à assurer la paix, la prospérité du pays qu'il s'était choisi, le royaume des lys.

— Le plus beau royaume du monde, avait-il murmuré devant Floriane qui l'avait écouté sans bouger d'un cil.

Elle lui avait posé une question très simple. Il avait choisi de lui dévoiler ses prodigieux défauts, ses visions et ses sacrifices. Un homme comme lui ne se confiait pas si totalement, même à une amie sûre, sans arrière-pensée. Floriane avait donc vu très vite s'obscurcir l'avenir d'Adrien. Mais elle avait continué à se taire tandis que s'était poursuivi le monologue feutré.

— Cara mia, fiore mia, Floriane, prenez de ces violettes confites. Je sais que vous les appréciez, avait dit Mazarin en lui offrant une boîte emplie de petites douceurs mauves.

Puis sa main très blanche, ointe avec soin de pâte et de parfum, avait saisi un gobelet posé à sa portée sur une table basse.

— Moi, je me contenterai de boire l'eau ferrugineuse de Passy que les médecins préconisent pour dissoudre ma gravelle. Ah ! plaise à Dieu de me prêter assez de temps ! Que je puisse mener ma tâche à son terme !

Floriane n'avait pu s'empêcher d'interrompre en souriant cet homme malade, certes, mais si merveilleux comédien :

— Le temps n'a cessé d'être votre allié, Giulio. Vous parviendrez à vos fins, comme toujours. D'ailleurs, vous n'en doutez pas le moins du monde.

La main d'albâtre s'était posée sur la sienne. Plus que jamais les mots avaient chanté.

— Dolce mia, vous me connaissez parfaitement et vous pouvez comprendre tant de choses ! Les exigences d'un Etat, par exemple. Le mariage du roi, pour lequel nous prions tous avec ferveur, ce mariage coûtera cher évidemment. Le moindre effort, le plus petit subside seront indispensables. Je n'en négligerai donc aucun. Mais, comme tout se monnaie, il me faudra bien proposer un échange. Or, qu'ai-je en ma possession ? Des jeunes filles que beaucoup d'hommes très riches et aussi très ambitieux rêvent d'épouser simplement parce qu'elles sont mes nièces.

Sans retirer sa main, Floriane avait remarqué, le cœur battant :

— Mon fils n'a pas une grande fortune mais un nom honorable. Il s'est épris de Lorenza uniquement pour elle-même.

— Je sais. Votre fils vous ressemble, carissima. Il est parfait, romanesque en diable. La politique et les Affaires ne sont pas pour lui.

— Mais l'amour, oui ! s'était écriée Floriane, sortant de sa réserve pour défendre les chances d'Adrien.

— L'amour ! Vous n'en démordrez donc jamais !

— Il est encore ma raison de vivre, Giulio. Ma source miraculeuse.

— Incorrigible !

Appuyé sur un coude, le Cardinal l'avait dévisagée avec tendresse.

— Pourtant, c'est vrai, avoua-t-il, j'aurais aimé goûter de cette source avec vous.

62

— Donnez au moins à ces deux enfants la chance d'en connaître les bienfaits !

Semblant fatigué, il s'était soudain renversé sur ses oreillers.

— Franchement, je ne sais encore ce que je devrai décider. Pour l'instant, je n'exige de Lorenza qu'une sagesse exemplaire. Ensuite, nous nous adapterons aux circonstances. Mais il est probable qu'elle ait à suivre son destin de Mazarinette. Du reste...

Les yeux de Mazarin avaient brusquement plongé dans ceux de Floriane, atteignant du même coup le domaine le plus retiré de ses pensées.

— Du reste, êtes-vous réellement certaine que ma nièce est bien la femme qu'il faut à votre Adrien ?

Là-dessus, Floriane s'était levée, secouée plus qu'elle n'aurait voulu l'admettre par sa brutale clairvoyance :

— Il l'aime. Cela seul compte.

Sur un salut cérémonieux, elle avait aussitôt pris congé, échappant à l'air indulgent mais ironique de Mazarin.

Le crépuscule avait pénétré dans la chambre de Floriane. Toutes les couleurs, tous les contours s'y étaient lentement dissous. Le feu baissait. Le froid s'insinua au travers des fenêtres nues. Elle ne le sentit pas. Elle ne voyait plus rien que cette pénible certitude, y revenant sans cesse : personne, au moment venu, ne saurait ébranler la décision que prendrait le Cardinal. Désormais, son propre rôle se bornerait à être présente, à soutenir, à prévoir, sans défaillance.

Alors, peu à peu, son intelligence, son intuition, tout l'amour infini qu'elle portait en elle, se mirent à l'écoute des choses à venir. Longtemps, Floriane demeura immobile, postée aux frontières du futur, pareille à une tendre vigie.

*
* *

63

LES AMOURS MASQUÉES

La discussion qui l'avait opposé à sa mère avait sincèrement affecté Adrien. Mais il était trop amoureux pour en retirer quoi que ce fût susceptible de modifier sa conduite. L'absence de son père, chargé d'une ambassade secrète comme Mazarin avait coutume de souvent lui confier, permettait au jeune homme de mener sa barque à sa guise, sans souci des écueils. Il se jeta encore plus avant dans sa passion, poussé par un tout nouveau souffle rebelle que Lorenza ne manqua pas d'attiser.

— Vous cessez de vous comporter en petit garçon. Bravo ! Vous me plaisez ainsi, disait-elle, l'ironie toujours latente sous les paroles les plus aimables.

Dès lors, les pointes à l'adresse de Floriane se mirent à fuser :

— Les femmes mûres ont du mal à admettre les choix de la jeunesse, glissait Lorenza. Voyez la reine, voyez votre mère.

Suivaient bientôt des insinuations plus précises :

— Pourtant, le passé sentimental de mon oncle, de la reine et de madame d'Ivreville devrait leur permettre de mieux nous comprendre.

Enfin, voyant qu'Adrien accueillait ses remarques sans protester, la perfide s'enhardit franchement.

Ils venaient d'assister, avec la Cour, à une représentation d'*Œdipe*, la récente tragédie de Corneille, dans laquelle triomphait un prince du théâtre, le grand, le célèbre Floridor. Sur un ton de confidence, Lorenza loua la pièce et les interprètes, puis déclara :

— J'ai ouï dire que Floridor fut très intime avec votre mère, autrefois, du temps où elle-même était comédienne. L'affaire fit quelque bruit...

Proférés par un homme, ces propos auraient fait bondir Adrien. Son épée aurait jailli, étincelante, hors de son fourreau, comme une flamme purificatrice. L'insolent aurait craché ses excuses, le nez dans la poussière ; le sang aurait coulé mais l'honneur de Floriane serait sorti sans tache.

LA MAZARINETTE

Avec Lorenza, tout prenait un caractère différent. D'abord, le sens de ses mots avait moins d'importance que leur musicalité, que la bouche qui les formulait, ce fruit de chair sombre tant convoité, trop souvent défendu. En outre, si les révélations concernant le passé de sa mère mettaient Adrien mal à l'aise, elles le confortaient aussi dans la voie choisie, celle d'une soumission aveugle à sa belle Italienne. Pourquoi aurait-il renoncé à l'aimer alors que d'autres, sans aucun scrupule, avaient suivi leurs caprices ?

A mesure que passaient les jours, un climat trouble, agité de courants opposés, violents, s'instaurait entre eux deux. Néanmoins, seul Adrien paraissait en souffrir.

Les confidences soufflées derrière un éventail en pleine assemblée, la main qu'on vous abandonne, le pied obstinément posé sur le vôtre à l'insu de tous, le baiser dérobé entre deux portes, un sourire aveuglant, une œillade prometteuse, ces mille et précieux petits riens jamais suivis d'effet, le mettaient au supplice. Lui qui naguère encore était si sociable, l'un des membres les plus enjoués de la jeune « troupe » du roi, supportait avec peine la présence d'amis, la promiscuité de la vie de Cour. Il devenait nerveux, ne vivant que dans l'attente d'un miraculeux et trop bref tête-à-tête avec Lorenza. Et, lorsque par chance, ils pensaient être seuls, avoir échappé à l'autorité de madame de Venel, quelqu'un ne manquait pas de survenir malencontreusement.

Or, de plus en plus souvent, ce quelqu'un avait l'allure féline, le museau enfantin de la petite Claire. Très occupée à chaperonner le roi et Marie qui lui donnaient bien du fil à retordre, la gouvernante avait dû, selon toute apparence, charger sa nièce de surveiller Adrien et Lorenza. A chaque détour de couloir ou d'allée, derrière chaque porte, ils la retrouvaient, dissimulée entre les plis d'une tenture, tout à coup assise près d'eux dans un carrosse, blottie sous une table ou dans une ruelle, silencieuse, disparaissant aussi promptement qu'elle avait surgi, inévitable, insaisissable, un véritable lutin !

LES AMOURS MASQUÉES

La plupart du temps, Lorenza prenait le parti d'ignorer la fillette ou de rire de sa présence. Mais il lui arrivait de s'emporter, de la traiter de haut, lui rappelant ses origines bourgeoises, sa position précaire, tout ce que la famille de Venel devait au Cardinal Mazarin. Parfois elle se moquait d'elle, toisant de toute sa taille de brune opulente, aux courbes marmoréennes, cette ébauche de femme aussi gracile qu'un roseau.

— Une fessée : voilà ce qu'elle mériterait à se mêler de nos affaires ! Va donc retrouver tes poupées. C'est de ton âge, bébé !

Sans mot dire, traînant un peu le pas, mais l'œil particulièrement brillant, la petite s'éloignait alors, sous les sarcasmes de Lorenza qui confiait ensuite à Adrien :

— C'est une étrange enfant. Nous la tolérons par charité et pour ne pas davantage envenimer nos rapports avec madame de Venel. D'autre part, ma jeune cousine Marianne l'adore et la défend. Quand elles jouent toutes les deux, nous avons vraiment la paix.

— Que ne jouent-elles ensemble plus souvent ! maugréait Adrien, exaspéré par le manège de Claire.

Il estimait que Lorenza s'accommodait plutôt bien de leur situation d'« amants * » traqués, la soupçonnait d'y trouver du piquant tandis que lui-même s'embourbait dans la confusion, dans l'attente. Passant de l'espoir au découragement, entravé dans un désir tant bien que mal refoulé, il se sentait accablé sous le poids d'un amour dont on ne voulait que par à-coups, selon une humeur déconcertante.

Certains de ses amis intimes cherchèrent à l'entraîner dans quelque joyeuse partie toujours profitable à l'équilibre d'un homme vigoureux. De son côté, le roi lui conseilla de suivre son exemple : son violent attachement pour Marie ne l'empêchait pas, de temps à autre, de trousser une servante.

---

* Amoureux.

LA MAZARINETTE

Accorder son dû à la chair, en des rencontres sans importance, permettait ensuite d'honorer, en toute pureté, la jeune fille élue. Mais en vain s'évertuèrent-ils tous à le convaincre. A leurs théories, Adrien opposa des refus pleins de froideur, dignes d'un chevalier de roman courtois.

> *« Depuis qu'à Philiste*
> *Mon cœur j'engageai,*
> *Tantôt je suis triste,*
> *Tantôt je suis gai.*
> *Ainsi s'en vont mes amours,*
> *Avecque les plus beaux jours. »*

Lorenza replia la feuille qu'un valet d'Adrien lui avait subrepticement glissée dans le manchon, au sortir de la messe. Elle avait attendu d'être dans sa chambre, tranquille, pour la lire. Griffonnés en lettres inégales, celles d'un garçon plus habile à se servir d'une arme que d'une plume, les vers coulaient sans prétention, comme une chanson au refrain mélancolique.

> *« Ainsi s'en vont mes amours... »*

Des billets pareils à celui-ci, oscillant entre reproches et gratitude, désarmants de candeur et de sincérité, lui parvenaient régulièrement. Par tous les moyens – et l'écriture en était un –, Adrien cherchait à emplir le plus possible sa vie à elle, Lorenza.

Elle n'était pas toujours disposée à répondre. Froissées avec agacement, les lettres finissaient fréquemment au feu. Mais il lui arrivait parfois de s'attendrir.

> *« Ainsi s'en vont mes amours... »*

Pauvre Adrien ! Par sa faute il souffrait et, néanmoins, plus elle se montrait versatile et tyrannique, plus il persistait à l'aimer. Après chaque rebuffade, il revenait plus énamouré, plus pressant. Il suffisait de fort peu de chose pour le faire sourire, encore moins pour le blesser. Elle excellait à ce jeu consistant à le garder en son pouvoir tout en ne lui accordant que des miettes. Elle-même en retirait un plaisir pervers.

A la fois dominatrice et victime, frustrée par sa propre conduite, elle guettait l'instant où Adrien lui ferait payer ses humiliations.

« Il ne saura jamais », se dit-elle en souriant, sans pouvoir dire si, réellement, elle le déplorait.

Pour l'heure, cette soumission servait ses plans. Depuis quelque temps, elle était sur ses gardes, soupçonnant le Cardinal d'avoir à son égard des projets déjà bien définis. Cet oncle qu'elle avait toujours détesté, ce ladre vert, cet hypocrite ! Mais à la moindre alerte, Adrien serait là, tout prêt à l'enlever, à l'épouser clandestinement, à braver l'univers pour la posséder. L'oncle Giulio ne serait pas éternel : il était déjà dans un état si piteux ! Le roi, bientôt débarrassé de sa tutelle, saurait vite pardonner à son cher Ivreville et le rappeler à la Cour. Lorenza avait tout prévu. Elle ne voulait pas quitter la France comme sa cousine Laure Martinozzi partie à Modène. Elle refusait tout aussi farouchement l'idée d'être unie à quelque grand seigneur bouffi de morgue, ne voyant en elle qu'un sac d'écus ou un moyen meilleur de réussite.

Adrien, au moins, saurait la respecter, la laisser libre, tout en lui offrant les avantages et les honneurs que lui valait l'affection du roi. Auprès de lui, enfin, elle saurait vaincre la prédiction d'un autre de ses oncles, le signor Mancini, un habile faiseur d'horoscopes, qui avait su annoncer la mort de certains proches et la sienne propre. En plongeant dans l'avenir des enfants de la famille, il avait déchiffré leurs destins et entrevu des complications sans fin occasionnées par Marie, par Hortense et, pour Lorenza, avait prédit un mariage malheureux.

« Je ne pourrai être malheureuse aux côtés d'Adrien, se dit-elle encore en relisant ses vers. Il est loyal et tendre. »

Si tendre. Trop peut-être.

Lorenza s'agita, l'esprit remué par des images, des paroles, des sensations qu'elle s'évertuait d'oublier depuis plusieurs semaines, exactement depuis le bal de l'Arsenal.

Que lui avait dit le grand capucin avant de la conduire dans cette infernale sarabande ? Justement, il s'était présenté comme le diable menant sa troupe de moines apostats afin d'initier le monde à la luxure. Bien d'autres mots sacrilèges s'étaient collés à l'oreille de Lorenza qu'elle aurait fuis avec horreur s'il n'y avait eu ce regard ardent, ce souffle chaud passant sous le masque ; s'il n'y avait eu cette force irrésistible, et ce désir tendu sous la robe de bure qu'une main impitoyable, guidant la sienne, lui avait fait palper.

– Bien, Lorenza... Bien !

Alors qu'elle ne savait rien de lui, il avait répété son nom plusieurs fois, comme pour mieux souligner sa honte. Effrayée par sa propre audace, elle s'était arrachée brusquement à la maléfique emprise et s'était sauvée, poursuivie par un rire plus fort que les bruits de la fête ; elle avait cherché Adrien, sa présence pleine de dévotion.

Mais il arrivait trop souvent maintenant, malgré tous ses efforts, que le souvenir de l'inconnu revînt bousculer la belle ordonnance de ses projets, de ses certitudes.

Comme pour rejeter en même temps ces divagations indignes d'elle, Lorenza repoussa d'un coup de pied la courtepointe de soie verte qui la recouvrait, sauta de son lit et se précipita vers son écritoire. Pendant quelques minutes, elle agita fiévreusement une grande plume d'oie au-dessus d'une feuille qu'elle relut ensuite avec soin, avant de la sabler puis de la glisser, pliée, contre sa poitrine.

« *Je, soussigné, Adrien, Anne, François d'Ivreville, comte de Saint-Evy, reconnaissant avoir donné la foi à mademoiselle Lorenza de Muti, de l'épouser dans un an au plus tard, ai voulu pour gage et confirmation de cette foi, écrire et signer de ma main le présent acte fait à Paris le... mars 1659.* »

« *Je, soussignée, Lorenza de Muti, ayant donné ma foi réciproquement à Adrien, Anne, François d'Ivreville, comte de* »

LES AMOURS MASQUÉES

Lorenza apposa son audacieux paraphe au bas de la feuille, laissant deux blancs en bonne place afin qu'Adrien put y mettre le sien et préciser aussi la date. Cette promesse de mariage dûment signée avait valeur d'engagement officiel et ne pouvait donc être rompue que par décision de justice. Sans douter de l'attachement qu'on lui portait, Lorenza prenait là une solide garantie sur l'avenir, à brandir le cas échéant au nez de son oncle ou des parents d'Adrien. Celui-ci, bien sûr, vit dans ce papier la plus douce des réponses à toutes ses lettres d'amour. Il le signa, le rapporta le lendemain même, enivré, bien que s'efforçant de ne pas trahir sa joie.

En fait, ce jour-là, à l'exception de Floriane, inquiète et contrariée par leurs conciliabules échangés en public, par l'air transporté de son fils et les mines triomphantes de Lorenza, l'attention des courtisans se dirigeait sur des visiteurs autrement plus intéressants à leur point de vue, que le jeune couple de comploteurs.

Le gouverneur des Pays-Bas espagnols, Don Juan d'Autriche, venait d'arriver à Paris mené par le maréchal d'Ivreville. Alors que la guerre se poursuivait toujours entre les deux royaumes, Don Juan avait obtenu l'autorisation, allant de Bruxelles à Madrid, de traverser la France et de s'arrêter dans la capitale. Ce séjour, ajouté au fait que le Cardinal continuait de son côté à parlementer avec le ministre Antonio Pimentel, confirma les soupçons de la Cour : le mariage du roi et de l'Infante n'était peut-être pas un mirage mais pouvait bien se réaliser dans un futur proche.

La réception donnée au Louvre, en l'honneur de Don Juan, apparaissait même, aux yeux des plus perspicaces, comme une sorte de réunion de famille en vue d'accords plus étroits. Don Juan d'Autriche n'était autre, en effet, que le fils bâtard de Philippe IV d'Espagne né de ses amours illégitimes avec une comédienne. Par conséquent, il était aussi le demi-frère de l'Infante et le neveu de la reine Anne !

Dans l'ensemble, on trouva assez agréable et surtout sain d'allure ce petit homme trapu, quoique bien proportionné, habillé de gris avec justaucorps de velours noir à la française. En général, les rejetons mâles du roi d'Espagne, légitimes ceux-là, avaient une fâcheuse tendance à gagner prématurément le tombeau ! On le traita donc très bien, de même que les gens de sa suite parmi lesquels se trouvait, selon la coutume chez nombre de Grands, une folle nommée La Pitorra.

Rarement se rencontrait une aussi jolie folle, Pitorra, la Pitorre, la Bécasse ! On fut emballé par sa coupe de cheveux et ses vêtements d'homme, son feutre et son épée, ses yeux qui louchaient, ses grimaces et ses calembredaines. On lui fit fête et certains même, soucieux de se bien faire voir de cette créature appréciée de l'Infante – et donc, qui sait ? de leur prochaine souveraine –, la comblèrent de présents.

Devant ces bassesses de Cour, Marie Mancini, qu'une sourde angoisse commençait à gagner, se moqua de la Pitorre. Mais l'autre riposta avec malice :

– L'Infante est belle. L'Infante est blonde. L'Infante est un bouton de rose.

– Faites donc taire cette Bécasse ! tempêta la brune Marie en se tournant vers le roi.

– L'Infante est digne d'être reine, jacassait la folle. Et on ne peut en dire autant de certaines effrontées.

Toute la grand-salle jubilait, prête à déchiqueter la Mazarinette, lorsque Louis XIV, tanné par une Marie écumante de rage, décréta enfin que l'effrontée était cette Pitorre qui dut sortir du Louvre sur-le-champ.

– Ma cousine s'est fourrée dans une situation humiliante, dit Lorenza après avoir suivi la scène. Je crains que le roi ne sache pas toujours prendre son parti.

Avant qu'Adrien ne lui répondît, elle rajouta soudainement :

– Oh ! Vous, ne me trahissez pas ! Jamais !

Pour la première fois, il décela dans sa manière, dans sa

71

voix, sur son visage levé vers lui, une prière ardente, une émotion qui le bouleversèrent. Se noyant dans la cohue, il l'entraîna sans plus réfléchir hors de la salle, descendit rapidement le Grand Degré, enfila un corridor étroit comme un boyau, poussa une porte, à l'aise dans ce palais vétuste dont il connaissait chaque recoin, Lorenza toujours derrière lui.

Ils entrèrent ainsi dans un réduit très sombre où les gardes suisses entreposaient leurs hardes et quelques bonbonnes de vin. Il n'y avait heureusement personne. Etonné par la facilité avec laquelle ils avaient pu s'échapper, Adrien n'attendit pas pour profiter de l'aubaine. Après tout, ces fiançailles secrètes lui conféraient des droits dont il entendait jouir à l'instant. Sans avoir eu le loisir de s'y préparer, Lorenza se retrouva dans ses bras, follement serrée, les lèvres, le cou, la gorge, écrasés par des baisers de conquérant.

– Non, non ! Arrêtez !

Elle crut protester avec force. Elle ne fit que gémir. Ses poings fermés sur les épaules d'Adrien ne parvenaient pas à le repousser. Elle se voyait déjà prise comme une « fille pierreuse », dans l'ombre d'un réduit à soldats empli d'odeurs détestables et néanmoins troublantes. Elle voyait ses plans écroulés sous la charge de cet impatient qui, d'amoureux timide et maladroit, deviendrait son maître avec, pour parachever l'humiliation, un plaisir sournois qui déjà s'enflait en elle.

– Non ! C'est de la folie !

Mais l'envie de s'abandonner s'imposait de plus en plus. Lorenza, enfin, allait désarmer, s'offrir, provoquer elle-même l'audace, lorsqu'Adrien relâcha tout à coup son étreinte pour lui prendre les mains.

– Je suis fou, c'est vrai, balbutia-t-il sur ses doigts. Pardon, ma déesse ! Qu'allais-je faire, Grand Dieu ? Pardon !

Si brutalement rendue à la sagesse au moment même où elle décidait de l'ignorer, Lorenza arracha ses mains, se redressa comme un aspic, mordante, furieuse :

– Vous pardonner ! Ce serait trop simple !

Elle aurait voulu le battre, son corps tout entier encore agité de désirs qu'on n'avait pas su contenter. Mais Adrien se méprit sur sa colère. Avec honte et tristesse, il lui répéta ses regrets.

— Et moi qui vous prenais pour un véritable gentilhomme ! Je ne sais...

Un rai de lumière interrompit Lorenza dans son vertueux vibrato. La porte venait de s'ouvrir, mue par un mystérieux courant d'air. Cependant, un pan de robe s'agita légèrement sur le seuil, dont ils devinèrent aussitôt qui la portait.

— Voilà notre ange gardien ! ricana Lorenza en ramassant ses propres jupes pour sortir du réduit. Eh bien, ma chère Claire, vous aurez cette fois de quoi raconter à votre tante. Qu'attendez-vous pour courir auprès d'elle ?

Exprès devant la fillette, elle arrangea son corsage un peu malmené, tapota ses cheveux puis, dignement, s'éloigna.

Adrien mit quelques secondes avant de la suivre, trop ébranlé par ce qui venait de se dérouler si vite. En voyant Claire adossée au mur, suçant d'un air angélique une orange confite, il sentit ses nerfs lâcher. Sa confusion, sa déception se muèrent en rage.

— Espèce de poison ! Que faites-vous ici ?

Sans broncher, Claire plia le restant du fruit dans son mouchoir et remit le tout dans sa poche avec des gestes tranquilles qui décuplèrent la fureur du jeune homme. Il la prit par les bras, se mit à la secouer avec violence. Jamais il n'avait ressenti une telle exaspération. Lui qui n'avait pas un soupçon de méchanceté était prêt à s'acharner sur cette enfant.

— Lâchez-moi ! Vous me faites mal, s'écria-t-elle en voulant se dégager.

Elle ne semblait pas avoir peur mais ses yeux verts étincelaient de colère et de reproches.

Ils luttèrent sans chercher à se ménager. Contre Adrien, Claire se tortillait, lançait des coups de pied, cherchait à lui mordre les mains. Son corps menu, à la fragile apparence, qu'il aurait cru pouvoir terrasser comme un rien, révélait une force et une agilité de jeune animal. Ses cheveux aux reflets de miel, ramenés sur la nuque en masse bouclée, très épaisse, dégageaient, du reste, une odeur chaude et douce de fourrure soignée. Adrien en fut ému, même s'il n'en prit pas nettement conscience. Sa poigne se resserra.

— Vous n'êtes qu'une brute !

— Et toi, une vulgaire espionne.

— Lâchez-moi !

— Non ! Tu as besoin d'une leçon.

— Si vous me lâchez, je vous dirai quelque chose.

Amusé malgré lui par sa riposte de sauvageonne, par ses ruses, Adrien se mit à rire sans se laisser convaincre.

— Quelque chose sur un capucin !

Le mot retentit comme une formule magique qui, cette fois-ci, libéra Claire.

La peste ! A tant fouiner au travers du Louvre, à force de suivre les adultes pas à pas, d'épier leurs conversations, qu'avait-elle donc appris ? Sûrement beaucoup de secrets. Personne ne se méfiait d'elle qui avait l'art de se faufiler partout, d'emprunter les passages réservés aux domestiques, creusés dans les murailles, de se faire oublier afin de mieux voir, de mieux entendre. Madame de Venel pouvait à juste titre se flatter d'avoir recruté le meilleur des agents de renseignements. Mais il était malgré tout crispant de voir ce petit sycophante toujours s'acharner sur les mêmes victimes et, en particulier, s'occuper d'une affaire très privée qu'Adrien croyait pourtant ignorée de tout le monde, Monsieur, Mademoiselle, n'ayant certainement pas ébruité le but réel de ses visites chez eux.

— Que savez-vous d'un capucin ? demanda-t-il d'un ton glacial, sans toutefois songer à finasser, à nier son intérêt.

Claire avait repris l'avantage, bien décidée, évidemment, à le savourer avec autant de plaisir qu'un fruit confit. Avant de répondre, elle prit le temps de remettre de l'ordre dans sa mise, tout en surveillant du coin de l'œil Ivreville qui bouillait.

— Alors ? Que savez-vous ?

— Oh ! finit-elle par dire. Sur lui, je ne sais rien. Non ! Attendez !

Paume ouverte, Claire eut un mouvement de recul en le voyant s'avancer vers elle, de nouveau menaçant.

— Je peux vous montrer une personne qui le connaît certainement !

Soudain, elle se fit très volubile, voulut le convaincre :

— J'étais moi aussi au bal de l'Arsenal. Vous vous souvenez ? Vêtue en mendiante. J'ai tout vu de l'incident causé par les moines. J'ai même entendu ce que certains disaient. Des bêtises, vous pensez bien ! lâcha Claire dédaigneusement, avec une moue de personne avertie. Parmi ces moines, il y avait au moins une femme.

— Une femme !

Cette éventualité, qui n'avait pas encore été soulevée, étonna Adrien :

— Comment diantre pouvez-vous l'affirmer ? Ils étaient tous si bien dissimulés par leurs gros habits de bure.

— J'étais mieux placée que vous pour les voir. Je ne dansais pas, moi ! Et puis… j'ai senti un parfum ; un parfum très particulier que j'ai retrouvé pas plus tard que cet après-midi.

Adrien ne put s'empêcher de s'esclaffer :

— Alors, c'est sur un parfum que vous appuyez vos certitudes ? Permettez-moi de vous dire que je trouve l'indice bien léger.

Vexée, Claire lui tourna le dos. Il la rattrapa dans le couloir :

— Bon ! Dites-moi qui est cette femme.

— Je ne vous le dirai pas, rétorqua-t-elle avec hauteur. Je vous la désignerai. Suivez-moi.

Au sortir du couloir, ils débouchèrent dans la salle basse des Suisses ouverte sur la cour et pleine d'une foule descendue de la grand-salle où s'achevait la réception donnée en l'honneur de Don Juan.

— J'ai vu cette dame tout à l'heure, chuchota Claire. Elle parlait au comte de Guiche. Avec un peu de chance, elle ne sera pas encore partie.

De l'escalier, continuait à s'écouler, tel un torrent multicolore et assourdissant, le flot de ceux qui n'étaient pas conviés au souper donné bientôt chez la reine. Adrien aurait pu mettre un nom sur la plupart d'entre eux. A ses côtés, Claire guettait chaque apparition féminine avec le frémissement d'excitation d'une enfant qui se prend vraiment au jeu.

« Etrange petite », pensa-t-il, impatient lui-même de reconnaître peut-être un visage.

Tout à coup, il sentit qu'elle le tirait discrètement par la manche.

– C'est elle ! Là, en bleu...

Une blonde, au teint admirable, le manteau ouvert sur une gorge opulente, descendait le Grand Degré. Lorsqu'elle passa devant Adrien, il la salua, ainsi qu'une ancienne connaissance.

– La comtesse d'Olonne ? souffla-t-il tout en suivant du regard la sortie de la pulpeuse créature, au sillage, en effet, fortement parfumé.

Puis, en se retournant vers Claire, il constata que celle-ci avait déjà disparu.

★
★ ★

Ce parfum indiscret, violent, entêtant, alliance originale de musc, d'ambre et d'œillet, Adrien d'Ivreville le retrouva aussitôt franchi le seuil d'un Hôtel cossu de la rue Férou. Qu'il eût décidé, sans hésitation, de rendre visite à la comtesse sur un simple commérage de petite fille, pouvait à première vue paraître surprenant. Mais quand on savait qui était Catherine-Henriette d'Olonne, il était très vraisemblable de l'imaginer faisant scandale en fêtant Mardi gras.

Avant son mariage, elle avait été un modèle de vertu, unanimement louée, courtisée en vain. Puis elle était devenue l'épouse du séduisant Louis de la Trémoille, comte d'Olonne, et le monde avait alors vu se métamorphoser la modeste colombe en redoutable messaline. Par quel prodige ?

76

LA MAZARINETTE

Le secret n'avait pas tardé à être éventé par les plus sagaces : le comte avait su, simplement, initier sa jeune femme au plaisir. Bon vivant lui-même, membre d'une petite confrérie d'amateurs de vins rares, Louis d'Olonne était surtout un homme expert au déduit, un jouisseur amoral. Sous son égide, Catherine avait révélé un solide appétit pour les joies amoureuses. Avec un caractère ne connaissant pas plus de mesure que son tempérament de retenue, encouragée par un mari complice, gourmand de ses confidences, courtisée pour sa beauté et donc, par conséquent, extrêmement sollicitée, la jeune femme n'avait pu que céder très vite aux tentations. Dès lors, on ne compta plus ses liaisons ; on la découvrit vénale ; elle se mit à jouer, avec frénésie, trouvant toujours de riches protecteurs pour régler ses dettes, des sommes souvent fabuleuses. Ces hommes, la plupart du temps de basse naissance, enrichis de manière obscure, partageaient ses faveurs avec des gentilshommes les plus nobles de la Cour. La Cour où la présence de la comtesse d'Olonne était de moins en moins souhaitée.

Il y avait eu le fâcheux épisode d'un soufflet de cheminée, un objet de prix en peau d'Espagne, ébène et argent, disparu de l'appartement de la reine et bizarrement retrouvé chez la comtesse. Il y avait eu aussi le projet du comte de Guiche, l'un de ses amants, d'attirer dans les bras de sa maîtresse, le jeune Monsieur. En fin de compte, Philippe s'était dérobé, plus effrayé que séduit par la perspective. Mais la reine – la "bonne femme", comme l'appelait grossièrement cet insolent de Guiche – n'avait pas apprécié tant de basses manœuvres autour de son fils cadet. Bref, on daubait beaucoup sur Catherine d'Olonne, et d'autres, par prudence, auraient déjà rectifié le tir, mis une sourdine à ce tapage. Pas elle. Sans souci du qu'en-dira-t-on, sans cruauté mais sans scrupule, elle continuait à tracer son chemin fantasque et tortueux.

Adrien avait espéré qu'à cette heure indécise où la nuit

77

tombait vite, il la trouverait chez elle, seule si possible. Il se rappelait une anecdote récente qui avait réjoui tout Paris : un ami de Catherine, venant chez elle à l'improviste, l'avait surprise en plein jour, sur les genoux du comte d'Olonne, accordant à ce mari ce qu'une femme réservait d'ordinaire à son amant !

Par bonheur, Adrien n'eut aucune difficulté pour se faire recevoir. Un maître d'hôtel, tout vêtu de brun, parlant avec la mine navrée de celui qui voit, impuissant, trop de choses, conduisit le visiteur au premier étage de la maison. Une jeune servante, répondant au nom de Quinette, prit le relais. A sa suite, Adrien traversa une antichambre meublée avec un goût prononcé pour les couleurs vives, puis fut introduit dans un cabinet d'où Quinette s'éclipsa après une révérence.

La pièce aux proportions intimes, de forme légèrement ovale, était tendue de cuir doré ; son unique fenêtre était masquée d'un lourd rideau de damas bleu ; son parquet, recouvert d'un tapis d'Orient. Tout avait été conçu pour assourdir les bruits, pour feutrer le pas et donner à l'atmosphère cette sorte de recueillement propre à certains sanctuaires. La divinité, adorée ici même, était d'ailleurs représentée dans un cadre serti d'or, accroché au mur d'une petite alcôve, juste en face de la porte d'entrée. N'ayant pour vêture qu'une gaze transparente, Vénus suivait Cupidon parmi fleurs et charmilles. Adrien reconnut dans le tableau, le pinceau de Cranach. Le Jeune ? L'Ancien ? Cela, il n'aurait su le dire. Du reste, la question ne le préoccupa même pas. Il venait de découvrir, sous le portrait, la prêtresse des lieux, allongée sur un lit de repos, vision si parfaite qu'il en fut interdit.

Le rose et l'or : le rose d'un déshabillé de soie fluide, d'un visage épanoui ; l'or des lumières savamment disposées dans l'alcôve, d'une chevelure annelée, d'un regard brillant. Pendant un instant, les yeux d'Adrien se perdirent dans une nuée aussi somptueuse qu'une aurore.

— Approchez-vous, monsieur, intima la comtesse, ravie de voir le jeune homme tout troublé.

La voix le remit d'aplomb. Il avait assez l'usage du monde pour savoir se conduire partout avec aisance. Il ôta donc son feutre, se déganta et vint baiser la main de son hôtesse qui lui désigna près de son lit un petit tabouret.

— C'est la première fois que vous venez me voir, M. d'Ivreville.

— Je regrette, madame, de ne pas l'avoir fait plus tôt, affirma Adrien sans mentir vraiment sous le compliment.

Elle était, vue de si près, en « négligé », beaucoup plus attrayante que parée pour quelque réunion mondaine. Le déshabillé rose, soulignant ses formes, ne cachait pas grand-chose d'une poitrine généreuse et laissait dépasser un pied potelé. Ce soupçon d'embonpoint, ces joues rondes creusées de fossettes, donnaient à Catherine d'Olonne un air de santé, de bonne humeur communicatif. Les simagrées, les minauderies de précieuses, ce n'était pas son genre. Tout à fait à l'aise et sachant fort bien à qui il avait affaire, Adrien ne se perdit donc pas en bavardages superflus.

Après avoir inspiré profondément, voluptueusement, une bouffée d'effluves capiteux, il déclara :

— Ce parfum, madame ! Il m'a semblé, hier, l'avoir reconnu. Ne serait-ce pas celui d'un moine paillard, croisé un soir de Carnaval ?

La comtesse éclata de rire, trop admirative et trop flattée pour chercher à mentir :

— Félicitations, mon cher ! D'ordinaire, ce sont les femmes qui ont l'odorat aussi subtil.

— Ainsi donc, je ne me suis pas trompé. Vous en étiez, madame, dit Adrien en saluant mentalement cette fine mouche de Claire.

— J'en étais. Mais chut !... Je compte sur votre discrétion. Notre mascarade ne fut pas au goût de tout le monde, de la reine en particulier. Oh ! je me moquerais personnellement

79

d'avoir ou non été reconnue. Où est le mal, au fond ? Nous nous sommes tellement amusés !

La comtesse pouffa au souvenir de cette bravade de libertins.

— Mais, comme vous l'avez vu, je n'étais pas seule. Mes amis tiennent à ce que leurs noms ne circulent pas.

— Vos amis que, sans doute, je connais, eux aussi.

Catherine d'Olonne, toujours bavarde et étourdie, eut toutefois un réflexe de prudence.

— Peut-être, répondit-elle.

Adrien laissa glisser un silence, le temps pour elle d'agiter, devant son visage, un éventail de dentelle peinte.

— Nous avons tous juré le secret, vous savez.

— Bien sûr. Dans ce cas, j'aurais mauvaise grâce à vous demander qui vous accompagnait, chère madame.

— En effet.

Ils se turent encore un moment pour échanger des sourires pareils à de joyeux défis. La comtesse, sûre de ses appas, ne doutait pas qu'Adrien fût venu en admirateur. Mais elle supposait bien qu'il brûlait aussi de l'entendre trahir ses complices, ce qu'elle admettait volontiers, étant elle-même fort curieuse. Parlerait-elle ? Se tairait-elle ? Catherine d'Olonne n'avait pas l'habitude de donner quoi que ce fût sans contrepartie. Son visiteur saurait-il le comprendre ? Elle l'espérait. Adrien lui faisait très bonne impression, si jeune, si frais, si élégant dans un court pourpoint vert, le rhingrave assorti, ses épaules carrées, solides sous un petit manteau aux pans rejetés en arrière. Avec une désinvolture !... On ne pouvait être plus à la mode et pourtant, moins affecté que lui. Sa présence valait bien celle de Guiche qui, cet après-midi, lui avait fait faux bond pour batifoler, Dieu seul savait où, avec son ami Manicamp. Certaines pensées se mirent à taquiner l'imagination de Catherine.

De son côté, Adrien n'avait pas l'intention de déclarer forfait. D'ailleurs, il possédait encore une arme imparable, qu'il entendait utiliser en temps voulu. Le tout était de rester maître de soi, d'éviter de trop regarder ce corps alangui sous l'étoffe rose, de se rappeler qu'il se trouvait ici uniquement pour une question d'amour et d'honneur. Il voulait des noms. Avec un peu d'habileté, il les aurait.

Brave fille, Catherine sembla consentir à lui faciliter la tâche. Riant de nouveau, elle lança :

— Croiriez-vous que mon mari s'est masqué avec moi ? En réalité, c'est lui qui m'a entraînée dans cette aventure.

— Vous avez la chance d'avoir pour époux un homme d'esprit. Etiez-vous donc la seule femme du groupe ?

— Non, non ! Quinette, ma suivante, était avec nous. Timorée, au début, mais rapidement mise à notre diapason.

— Vous, le comte et Quinette : cela fait trois. Qui sont les autres ?

— Ça ! J'en ai trop dit, monsieur. Changeons de sujet !

— Je veux bien. Parlons de vous. Tout ce qui concerne une personne de votre mérite m'intéresse, fit-il sans faire preuve de grande originalité.

— Vous n'êtes pas sérieux, protesta-t-elle en coulant, sous sa paupière, un regard cependant charmé. Je ne m'étais pas encore aperçue de votre intérêt pour moi.

— Vous ne voyez rien, hélas, que vos cartes et vos dés. Le jeu a plus d'attraits pour vous qu'un honnête homme.

La comtesse soupira en repliant son éventail.

— C'est possible. Mais voilà une passion funeste qui me coûte cher. Je suis bien punie.

Son plaisant visage paraissait triste, abattu, reflétant l'amertume ressentie devant ses propres fautes. Comme un confesseur au chevet d'une pénitente, Adrien murmura :

— Confiez-vous sans peur, madame. Je pourrais peut-être vous aider, vous proposer... Ah ! si j'osais !

Il fit mine de chercher dans ses poches où, par un hasard heureux, se trouvait précisément une bourse de cuir rouge, renflée, tendue, qu'il sortit et que la comtesse, malgré son accablement, eut vite fait d'évaluer.

Décidément, ce jeune d'Ivreville savait vivre. Il avait en

outre une manière de plonger, en toute innocence, ses beaux yeux gris dans ceux d'une femme, qu'elle jugeait irrésistible.

Catherine saisit la bourse et la posa sur une table, près de son lit. Oubliées les façons languissantes de pauvre pécheresse ! Sa nature spontanée, irréfléchie, qui lui valait tant de complications et de critiques, reprit le dessus.

— Que c'est gentil à vous de m'offrir ce petit secours !

Jouant le mystère, elle fit signe à Adrien de s'approcher plus près d'elle :

— Réflexion faite, cela mérite qu'en échange je vous dise qui étaient les trois autres capucins. Mais saurez-vous garder pour vous ce que je vais vous confier ?

— Vous avez ma parole.

— J'ai confiance. Eh bien, chuchota-t-elle, c'étaient messieurs de Guiche, de Manicamp et de Naillac.

Adrien connaissait fort bien le comte de Guiche et le comte de Manicamp. En revanche, il n'avait jamais rencontré le dernier.

— Je vous remercie, madame, fit-il sobrement, en se levant aussitôt pour prendre congé.

Catherine d'Olonne le regarda sans bien comprendre. Quoi ? Point d'autre réaction ? Pas de commentaire, de mot particulier pour sa coopération ? L'ingrat se disposait donc à s'en aller comme si plus rien, tout à coup, n'avait d'importance pour lui ? Il n'était tout de même pas venu lui rendre visite pour satisfaire une simple curiosité ? Et croyait-il dans ce cas s'en tirer à si bon compte ? Certes, il y avait cette bourse. Les pistoles gonflaient son cuir. Mais Catherine, qui avait prévu de s'octroyer un peu de récréation, estimait, malgré cela, n'être pas suffisamment payée pour sa peine.

— Vous partez déjà, monsieur ?

— Je ne veux pas abuser de votre temps.

Adrien s'inclina, sans remarquer les ondes orageuses frémissant sur les traits de madame d'Olonne.

— Restez ! intima-t-elle, de très mauvaise humeur.

Mais croyant soudain deviner la raison de cette attitude

désobligeante, elle fit instantanément refleurir un sourire sur ses lèvres. Cette raison ? Un excès de timidité, voilà tout, si excusable à l'âge d'Adrien. Vingt ans ! Il avait, bien sûr, beaucoup à apprendre encore. Catherine sentait qu'il était de son devoir de lui apporter l'expérience qui certainement lui manquait.

– Restez !

Avec autorité, elle lui enleva des mains le chapeau qu'il allait recoiffer et, sans qu'il ait eu le temps de prévoir son intention, tira sur les rubans de ses chausses.

Elle ne s'était pas trompée ! Son adorable soupirant ne demandait qu'un geste pour oser manifester son ardeur. Soulevée sur un coude, au comble du ravissement, la comtesse découvrit l'offrande, s'en empara pour mieux la façonner selon sa fantaisie. Puis ce fut sa bouche qui poursuivit l'ouvrage, avec une science, avec une gourmandise, dignes de sa renommée.

Les mains d'Adrien se posèrent sur elle, s'enfoncèrent dans ses cheveux, se durcirent autour de ses tempes. Elle voulut alors voir son visage, prendre aussi possession de ses yeux, et sentir en elle se conclure la joute. Mais il était déjà trop tard : menées avec pareille dextérité, ses caresses avaient eu raison du jeune homme. Frustrée, hors d'elle-même, la comtesse se rejeta sur sa couche, vidant son dépit et son mépris dans un déluge de mots orduriers.

Adrien avait été de surprise en surprise. Tout à la satisfaction de connaître enfin le nom qu'il cherchait depuis des semaines, il avait négligé madame d'Olonne. Après une longue période de chasteté, tout entier consacré à Lorenza, vivant un rêve exaltant l'amour et le dévouement absolu à l'élue de son cœur, il s'était donc fatalement trouvé sans défense face à cette attaque traîtresse. D'un seul coup, s'étaient réveillées toutes les exigences légitimes et trop longtemps domptées de ses sens. Il n'avait plus, soudain, pensé à rien ; même le nom de Lorenza, habituellement gravé dans sa conscience en lettres flamboyantes, même ce nom chéri s'était effacé. Le désir, la jouissance, rapides comme les vagues déferlantes d'un sauvage océan, l'avaient envahi, l'avaient submergé. Trop vite, hélas ! La réaction de la comtesse lui donnait la mesure de sa propre maladresse.

Elle était maintenant couchée, là, devant lui, défaite, haletante, éructante. Jamais il n'avait encore entendu un tel langage, excepté chez les harengères de la Halle. Devait-il s'effondrer sous les insultes ? Demander pardon à genoux ? Battre en retraite, honteusement ? Non... Adrien préféra choisir un bien meilleur parti, celui de rire. Car il y avait en lui trop de joie de vivre, d'humour, pour ne pas apprécier le comique de la situation. Il y avait aussi trop de sève pour ne pas être de nouveau ému par le spectacle de cette femme à demi dénudée, une femme qui méritait, en effet, un tout autre traitement.

Ce fut alors au tour d'Adrien de prendre l'initiative. Brutalement, fut arraché le déshabillé de soie rose. Sans ménagement, furent empoignées, puis forcées, les chairs blanches et moelleuses. Une bourrasque virile, guerrière, terrassa Catherine. L'audacieuse venait de trouver son maître. Elle n'en finit plus d'en louer Vénus, de lui rendre grâce, en de longues, de plaintives litanies, ponctuées sans pudeur, de cris de plaisir.

— Madame ! Madame !

Depuis un moment, la blonde Quinette essayait d'attirer l'attention de la comtesse. Elle s'était approchée du lit en évitant de marcher sur les vêtements éparpillés par Adrien dans le feu de l'action, et renouvelait ses appels. Sans succès. Elle se résigna donc à attendre que les amants fussent décidés à mettre une trêve dans leurs ébats, attente interminable, selon la pauvre fille, plongée dans un mélange éprouvant de crainte, d'admiration et d'envie. Un dernier soubresaut eut tout de même raison de tant d'ardeur. Enfin rassasiés, les deux corps s'apaisèrent, se séparèrent. Quinette en profita pour vite se manifester :

– Madame !

– Mmm… Que veux-tu ? fit une voix mourante.

– Madame, monsieur le comte vient de rentrer, avec des amis. J'ai dit que vous vous reposiez. Ils vous attendent pour souper.

– Quoi !

Le comte d'Olonne était, il est vrai, un mari complaisant, mais il y avait, malgré tout, des convenances élémentaires à respecter. Un scandale n'aurait profité à personne et n'était pas du goût d'Ivreville qui, déjà, avait bondi.

De son côté, Catherine réagissait en femme habituée à ce genre de situation et déplaçait la table près de son chevet, roulait le tapis, tirait sur l'anneau d'une trappe découpée dans le plancher.

– Montre le chemin à monsieur, Quinette. Vite, par ici, mon cher !

Couvert seulement de ses chausses, Adrien s'inclina devant la plantureuse créature aux chairs colorées par l'amour, avec la même dignité, la même cérémonie, qu'il eût témoignées s'ils avaient tous deux été à la Cour, en tenue d'apparat. Reconnaissante, Catherine d'Olonne préféra une séparation plus chaleureuse et lui jeta les bras autour du cou. L'instant d'après, elle refermait la trappe, remettait tout en ordre diligemment et, la bourse serrée contre sa poitrine, filait dans la garde-robe.

Pendant ce temps, Quinette avait allumé une chandelle, éclairant un mince passage dans lequel Adrien acheva, tant bien que mal, de se rhabiller. Quelques pas plus loin, ils prirent un petit escalier incurvé dans la pierre, le descendirent l'un derrière l'autre, et se trouvèrent devant un panneau de bois percé vers le haut par une frise étroite, sculptée comme une dentelle. Des voix leur parvenaient avec netteté. Quinette souffla aussitôt sur la mèche, grimpa sur un petit marchepied laissé là, à cet effet, et colla les yeux sur la frise, attirant d'Ivreville afin qu'il regardât lui aussi.

Il reconnut sans peine l'une des salles du rez-de-chaussée de l'Hôtel, pour l'avoir traversée à son arrivée. Le comte d'Olonne s'y trouvait entouré d'autres personnes, deux femmes et trois hommes exactement. Des valets leur avaient servi du vin. Chacun riait beaucoup en écoutant le comte, très en verve, leur adresser un véritable cours d'œnologie.

— Il faut attendre que la voie soit libre, chuchota Quinette qui profitait de l'espace exigu pour se presser contre Adrien.

Mais l'attention de ce dernier s'était portée sur tout autre chose, sur l'un des invités du comte d'Olonne.

— Qui est-ce ? Qui est cet homme debout près de la fenêtre, face à nous ?

— Lui ? C'est le marquis de Naillac.

— Vient-il souvent ici ?

— Depuis peu, oui. Il courtise madame.

Quinette soupira, la tête sur l'épaule d'Ivreville, espérant qu'il mettrait à profit leur réclusion forcée. Il se contenta de lui flatter distraitement la croupe, sans quitter des yeux le sombre marquis.

Un bon quart d'heure peut-être se passa ainsi, puis ils virent la porte de la salle s'ouvrir sur la comtesse d'Olonne, jouant à merveille les hôtesses, radieuse dans une robe rouge aux manches retroussées sur des bouffées de linon blanc.

— Bonsoir ! Bonsoir, mes amis ! Je suis confuse. Figurez-vous que je dormais profondément. Si vous voulez me suivre. Le souper nous est servi.

Tous lui obéirent, son mari comme les autres qui lança un coup d'œil hilare en direction du panneau de bois tout en offrant le bras à l'une des invitées.

Lorsque la salle fut vide, Quinette n'eut qu'à pousser sur une chevillette pour faire coulisser le battant. Mais, auparavant, elle fit comme la comtesse l'avait fait avant elle : collée aux lèvres d'Adrien, elle lui donna un baiser que, de bon cœur cette fois, il lui rendit avant de s'éclipser sans plus attendre.

LA MAZARINETTE

On ne pouvait cerner la véritable personnalité de Paul-Alexandre de Naillac sans remonter au début du siècle, à l'arrivée en France de marchands espagnols venus pour la plupart du royaume de Valence ou, plus au Sud encore, d'Andalousie, régions longtemps gouvernées, jadis, par les Maures. Ces marchands, des morisques, étaient justement les descendants de ces milliers d'Arabes restés en Espagne après la reconquête chrétienne, lorsque la Croix avait remplacé le Croissant. Convertis, ils avaient continué à s'occuper activement d'artisanat ou de commerce, sans toutefois réussir à s'intégrer dans la société du pays. Unanimement méprisés, soupçonnés, à juste titre d'ailleurs, d'invoquer plus souvent le nom de Mahomet que celui de Jésus, ils avaient fini par être chassés d'Espagne en même temps que les Juifs encore plus exécrés.

Les morisques apportaient avec eux un sens redoutable des affaires qui, pour certains, n'avait pas tardé à faire leur fortune. Alonzo Lopez, le père de Paul-Alexandre, avait été de ces derniers. Lancé dès son arrivée à Paris dans un judicieux négoce de draps, entre la France et Constantinople, il s'était ensuite spécialisé dans l'achat et la taille de diamants bruts, revendus avec d'importants bénéfices.

Rusé, drôle, plein d'entregent, le morisque avait su se faire apprécier du Cardinal de Richelieu. On l'avait vu en Hollande, sur ordre du ministre, commander des navires pour la flotte française. Pour l'armée, Lopez avait aussi fourni des munitions, du fourrage et des vivres. Parmi les « donneurs d'avis » – ces gens prêts à conseiller les uns, les autres, à lancer une idée, un projet, une transaction nouvelle, moyennant pour eux-mêmes une commission, évidemment, un gros pourcentage –, il avait sans conteste été l'un des plus écoutés, l'un des plus astucieux. Nommé

LES AMOURS MASQUÉES

Conseiller d'Etat, installé dans un splendide Hôtel de la rue des Petits-Champs, roulant carrosse à six chevaux, Alonzo Lopez avait donc tracé en quelques années un parcours étincelant, recouvrant d'ombre, habilement, des chemins de traverse douteux, des manœuvres pas toujours irréprochables, brouillant les pistes, retouchant jusqu'à ses propres origines.

Un morisque, cet homme replet, au nez proéminent, au teint prononcé, mangé de barbe, aux façons par trop levantines ? Peut-être. Mais beaucoup en doutaient et le traitaient, tour à tour, de Juif ou de Mahométan. Accusations qui ne fâchaient pas Lopez mais le poussaient à hanter ostensiblement les églises, à manger du porc à chaque repas, à faire maigre le vendredi. Oui, morisque il était, c'est-à-dire aussi bon chrétien que ses détracteurs.

En revanche, il se complaisait à évoquer ses nobles ancêtres, les Abencérages de Grenade, ces Maures légendaires, esthètes et guerriers, cruels et prodigues, de véritables princes, enfin, dont le sang coulait toujours selon lui, dans ses veines !

Les gens souriaient à ces propos sans deviner que, sous l'enveloppe souvent servile du petit homme, couvait l'orgueil d'appartenir à une race quasi mythique, un orgueil pourtant incommensurable, véritable ressort de toute son action, dont avait hérité, en plus des monceaux d'or et de joyaux empilés au cours des ans, son fils unique, Paul-Alexandre de Naillac.

A l'aube de la soixantaine, Lopez s'était en effet décidé à se marier. Suzanne, sa fiancée, était pauvre, mais elle avait toute la fraîcheur de ses quinze ans et, surtout, appartenait à la plus pure, à la meilleure noblesse du Béarn. Anobli lui-même après d'obscurs services rendus à Mazarin, prenant le titre d'une terre rachetée à sa belle-famille, Lopez était finalement devenu marquis de Naillac. Ainsi donc s'était achevée la vie du petit marchand andalou, dans l'apothéose d'un destin hors normes, parmi blasons, couronnes et lambrequins !

LA MAZARINETTE

Qu'aurait-il pensé de son fils Paul, sa joie tardive, s'il avait pu le voir grandir, devenir ce cavalier, ce bretteur accompli, parlant plusieurs langues de l'Europe qu'il avait parcourue dès l'adolescence ? Nul doute que Lopez eût été fier et certainement étonné, frappé par leur extrême dissemblance. Cependant, Paul de Naillac était bien de sa chair. Il suffisait de voir ses cheveux noirs, frisés, ses yeux foncés et son teint mat de méridional. Pour le reste, il le tenait de sa mère : des traits délicats, hautains, une taille élancée, des manières recherchées, distantes, et toute l'assurance d'un véritable aristocrate.

Il avait eu une enfance studieuse, solitaire et surtout très rude, élevé en province, sans tendresse et sans le moindre agrément qu'aurait pu, pourtant, lui procurer la fortune léguée par Lopez. Suzanne de Naillac avait à ce point méprisé son époux qu'elle avait à la fois rejeté l'argent et le fils qu'elle lui devait. Paul avait dû attendre la mort de sa mère, quatre ans plus tôt, pour jouir enfin de ses biens et partir, assoiffé de liberté et d'aventures.

Il avait voyagé partout, avant de revenir en France, bien décidé à se faire connaître à la Cour, à y briller, très haut, le plus possible. Sa devise, assortie d'une fusée volante, trouant les nuages, ne s'ornait-elle pas de cet orgueilleux souhait : « Que je dure peu, pourvu que je m'élève » ? Car aucune aspiration, si ambitieuse, si folle, fût-elle, ne lui semblait irréalisable. Naillac se sentait de la race des vainqueurs, des dominateurs. De ce père, à la réputation contestable, qu'il avait lui-même à peine connu et que sa famille lui avait fait renier, il tenait au moins la certitude de son antique origine. Oui, le jeune marquis de Naillac avait bien la conviction de porter en lui toute la sève d'une dynastie fabuleuse. Comme jadis les Abencérages, épris de savoir et de beauté, il méprisait le commun des mortels, ignorait la morale, et n'obéissait qu'à sa propre loi, à ses seuls plaisirs.

C'était donc bien lui qu'Adrien d'Ivreville avait tant

recherché. Si le nom de Naillac ne lui était pas inconnu, son entourage ayant déjà évoqué Lopez et son extraordinaire réussite devant lui, jamais encore Adrien n'avait croisé le marquis, depuis peu rentré en France. Mais lorsqu'il l'avait vu parmi les invités du comte d'Olonne, avant même que Quinette ne l'eût nommé, il l'avait soupçonné d'être son homme.

Adrien n'était pas de ceux qui remâchent indéfiniment de vieilles et stériles rancœurs. Pourtant, en apercevant Naillac, en reconnaissant son allure, son regard profond, il avait retenu l'envie de lui bondir dessus, de laver l'outrage fait à Monsieur, celui fait à Lorenza, d'anéantir la menace qu'il avait inexplicablement flairée au-dessus d'eux. Si son aventure avec la comtesse avait comblé ses sens, elle ne lui avait pas mis pour autant des idées frivoles en tête mais décuplait, au contraire, son besoin de revanche ; car sans regretter ces instants de folie, Adrien se sentait parjure à son amour et, là encore, jugeait Naillac en grande partie fautif.

En quittant l'Hôtel d'Olonne, il avait contemplé un instant ses hautes fenêtres illuminées dans la nuit noire, avec un mélange de hargne et d'ironie : allons ! Ses véritables retrouvailles avec l'infernal capucin ne sauraient plus tarder maintenant !

Pendant ce temps, de l'autre côté de la Seine, au dernier étage du Louvre, Claire de Venel, le nez collé à la fenêtre, regardait les lumières ponctuer l'obscurité, une à une.

Adrien était là-bas, chez la comtesse. Elle l'avait appris de son valet, ce même valet qui la renseignait toujours sur son maître, sans y voir malice. Claire était plus inquiète que réellement jalouse, malgré la réputation de madame d'Olonne. Elle aurait dû se taire, ne pas lancer Adrien sur des traces peut-être dangereuses. Elle savait très bien quel était son but, un duel avec un homme qui l'avait provoqué ; elle savait tout ce qui le concernait, elle ne relâchait jamais sa vigilance.

Elle l'aimait, depuis qu'elle l'avait aperçu, au retour de Lyon, à cheval auprès du roi, parmi tant d'autres, se riant de la bise des grands chemins tandis qu'elle-même grelottait dans le fourgon des femmes de chambre. Non, elle ne l'espionnait pas pour le compte de madame de Venel. Chaque fois que sa tante l'interrogeait, elle lui relatait des peccadilles. Aurait-elle pu trahir Adrien pour satisfaire une femme au cœur sec, qui ne la supportait que par devoir ? Loyale envers lui, elle protégeait même Lorenza.

L'amour était souffrance et sacrifice. Malgré son jeune âge, Claire, déjà, l'avait appris. Mais le sien, grandi dans l'ombre, était aussi la flamme de son esseulement, de son existence de petite parente pauvre. En pressant madame de Venel de la sortir de son couvent de Lyon, elle savait bien, alors, que quelque chose l'attendait au-delà de la clôture.

« Je n'aurais pas dû lui montrer cette femme », se dit-elle encore, comme fascinée par l'imperceptible et noir ondoiement de la Seine, écaillée de lueurs fauves.

Elle l'avait fait par bravade, afin de montrer à Adrien qu'elle n'était pas aussi insignifiante qu'il y paraissait, qu'à l'occasion elle pouvait être son alliée. Elle aurait fait ou dit n'importe quoi pour qu'il la remarquât, pour occuper une place, si minime fût-elle, dans ses pensées tout entières, hélas, tournées vers Lorenza. Claire détestait la jeune fille bien qu'en même temps elle ne pouvait s'en détacher, lui enviant cette maturité, cette allure qui avaient conquis Adrien.

— Que guettez-vous donc, petite curieuse ? fit soudain, derrière elle, la voix de la jolie Hortense Mancini.

Claire se retourna. Dans la pièce au plafond bas, décoré de caissons peints de fleurs, assises près de la cheminée, les Mazarinettes étaient réunies en demi-cercle. Le tableau qu'elles offraient, dans la grâce soyeuse de leurs robes déployées, chacune d'une couleur différente, dans le mouvement de leurs têtes brunes se rapprochant au hasard de la conversation, était un chef-d'œuvre de féminité, d'harmonie. Tout en les admirant, Claire eut l'impression très vive d'être seule, face à un clan soudé, une vraie famille, même si l'entente entre les sœurs et les cousines était loin de toujours régner.

Ce soir, la princesse de Conti avait grimpé jusqu'à l'attique familial. Elle était pâle, les pommettes un peu trop rouges. On murmurait que le prince, ce bossu libertin devenu brusquement dévot, lui avait transmis une maladie sournoise qui les rongeait tous deux. Très pieuse, après avoir été de son côté en révolte contre le ciel, Anne-Marie de Conti venait de temps à autre exhorter ses cadettes à l'obéissance, à la sagesse.

Olympe de Soissons ne l'écoutait que d'une oreille. Enceinte de plusieurs mois, elle aussi était pâle sous le fard. Son visage pointu, à peine adouci par sa grossesse, se tournait souvent, sans aménité, vers sa sœur Marie, sa rivale triomphante dans le cœur du roi. Car Olympe avait aimé Louis, en avait été la maîtresse peu après son mariage et ne désespérait pas de le reconquérir.

Marie s'en moquait, comme elle se moquait de tout et en particulier de son oncle Mazarin. Du matin au soir, elle le brocardait. Hortense riait beaucoup alors que Lorenza se contentait d'afficher, dans un sourire lointain, cet air qui la différenciait des autres.

La pétulante Marianne fit signe à Claire de venir s'asseoir près d'elle, au coin du feu, mais celle-ci refusa, malgré son amitié pour la plus jeune des Mancini. Jamais, comme en cet instant, face à ces brillantes Italiennes favorisées par la fortune, protégées par le plus puissant des humains, Claire ne s'était sentie aussi dépouillée, riche uniquement de son fervent secret.

II

La Rose froissée

(Avril-Octobre 1659)

« Que d'épines, Amour, accompagnent tes roses !
Que d'une aveugle erreur tu laisses toutes choses
A la merci du sort ! »

MALHERBE

A PEINE eut-il effleuré les flancs de Frégouzi qu'Adrien d'Ivreville sentit le cheval lui répondre et prendre, au grand galop, la route du Nord. Derrière lui s'élança, avec autant de fougue sinon avec la même élégance, Gillot, son valet. De tous côtés tintaient les cloches des églises, à Paris, qu'ils venaient de quitter, dans les villages espacés à travers la campagne et jusqu'au moindre hameau, jusqu'à la plus modeste chapelle isolée. De très loin, le vent apportait l'écho de milliers de carillons, s'élevant à la même heure, dans toute l'Europe chrétienne, afin de saluer allègrement ce dimanche de Pâques.

Avril n'avait posé que des bourgeons aux branches, ou de très courtes feuilles. Beaucoup d'arbres étaient encore nus, simplement pourvus de gui, accroché bien haut, en boules étoilées. Mais d'autres, en revanche, se gonflaient de pétales blancs ou roses. Car tout fleurissait en cette jeune saison aidée par un ciel sans nuages.

Dans l'herbe rase, au vert soutenu, les fleurs s'étalaient : jacinthes sauvages, pissenlits jaunes, comme l'étaient aussi, dans une nuance plus délicate, les petits papillons frémissant le long du chemin.

Penché sur l'encolure de Frégouzi, Adrien recevait en plein visage un air frais, au parfum acidulé, propre à réveiller les sens les plus endormis. Emporté dans un élan rapide, il était la vigueur et l'impatience mêmes, tel un beau messager courant annoncer à la terre entière, le triomphe du printemps et des Amours. Amoureux, Adrien l'était toujours, éperdument. Mais il n'avait aujourd'hui qu'une hâte, qu'un désir : rencontrer enfin le marquis de Naillac.

Lorsqu'il s'était rendu, dès le lendemain de sa visite chez madame d'Olonne, à l'Hôtel de la rue des Petits-Champs, les domestiques lui avaient dit que le marquis était parti le matin même à la campagne, sans plus de précision. Décidément, depuis le début, l'homme semblait se jouer de lui d'une manière diabolique.

Adrien finissait par croire que Naillac n'était qu'une chimère, engendrée par son imagination capricieuse. Pourquoi, après tout, en avoir fait une telle obsession ? Lorenza n'avait guère paru s'en soucier elle-même. Ne pouvant s'expliquer sa propre obstination, le sentiment confus, le malaise éprouvé chaque fois qu'il pensait à Naillac, Adrien préférait ne plus s'interroger, sûr au moins d'une chose : la raison, le devoir étaient de son côté.

Le temps de Pâques s'annonçant, bon gré mal gré, il avait donc encore remis son projet à plus tard, pour accompagner le roi, la reine et Monsieur dans leurs multiples dévotions. Il avait aussi suivi sa mère dans ses visites aux pauvres et fréquenté assidûment les églises tout au long de la Semaine sainte. Il le faisait toujours sans ostentation, avec simplicité, se gardant comme de la peste de tomber dans cet excès de piété maintenant à la mode. L'intransigeance, masquant souvent l'hypocrisie, n'était pas dans son caractère.

Le Samedi saint, comme quelqu'un s'était étonné de ne pas avoir vu Antoine de Guiche auprès de Monsieur depuis plusieurs jours, un autre avait murmuré non sans malice :
— Le comte fait retraite chez M. de Vivonne avec un

groupe d'amis, dont Manicamp, bien entendu, et le marquis de Naillac.

Ayant surpris ces propos, Adrien n'avait eu ensuite aucune difficulté à savoir où Vivonne recevait ses hôtes. Le château se trouvait sur la route de Chantilly, dans un petit village distant d'environ cinq lieues, Roissy.

Quelques maisons aux tuiles brunes, un clocher cerné d'arbres, des poules au milieu du chemin et des agneaux bêlant contre leur mère, derrière les barrières des enclos : Roissy avait la tranquillité d'un jour de fête à l'heure du repas. Près de l'église, un portail s'ouvrait sur la cour d'une demeure charmante caressée par le soleil de midi. Après l'avoir franchi en trombe, suivi à bonne distance par Gillot, Adrien sauta de cheval devant l'escalier d'entrée, et sans reprendre souffle heurta à la porte. Deux minutes plus tard, prévenu par ses gens, Louis de Vivonne accourait, sa serviette de table glissée dans son col. Il avait l'œil très bleu, les joues rondes et fleuries d'un gourmand.

— Par exemple, vous ! Quelle excellente idée de venir rejoindre notre cénacle. Pardonnez-moi de ne pas avoir eu l'idée de vous y convier.

— Je ne suis pas venu pour vous le reprocher. M. de Naillac est-il chez vous ?

— Mais oui !

Se penchant vers Ivreville, Vivonne prit un air de recueillement assez comique eu égard au personnage qu'il était :

— M. de Naillac avait lui aussi besoin de "vaquer loin du monde, aux pensées de l'éternité. Rien ne vaut une retraite comme celle-ci pour faire son salut".

La pieuse retraite en vérité !

Premier gentilhomme de la chambre du roi, Louis de Vivonne était l'un de ces beaux jeunes gens de la nouvelle Cour, libertins, dépourvus de sens moral, pétillants d'esprit et follement braves. Mais s'ils étaient vaillants à la guerre, ils l'étaient moins, en revanche, dans le lit des femmes, bien que ce défaut de cuirasse ne les empêchât pas de toujours se lancer dans quelque intrigue amoureuse qu'ils menaient souvent avec muflerie sous de parfaites manières. Avec cela, gais, désinvoltes, présomptueux, mordants.

L'idée de Vivonne d'organiser une débauche n'avait pu que soulever l'enthousiasme chez des invités de cette trempe : Antoine de Guiche et son cher Manicamp, aussi débridés l'un que l'autre, cachant à peine leur liaison ; Philippe Mancini qui, pour sa part, avait accepté en curieux, de même que le spirituel aumônier du roi, l'abbé Le Camus. Avait aussi été convié le comte Roger de Bussy-Rabutin, le plus âgé du groupe, assez sage dans ses mœurs, mais si drôle, si fin, si élégant dans le persiflage, qu'on ne pouvait imaginer réussir une partie sans son aiguillon. Enfin, Vivonne avait invité le séduisant marquis de Naillac, encore peu connu, mais dont il avait déjà flairé la nature.

Bien entendu, la préparation de leur salut, le mérite des grâces divines dans l'isolement de la campagne, n'avaient pas longtemps occupé la conversation de ces étranges cénobites. Il était autrement amusant de se moquer de son prochain, de médire des femmes, de dresser des portraits criants de méchanceté... et souvent de justesse.

– "Sauvons-nous donc ensemble, mes amis, et comme pour être agréable à Dieu il n'est pas nécessaire de pleurer, ni de mourir de faim, rions et faisons bonne chère !" s'était écrié Bussy.

Il avait amené quatre musiciens à sa suite. Ce fut donc au son des violons que des grenouilles et un cochon de lait baptisés carpes pour la circonstance, étaient apparus sur la table du Vendredi saint.

Pris soudain d'un scrupule religieux, l'abbé Le Camus avait alors jugé préférable de fuir la débauche, précédant de peu Philippe Mancini, incapable de se plaire longtemps en un même lieu, abandons qui n'avaient pas du tout froissé leurs amis, ni calmé leur ardeur. Au contraire, ils avaient entonné de plus belle couplets sur couplets, ponctués d'alléluias entre deux obscénités. Le dîner que venait d'interrompre Adrien parachevait donc, en beauté, un bien extravagant séjour.

Tout de même, son apparition intriguait Vivonne. Quoique d'excellente compagnie, Ivreville n'avait rien d'un libertin. Cependant, en maître de maison irréprochable, il le pria de gagner la salle du festin.

— Nous commençons à peine.

Recouverte d'une lourde nappe blanche, la table croulait sous les plats et les saladiers. D'un dressoir où s'alignaient des bouteilles de « l'Ermitage », les domestiques apportaient aux convives des « rouge-bords » * tremblants comme des éclats de rubis à la lumière. C'était la fête. Le soleil enflammait la vaisselle d'argent, les broderies et les bijoux. Installés dans une petite tribune, les violons poursuivaient toujours leur office.

— Vite, une place pour M. d'Ivreville ! pressa Vivonne qui louchait sur sa tranche de gigot entamée dans son assiette et déjà recouverte d'une fine pellicule de sauce figée.

Mais ignorant l'invite, Adrien n'alla pas plus loin que le seuil. Après avoir salué tous les hôtes et présenté ses excuses pour son arrivée impromptue, il se tourna vers le marquis de Naillac :

— Monsieur, je cherche à vous rencontrer depuis deux mois. Je vous prie donc de me suivre sans oublier votre épée, car nous allons nous battre et ces messieurs seront nos témoins, s'ils veulent bien l'accepter.

Il les avait enfin sous les siens, à quelques pas seulement, ces yeux qui l'avaient tant nargué à l'abri du masque ! Le marquis n'avait pas bronché. Un verre à la main, il se tenait un peu éloigné de la table, adossé nonchalamment à sa chaise sur laquelle s'appuyait, debout derrière lui, un jeune homme à la longue chevelure blonde, au visage très doux, vêtu d'un simple habit gris de domestique.

Un silence épais avait brutalement éteint la pétillante

_____

* Verres pleins à ras bord de vin rouge.

assemblée. Seuls s'entendaient encore les violons. Bientôt, ils se turent à leur tour, sur un signe de Vivonne.

La stupeur la plus totale se lisait maintenant sur les mines rubicondes des gentilshommes, témoins de la scène. Ils connaissaient tous Ivreville, depuis toujours, Guiche et Vivonne ayant même compté, à la Cour, parmi ses premiers compagnons de jeux et le savaient, par conséquent, différent d'eux-mêmes sur bien des points. Néanmoins, en cet instant, ils eurent le sentiment de découvrir un nouveau personnage, animé d'une flamme étrange, hors du commun. Un envoyé céleste venu leur reprocher leurs vices ou leurs pensées sacrilèges n'aurait pas fait sur eux plus forte impression. Et, tout à coup, l'espace d'un instant, le souvenir de ces heures dernières leur parut assez lourd.

Enfin, Vivonne se reprit :

— Adrien ! Que se passe-t-il ? Et vous, Naillac, dites quelque chose !

— Je n'ai rien à dire, mon cher, sinon que je vois M. d'Ivreville pour la première fois, répondit Naillac d'une voix dédaigneuse. Pourquoi donc me battrais-je ?

— Parce que c'est Saturne, le Maître du Temps, qui vous le demande, fit Adrien, très sûr de lui, en le fixant avec de plus en plus d'insistance.

Puis, tournant les talons, il sortit de la maison sans un regard en arrière.

Tous crurent vraiment qu'il avait perdu l'esprit, incapables de comprendre ce coup d'éclat. Ils comprirent moins encore lorsqu'ils virent Naillac se mettre brusquement à rire et, comme si de rien n'était, vider son verre et sans hâte, se lever :

— Rupert, va chercher mon épée, lança-t-il à son domestique avant de sortir à son tour.

Les invités de Vivonne, tout comme ce dernier, n'avaient plus qu'à les suivre. Dans la cour, Adrien attendait, déjà prêt, pourpoint et feutre bas, l'épée nue, sans douter une seconde de la venue de Naillac. En tant qu'aîné du groupe,

LA ROSE FROISSÉE

Bussy voulut s'interposer, raccommoder les choses même s'il les ignorait. Il ne put se faire entendre. Naillac prit l'arme que Rupert lui apporta et semblable à un fauve, aussi imprévisible, aussi rapide, aussi dangereux surtout, bondit sans crier gare sur Ivreville.

Un autre que celui-ci aurait eu certainement beaucoup de difficulté à parer l'attaque. Mais, en l'occurrence, les adversaires étaient de même niveau, adroits, retors, élégants jusque dans leurs moindres gestes. Cette fois-ci, chacun ne put qu'admirer, en connaisseur, le spectacle qu'ils offraient.

Il dura longtemps. Le duel ne semblait pas vouloir finir. Un coup sanglant entraînait aussitôt une violente riposte qui, à son tour, faisait mouche. Les cheveux collés au visage et au cou par la sueur, la chemise marquée de sang, Ivreville et Naillac continuaient à ferrailler sans prendre garde au temps, à la fatigue, à la souffrance. Une blessure à la poitrine parut toutefois avoir raison d'Adrien. Il chancela, réussit par miracle à rétablir son équilibre ; enfin, surprenant Paul de Naillac, le toucha profondément au bras droit. Sous la douleur, le marquis lâcha son épée, tituba et se serait effondré sans le secours de Rupert.

Guiche et Manicamp applaudirent. Vivonne et Bussy se précipitèrent vers les duellistes, constatant avec soulagement que leurs plaies, quoique sérieuses, ne seraient pas mortelles. Des valets apportèrent sur place de l'eau, de la charpie. Adrien, livide, restait immobile, la main toujours crispée autour de la garde de son épée, tandis que Gillot lui donnait les premiers soins.

— Es-tu satisfait maintenant ? lui demanda Vivonne. Vous vous êtes tous deux admirablement battus. Tout a été mené dans les règles.

En effet ! Et c'était bien là le désir d'Adrien, que le duel eût lieu loin de Paris, loin des foudres de la Cour mais devant des gens d'honneur qui pouvaient répondre de lui et de Naillac. Satisfait ? Il avait éprouvé une ineffable jouissance en croisant le fer avec un homme de cette valeur.

Maintenant, il ne rencontrait plus en lui que du vide, une grande lassitude. L'animosité, sa volonté tenace de se venger d'un affront, avaient disparu. Pourtant, il sentait qu'un autre sentiment surgissait, remonté des tréfonds mystérieux de lui-même : une haine sourde, envahissante, fatale comme un poison, à l'égard de son adversaire. Une haine qu'il pouvait d'autant mieux évaluer qu'il en lisait le reflet exact sur le visage de Naillac.

*
* *

Tout s'ébruite. La « partie de Roissy » occasionna un scandale retentissant. L'époque n'était plus où l'on pouvait impunément afficher sa libre pensée, son libertinage et se rire des grands de ce monde. Or, dans les « alléluias » composés à la table de Vivonne, le roi, la reine, Monsieur et Mazarin avaient été chansonnés avec une verdeur de langage qu'on n'avait pas entendue depuis la Fronde et qui se devait d'être châtiée. Le Cardinal voulait l'ordre et l'obéissance. Pour l'exemple, il envoya son neveu Mancini méditer quelques semaines au fond d'une forteresse, laissant Guiche se faire admonester par son père, le duc de Gramont, accablé par l'étendue de ses frasques. Les autres coupables furent aussi contraints de s'exiler un moment. Bien des années plus tard, l'abbé Le Camus, devenu le digne évêque de Grenoble, devait encore entendre évoquer ce faux pas de jeunesse. Quant à Bussy-Rabutin, une disgrâce pratiquement définitive le guettait déjà, précipitée bientôt par ses écrits imprudents.

Ivreville et Naillac furent longtemps immobilisés par des blessures assez graves pour constituer en elles-mêmes une forme de châtiment. Pour cette fois, ils échappèrent donc à la Bastille souvent réservée à ceux qui bravaient les édits royaux interdisant les duels. Adrien étant le meilleur ami du roi, personne ne s'étonna de cette mesure de clémence dont bénéficia, par contrecoup, Paul de Naillac. Mais quelle pouvait bien être la raison de ce combat singulier ? Une femme ? Un quelconque « point d'honneur » ? Connaissant le jeune Ivreville et sachant qu'il n'avait pas participé à la débauche, certains allèrent jusqu'à conclure qu'il n'avait agi qu'en parfait chevalier, garant des principes chrétiens, champion de la famille royale, héros tout droit sorti d'une chanson de geste.

Sa mère le soigna tendrement, tout en lui dissimulant son inquiétude. Pas plus que le maréchal d'Ivreville, elle n'émit de réserve sur la conduite de leur fils tant ils avaient en lui une entière confiance.

Le roi se déplaça, un jour, au chevet d'Adrien, avec Monsieur, les Mazarinettes, et leur groupe d'amis. Lorenza lui glissa sa hâte de le revoir à la Cour. De partager cette impatience, avec pour sa part certainement plus de fébrilité encore, renouvelait les forces du convalescent. Son optimisme revenu, il voyait l'avenir à l'image de la saison, ensoleillé, radieux, à jamais débarrassé des obscures nuées qu'un marquis de Naillac traînait fatalement après soi.

Le retour d'Adrien coïncida avec une des fêtes les plus marquantes de ce printemps 1659 pourtant prodigue en bals, comédies, chasses, collations et festins divers, où triomphait la jeunesse pressée autour du roi et de Marie, plus épris que jamais l'un de l'autre.

Resterait-il, bien plus tard, dans la mémoire de Louis XIV, face au décor grandiose de Versailles, au cœur du spectacle permanent, si bien réglé que serait alors devenue son existence, resterait-il quelques souvenirs attendris de cette période un peu folle ? Pour l'instant, les sentiments l'emportaient toujours sur la raison. Le roi était le jeune homme parfois gauche mais réveillé, motivé par l'amour. Les fêtes avaient pour but avoué de s'amuser franchement, même au détriment de l'harmonie et de cet ordre nouveau qui se préparait dans les replis d'un horizon encore inconnu.

Le dimanche dix-huit mai, le comte Hugues de Lionne,

un fervent collaborateur de Mazarin, convia dans sa maison de Berny, près de Bourg-la-Reine, tout ce que la Cour et la ville comptaient de personnages et de célébrités. Sa réception fut un succès sans précédent. Plus jamais on ne devait connaître un tel enjouement, une telle absence de cérémonie, voire une telle pagaille.

Dès le début de l'après-midi, des calèches découvertes, des carrosses et des cavaliers s'acheminèrent joyeusement vers la campagne. Aux portières se penchaient des têtes empanachées, flottaient des écharpes, des pans de manteaux en soie légère. Chaque monture arborait rubans, pompons, grelots. Les couleurs et les bruits gonflaient, amplifiaient le mouvement serpentin de l'interminable cortège. Des charrettes, des montures plus rustiques s'y étaient mêlées, celles des petites gens, des curieux innombrables dont certains, plus malins que d'autres, s'étaient transformés en rôtisseurs, en fleuristes ou en marchands de vin afin de pouvoir plus facilement pénétrer chez M. de Lionne et voir, ainsi, le roi de près.

Une salve de canon, puis les trompettes et les tambours, saluèrent l'arrivée de Leurs Majestés, de Monsieur, de Mademoiselle, du Cardinal et de ses nièces. Les murs du château – le premier que le talentueux Mansart ait construit – disparaissaient sous les tentures brochées. Dans le jardin qu'embaumaient les roses, les valets proposaient des boissons fraîches aux invités qui ne cessaient d'affluer, rivalisant d'élégance. La charmante madame de Lionne, un peu débordée par le courant, proposait néanmoins avec le sourire, tous les divertissements possibles : concert, chasse, pêche, parties d'escarpolettes, en attendant une comédie de l'abbé Boyer, *La Clotilde*, que la Troupe Royale devait présenter dans une salle de verdure. Chacun pouvait donc choisir, selon son goût.

Pourtant, l'une des principales attractions du jour, tout à fait imprévue celle-ci, fut offerte par l'arrivée inopinée aux côtés de Mazarin, d'un homme à l'allure étrangère. La quarantaine séduisante, le cheveu et la moustache de jais, l'habit sobre, un rien désuet, mais barré par la toison d'or, il retint l'attention générale. C'était Don Antonio Pimentel, l'envoyé du roi d'Espagne, ce mystérieux messager qu'un soir d'automne, à Lyon, le Cardinal avait reçu avec tant d'espérance. Pendant des mois, tous deux n'avaient eu que des rapports officieux, bien que très suivis. Pimentel avait été l'homme de l'ombre, semi-clandestin. Voici qu'aujourd'hui, il apparaissait en pleine lumière, dans tout l'éclat d'une fête. Que conclure de sa présence, sinon que les pourparlers avec l'Espagne prenaient un tour définitif et qu'il faudrait sans plus attendre se préparer pour le mariage du roi ?

Marie Mancini avait pâli en voyant l'Espagnol ; de loin, ses yeux avaient vite cherché ceux de Louis. Depuis leur arrivée à Berny, ils n'avaient pu échanger une parole, ni même se trouver ensemble. Trop entouré, pressé par une foule idolâtre et sans façon, Louis n'avait pas encore pu répondre à son muet appel.

— Je dois lui parler, chuchota-t-elle à Lorenza dont elle serrait convulsivement la main, dans l'effort accompli pour cacher aux autres sa nervosité.

— Nous trouverons un moyen.

Derrière les deux cousines, madame de Venel se campait, sur le pied de guerre. Pour elle, la partie était aujourd'hui exceptionnellement rude. Aux nouvelles directives de Mazarin, très strictes, concernant ses nièces, s'ajoutaient les assiduités de Pimentel. Sans doute voulait-il étudier le comportement de Marie sous prétexte de faire la cour à sa gouvernante. Néanmoins, sincère ou pas, sa galanterie était importune. Pour lui échapper, tout en retenant les jeunes filles dans son champ de vision, il fallait à la pauvre et vertueuse Venel se démener, se faufiler au travers de la foule, déployer des manœuvres si épuisantes qu'elle n'était pas loin de déclarer forfait. Par bonheur, elle avait eu l'idée d'amener Claire avec elle.

— Je compte particulièrement sur vous, lui avait-elle dit

juste avant de quitter le Louvre. Un tête-à-tête entre Sa Majesté et Marie serait du plus fâcheux effet si le señor Pimentel venait à s'en apercevoir. Il paraît qu'on murmure beaucoup à Madrid sur l'inexplicable caprice du roi. Une maladresse, et les beaux projets de paix s'envoleraient en fumée, l'Infante échapperait à la France. Son Eminence vient encore de me le répéter. Ne lâchez donc pas Marie et prévenez-moi au moindre mouvement suspect.

– Et Lorenza ? avait demandé Claire.

Sa tante avait soupiré comme une créature dont le fardeau est déjà bien assez lourd sans y voir rajoutée, de gaîté de cœur, une croix supplémentaire :

– Elle aussi devra filer doux. M. le Cardinal a tout prévu et il est de notre devoir de le seconder.

Claire avait promis de ne pas lâcher d'un pas les Mazarinettes.

Du haut d'un grand balcon tapissé d'étoffes chatoyantes, les vingt-quatre violons du roi berçaient les heures frivoles, toutes offertes au plaisir. En arrivant à Berny, Adrien distingua immédiatement Lorenza près d'une charmille parmi d'autres beautés de la Cour. Mais au sein des têtes blondes et des carnations délicates, son aimée était unique, un peu étrange en y regardant bien, singulière avec sa haute taille, ses boucles noires aux ondes bleutées, son profil mat et précis comme un médaillon antique. Il n'était pas jusqu'à sa robe rouge, drapée avec art sur ses épaules, autour de ses hanches, qui ne lui donnât aussi l'allure d'une lointaine patricienne.

Bien entendu, sa gouvernante était dans les parages ; Adrien la repéra ainsi que son petit démon de nièce. Mais qu'importe ! Ils trouveraient facilement un moyen de les semer !

A ce moment, le roi, auquel Hugues de Lionne faisait les honneurs du jardin, se détacha de son escorte pour venir lui souffler quelques mots :

– Je voudrais rencontrer Marie dans un endroit tranquille. Peux-tu nous arranger ça ? Tu connais bien le domaine, je crois ?

— Parfaitement. Je m'en occupe, Sire, répondit Adrien avec une mimique complice.

Ce court aparté royal rehaussa, si besoin était, l'intérêt suscité par le jeune homme depuis son récent duel. Rejoindre Lorenza ne fut pas si simple. Il dut répondre à un nombre infini de bonjours et de compliments. La fondante comtesse d'Olonne l'accrocha, décidée à fixer avec lui un prochain rendez-vous. A peine était-il sorti de ses jolies griffes, qu'il fut entraîné par une ruée soudaine, lancée vers les tables que les valets de Lionne venaient de dresser sous les arbres. C'était à croire que ces gens-là ne s'étaient pas nourris depuis des jours. Parmi eux, comme d'habitude, s'en trouvaient beaucoup qui n'avaient même pas été invités mais profitaient de l'aubaine pour s'empiffrer et fourrer dans leurs hauts-de-chausses, des tourtes, des perdreaux ou de petits ortolans. Lorsqu'enfin Adrien parvint à l'endroit où Marie Mancini et ses amies bavardaient toujours, Lorenza ne s'y trouvait plus.

Marie qui, de loin, avait vu le jeune homme parler au roi, s'élança à sa rencontre.

— Sa Majesté désire vous voir. Essayez de gagner le fond du parc. Nous vous rejoindrons dès que possible près de la grotte de Laocoon, chuchota-t-il tout en regardant autour de lui. Et dites-le aussi à Lorenza. J'avais cru la voir près de vous.

— Ne vous inquiétez pas, ma cousine n'est pas perdue. Je vais la prévenir. Nous vous retrouverons tout à l'heure.

Le sourire était revenu sur le visage jusqu'ici tendu de la jeune fille, à la perspective de pouvoir braver son oncle qui faisait tant le mielleux aux côtés de cet oiseau de mauvais augure, l'atroce Pimentel !

Profitant du passage providentiel d'une farandole, Marie rassembla ses jupes et s'esquiva comme emportée par son exaltation, sa folle assurance : Louis l'aimerait toujours envers et contre tous ! C'est elle qui serait reine !

107

– Vous vous êtes battu contre M. d'Ivreville. Pourquoi ?

Avec toute la froideur, toute la morgue dont elle était capable, Lorenza Muti jouait lentement de son éventail, sans ciller devant le superbe gentilhomme vêtu de velours gris, clouté de saphirs, qui la toisait. Pourtant !...

On disait que sous les parterres si bien ordonnés de Berny, sous les massifs paisibles et les buissons de fleurs, courait une rivière souterraine. L'idée de se comparer à l'harmonieux jardin s'imposa dans l'esprit lucide de Lorenza. Mais c'était un flot tumultueux, charriant d'inexplicables émotions, qu'elle sentait gronder en elle. Pour lui donner cours, il avait suffi que le marquis de Naillac s'approchât, lui demandât simplement, après s'être présenté, de l'accompagner quelques pas, l'entraînât un peu à l'écart, derrière un entrelacs de buis. Elle avait accepté aussitôt, d'abord par curiosité, afin de découvrir l'adversaire d'Adrien, d'essayer d'apprendre ce qui s'était réellement passé entre eux. Mais il était évident qu'elle n'aurait pas eu besoin de tous ces bons motifs pour le suivre.

A sa question, Paul de Naillac se mit à rire, découvrant des dents aussi blanches que les dentelles de sa chemise. Puis il se pencha vers elle, pour susurrer d'un ton moqueur, chargé de sous-entendus :

– Vous ne le devinez pas, Lorenza ?

Avant même qu'il n'eût répondu, qu'il n'eût prononcé son nom de cette façon particulière, elle avait déjà compris, trouvant par ricochet, la raison de son intime agitation. Ces yeux, cette voix, ces manières impudentes et séductrices de conquérant, elle les reconnaissait : Paul de Naillac n'était autre que le grand capucin. Adrien l'avait su avant elle et c'était pour elle qu'il s'était battu !

Prise d'un impérieux besoin de le rejoindre, de se mettre sous sa protection, Lorenza fit tout de suite demi-tour. Naillac lui lança :

– Ne me quittez pas si vite ! Nous devons faire mieux connaissance.

— Je n'en vois pas la nécessité, monsieur, fit-elle sans tourner la tête, en marchant très vite sur le fin gravier.

Naillac la rattrapa, la retint par le poignet, assez brutalement :

— Détrompez-vous, Lorenza, car j'ai l'intention de vous épouser. M. le Cardinal auquel j'en ai fait part m'a déjà donné une réponse très encourageante.

L'impression dura peu, à peine quelques secondes. Lorenza se sentit aspirée dans une spirale ténébreuse où tout ne devint que froid et silence. Les couleurs variées des tulipes, éclatantes sous le soleil, le parfum raffiné des roses anciennes, celui plus fort du buis qui les entourait, le bruit des jets d'eau, les voix et la musique, tout cela disparut sous l'effet d'un inconcevable sortilège. Puis, progressivement, Lorenza reprit conscience, tremblante, désemparée, le cœur en déroute.

Par quel autre prodige réussit-elle à montrer une impassibilité qu'elle n'avait jamais été si loin de ressentir ? Se retournant fièrement vers Naillac, Lorenza lâcha :

— Vous épouser, vous ! Mais vous divaguez !

— Vous ne tarderez pas à vous rendre compte que mon désir est très sérieux et j'ose espérer que vous le partagerez bientôt.

Elle se dégagea, sans daigner lui répondre. Toujours souriant, il la laissa cette fois-ci s'éloigner d'un pas rapide, comme si elle fuyait un fou... à moins que ce ne fût le diable ?

Au détour de l'allée, Lorenza se heurta à Marie :

— Enfin ! Que faisais-tu ? Adrien te cherche.

— Ah ! A-t-il vu que j'étais avec...

— Non ! répondit sa cousine. Il va t'attendre au fond du parc. Le roi y sera aussi, près de la grotte de Laocoon. Mais nous devrons faire attention. Venel nous guette et Claire ne doit pas être bien loin.

Peut-être. Cependant, la bergère et son chien de garde avaient permis à l'une de leurs brebis de suivre Naillac. Sans doute, le Cardinal avait-il déjà exposé son projet à la gouvernante. Comme un piège inévitable, ce mariage insensé menaçait déjà de se refermer sur Lorenza qui sentait, sur son poignet, le cercle brûlant imprimé par le marquis. Si Marie avait été elle-même moins troublée, elle se serait étonnée de l'extrême pâleur de sa cousine.

– Regarde qui vient là-bas.

Descendu de la terrasse où s'étaient assis la reine et Mazarin, tel un noir échassier, Don Antonio fonçait sur madame de Venel qui ne put l'éviter. Le déluge d'hommages déversé par le fringant hidalgo la désarçonna un instant. Cela suffit à Lorenza et à Marie. En retroussant leurs jupes et leurs jupons, elles se mirent à courir et disparurent dans le dédale des buis et des charmilles avant que la pauvre Venel n'eût recouvré l'esprit.

Tromper la vigilance du Cardinal rarement en défaut, celle de leurs mères respectives, très soucieuses ce jour-là, fausser compagnie à Lionne, aux courtisans, aux fâcheux, n'avait pas été facile mais enfin Louis et Adrien avaient pu gagner le couvert des arbres et, après un savant détour, s'approcher de la grotte de Laocoon.

– Sont-elles là ?

– Oui, sire, je les vois.

Du jeu triomphant du soleil coulé en flèches au travers des branches, naissait en pointillé une lumière verte et dorée d'où ressortaient deux taches vives. L'endroit était isolé ; peu de promeneurs s'y trouvaient, à l'exception d'un ou deux couples d'amoureux, éloignés, indifférents aux autres.

Sous la grotte artificielle, dans un bouillonnement d'écume, Laocoon et ses fils luttaient sans espoir contre les serpents envoyés par Neptune. L'eau jaillissait, crachée par les monstres, éclaboussait le groupe sculpté dans un bronze lisse, puis s'écoulait vers le grand bassin près duquel les jeunes filles s'étaient arrêtées, hors d'haleine. Lorsqu'elles virent s'écarter les feuillages et apparaître les silhouettes de leurs « amants », elles reprirent leur course pour échouer dans leurs bras.

Adrien reçut Lorenza sur son cœur. Jamais encore elle n'avait eu envers lui un élan aussi spontané. Il lui offrit une petite rose d'un rouge pâle, cueillie en chemin, et ferma les yeux, la joue posée sur la noire chevelure, toute chaude au soleil. Comme une houle, ses sentiments oscillaient entre deux pôles contraires : le désir, la soif d'aimer d'une part ; de l'autre, l'étonnement, la fureur, ressentis un moment auparavant, à découvrir, parmi les invités, Naillac saluant Monsieur !

Mais la bouche de Lorenza vint à la rencontre de la sienne et l'amour balaya aussitôt les tenaces rancœurs. Au creux de sa main, se lova un sein tendu sous le corsage ; contre son bras, une taille se renversa ; de toute cette peau moite et ambrée, des zones ombreuses de ce corps vigoureux, montait un parfum puissant, prenant, comme celui d'épices rares.

Adrien fut bien près de perdre la tête, d'entraîner Lorenza sur la mousse des bois. Néanmoins, la crainte respectueuse qu'il avait toujours éprouvée devant elle le retint. Redoublant de caresses, il prolongea leur baiser.

Soudain, se dégageant un peu, elle lui dit :

– Le temps est venu de tenir ta promesse. Nous devons nous marier, ne plus attendre.

Elle aussi était agitée, animée d'un feu qu'il crut semblable au sien. Eperdu par les accents de révolte et de passion dont cette voix était chargée, Adrien tomba à genoux devant Lorenza, le visage enfoui dans les plis de sa robe.

– Mon Dieu !
– C'en est trop !

Le spectacle, pourtant, était idyllique. Sur fond de verdure, non loin de la grotte et de ses eaux, des jeunes gens s'étaient rejoints, échappant au monde pour se parler d'amour. Adrien aux pieds de Lorenza, Louis et Marie s'embrassant sur un banc de marbre, célébraient de la manière la plus naturelle, le joli mois de mai. Malgré leur indignation, celles qui les découvrirent ainsi ne purent s'empêcher de les admirer, de les comprendre, de s'attendrir.

La reine s'appuya sur la maréchale d'Ivreville pour reprendre souffle. Avec l'âge, Anne d'Autriche s'était empâtée. Ses vêtements sombres, toujours amples, qui lui donnaient encore tant d'allure, ne convenaient guère pour une marche forcée à travers un parc.

— Pauvres enfants, murmura Floriane.

— Je sais bien que Louis va souffrir, ajouta la reine tristement.

Dans sa jeunesse, elle-même avait frôlé le fol abandon avec le duc de Buckingham ; elle avait vécu les affres de leur séparation, pleuré en silence sa mort tragique et supporté longtemps, auprès d'un mari hostile, la chape vertueuse sous laquelle se doivent de vivre les souveraines. Plus tard, lorsque Jules Mazarin était apparu dans son existence, elle n'avait pu, alors, refuser cette seconde chance que la vie lui offrait de connaître l'amour. Mais cette passion tardive, loin de faire sombrer le royaume comme certains l'avaient cru pendant la Fronde, l'avait au contraire sauvé. Sans le Cardinal, immanquablement la France eût été déchiquetée par tous les ambitieux, peuples et princes ennemis qui la convoitaient. Anne était en règle avec sa conscience et surtout avec Dieu. L'homme qu'elle avait choisi menait le pays à la paix. A tout prix, il devait y parvenir. Mais l'entreprise si laborieuse ne permettait aucune erreur, aucune faiblesse de la part d'un jeune roi sur lequel l'avenir reposait.

— Ah ! cette fille ! gronda Anne, prise d'une incontrôlable colère à l'égard de Marie dont elle ne supportait plus l'arrogance.

Toujours au bras de Floriane, elle se dirigea vers Louis qui ne l'avait pas vue venir. Surpris, il se leva précipitamment. Son amie esquissa de mauvaise grâce une révérence.

— Je déplore, monsieur mon fils, que vous puissiez

oublier à ce point les devoirs que nous avons envers notre hôte et certains de ses invités. Don Antonio s'est étonné de votre absence.

En fait, l'incident diplomatique était imminent. En ce moment même, Mazarin employait tout son onctueux savoir-faire pour atténuer la contrariété de l'Espagnol.

— M. de Pimentel ne va pas s'arroger le droit de réglementer ma vie ! protesta le roi avec humeur, penaud et humilié de recevoir cette leçon devant Marie.

— Il est grand temps de retourner près d'eux, conseilla la reine en évitant toute polémique.

Pendant ce temps, Adrien s'était relevé lui aussi. Il attendait un signe, une parole de sa mère, soutenant avec plus d'imploration que de défi son regard désolé. Mais Floriane ne lui dit rien et détourna la tête pour suivre la reine. Les deux cousines furent sèchement priées d'en faire autant. A contrecœur, de l'air le plus insolent, le plus désinvolte possible, elles obéirent.

Adrien resta seul. La petite rose avait été abandonnée, jetée par Lorenza dans un geste de dépit rageur. Il la ramassa, la porta à ses lèvres, pensif, malheureux en se rappelant l'expression de Floriane, en songeant au combat qu'il faudrait mener pour imposer son mariage. Toutefois, il était encore sous l'effet de la félicité entrevue.

— Elle veut m'épouser. Elle m'aime. Rien d'autre ne compte.

C'est en se rapprochant du bassin qu'il vit Claire. Elle avait revêtu pour la fête une robe verte de la couleur de ses yeux, avec plastron et tablier chamarrés de fleurs. Ses cheveux étaient relevés en touffe de chaque côté du visage. Elle portait des pendants d'oreilles, en or et grenat, probablement prêtés par Marianne, qui la mûrissaient sans lui enlever pourtant son charme ingénu de très jeune fille.

Selon son habitude, elle avait surgi sans bruit de l'ombre où elle guettait toujours.

— C'est vous, n'est-ce pas, qui avez prévenu la reine, prévenu ma mère. C'est à vous que nous devons ce détestable moment.

— Oui.

Claire répondit d'une manière qui n'était ni triomphante ni provocatrice. Face à Adrien, elle paraissait attendre quelque chose, si intensément qu'elle en tremblait ; quelque chose qui ne viendrait pas, hélas !

— Je suppose que vous êtes très satisfaite, très fière de vous.

Il y avait, chez Adrien, tant de mépris, tant d'hostilité, qu'elle oublia sa résolution de se taire et s'écria, pour se justifier :

— Non, non ! C'est à cause du marquis de Naillac !

Mais elle n'alla pas plus loin, effrayée par les conséquences possibles de son indiscrétion, glacée par l'expression d'Adrien.

— Naillac ! Qu'a-t-il donc encore à voir dans tout ceci ! De quoi vous mêlez-vous ? Et le roi ? Avez-vous seulement pensé à ce que pourrait ressentir le roi ?

— Non, je n'y ai pas pensé.

— Bien sûr ! Vous êtes aux ordres de votre tante et cela vous amuse de nuire. Car vous êtes jalouse ; jalouse des autres, de leur bonheur. Cependant, écoutez ceci et répétez-le à qui bon vous semblera : personne, surtout pas une sale gamine comme vous, ne peut séparer des êtres qui s'aiment vraiment. Et nous nous aimons, Lorenza et moi !

Il la laissa sur ces mots, prenant la direction opposée au château pour disparaître derrière les arbres.

« Je voudrais mourir. »

Claire eut aussitôt cette terrifiante envie, frappée par l'abandon total dans lequel elle se retrouva. Par terre, devant elle, gisait une rose. Elle la prit et comme elle avait vu Adrien le faire tout à l'heure, posa les lèvres entre ses pétales froissés, la respira, s'étourdit de son parfum tiède et doux. Le murmure de l'eau, le chant des oiseaux soulignaient un parfait silence. Tous les invités de Lionne devaient être, maintenant, au théâtre de verdure. Ensuite, ils souperaient, puis applaudiraient le ballet qu'on annonçait grandiose. Suivrait un bal dans l'une des salles de réception, une nouvelle collation, et enfin, un feu d'artifice avec fanfare. Les mets seraient recherchés, abondants ; les musiciens rivaliseraient de virtuosité, les flambeaux éclaireraient des visages admiratifs, heureux. Il était prévu de ne rentrer à Paris qu'à l'aube, afin de ne pas perdre une seconde de la magie de la fête que la nuit embellirait encore. Mais pour Claire, rejetée par celui qu'elle adorait, il n'y aurait pas de lumière, pas de plaisir.

Elle n'était rien pour lui, ne le serait jamais. Qu'avait-elle espéré, quand, faufilée sur les traces de Lorenza, elle avait entendu ce que lui disait Naillac ? Emportée par l'imagination et la naïveté de son âge, elle avait sur-le-champ pensé que la Mazarinette accepterait la demande en mariage du marquis, libérant de ce fait Adrien. Car Lorenza n'était pas pour lui. Elle était double et dangereuse, ainsi Claire l'avait-elle jugée dès leur première rencontre. Elle n'avait donc pas hésité, cette fois-ci, à mettre madame de Venel au courant de la fuite des deux cousines vers leur rendez-vous, la gouvernante s'empressant, comme prévu, d'alerter la reine et la maréchale d'Ivreville. Claire n'avait ni réfléchi ni calculé la moindre chose mais elle devait bien admettre qu'elle s'était trompée : Adrien si beau, si différent des autres, ne pouvait qu'inspirer à Lorenza des sentiments sincères et lui-même rester fidèle à celle qu'il avait élue.

— Je voudrais mourir, dit-elle à voix haute, dans un sanglot.

Le soleil avait tourné. Echouée comme une poupée de chiffon sur le banc précédemment occupé par le roi, la rose pressée contre sa poitrine, Claire n'en sentait pas les ardeurs déjà estivales. Pourtant la chaleur faisait bruire discrètement l'herbe peuplée d'une faune active. Un mince ruban, à peine distinct, rampa vers la fillette et s'arrêta, la tête dressée, les pupilles pareilles à de minuscules taches d'encre. Lorsqu'elle s'aperçut de la présence du serpent, Claire n'eut aucune réaction d'effroi. Elle retint son souffle et l'observa, fascinée.

Elle désirait mourir et la mort se présentait à elle. Il suffisait d'avancer un peu la jambe, doucement afin de ne pas effrayer la vipère mais, au contraire, de mieux s'offrir à sa morsure. Un fin coton blanc couvrait les chevilles de Claire. Rien n'empêcherait le venin de pénétrer sa chair et d'y accomplir son œuvre funeste.

Elle ne respirait plus qu'à peine. Ses gestes étaient si prudents qu'elle ne paraissait même pas bouger. Enfin, elle s'immobilisa pour de bon. Quelques centimètres seulement la séparaient de la bête.

« Après, pensa-t-elle, elle s'allongerait aussitôt pour attendre. Ce ne serait pas long. Elle ne souffrirait presque pas et de toute manière, cette souffrance-là ne serait rien en comparaison de son désespoir. Adrien ! Jamais il ne saurait ce qu'il était pour elle et sans doute rien, dans sa mémoire, ne subsisterait d'une petite orpheline morte pour l'avoir trop aimé. »

Elle ferma les paupières, prête à en finir.

– Claire !

Juste à l'instant où sa cheville se tendait, quelqu'un l'appela, provoquant du même coup la fuite du serpent. Claire rouvrit les yeux et reconnut, à travers ses larmes, madame d'Ivreville.

– Que fais-tu là toute seule, Claire ?

De loin, Floriane avait trouvé à la silhouette esseulée de cette petite, un je-ne-sais-quoi de pitoyable. De près, elle découvrait un visage à ce point défait qu'un banal chagrin d'enfant ne pouvait en être la cause. D'ailleurs, l'enfant en question avait déjà des allures de jeune fille et promettait d'en avoir bientôt tous les attraits. Floriane s'assit près d'elle et l'entoura affectueusement de son bras.

– Qu'as-tu donc ? Ne veux-tu pas me le dire ?

Claire répondit non de la tête ; son corps gracile était

secoué par les sanglots qu'elle essayait en vain de réprimer.

– Quelqu'un t'aurait-il fait du mal ?

Encore un non silencieux, entre deux hoquets...

Jugeant préférable de ne pas insister, Floriane se rapprocha de Claire et lui fit appuyer la tête contre son épaule.

– Allons, allons, mon petit, ça va passer, l'encouragea-t-elle avec la même gentillesse qu'elle aurait mise à bercer un bébé, à caresser un chat, à calmer un cheval apeuré.

Pour Claire, grandie dans l'atmosphère rigoureuse des couvents, élevée par des religieuses charitables, certes, mais peu enclines à la tendresse, pour elle qui n'avait jamais reçu de la part de quiconque autant d'attention, ce geste fut comme un cadeau du Ciel. Bouleversée, inondée de pleurs, elle se blottit contre la mère d'Adrien.

Car cette grande dame raffinée, si belle, dont la robe de panne bleue gardait dans ses plis une odeur printanière de violette, cette femme à la voix encore juvénile, pétrie de sollicitude, de générosité, était sa mère ! Maintenant, Claire aussi lui devait la vie, et grâce à ses douces paroles, retrouvait insensiblement de sa combativité.

– Là ! Il est bon de pleurer, parfois. Notre peine nous paraît ensuite plus légère, murmura Floriane.

Elle savait combien – en ce siècle où l'enfance n'avait guère de place – les jeunes êtres privés de la sauvegarde d'une vraie famille pouvaient être exposés aux pièges et aux dangers de l'existence. Et même sans imaginer le pire, elle savait combien leur solitude pouvait être profonde. Emue par la détresse de Claire, elle l'embrassa, en pensant tout à coup à sa propre fille, Charlotte, dont elle était séparée depuis longtemps.

Les larmes peu à peu s'apaisèrent. Claire se moucha, tenta un sourire falot.

– Ça va mieux, n'est-ce pas ? J'en suis contente. Viens maintenant. Nous suivrons le ballet ensemble et si tu ne tiens pas à veiller, comme moi, je te ramènerai au Louvre tout de suite après.

— Si ma tante me le permet, je veux bien, merci, fit Claire en glissant sa main dans celle de sa protectrice.

— En fait, expliqua Floriane, j'étais venue rechercher Adrien. Il n'a pas réapparu parmi nous. Tu sais peut-être où il s'en est allé ?

Elle sentit les doigts se raidir, vit le visage se chiffonner, les yeux s'embuer. Toutefois, Claire surmonta avec vaillance ce nouvel assaut :

— Il est parti dans les bois, il y a déjà un bon moment.

— Il ne t'a rien dit ?

— Quelques mots, rien de particulier.

Malgré la fermeté de la réponse, Floriane aurait pourtant, sans hésiter, juré le contraire.

*
★ ★

— Monsieur, je désire épouser mademoiselle Muti et vous serais reconnaissant de bien vouloir en faire la demande auprès de Son Eminence si vous-même n'y voyez pas d'objection.

C'était au retour de Berny, à l'aube, en l'Hôtel d'Ivreville. Adrien n'attendit pas un jour de plus pour annoncer son projet à son père. Il s'exprima avec gravité, en dissimulant son émoi sous un masque cérémonieux. Non pas qu'ils eussent tous deux de mauvais rapports, bien au contraire. Mais le maréchal d'Ivreville n'était pas un homme très expansif, ni un amateur de longs discours. Avec lui, mieux valait aller droit au but.

— Etes-vous sûr de votre choix ? demanda-t-il après un temps de réflexion.

— Tout à fait.

— Mademoiselle Muti partage-t-elle vos sentiments ?

— J'ai des raisons de le croire.

— Dans ce cas, j'irai dès cet après-midi en informer M. le Cardinal.

LA ROSE FROISSÉE

Adrien préféra ne pas se montrer au Louvre où, d'ailleurs, tout le monde devait se reposer des fatigues de la veille et de la nuit. La fête de Berny, qu'il s'était décidé à rejoindre après avoir quitté Claire, s'était poursuivie en compagnie de Lorenza. Ensemble, ils avaient dansé, applaudi le feu d'artifice, fait honneur à la table de Lionne. Tout aurait donc dû être parfait s'il n'y avait eu, quelque part au milieu de la foule, dans le sillage de Philippe d'Anjou, le marquis de Naillac, présence indifférente, peut-être, facilement évitable, mais qu'Adrien avait néanmoins constamment sentie peser.

Cette journée passée à attendre le retour de son père lui parut sans fin. A peine put-il dormir quelques heures, sans même pouvoir tromper son anxiété avec Floriane. Celle-ci resta en effet invisible dans sa chambre et cette bizarre attitude sembla de mauvais augure à Adrien. Sa mère ne se montra qu'en début de soirée, au retour du maréchal. Les deux époux s'enfermèrent alors dans un cabinet du rez-de-chaussée où se traitaient toutes les affaires de la famille.

Dans son enfance, Adrien y avait été parfois convoqué afin de répondre de quelque sottise. Lorsqu'il s'y rendit ce soir-là, il ressentit la même faiblesse passagère qu'autrefois, le même rythme accéléré du cœur. Les odeurs de la pièce étaient inchangées elles aussi : celle du cuir cordouan recouvrant les murs, celle des registres et des livres, celle du bois brûlé hiver après hiver. Rien n'était modifié ; tout paraissait devoir être là, toujours, et en premier lieu ses parents, qu'Adrien n'imaginait pas l'un sans l'autre.

La guerre, la chasse, les voyages, avaient conservé toute sa sveltesse à Artus d'Ivreville dont Adrien admirait tant la prestance et le noble visage, buriné par une vie au grand air. Refusant la perruque, portant avec superbe sa crinière blanche, dédaignant les fanfreluches et les préciosités de manières, le maréchal conservait l'aspect du gentilhomme d'aventures qu'il avait été jadis, avant d'élever sa fortune au service du roi. Sa loyauté, sa personnalité exceptionnelle,

119

lui avaient valu un titre de duc acquis au lendemain de la Fronde, la confiance de la reine et de son fils, l'estime générale et celle – ô combien plus rare – de Mazarin. Enfin, il suffisait de le voir auprès de sa femme pour deviner que leur couple était de ceux qui résistent à tout et ne cessent de rayonner bien au-delà de leur propre existence.

En se retrouvant devant eux, Adrien comprit aussitôt que son impression ne l'avait pas trompé : la démarche de son père s'était soldée par un échec. Toutefois, le plus dur fut d'en écouter les raisons ; de ne pas bondir, de ne pas courir se battre encore pour gagner sa bien-aimée !

– Croyez-vous que je puisse accepter ça ? s'écria-t-il.

Renoncer à Lorenza ? S'effacer au profit d'un rival honni ? Laisser s'accomplir un marché honteux ? Mais plutôt la mort ! Rien ne pouvait justifier le sacrifice de leur amour. Raison d'Etat, avait dit Mazarin. Allons donc ! Vile affaire d'argent, voilà la vérité ! Chacun savait combien le goût du lucre obsédait le Cardinal. Ah ! Naillac ! Quelle somme avait-il dû faire miroiter pour acheter Lorenza ? Chose étrange, Adrien n'était pas véritablement surpris d'apprendre que le marquis était l'époux choisi par Mazarin pour sa nièce. C'était comme s'il l'avait toujours redouté, pris d'emblée par un très fort, un mystérieux pressentiment. Sa méfiance, ses doutes, son aversion pour un homme qui, somme toute, n'avait été au départ qu'un inconnu un peu provocateur, sa conduite récente, enfin, s'en trouvaient brusquement éclairés.

Mais les mots judicieusement choisis par le maréchal, la bonté de sa mère et son profond respect filial, purent l'aider à se contrôler. Adrien finit même par donner sa parole de ne pas chercher à rencontrer Naillac et d'obéir aux décisions de Mazarin. Ayant nommé le maréchal d'Ivreville ambassadeur extraordinaire auprès du roi Philippe IV, Son Eminence avait clairement exprimé le souhait de voir Adrien partager cette faveur en accompagnant son père à Madrid.

— Quand partons-nous ?

— Dans deux jours.

Deux jours... Il aurait le temps de revoir Lorenza, de décider avec elle de la conduite à tenir. Tout n'était pas perdu, certainement.

— Je serai prêt.

— Bien, mon garçon.

Artus lui tendit alors la main puis l'embrassa sans plus de commentaires. Lui-même avait toute sa vie suivi sans discuter les ordres de Richelieu d'abord, de Mazarin ensuite, ministres choisis et soutenus par leurs rois. Il ne s'était rebellé qu'une seule fois, désertant son poste pour l'amour de Floriane, un épisode qu'Adrien ignorait totalement. A ses yeux, le maréchal était l'image du devoir et de la fermeté.

A lui de prouver qu'il était digne d'un tel père.

Mais sous ses belles résolutions, l'espoir le disputait à la révolte, et dès qu'il se retrouva seul avec sa mère, Adrien lui confia toute sa peine.

Une nouvelle entrevue de Floriane avec Mazarin ne donna rien. De méchante humeur, plongé dans les soucis que lui causaient le roi et Marie, le Cardinal reçut même son amie assez mal :

— Vous devriez plutôt me remercier de préserver votre famille d'un tel fléau. Car mes nièces ne sont ni plus ni moins que des "pestes de Cour", à renvoyer au diable qui, hélas, m'en a affligé !

Malgré tout, Floriane obtint l'autorisation, pour Adrien, de rencontrer Lorenza. Ils se retrouvèrent donc dans le jardin des Tuileries et pour une fois, sans la surveillance de madame de Venel. Lorenza vint seule avec une servante.

Evitant les autres promeneurs, ils se glissèrent derrière une palissade fleurie de pois grimpants et là, Lorenza se précipita dans les bras d'Adrien.

— Emmène-moi !

— Chérie...

— Emmène-moi, tout de suite, c'est le moment. Je ne veux pas épouser Naillac. Je hais mon oncle !

Les poings crispés sur la poitrine du jeune homme, elle le pressa d'agir, ses grands yeux noirs fiévreux, soulignés de bistre.

— Non, Lorenza, il faut attendre.

— Attendre ! Mais nous n'aurons jamais une occasion comme celle-ci. Je suis seule, prête à te suivre où tu l'auras décidé.

A ce moment, le frisson de la liberté, de l'amour, courut sur eux, allumant un désir qu'ils n'avaient jamais encore partagé vraiment. Adrien embrassa comme un fou Lorenza accrochée à lui, une jambe enroulée autour de la sienne, tous deux enfoncés dans le mur épais, mauve et rose, des pois de senteur.

— Partons vite ! murmura-t-elle.

Alors le vertige se dissipa soudain, ne laissant qu'un amer sentiment d'impuissance et de désarroi.

— Non. Nous ne le pouvons pas. J'ai juré à mon père de ne rien faire contre la volonté de ton oncle.

Le changement brutal sur le visage de Lorenza fut pour lui pire qu'une insulte.

— Tu veux rire ! Ce genre de parole ne vaut rien.

— Pour moi, si.

— Et la promesse que nous avons signée ensemble ? Ne compte-t-elle pas plus que celle que ton père t'a extorquée ?

— Je les tiendrai toutes les deux. La paix faite, le mariage du roi décidé, ton oncle changera d'avis. A mon retour de Madrid, je saurai le convaincre. L'essentiel est que nous soyons l'un et l'autre sûrs de nous-mêmes, déterminés, confiants.

Il chercha à l'embrasser encore mais elle se déroba avec un semblant de sourire, dur, moqueur :

— Comment pourrais-je avoir confiance alors que tu te conduis comme un enfant ?

— Je te prouverai ce dont mon amour est capable.

— Nous verrons.

LA ROSE FROISSÉE

Elle le regarda longuement en se tenant à distance, avec sa façon de vouloir, toujours, dominer les êtres et les choses, son port sculptural dissimulant si bien le feu de ses veines.

Etait-il trop tard pour faire fi de tout, pour fuir avec elle ? Déchiré, Adrien choisit de se taire.

— Ecrivez-moi ! lui lança-t-elle avant de rappeler sa servante.

Puis elle partit sans un autre adieu.

*
* *

En recommandant à ses neveux et nièces de "cajoler le roi", le Cardinal Mazarin n'avait pas supposé combien ce conseil, suivi à la lettre par Marie, entraînerait de désagréments. Cajoler le roi avait été un moyen supplémentaire d'assurer le pouvoir de la famille, de la rendre indispensable. Olympe, naguère, peu après son mariage avec Soissons, s'était donnée à Louis sans créer de scandale, sans étalage superflu de sentiments. Puis était née cette amourette avec Marie, que Mazarin avait laissée se développer, y trouvant encore son compte. Seulement, l'amourette était devenue une flamme envahissante qui compromettait maintenant toute son œuvre politique ! Au cours de sa destinée, le Cardinal avait connu maints revers, affronté bien des intrigues de Cour, traversé la pire des tempêtes à l'époque de la Fronde. Pourtant, il devait un peu plus tard déclarer que cette "affaire avait été la plus délicate qu'il avait eue en sa vie, celle qui lui avait donné le plus d'inquiétude".

Généralement, les ennemis se combattent par les armes, l'argent, la ruse ou le temps. Mazarin était toujours venu à bout des siens car il n'ignorait rien de l'ambition, de l'orgueil des hommes. En revanche, l'amour lui était un domaine étranger, réduit pour lui à un accident de parcours, une sorte de maladie facilement guérissable.

123

Déconcerté, agacé, il découvrait qu'il n'y avait pas adversaire plus coriace qu'un jeune cœur passionné.

Ombrageux comme le sont souvent les Espagnols, Pimentel n'avait pas apprécié l'incident de Berny. Quelques jours plus tard, en signant enfin les préliminaires de paix, dont l'une des clauses essentielles était le mariage du roi et de l'Infante, il revint là-dessus, souligna sa préoccupation devant la place tenue par Marie Mancini. Il incombait au Cardinal de trancher dans le vif ce lien dérangeant, et cela sans tarder ! Les négociations, officielles cette fois, avant la signature définitive avec le Premier ministre espagnol Don Luis de Haro, devaient bientôt commencer à la frontière des deux royaumes. Mazarin s'apprêtait à se mettre en route pour Saint-Jean-de-Luz, précédant la Cour qui ne partirait que fin juillet en direction de Bordeaux. Eloigner Marie du roi s'avérait donc urgent, indispensable, la seule solution efficace, une solution jusqu'à présent bien imprudemment négligée. Le Cardinal choisit de l'envoyer à La Rochelle dont il était le gouverneur.

Mais comment faire entendre à cette tête de mule, cette rebelle, cette inconsciente, qu'elle devait s'effacer, renoncer ? Comment lui faire comprendre qu'elle ne pouvait pousser le roi à agir contre son devoir ? Pas plus que la reine, il ne parvint à la convaincre. L'idée de quitter la Cour, de ne plus voir Louis la rendit folle.

– Louis ! Louis ! Ne les laissez pas nous séparer ! Vous m'aimez, prouvez-le donc ! Dites-le leur ! Refusez ce mariage imposé, cette Infante insipide ! Agissez en homme et non en petit garçon, en pauvre marionnette ! Louis, je ne veux pas vous quitter.

Les cris, les larmes, les embrassements sauvages, les injures et les baisers, les prières et les serments, les portes qui claquent, les escaliers montés ou dévalés, plein d'espoir et malgré tout, la poitrine oppressée par l'idée insidieuse que déjà, la destinée vous rattrapait : oui, en ce temps-là, Louis XIV connut les emportements d'un amour pourtant demeuré chaste, essentiellement nourri de rêves. Mais la nature du roi ne le portait pas aux excès de gestes et de langage. A la furie de la jeune fille qu'il désirait, dont la douleur devenait sienne, il ne savait répondre que par des pleurs ou des mots doux. Jusqu'au moment où, fouetté par sa violence, il finit par échouer devant Mazarin. Agenouillé, tremblant, balbutiant, il lui demanda sa nièce en mariage.

– "Je la poignarderai plutôt que de l'élever par une si grande trahison !" s'écria le Cardinal, tel un héros de Corneille.

Pour lui, le choix était fait depuis longtemps. Il avait compris combien certains renoncements pouvaient, en contrepartie, apporter de grandeur et d'éclat. Il devait l'apprendre aussi à ce jeune souverain, tout à la fois son élève et son maître, lutter au besoin contre lui, pour lui offrir enfin la véritable gloire qu'ils avaient toujours poursuivie ensemble.

Si Mazarin sut se montrer sévère, ferme, inébranlable, il revenait à Anne d'Autriche de mettre, autant qu'il lui était possible, du baume sur les plaies de son fils.

La veille du départ de Marie, elle entraîna le jeune homme hors de portée des regards, dans son cabinet des bains. La reine avait pris un flambeau et l'avait posé sur le rebord de la baignoire de marbre blanc. Célèbre dans toute l'Europe, la pièce avait à la fois la somptuosité d'un décor antique, avec ses colonnes veinées, les tableaux mythologiques peints par Le Sueur, et toute la chaleur, toute l'intimité qu'une femme sait toujours privilégier. Aux murs bleu et or étaient accrochés les portraits des êtres chers au cœur de la reine. Mais aucun, bien sûr, ne lui était plus précieux que Louis, pleurant dans ses bras tandis qu'elle tentait de le raisonner en bridant sa propre émotion.

Le lendemain, un équipage s'avança de bonne heure dans la cour du Louvre. Tout annonçait une journée enchanteresse : le ciel clair, à peine effleuré de traînées floconneuses, les hirondelles lancées en rondes piaillantes

125

autour des toits et des vieilles tourelles, l'air léger, frémissant de l'odeur de foin et de crottin attachée aux chevaux.

Louis apparut, tenant Marie par la main, et l'installa lui-même dans le carrosse qui allait l'emmener. Les courtisans remarquèrent leurs yeux gonflés, rougis et, au cou de la jeune fille, le cadeau que venait de lui faire son royal amoureux : un époustouflant collier de perles que la reine d'Angleterre, chassée de son pays par Cromwell, à demi-ruinée, avait été contrainte de vendre. Le Cardinal avait accepté de débourser des dizaines de milliers de livres pour son achat. En tout cas, cela en valait la peine : l'orient des perles, comme un délicat reflet de l'aurore, prenait toute sa beauté sur la peau ambrée de Marie.

A l'instant où le roi referma la portière, elle s'accrocha sauvagement à ses poignets :

– "Ah ! Sire ! Vous êtes le maître, vous pleurez et je pars !" cria-t-elle pleine de déchirure et de révolte.

Mais il n'y eut pas le miracle qu'elle espérait et les adieux n'avaient plus à se prolonger. Louis n'avait maintenant qu'une hâte : fuir l'air navré de sa mère, la compassion de son frère et celle plus douteuse de certains courtisans. Sans penser qu'il suivait en cela l'exemple de son père Louis XIII, ce roi pathétique dont on lui parlait si peu, il voulait chercher refuge dans la forêt. A traquer le gibier jusqu'à l'épuisement, à s'étourdir aux aboiements des chiens, aux appels des trompes des veneurs, peut-être trouverait-il un peu de paix en lui-même ? Reculant d'un pas, il regarda l'équipage s'ébranler.

Marie se rejeta contre la banquette, un petit morceau de dentelle resté entre ses doigts, que dans son désespoir elle venait d'arracher à Louis.

Soudain, voilant le soleil, un nuage étendit son ombre tandis que le carrosse s'engageait sur le pont-dormant. Alors tout le poids mort des siècles révolus sembla brusquement peser sur le Louvre, déserté par les turbulentes Mazarinettes.

Car Marie Mancini ne gagnait pas seule le lieu de son exil. Ses sœurs Hortense et Marianne, sa gouvernante et la

126

jeune Claire, étaient aussi du voyage de même que sa cousine, Lorenza Muti.

Un vent fiévreux, frivole, se mit à souffler sur la Cour ; un vent que les selliers, les orfèvres et surtout les tailleurs, bottiers, chapeliers, gantiers, merciers, marchands de parfums, de dentelles et autres fournisseurs de mode, virent se lever en se frottant les mains. Les maîtres prirent commandes et mesures ; les ateliers se mirent à l'ouvrage ; les galopins de boutiques trottèrent dans Paris où les rêves se peuplaient maintenant d'étoffes et de rubans. Il n'était pas jusqu'aux valets qui ne chicanassent sur la largeur d'un galon, en essayant leurs nouvelles souquenilles. Car chacun voulait "les plus beaux habits du monde pour aller à la noce". La noce du roi, bien sûr ! Mademoiselle et Monsieur, sans doute les plus sensibles à l'apparence, étaient aussi les plus fébriles en voyant s'approcher, si vite, la date du grand départ pour le Sud-Ouest. Quant à Louis !...

Son affliction faisait peine à voir. Il était revenu malade de Chantilly, la mine grise. Il passait des heures à écrire à Marie, à guetter ses réponses. Avec indifférence, il accepta de mettre à jour sa garde-robe, de faire habiller de neuf ses serviteurs. Son état pitoyable, ses bouderies navraient particulièrement sa mère qui n'avait plus la présence du Cardinal pour l'épauler et s'en plaignait par écrit.

Un essoufflant chassé-croisé de lettres, portées à brides abattues par les meilleurs courriers, avait commencé, permettant heureusement aux uns et aux autres de rester en étroite relation, malgré les distances. A La Rochelle où s'étaient installées madame de Venel et les jeunes filles, arrivaient régulièrement les instructions de Mazarin. Il déplorait le petit esprit de ses nièces qui "refusaient ses conseils et pour leur plus grand malheur se croyaient fort habiles". Il répondait affectueusement à Marianne, la seule à lui faire des vers, à se montrer aimable avec lui.

Il houspillait la reine, critiquait sa faiblesse envers Louis, et sa façon de se plaindre, de réclamer toujours ces ridicules témoignages d'affection, comme s'il avait le temps "d'écrire de petites lettres", comme si elle-même ne savait pas que... Là, les caractères étaient remplacés subitement par un signe sibyllin, l'un de ceux dont Anne et Mazarin usaient entre eux depuis longtemps : étoiles, chiffres, mots codés, sous lesquels se cachait la véritable nature de leurs relations. Beaucoup les soupçonnaient de s'être clandestinement mariés. Mais cela, jamais personne ne le saurait avec certitude. Il est vrai que leurs disputes comme leurs retrouvailles, la désinvolture du Cardinal, sa familiarité, les abandons de la reine étaient bien ceux d'un vieux ménage. Le roi, désigné par eux "le Confident", possédait-il la clef du mystère ? En tout cas, il était leur lien le plus fort et pour l'heure, un bien gros tourment.

"Je ne mange ni ne dors, écrivait Mazarin, accablé de peine et d'inquiétude en un temps que j'aurais grand besoin d'être soulagé."

Il était parvenu à Saint-Jean-de-Luz, assez fatigué du voyage. Le mauvais vouloir de Louis l'affligeait profondément alors que les Espagnols s'apprêtaient à lui mener la partie rude, que la goutte ne le laissait pas en repos une minute, que le monde entier avait les yeux rivés sur lui. Pourtant, coûte que coûte, il voulait venir à bout de ce projet de paix et montrer à son filleul "le chemin qu'il fallait tenir pour être un très grand roi". Pour cela, en tout premier lieu, il convenait de rester maître de ses émotions. "Dieu a établi les rois pour veiller au bien, à la sûreté et au repos de leurs sujets et non pas pour sacrifier ce bien-là à leurs passions particulières, expliquait-il à son élève indocile. Quand il s'en est trouvé d'assez malheureux qui aient obligé, par leur conduite, la providence divine à les abandonner, les histoires sont pleines des révolutions et des accablements qu'ils ont attirés sur leur personne et sur leurs états." Poussant Louis à écouter les conseils de sa mère, il le menaça aussi de tout abandonner, de renoncer à ses charges, de s'embarquer, lui et ses nièces, sur le premier vaisseau en partance pour l'Italie. Il en voulait terriblement à Marie qui ne l'aimait pas, dont "l'ambition démesurée, l'esprit de travers en faisaient la risée de tout le monde".

Cela étant, la Cour s'avançait vers Bordeaux. Cédant aux volontés de son fils, la reine accepta que les Mazarinettes vinssent les rencontrer à l'étape de Saint-Jean-d'Angély. Evidemment, ces courtes retrouvailles ne firent que redoubler les sentiments des amoureux et la fureur de Mazarin lorsqu'il fut au courant : "Ce qui est incompréhensible c'est que vous pratiquiez tous les ingrédients imaginables pour échauffer votre passion tandis que vous êtes à la veille de vous marier !... Rien n'est capable de m'empêcher de mourir de déplaisir si je vois qu'une personne qui me touche de près vous cause plus de malheur et de danger que je ne vous ai rendu de services depuis le premier jour que j'ai commencé à vous servir." Ce à quoi Louis répondit en le traitant d'extravagant : "Faites ce que vous voudrez. Si vous abandonnez les affaires, bien d'autres s'en chargeront volontiers !"

Allait-on vers une rupture irréparable ? Non, car rien ne pouvait arrêter Mazarin, surtout pas un jeune souverain empêtré dans sa chrysalide, et qui avait encore tant besoin de lui.

Entre la rive espagnole et la rive française, au milieu de la Bidassoa dont les eaux constamment troubles couraient vers la mer, la petite Ile des Faisans était devenue le centre du monde. Don Luis de Haro y avait rejoint Mazarin.

Tout exprès pour la conférence, un bâtiment avait été édifié, exactement au milieu de l'Ile, ménageant la même superficie aux représentants de Philippe IV qu'aux envoyés de Louis XIV. Pour y accéder, il fallait emprunter deux ponts couverts et fermés comme des galeries, aux cloisons tendues de riches points des Flandres, l'un reliant la terre du côté de Fontarabie, le second du côté d'Hendaye. Plusieurs cabinets et antichambres, identiques de part et d'autre, précédaient la grande salle de l'assemblée, située à l'extrémité de l'Ile.

LES AMOURS MASQUÉES

Deux tables accolées, l'une espagnole, l'autre française, n'en faisaient qu'une, immense, garnie de papiers, d'écritoires d'or, de deux horloges, une pour chaque ministre. Cette table était soigneusement recouverte de tapis différents afin que l'on distinguât bien la limite des territoires. De même avait-on jeté sur le sol des tapis de Perse à fond d'or et d'argent pour Don Luis de Haro et les siens, tandis que Mazarin foulait un épais velours cramoisi, brodé de gros galons également d'or et d'argent. Il était impossible d'ignorer la frontière. Mais de loin, vue des collines aux pentes douces et bleutées sous la brise marine, l'Ile ressemblait à un énorme et luxueux vaisseau où flottaient bien haut, ensemble, les oriflammes depuis si longtemps ennemies.

Quel contraste entre les camps adverses ! Face à l'entourage assez restreint du ministre espagnol, face aux sombres vêtures, aux visages hautains des gentilshommes d'Aragon, de Castille ou d'Estrémadure, piaffaient les Français dans leurs pourpoints chatoyants, la fanfaronnade, la moquerie aux lèvres, venus nombreux dans le sillage du Cardinal dont toute la suite de gardes et de valets habillés de rouge, s'étalait le long de la berge.

L'Espagne n'était peut-être plus la nation richissime qu'elle avait été mais son orgueil rendait les négociations redoutables. Jour après jour, avec une lenteur désespérante, la conférence ramenait les mêmes discussions, les mêmes difficultés, faisant appel à toute la diplomatie de Mazarin, à la souplesse de son échine ! Jour après jour, et bien qu'harassé, exaspéré par Don Luis et sa face de carême, le Cardinal s'installait devant son écritoire pour reprendre le dialogue, par épîtres interposées, avec ce roi si têtu, ces petites écervelées. Mais ils allaient bien finir par céder, tous !

Les petites, c'était Marie, et aussi Lorenza qui s'obstinait stupidement à refuser Naillac sous le prétexte qu'elle aimait Adrien d'Ivreville. Grâce à Dieu, le marquis était un homme patient et compréhensif. « Floriane, carissima, se disait le Cardinal en pensant parfois à son amie. Je te rends un fier service. Au fond de toi-même, tu dois le savoir. Quant à moi, j'y gagnerai plus que je n'osais l'espérer pour offrir au roi des noces éblouissantes. »

Mazarin avait raison de croire en Naillac. Pas du tout offensé par le refus de Lorenza, le marquis en avait ri, au contraire, de ce rire sans gaîté véritable, un peu métallique, essentiellement méprisant.

— Entends-tu ça, Rupert ? Il paraît qu'on ne veut pas de nous ! avait-il lancé à son domestique, ce blond garçon toujours attaché à son ombre. La demoiselle fait la fine bouche. Le jeu n'en sera que plus savoureux. Je préfère les gens de caractère.

Paul de Naillac mûrissait ses plans depuis trop longtemps pour se laisser décourager par les simagrées d'une pécore. Il voulait le pouvoir. Le pouvoir appartenait à Mazarin. Or, celui-ci n'était pas immortel et sa disparition laisserait bientôt, auprès de ce roi maladroit, velléitaire, une place que Naillac entendait occuper. Personne d'autre que lui n'en était capable, d'ailleurs. Colbert n'était qu'un machiavel d'antichambre, un vulgaire bourgeois facile à corrompre. Le mirifique surintendant des finances, ce Nicolas Fouquet cousu d'or volé à l'Etat, devrait bien dans un proche avenir rendre gorge. Quant aux autres membres du Conseil, les Le Tellier, les Lamoignon, les Brienne, ce n'était que menu fretin, nullement craint par Naillac. Marié à une Mazarinette, il entrerait d'abord dans le cercle étroit des familiers de Louis XIV. Ensuite, son but était précis : hériter du Cardinal. Celui-ci, détestant son neveu Philippe Mancini, avait fait part de son intention de ne pas lui léguer ses titres et sa fortune qu'il réservait à l'époux de l'une de ses nièces. Naillac serait donc l'héritier tout désigné.

Ah ! Etre duc de Mazarin, duc de Mayenne, duc de Nevers, comte de Belfort et de la Fère, être le seigneur d'une infinité de domaines disséminés à travers le royaume, avec les immenses revenus qui en découlaient ! Mais cela ferait de lui, déjà possesseur d'une des plus grosses fortunes d'Europe, un homme plus puissant que le plus grand des princes ! Cela effacerait jusqu'au souvenir du nom de Lopez tout en octroyant au descendant des Abencérages, la place glorieuse qui lui revenait !

Entre les jeunes filles, son choix avait été facile. Marianne, à l'intelligence prometteuse, était trop enfant : dix ans ! Hortense, sans doute très jolie, paraissait aussi la plus dénuée d'esprit. En outre, le jeune La Meilleraye avait déjà jeté son dévolu sur elle. Eh bien qu'il la prenne ! Marie étant aimée du roi, Naillac s'était rabattu avec fatalisme sur leur cousine. Il aurait pu tomber plus mal. La jeune Muti n'était point sotte et possédait la beauté d'une impératrice romaine.

— Nous formerons un couple superbe, n'est-ce pas, Rupert ?

Quant à son caractère acerbe de vaniteuse, il saurait comment l'en corriger.

Sa décision prise, Naillac s'était immédiatement adressé à l'évêque de Fréjus, Zongo Ondedei.

Ondedei pouvait se vanter d'être le plus vieil ami de Mazarin, son confident, son homme à tout faire. Cet Italien, presque septuagénaire, ce prélat parfumé, enrubanné, coquet, qui s'occupait tout particulièrement des neveux et des nièces, des affaires délicates concernant la famille, avait toujours eu un faible pour l'argent. Le prince de Conti lui avait payé cher son mariage avec Anne-Marie. Pour épouser Lorenza, Naillac offrait plus cher encore à l'aimable Zongo, qui s'était empressé de transmettre sa demande au Cardinal. Achetant l'un, achetant l'autre en s'engageant à ne réclamer aucune dot, dans ces conditions, l'offre de Naillac avait été reçue avec enthousiasme et l'attitude hostile de Lorenza était apparue comme un obstacle bien dérisoire.

Voyageant avec la Cour, Naillac avait revu la jeune fille à Saint-Jean-d'Angély. Elle s'était évidemment gardée de lui adresser la parole et le marquis avait été, en la circonstance, parfait de discrétion. Cependant, son air avait assez dit sa confiance en l'avenir.

LA ROSE FROISSÉE

– Elle sera ma femme, au jour et à l'heure que je voudrai.

Et Rupert, auquel s'adressaient ces mots tranquilles, avait répondu, avec un sourire éclairant brièvement ses yeux bleus :

– C'est M. d'Ivreville qui sera content.

*

* *

Grimpant le flanc de la montagne, la route tracée depuis des siècles par les pèlerins de Saint-Jacques-de-Compostelle s'était jusqu'à présent bordée de vert, d'arbres et de fleurs. Celles-ci croissaient par dizaines, de toutes couleurs, de toutes tailles, penchées sur l'eau du Gave qui bondissait en contrebas, ou encore rassemblées en bouquets volumineux sur les branches des tilleuls. Des villages minuscules de pierres grises souvent frappées de la coquille, leurs fontaines, leurs églises un peu trapues, apparaissaient de lieue en lieue, cernés de pâturages ou de forêts épaisses au-dessus desquelles tournoyaient les aigles et les gypaètes. Le changement eut lieu d'un coup, sitôt le col franchi. Métamorphosées comme par l'effet d'un sort, les Pyrénées offrirent soudain, à perte de vue, des rochers blancs hérissés de bruyère, des chênes tordus par les vents, des balsamiers, des plantes sauvages. Tout imprégné de leurs arômes, l'air aussi fut différent. Sec et chaud, venu du Sud lointain, il était le souffle même de l'Espagne.

Dressé sur ses étriers, Adrien s'en emplit les poumons, les yeux posés sur l'infini chaos de la Sierra grésillant au soleil, en apparence exempt de toute forme vivante. Pas un arbre assez haut, assez touffu pour offrir son ombre. Le guide, un jeune Béarnais infatigable, annonça la prochaine étape, une hostellerie fréquentée par les pèlerins, encore distante de trois heures de marche ! Pourtant aucun des gentilshommes de la suite du maréchal d'Ivreville ne songea à se plaindre. Endurance et bonne humeur étaient les mots

133

d'ordre au sein de leur groupe. Les autres membres de l'ambassade, plus âgés ou de complexion plus délicate, les abbés, les secrétaires, qu'avait rebuté la terrible ascension du col du Somport, avaient franchi la frontière après Hendaye, confortablement assis dans des carrosses, et d'Irun, filaient sur Burgos où tous devaient se rejoindre.

Pourquoi le Maréchal avait-il choisi la difficulté en empruntant les pires chemins de montagne ? Bien malin qui aurait pu le dire. Le Maréchal était de ces originaux qu'on acceptait ou qu'on rejetait sans demi-mesure. Mais il fallait admettre qu'il n'avait pas son pareil pour transformer le quotidien en véritable épopée. Ceux qui avaient préféré le suivre s'en félicitaient. Ils avaient eu droit à des repas mémorables dans des auberges miteuses, des étapes princières dans des châteaux amis, des rencontres galantes et même tout récemment, à une chasse à l'ours digne de Gaston Phebus !

Avant de pousser son cheval sur l'étroite sente rocailleuse, Adrien se tourna vers son père et lui sourit. Parler eût été superflu. Ce n'est que peu à peu qu'il avait compris les véritables motivations d'Artus : ce difficile, cet hasardeux périple n'avait pour but que de le dérider, de détourner ses pensées de leur unique objet, ce qui n'avait pas été gagné d'avance. Car au début, Adrien n'avait eu pour seul horizon que le visage de Lorenza, tel un astre sombre émergeant d'une nuée de pois de senteur. Le parfum trop tendre des fleurs s'était obstiné à le hanter, comme l'avaient hanté, plus amèrement, certains termes méprisants et hostiles. Mais trois semaines plus tard, les souvenirs dérangeants s'étaient estompés. Les messages qu'il faisait maintenant tenir à Lorenza étaient enthousiastes, un peu brouillons.

Il lui décrivait leur voyage, espérait que son exil n'était pas trop ennuyeux, cherchait à lui donner confiance. En résumé, il se sentait plus libre, se montrait plus insouciant.

— Il redevient lui-même, avait écrit d'Oloron, le maréchal à Floriane, enchanté des résultats de sa thérapie.

A Burgos, où ils retrouvèrent fin juin le reste de l'ambassade, ils furent accueillis par des cris de joie et eurent droit à l'étonnant « jeu des taureaux ». Jamais encore les Français n'avaient assisté à ce spectacle d'hommes et de bêtes luttant dans une arène que le sang empourprait. Avec ce mélange d'ironie, de supériorité, de fascination propre à leur race, ils découvraient une Espagne grandiose certes, mais âpre et primitive, qui leur laissait mal augurer de leur entrée à Madrid.

Celle-ci eut lieu pourtant avec tout l'éclat et la cordialité qu'ils étaient en droit d'attendre. Au cœur de la Castille traversée par petites journées tant la chaleur était forte les après-midi, après des étendues désertiques à peine piquées d'oliviers ou de moulins à vent, ils rencontrèrent enfin, à Alcobendas, les envoyés de Philippe IV, porteurs de présents, parmi eux des mulets et de superbes chevaux, harnachés de dentelle argentée. Précédés de postillons, entourés par les gardes et les officiers du roi, le maréchal d'Ivreville et sa suite purent alors effectuer une entrée triomphale, habillés comme seuls les Français savaient l'être, galants jusqu'à la plume de leurs chapeaux. Ils traversèrent au petit galop la Calle Mayor, comme un "parterre de fleurs, un jardin courant la poste", salués avec sympathie par la foule, applaudis frénétiquement par les dames penchées à leurs balcons.

Ces plumes, ces rubans : durant tout leur séjour, ils en furent régulièrement dépossédés à chacune de leurs apparitions. Les femmes, qui n'en avaient jamais vu autant sur des habits masculins, les arrachaient avec des cris d'extase, les conservaient comme des trophées. En revanche, ce genre d'emportement n'était pas de mise à la Cour où seuls des veuves pieuses, des jeunes filles avaient droit d'approcher la reine, où les Grands pouvaient rester couverts devant le roi, où un cérémonial rigoureux réglait chaque chose. Il y régnait une atmosphère de hauteur confinée presque sinistre à l'image du monarque, ce Philippe IV en apparence aussi dépourvu de vie qu'une statue. Cependant, il reçut courtoisement les lettres de créance du Maréchal d'Ivreville. Lui aussi désirait la paix.

135

LES AMOURS MASQUÉES

Et l'Infante ? Celle qui bientôt, à moins d'un cataclysme, allait s'unir à Louis XIV ? Les Français purent la voir quelques minutes. A vingt ans, Marie-Thérèse était une petite personne médiocrement jolie, aux joues un peu tombantes, mais blonde et fraîche, aux yeux très bleus. Gardée à l'égal d'une fleur de serre au fond des palais royaux, elle avait été élevée dans une totale ignorance des réalités du monde, portée par une certitude : elle était née pour épouser son cousin Louis, seul prince digne d'elle. Son futur mariage allait donc de soi. Elle reçut les visiteurs debout sur une estrade surmontée d'un dais, couverte d'un tapis persan, auprès de sa sœur et de la reine, leur jeune belle-mère qui était aussi leur cousine. Toutes trois portaient le « guard-infante », encore plus volumineux qu'on se l'imaginait à Paris. Ces vertugadins, rigides armatures fixées sur leurs hanches à l'horizontale, les privaient de tout mouvement naturel ou spontané. Entre la haie d'honneur des menins, les Français vinrent respectueusement baiser le bas de leurs robes, soulagés de pouvoir envoyer à Mazarin – et donc au roi – un portrait à peu près agréable de Marie-Thérèse, sans y apporter trop de retouches.

Redouté au départ, ce séjour à Madrid passa comme un éclair, entre les audiences et les réceptions. A certains, il devait de surcroît laisser des souvenirs plus exotiques, aussi veloutés que les tasses de chocolat qu'on leur fit goûter dans le secret, en trompant la vigilance d'un mari ou d'une duègne. Adrien lui-même vécut de ces instants troublants auprès d'Amparo, une célèbre danseuse et joueuse de casta-gnettes. Aventure sans lendemain, bien sûr, qui lui permit toutefois de tuer un peu le temps.

Car celui-ci s'écoulait sans nouvelles de Lorenza. Adrien avait d'abord mis ce silence sur le compte de madame de Venel qui devait, selon lui, à moitié séquestrer les jeunes filles, intercepter leurs lettres. Puis, il accusa les brigands de grands chemins, dont les courriers avaient si souvent à pâtir. Maintenant, il ne savait plus, voulait rentrer, n'osait presser son père. Enfin le maréchal parla du retour. Pour lui tout s'était passé au mieux, les préparatifs du mariage avaient été minutieusement évoqués, chaque détail examiné à la loupe. En remerciement, Philippe IV lui offrit, au moment de son congé, un cordon de diamants de plus de vingt mille écus !

*
* *

« Lorenza, pas une ligne de vous, pas un signe depuis plus de trois mois ! Pourtant, si vous saviez avec quelle ardeur je les souhaite et avec quels transports de joie je les recevrai, vous ne me jugeriez pas indigne de cette grâce... »

Le vent qui venait du large, ce vent un peu humide, dont la caresse vous laisse toujours un goût de sel sur les lèvres, agita entre les mains de la jeune fille, la dernière lettre d'Adrien. Du haut des remparts de Brouage, la vue s'étendait d'un côté sur les marais salants, puis sur le havre, aussi beau qu'il était sûr, le plus ancien port du Ponant d'où partaient depuis le Moyen Age les bateaux chargés de sel. A l'ouest, la grève se remplissait de plantes sèches, de salicornes, de petits chardons aigus réfractaires au sable, aux caprices du vent et de la mer. La longue échappée des flots turquoise ou saphir, gemmes changeantes selon les courants, s'en allait non loin rencontrer les Iles d'Aix et d'Oléron, puis reprenait sa course crêpelée, incendiée de paillettes. Alors le regard se perdait.

C'était cela Brouage, une porte ouverte sur le voyage, le rêve ou la contemplation, une citadelle gracieuse et mélancolique, prise entre la terre et les eaux. Des bastions, des échauguettes sertis de briques roses, l'entouraient avec finesse, sans l'étouffer. Bien au-dessus de ses remparts, au sommet de talus escarpés, des ormes et des châtaigniers jouaient les oriflammes en se laissant effleurer par la brise.

La petite ville avait séduit les Mazarinettes. Quittant La

Rochelle, fatiguées de sa société animée, de ses curieux, elles venaient de s'y installer. Le Cardinal, qui en était gouverneur, avait laissé faire. Il devait bien quelques concessions à Marie.

Malade de chagrin devant l'inévitable, sentant Louis près de fléchir, elle avait fièrement préféré prendre les devants, être celle qui rompt la première, et avait écrit à son oncle pour l'assurer enfin, de son obéissance. Ce dernier avait envoyé sa réponse à madame de Venel :

"Je vous avoue que je n'ai pas eu depuis longtemps un si grand plaisir. J'ai la plus grande joie du monde d'avoir une telle nièce voyant que d'elle-même elle a pris une si généreuse résolution. Je m'en vais songer sérieusement à la marier et à la rendre heureuse. Puisqu'elle se plaît à la morale, il faut que vous lui disiez de ma part qu'elle doit lire les livres qui en ont bien parlé, particulièrement Sénèque dans lequel elle trouvera de quoi se consoler."

Pauvre Marie ! La lecture des philosophes n'apportait aucun remède à son mal et la subite tendresse de son oncle ne mettait aucun baume sur son cœur en charpie. Elle avait fait venir un médecin arabe, astrologue réputé, et fébrilement, essayait avec lui d'entrevoir dans son horoscope, un avenir triomphant, une lueur d'espérance.

Louis se taisait mais il avait, paraît-il, réagi avec douleur en apprenant son renoncement. Dans ce cas, peut-être... Peut-être l'amour serait-il plus fort que la raison d'Etat ? Peut-être, un jour, bientôt, Marie verrait-elle apparaître sur la mer, un bateau envoyé par le roi, qu'elle prendrait pour le rejoindre ? Tout ne pouvait être perdu.

Mercure envolé, Jupiter contrarié par Saturne, Mars opposé au soleil, et Vénus... Ah, Vénus ! En quel trigone ami, ennemi, se cachait donc l'ingrate ?

En vain Marie avait tenté d'intéresser Lorenza au langage des planètes. Sa cousine se refusait à aligner sa conduite sur des interprétations peut-être erronées. Mais elle aussi cherchait, guettait le signe qui mettrait fin à son incertitude.

LA ROSE FROISSÉE

Comme Brouage s'accordait bien à leur état d'âme ! Entre ses murs roses, elles ressemblaient toutes deux aux infortunées captives errant dans les contes, en attendant leur prince charmant.

Lorenza s'appuya au rempart, tiédi par le soleil de septembre. Quelques orages avaient récemment balayé le port et le rivage mais le beau temps était de retour. Pieds nus, Claire et Marianne couraient au loin, sur une fine bande de sable léchée par des vagues amollies. Leurs voix aiguës lui parvenaient au gré du vent. En punissant l'entêtement de Marie et de Lorenza, le Cardinal avait aussi condamné du même coup les petites à l'exil. Méprisées par leurs aînées qui ne voyaient en elles que de vilaines mouchardes, Claire et Marianne formaient un duo inséparable auquel se joignait parfois l'insouciante Hortense.

Lorenza n'avait pas replié sa lettre ; les reproches d'Adrien, ses protestations amoureuses, frissonnaient toujours entre ses doigts. En effet, elle ne lui avait pas écrit. L'indulgence n'était pas son fort. Elle ne lui pardonnait pas ce qu'elle considérait comme un manque de caractère. Il l'avait déçue. Pourtant, à travers ses pages, elle l'avait suivi pas à pas sur les brûlants chemins d'Espagne, dans ce Madrid qu'elle aurait voulu connaître, fourmillant de cloîtres et d'églises, au sein de la Cour figée de Philippe IV. Si Adrien avait été plus audacieux, moins puéril, elle serait partie à l'aventure avec lui rien que pour le plaisir de faire échec à son oncle. Par scrupules idiots, il avait tout gâché.

Mais voici qu'il lui annonçait son prochain retour, très impatient, très décidé à la revoir coûte que coûte, certain d'en obtenir la permission auprès du Cardinal.

– La permission ! soupira Lorenza en repliant la lettre d'un mouvement agacé.

Lui restait encore leur promesse de mariage. Fallait-il abattre cette carte maintenant ?

En bas, Claire et Marianne se rapprochaient, avec leurs longs cheveux mouillés, lourds de sable et de sel. Ce soir, madame de Venel gronderait : – « Des bains de mer ! Vous y attraperez la male mort, petites folles ! » Menaces qui resteraient sans effet.

La chanson des jeunes promeneuses, devenue bien distincte, montait jusqu'à Lorenza. Les paroles étaient de Marianne qui avait la manie de rimer à tout propos. Claire, dont il fallait reconnaître les talents de musicienne, en avait composé les notes :

> *Ma sœur Hortense ne songe à rien*
> *Qu'à se divertir fort bien.*
> *Ma sœur Marie*
> *Lit l'astrologie,*
> *Plutarque, Sénéque et la philosophie.*
> *Ma cousine Lorenza*
> *Pense très fort*
> *Mais ne dit pas*
> *Ce qu'elle garde en son cœur.*
> *Moi je ris, saute et danse*
> *Comme un baladin en cadence...*

Lorenza haussa les épaules, souriant avec dédain aux échos de la naïve chansonnette. Ce qu'elle gardait en son cœur, c'est vrai, personne ne pouvait le soupçonner. Elle-même n'était pas encore très sûre de ses propres désirs que par orgueil elle se refusait toujours à admettre. Toutefois, quelque chose lui disait qu'il faudrait bientôt affronter la vérité.

"Je crains fort que le feu ne couve sous la cendre", confiait au Cardinal, dans sa dernière missive, la soupçonneuse Venel.

La gouvernante n'avait pas tort. Louis recommença à écrire et Marie lui répondit sur-le-champ. Une semaine plus tard, elle recevait un paquet volumineux, entré clandestinement à Brouage. Il provoqua, une fois ouvert, un déluge de larmes. Niché dans une corbeille capitonnée de satin bleu, tremblotait le chiot le plus attendrissant, le plus gracieux de la terre, un rejeton de Friponne, la chienne préférée du roi ! Sur son collier, en lettres d'or, Louis avait fait graver ces mots d'allégeance : "Je suis à Marie Mancini." Marie, toujours aimée ; Marie bouleversée, serrant à le faire gémir le petit chien entre ses bras.

Si l'on pouvait facilement dissimuler une lettre, il fut impossible d'escamoter l'animal. A sa vue, madame de Venel eut un léger malaise et prévint immédiatement Mazarin.

Mais qui donc transmettait les messages, les présents ? Qui se chargeait des réponses de Marie ? Qui avait donné à Lorenza les lettres d'Adrien ? La maison du Gouverneur où logeaient les Mazarinettes grouillait de valets à la solde de leur oncle. La gouvernante surveillait tous leurs faits et gestes, arpentait les remparts comme une sentinelle pour mieux voir les jeunes filles lorsqu'elles allaient sur la plage. Les quelques visiteurs étaient triés sur le volet ; des hobereaux, des demoiselles du voisinage, gens inoffensifs, simplement heureux de faire leur cour aux nièces du ministre. Alors qui ?

L'entremetteur obligeant ne tarda pas à être découvert. Il n'était autre que l'Intendant de Mazarin, un homme de confiance qui s'était chargé des jeunes exilées dès leur arrivée à La Rochelle. Cousin du zélé commis d'Etat, Jean-Baptiste Colbert, il s'appelait Colbert lui aussi : Colbert de Terron. C'était un homme encore jeune, trapu, aux sourcils broussailleux, trait commun dans la famille.

Le sieur de Terron, après un calcul aussi simple que rapide, s'était dit qu'à long terme il serait sûrement plus fructueux de favoriser la jeunesse que de servir un maître malade, au déclin de sa vie. Misant sur la reconnaissance du roi, il avait donc organisé avec habileté ces échanges secrets entre Bordeaux et Brouage. Ce fut le petit chien qui le trahit.

D'abord couché dans la chambre de l'Intendant, ses bruits avaient alerté l'un des valets espions du Cardinal. Confondu, Terron fut sévèrement rappelé à l'ordre par un message de Saint-Jean-de-Luz, tandis qu'à Paris son cousin Colbert, tout en se lamentant sur l'honneur compromis de la famille, proposait sa démission. Ne souhaitant pas de scandale et ménageant surtout le roi, Mazarin préféra étouffer l'affaire. Mais cette fois-ci, le temps du silence et de la renonciation avait bel et bien sonné pour Louis et Marie.

Décidément Brouage semblait voué à la solitude, à l'atmosphère poignante des amours perdues. Les voix des jeunes filles peu à peu se feutrèrent ; les jeux des cadettes se firent plus sages. Les tempêtes d'équinoxe, qui grondèrent plusieurs jours autour de la citadelle, effacèrent à coups de rafales sauvages, le joli dessin rose de ses remparts. Dans le logis du Gouverneur, les Mazarinettes entendaient le vent mugir à travers les ruelles. Le soleil après avoir tant brillé pour elles sur le bleu de la mer, cet astre que ces enfants du Sud aimaient sentir et contempler avait déserté l'horizon, ne laissant que des nuées rayées par l'orage. Les éléments déchaînés paraissaient vouloir couper définitivement Brouage du reste du monde.

Pourtant, un soir, très tard, un voyageur se présenta à la Porte de Marennes et demanda à voir le sieur de Terron. Qui était cet homme, comment s'y prit-il pour circonvenir l'Intendant ? Ceux, peu nombreux, qui le surent, préférèrent se taire et laisser Terron jouer le rôle douteux qu'il affectionnait. Au milieu de la nuit, il vint en personne réveiller Lorenza qui dormait dans la même chambre que Marie. Etonnée, la jeune fille se leva malgré tout sans hésiter et prit le temps de revêtir un négligé de satin jaune pardessus sa chemise.

Terron l'attendait sur le pas de la porte, une bougie à la main :

– Un visiteur est arrivé pour vous, mademoiselle Muti, chuchota-t-il, ses paroles à demi-couvertes par la pluie qui fouettait les toits et les fenêtres. Ce gentilhomme se trouve dans mon cabinet. J'ai jugé bon de ne pas avertir madame de Venel de sa présence. Vous verrez bien vous-même. Je vous accompagne...

Il s'était donc décidé ! Il était venu ! Bravant les interdits, affrontant la tempête, soudoyant probablement Terron, il était venu, enfin, l'arracher à l'ennui, à cet engourdissement précoce, insidieux, qui s'était étendu sur Brouage, jeté par un enchanteur invisible et malfaisant. Mais Lorenza ne s'était jamais senti l'âme d'une victime. Les larmes, les ambitions déçues, la docilité, elle laissait tout cela à ses cousines, à la malheureuse Marie, à cette linotte d'Hortense, à la petite Marianne. Elle n'avait pas non plus les émois, la tendre fragilité d'une amoureuse, seulement une soif ardente de revanche et de liberté. Même si son cœur battait un peu plus vite qu'à l'accoutumée, c'était bien d'une démarche de conquérante qu'elle suivait l'Intendant le long du couloir étroit, agité de courants d'air.

A la lumière de la bougie, s'ajoutaient par à-coups, des éclairs bleutés traversant les vitres aux petits carreaux sertis de plomb. Ce violent éclairage enflait, déformait les ombres et par un étrange effet de couleurs, accrochait des lueurs vertes sur le peignoir jaune de Lorenza. L'orage l'enflammait ; l'impatience montait en elle comme une fièvre. Après avoir descendu un escalier tournant, ils firent quelques pas, puis Terron ouvrit la porte de son cabinet, s'effaça, la mine cauteleuse, pour laisser entrer la jeune fille.

Une longue table sur laquelle était posé un chandelier occupait presque toute la pièce lambrissée, aux proportions plutôt modestes. Le visiteur qui se tenait près de la fenêtre se retourna, fit face à Lorenza. Terron referma doucement la porte sur eux.

Le retour d'Espagne s'étant effectué beaucoup plus rapidement que l'aller, Artus et Adrien d'Ivreville étaient arrivés début octobre à Saint-Jean-de-Luz et s'étaient aussitôt présentés au couvent des Récollets de Ciboure où logeait Mazarin. L'entrevue avait été amicale ; tous avaient de bonnes raisons d'être satisfaits. Bien que très amaigri, très fatigué, le Cardinal oubliait ses misères pour ne penser qu'au proche succès de ses efforts. En lui voyant des dispositions aussi heureuses, Adrien lui avait dit qu'il n'avait pas renoncé à Lorenza et désirait lui rendre visite. Par les nouvelles des uns et des autres, celles de sa mère surtout, il avait appris que la jeune fille était à Brouage et, contrairement à Marie, tenait encore tête à son oncle. Adrien s'était attendu à un refus. A sa profonde surprise, pour sa plus grande joie, sa demande avait été agréée. Pour un peu Mazarin lui aurait semblé tout prêt à lui accorder sa bénédiction ! Le lendemain, à la première heure, il était donc reparti, seul cette fois avec son valet Gillot pour unique compagnie.

Comme il était bon de retrouver la fraîcheur océane après les mois torrides écoulés ! Comme il était bon, aussi, de renouer avec une liberté d'allure, galopant, porté par des ailes, sur les verts chemins !

Comme il avait eu raison d'espérer ! Encore quelques jours et c'était l'amour qu'il retrouverait au bout du voyage.

Les orages avaient éclaté alors qu'ils étaient en vue de Saintes, les contraignant à s'y arrêter plus longtemps que prévu. Mais au bout de deux jours, alors que des trombes d'eau n'avaient pas cessé de tomber, que la Charente menaçait certains quartiers de la ville, Adrien avait voulu reprendre la route, malgré la pluie, le vent et la boue, incapable d'attendre davantage. Il pleuvait toujours lorsqu'ils avaient franchi la porte de Marennes et après avoir traversé Brouage par sa grande rue déserte, avaient frappé au logis du Gouverneur.

— Mademoiselle Muti ? Mais... oui, certainement. C'est-à-dire, je ne sais si...

Colbert de Terron hésitait, peu empressé à satisfaire le visiteur en dépit des marques appuyées de respect qu'il lui avait prodiguées en l'accueillant. Adrien trouvait l'homme sournois, antipathique au possible.

— Voici un ordre qui devrait lever vos scrupules, lui dit-il en tirant de sa manche un message de Mazarin.

LA ROSE FROISSÉE

L'Intendant en prit connaissance. Sous ses gros sourcils de croque-mitaine, il se mit à faire le gracieux :

– Ah ! Je vois. Dans ce cas, je vais chercher mademoiselle Muti.

Il s'absenta un bon moment pendant lequel la pluie cessa. Gouttant des gargouilles de la toiture, courant en ruisselet au centre de la ruelle, l'eau continuait à meubler le silence qui régnait dans la grande et sombre maison. Puis tout à coup, un rayon de soleil, le premier à se montrer depuis huit jours, éclaira le cabinet où patientait, non sans mal, Adrien. D'une pièce éloignée, il perçut des voix, et plus proche, dans le couloir, un frôlement aussi menu que le trot d'une souris.

Adrien rouvrit la porte et distingua quelqu'un blotti dans un renfoncement du mur. Il n'y avait, à sa connaissance, qu'un seul être pour hanter ainsi les recoins et les ombres, cette insupportable petite...

– Tiens, tiens ! fit-il. Je vois qu'on ne perd pas ses bonnes habitudes.

Mais aujourd'hui sa réflexion n'avait rien de méchant. Elle était plutôt dite sur un mode taquin, presque rieur. Adrien se sentait trop heureux à l'idée de retrouver Lorenza pour éprouver le moindre soupçon de hargne ou de mauvaise humeur à l'égard d'autrui.

– Approchez donc ! Je ne veux pas vous mordre, reprit-il en voyant Claire baisser le front obstinément, comme une enfant fautive ou apeurée.

Elle finit tout de même par se laisser convaincre et le rejoignit au seuil du cabinet, émergeant soudain en pleine lumière, de l'obscurité où elle s'était tenue.

La petite avait changé. Des cheveux plus blonds, tressés d'un ruban vert ; une peau aussi nuancée qu'une pêche mûre à point : tout au long de l'été, dans le vent et les embruns, Claire s'était dorée, veloutée, épanouie. Où était donc le chaton malingre de naguère ? Adrien la trouvait plus grande, plus étoffée, les seins maintenant bien ronds sous le corsage. Elle savait aussi se redresser avec fierté, ne

145

pas ciller sous les traits du soleil qui faisaient luire comme des escarboucles, ses yeux de jade.

— Quel âge avez-vous ? demanda-t-il sans se préoccuper de l'incongruité de sa question.

— J'ai eu quatorze ans en juillet.

— Eh bien, le climat de l'Aunis vous a profité, plaisanta-t-il pour dissiper un soupçon d'embarras.

— Merci !

Elle reçut son compliment avec la pieuse réserve d'une Fille de la Charité. Mais aussitôt après, elle souriait, trop féminine pour ne pas avoir deviné l'étonnement d'Adrien, pour ne pas en savourer toute la douceur. Pour la première fois, ils se regardèrent sans conflit. Dans ses rêves seulement, Claire l'avait vu répondre de cette manière à son sourire et partager avec elle un instant de complicité.

« Mon Dieu ! Mon Dieu ! » pensa-t-elle, accrochée à son fugitif bonheur.

Muette, sa prière était autant un acte de gratitude qu'une imploration.

« Mon Dieu, ne l'abandonnez pas. Je l'aime… »

Elle l'aimait au point de s'oublier elle-même, sans pouvoir cependant le lui dire, ni le mettre en garde, ni raconter ce qu'elle savait. D'ailleurs, leur tête-à-tête s'achevait déjà. Terron revenait, annonçant que Lorenza attendait Adrien là-haut, sur les remparts. Claire n'avait plus qu'à disparaître.

Lorsqu'il poussa la porte arrondie, chargée de clous et de serrures qui, de l'escalier, donnait accès à la courtine, Adrien fut d'abord ébloui par l'extraordinaire luminosité de l'air et du ciel. Vers l'Est, filaient les derniers nuages. Dans le creux des pierres et des briques, brillaient quelques flaques comme de l'argent poli. Des feuilles, des châtaignes arrachées aux arbres par la tempête, parsemaient d'ocelles fauves l'herbe du talus. Les mouettes lançaient leurs cris, libres à nouveau de piquer sur la mer, de se regrouper en bandes folles, ou de repartir, apparemment sans autre but que de s'unir au vent.

Prendre son vol, pareille à une rouge chimère, ses cheveux noirs flottant derrière elle, on aurait pu imaginer que Lorenza en était capable, dressée ainsi, face à la mer, dans l'ombre d'une échauguette. Adrien s'accorda le temps de l'admirer avant de s'approcher d'elle, un peu impressionné, comme toujours, par sa beauté formelle. Puis il lui prit la main et la baisa, la garda dans la sienne en attendant que Lorenza voulût tourner la tête de son côté.

— Vous arrivez bien tard, dit-elle après un silence.

— Tu m'as attendu, cher amour. Mais c'est fini maintenant. Nous ne nous quitterons plus. Tu vois que j'avais raison d'espérer.

Il avait juste à se pencher un peu pour que ses lèvres se posent sur son oreille, descendent le long de son cou. Mais la caresse était à peine esquissée que Lorenza s'en écarta vivement, comme sous l'effet d'une morsure.

— Espérer quoi ? demanda-t-elle avec froideur.

— Etre enfin réunis, sans aucun obstacle entre nous et nos projets.

— Et d'où vous vient cette magnifique certitude ?

— J'ai vu ton oncle, il n'y a pas une semaine. Je lui ai dit que j'étais toujours résolu à t'épouser, que je voulais te revoir. Il a immédiatement rédigé un ordre à Terron, sans soulever la moindre objection. Au contraire, il m'a félicité de ma constance.

— Mon oncle vous aurait lui-même permis de venir ici ?

— Bien sûr. Son succès auprès des Espagnols l'a rendu bienveillant, comme je l'avais supposé.

— Vous êtes bien confiant.

— Et toi, pas assez. En revanche, tu es presque trop belle, fit-il en se rapprochant.

De nouveau, elle l'évita et se mit à faire quelques pas sur le rempart, revenant vers Adrien, repartant, à l'évidence très tourmentée, avec toutefois, comme un masque de marbre plaqué sur le visage. Dans son premier élan, dans sa joie qu'il croyait tout d'abord partagée, Adrien n'y avait pas encore prêté attention. Or, il s'apercevait maintenant avec chagrin que Lorenza n'avait pas eu une parole, pas un geste d'accueil, n'avait pas cessé d'employer un « vous » distant et affichait l'attitude hermétique d'une étrangère en évitant de rencontrer ses yeux.

— Lorenza, qu'avez-vous ? Si l'un de nous deux devait bouder l'autre, c'est plutôt moi qui aurais des raisons de le faire, dit-il gaiement en espérant la dérider. Je n'ai pas reçu une ligne en réponse à toutes les miennes. Pour une personne comme vous qui se pique d'être lettrée, amateur de mots et d'écrits, votre silence a de quoi surprendre.

— Vous êtes venu bien tard, dit-elle pour la seconde fois, sans lui répondre. Puis haussant les épaules avec fatalisme et se tournant vers la mer, elle conclut sur un ton farouche : Mais je ne regrette rien !

— Il n'est pas trop tard ! insista-t-il en venant s'accouder près d'elle, essayant avec un sentiment d'impuissance de plus en plus angoissant, de déchiffrer le mystère de ce profil obstinément tourné vers le large, indifférent à sa présence. Lorenza ! Tu sembles m'en vouloir. Je voudrais comprendre.

Elle inspira fortement le souffle humide et iodé qui montait jusqu'à eux. Tonique, évocateur de lointains sans limites, il vivifiait la moindre parcelle de chair, stimulait les ardeurs cachées. Lorenza baissa les paupières, parcourue d'une onde de plaisir, entièrement soumise à sa mémoire. Pendant une minute, elle oublia tout ce qui n'était pas le souvenir d'une nuit de tempête et la folle vision d'elle-même marquée à jamais du sceau de la passion.

Avait-elle voulu quitter le visiteur nocturne lorsqu'elle s'était aperçue qu'il ne s'agissait pas d'Adrien, mais de Naillac ? Lui avait-elle opposé quelque résistance ? A vrai dire, elle ne le croyait pas. Sa surprise n'avait été que superficielle ; au fond d'elle-même, c'était son nom qui, de jour en jour, s'était imposé ; c'était lui qu'elle avait espéré. Cet homme pourtant cynique, plein de morgue, avait sur elle un pouvoir inexplicable, plus fort que tout raisonnement.

148

LA ROSE FROISSÉE

En aiguisant ses sens, l'orage avait en quelque sorte préparé Lorenza à sa reddition. A son initiation.

Tout avait en effet revêtu l'aspect d'un rite sacrificiel, à commencer par la table, semblable à un autel, sur laquelle Naillac l'avait allongée. Elle l'avait alors laissé officier sur son corps soulevé par la magie de ses mains, et très vite sa puissance l'avait entraînée dans le monde occulte et sans lois, le monde barbare de la jouissance. Les gémissements de Lorenza couverts par les coups de tonnerre, sa véhémence, son cri, le sang étoilant sa chemise, avaient témoigné de la victoire de Naillac. Pour toujours, elle lui appartiendrait.

– Je voudrais comprendre, répétait une voix auprès d'elle.

Lorenza rouvrit les yeux et reprit pied dans le présent après un léger flottement, observée avec anxiété par Adrien.

Il avait un visage candide et beau, le visage d'un enfant qui justement ne l'avait pas comprise et ne saurait jamais assouvir la faim qui la dévorait. Elle ne s'était pas trompée sur lui ; elle avait voulu se tromper sur elle-même, mépriser sa vraie nature si bien révélée par Naillac. Adrien avait eu sa chance, il n'avait pas su en profiter. Tant pis ! Il fallait maintenant qu'il s'incline et passe son chemin. A cause de lui, elle acceptait aujourd'hui ce qu'elle refusait hier : l'obéissance à son oncle, la soumission charnelle à un étranger. A cause de lui, elle abdiquait tout orgueil. Adrien n'avait, par conséquent, aucune pitié à attendre de sa part. Cruelle, Lorenza ? Peut-être. Elle était tournée vers une toute nouvelle existence où il n'avait plus de rôle à jouer.

– Je vous ai proposé de fuir, souvenez-vous, aux Tuileries, lui dit-elle après lui avoir brutalement annoncé la rupture. Il y a huit jours encore vous seriez venu me chercher, j'aurais probablement accepté. Le destin a choisi pour nous. M. de Naillac vous a pris de vitesse. Lui aussi, d'ailleurs, avait un ordre de mon oncle dont, soit dit en passant, je voudrais bien connaître les arrière-pensées. Espère-t-il vous voir vous battre encore ? Autant vous prévenir, Adrien, que je m'y opposerais. C'est librement que j'accepte de devenir marquise de Naillac. C'est librement que…

– Continuez, fit-il d'une voix blanche.

Elle planta son regard dans celui du jeune homme, tellement habitée par sa récente découverte, qu'elle choisit de n'en rien cacher et lança avec provocation :

– C'est librement que je me suis donnée à lui ! Toute entière donnée ! Et mon choix est définitif !

Elle le vit pâlir sous son hâle. Elle se doutait bien qu'elle venait de le frapper au cœur et redoutait maintenant une scène désagréable, des larmes, des injures, des supplications. Il n'en fut rien. Mâchoires serrées, Adrien se tut. Cependant, ce qu'elle lut sur son visage lui donna une vague impression de culpabilité.

– Il n'y a pas de quoi en faire un drame ! s'écria-t-elle précipitamment, exaspérée dans sa hâte de conclure l'entrevue. Je suis franche avec vous, Adrien, parce que je vous estime. Nous ne sommes pas faits l'un pour l'autre. C'est comme ça !

– Je vous adorais !

– Oui, oui, bien sûr.

– Vous m'aimiez, vous aussi. Vous vouliez être ma femme.

– Je l'ai cru. C'était une erreur dont je me suis aperçue à temps.

Lorenza sortit un papier de sa poche qu'elle déchira avant de le lui tendre. Leur promesse mutuelle de mariage.

– Tenez, Adrien. Notre histoire s'achève. C'est mieux, je pense, pour vous comme pour moi. Vous m'oublierez.

Mais devant ses traits livides, ravagés, elle préféra ne plus rien dire et quitter rapidement les lieux.

Une mouette rasa la muraille, frôlant de peu Adrien resté immobile, frappé de stupeur et de souffrance. Le cri déchirant de l'oiseau rencontra en lui l'écho sourd de sanglots réprimés, d'un appel muet qui désormais serait sans réponse : Lorenza !

Lorenza qui l'avait trompé de la plus monstrueuse, de la plus révoltante manière.

Lentement, il acheva de déchirer leur promesse, ce témoin mutilé d'une saison heureuse car toute faite d'illusions, puis le bras levé au-dessus du vide, il ouvrit la main et regarda au travers de ses larmes, les petits morceaux de papier s'envoler, comme autant de lambeaux de son amour détruit.

III

La Faux de Saturne

(Novembre 1659-Mai 1660)

*« Je chéris tout de lui
jusques à mes douleurs. »*

Henriette de la Suze

LE traité des Pyrénées fut signé le sept novembre 1659 sur l'Ile des Faisans devenue l'Ile de la Conférence, par Don Luis Mendez, comte de Haro, Premier ministre de Sa Majesté Philippe IV d'Espagne et par son Eminence Jules Mazarin, Cardinal de la Sainte Eglise Romaine, duc de Mayenne, chef des Conseils du Roi Très Chrétien, Surintendant de la Maison de la Reine, Gouverneur du pays d'Aunis et autres lieux, capitaine et concierge de Vincennes.

Sitôt le traité paraphé, des chevaucheurs partirent dans toutes les directions, courant la poste pour vite annoncer l'heureuse nouvelle. Paris l'apprit une semaine plus tard.

> *"Le ciel a béni nos souhaits*
> *Madame, nous avons la paix !*
> *... Est chassé de notre terre*
> *L'horrible monstre de la guerre..."*

Jean Loret, l'inlassable gazetier parisien qui, depuis des années, chaque samedi, narrait les événements de la semaine à l'une de ses bienfaitrices, exprima dans ses vers simples et malicieux, le soulagement, l'immense espoir, toute la joie du royaume.

Le traité donnait à la France, le Roussillon, la Cerdagne, l'Artois et plusieurs villes du nord comme Gravelines, Montmédy, Landrecies, plus Avesnes que les Espagnols cédaient en échange de l'amnistie de leur allié, le prince de Condé, l'un des points les plus épineux des négociations. M. le Prince, cousin rebelle de Louis XIV qui depuis la Fronde n'avait pas désarmé contre lui, pourrait finalement reprendre sa place à la Cour, recouvrer ses biens ; le passé serait oublié ; la réconciliation devait se faire. Mais la clause qui faisait tressaillir de bonheur tout un peuple concernait bien sûr l'Infante. "Le doux germe" de cette paix si joyeusement accueillie, le "plus beau don que le roi tant aimé eût reçu des cieux", c'était elle !

Finassier, Mazarin préparait aussi l'avenir. En l'absence d'héritier mâle pour le trône espagnol, Louis XIV pourrait plus tard faire jouer les droits de l'Infante, sa femme, dont la dot ne serait probablement jamais versée. Ainsi les Bourbons supplanteraient définitivement la Maison d'Autriche, leur ennemie héréditaire.

Restait à fixer la date du mariage. On choisit le printemps, une saison idéale pour un événement de cette ampleur. D'autres raisons plus prosaïques expliquaient toutefois ce délai. Souffrant, le roi d'Espagne espérait que les mois à venir lui permettraient de se rétablir afin de pouvoir accompagner lui-même sa fille à la frontière. Quotidiennement, il tétait une jeune nourrice, cherchant dans ce lait maternel à retrouver la vigueur qui le trahissait.

Enfin, pour célébrer en toute légalité ce mariage, il fallait aussi obtenir une dispense du pape pour Louis XIV et Marie-Thérèse, doublement cousins germains puisque Louis XIII, le père du fiancé, et la défunte mère de l'Infante avaient été frère et sœur, comme l'étaient Anne d'Autriche et Philippe IV.

En revenant de l'Ile des Faisans, Mazarin eut connaissance d'une grosse baleine capturée au large de Saint-Jean-de-Luz où les pêcheurs l'avaient amenée. C'était là le signe indubitable que ce jour historique serait bercé par la Sainte

Providence. Sur chaque rive, Espagnols et Français tirèrent le canon. Mais pour la première fois depuis bien longtemps, les feux crachés par les gueules de bronze n'étaient plus ces vomissures infernales, ces traits fulgurants dont la course s'achevait toujours en carnage et en destruction. Ils n'étaient même plus dirigés les uns contre les autres.

Au contraire, en cet automne magnifique de rousseur, de flamboiements, ils tonnaient ensemble le triomphe des deux nations, envoyaient très haut de blancs panaches de paix, gonflés comme des nuages, et bientôt se turent en même temps, pour laisser s'élever, vibrer, le chant des *Te Deum*.

"La Mer déborde et n'en peut plus, à moins d'être assuré de l'assistance des Anges, je ne sais ce que je ferais." Les Anges, c'était Anne d'Autriche ; la Mer, c'était Mazarin qui écrivait à la reine ces lignes obscures et pourtant significatives. Ils se rejoignirent à Toulouse où la Cour s'était transportée fin octobre. Plus de six mille personnes vinrent au-devant du Cardinal, le roi et son frère en tête. A l'Archevêché, Anne attendait impatiemment l'homme dans lequel elle avait eu raison de placer sa confiance, le meilleur soutien de son fils, l'artisan de la paix, son vieil amour.

Son cœur se serra en le retrouvant aussi maigre. Le souffle court, l'estomac capricieux et les reins délabrés, il luttait constamment contre la douleur. Ce qu'il avait accompli valait bien qu'elle supportât ses humeurs, sa désinvolture parfois blessante, ses audaces.

— "Voyez, madame, ces jambes qui ont perdu le repos en le donnant à la France" ! lui dit-il un matin, alors qu'elle lui rendait visite et s'asseyait près de son fauteuil.

D'un geste inattendu pour un être aussi délicat, toujours bien mis de soie rouge, qui traquait sur lui toute odeur suspecte de malade à grandes giclées de parfums, à renforts généreux de pastilles fleuries ou anisées, d'un geste surprenant, choquant, le Cardinal releva soudain, jusqu'aux cuisses, sa longue robe écarlate.

Ses membres apparurent, deux sarments ulcéreux vilai-

155

nement tachés de blanc et de violet, deux pattes « héron-nières », décharnées, lamentables, obscènes, dont la vue provoqua dans l'assistance plus d'horreur que de compassion. Seule Anne eut de la peine qu'elle exprima par un cri douloureux, des larmes toutes simples.

Agacé, Mazarin rabattit sa robe. Ce qu'il éprouvait maintenant pour la reine ressemblait à une sorte de magma sentimental très ambigu, pas toujours bienveillant. Sa dévotion l'irritait. Comme toute Espagnole, elle en faisait trop. Il la jugeait plutôt bornée, paresseuse, n'aimant que son bien-être et sa panse. Pourvu qu'elle fût bien remplie, Anne ne se mettait point en peine du reste. Sans lui, Mazarin en était certain, elle n'aurait jamais su gouverner la "barque de France". En contrepartie, sans elle, il était évident qu'il n'aurait jamais pu s'emparer du gouvernail.

Il n'oubliait pas qu'il lui devait sa formidable ascension ni qu'elle avait été une fort jolie femme, assez bien conservée, il en convenait. Mais cette manie qu'elle avait de toujours s'attendrir ! Larmoyait-il lui-même ? L'entendait-on se plaindre ? Sa maladie le rendait irascible mais non geignard ou abattu. Ses projets le portaient toujours plus loin, à Rome pourquoi pas ? Sur le trône de Pierre. Le Cardinal Mazarin, coiffé de la tiare ! Quel pape extraordinaire il ferait ! C'était un rêve grandiose tout à fait réalisable lorsque le roi serait marié, en mesure de gouverner seul. En attendant, il fallait encore le guider, éteindre en lui les derniers brandons qui subsistaient de sa passion pour Marie.

Approuvé par la reine, le Cardinal remit Olympe sur le chemin de Louis. De nouveau enceinte de son époux Soissons, néanmoins très attirante, Olympe rechigna d'abord à jouer les consolatrices – les pis-aller –, mais dûment chapitrée, elle remplit ensuite parfaitement sa tâche et se fit un plaisir d'en avertir sa sœur. Marie eut à supporter la rudesse du coup, à soigner cette blessure supplémentaire. Elle s'en plaignit à leur oncle. Son chagrin faisait pitié à son entourage. Madame de Venel avait même fini par en être émue.

LA FAUX DE SATURNE

Louis de son côté essayait de donner le change. Pour en terminer une bonne fois, il aurait préféré se marier sans tarder, commencer vite une autre existence. Il s'était mis à l'étude du castillan en compagnie de Philippe. Les deux frères n'y excellaient guère mais en sauraient assez pour se faire comprendre de l'Infante.

L'hiver s'annonçait très froid. Une partie des courtisans avait choisi de regagner Paris ; d'autres s'en étaient allés dans leurs domaines. Qu'allait faire la Cour ? Le Cardinal estimait qu'il serait bon que le roi profitât de l'occasion pour visiter ses Etats du Languedoc et de Provence. Justement, Marseille s'agitait. Louis irait donc mater les rebelles, affirmer son autorité. Il oublierait, dans l'exercice de son pouvoir, la triste esseulée de Brouage.

Le vingt-sept décembre, la Cour quitta Toulouse et ses charmantes demeures. Il gelait. Le vent tourmentait le long convoi des fourgons de meubles et de bagages, la file des carrosses. Les cavaliers courbaient la tête en retenant leurs feutres aux panaches saccagés par les rafales. Quel spectacle cependant ! Une débauche de couleurs sur les uniformes et les étendards ; une cavalcade fringante de mousquetaires, de gendarmes à cheval, de trompettes et de gardes du roi, sans compter les gardes de la reine, de Monsieur, de Mademoiselle et le train digne d'un nabab du Cardinal Mazarin. Enfin, suivant la Cour partout où celle-ci se rendait, comme ces petits oiseaux, ces pique-bœufs, inséparables des gros bovins, cheminait la horde inévitable et cocasse des marchands et des vivandiers. Les cuisiniers traînaient leurs fourneaux ; des jambons et des saucissons oscillaient au bout de ficelles enfilées sur des manches en bois. Des volailles piaillaient dans leurs cageots. Des tonneaux de cervoise tressautaient sur les chariots où les bouteilles, en revanche, étaient soigneusement calées, enfouies dans la paille, au fond de leurs caisses. Le vendeur de bottes et celui de chapeaux, le forgeron, le maréchal-ferrant, indispensables, grossissaient la troupe égayée par les joueurs de flageolet et quelques femmes « folieuses ». Et toute la campagne accourait pour les regarder passer. Et les villes s'ouvraient, les églises bourdonnaient, le peuple criait son amour :

— Vive le roi !

Ils formaient tous, sans y penser, sans même le savoir, un seul et unique corps dont l'âme était ce jeune homme blond, nimbé de lumière divine.

— "A la Cour, il faut peu de chose pour faire parler longtemps", constatait Mademoiselle qui avait été nourrie dans ce monde clos, brillant et désœuvré. Que dire alors de faits importants ! Trois événements vinrent marquer ces mois de pérégrinations entre Languedoc et Vallée du Rhône. Le premier fut le retour du prince de Condé, dont les intérêts avaient été si bien défendus par les Espagnols. Il vint à Aix saluer le roi, genou en terre, déplorant le « malheur » qui l'avait contraint pendant tant d'années, à combattre sa Majesté. M. le Prince comprenait que le "temps était venu de s'humilier". Mais il le faisait sans se départir de sa superbe, lui le grand seigneur, le fier oiseau de proie, le capitaine sans rival, seul à pouvoir mener ses troupes aux plus difficiles victoires. L'accueil de Louis XIV ne fut pas très chaleureux mais resta courtois. Bien malin qui aurait pu dire ce qu'il pensait, ce dont il allait un jour être capable.

Un tumultueux personnage revenait donc au-devant de la scène ; un autre prenait congé, déjà relégué, du reste, aux rôles secondaires. Gaston d'Orléans, le frère de Louis XIII, le père de Mademoiselle, le vieux conspirateur assagi, pétri de dévotion tardive, passé de mode, mourut dans sa chère ville de Blois. Le chagrin de la Cour ne fut pas « excessif » car le roi et sa mère n'avaient pas oublié les cabales passées. Monsieur — le nouveau duc d'Orléans — fut même assez content de pouvoir arborer pour le deuil de son oncle, un « furieux manteau » à traîne interminable dont Louis se moqua.

Au contraire, Mademoiselle pleura beaucoup la mort de son père, ne voulant se remémorer que leurs bons moments. Lui revenaient en tête leurs adieux à Chambord, lorsqu'elle s'y était arrêtée l'été précédent. Gaston s'était montré fort tendre, comme s'il avait pressenti sa fin prochaine. Il avait recommandé à sa fille aînée ses trois demi-sœurs, les petites Orléans, Alençon et Valois :

– "Je suis vieux. Par amour de moi, ayez-en soin."

Puis il l'avait embrassée à trois ou quatre reprises.

Pour l'occasion, Anne Marie Louise de Montpensier sut faire les choses en grand. Elle s'y entendait très bien, d'ailleurs. De la part d'une fille, son deuil fut original : tout de gris ! Du marmiton aux couvertures des mules, des gardes aux caparaçons des chevaux, sa maison entière s'obscurcit. Il ne manqua ni un gland, ni une frange, ni un grelot à son équipage. Les badauds en furent béats d'admiration.

Le troisième événement n'avait pas été aussi funèbre que celui-ci, bien que tout aussi soudain. Peu avant le départ de la Cour, Toulouse avait en effet servi de cadre au mariage de Lorenza Muti avec le marquis Paul-Alexandre de Naillac. Des noces dignes de personnes de sang royal, où furent abondamment commentés la personnalité des mariés, leur luxe inouï, et l'absence d'Adrien d'Ivreville.

Le désespoir d'amour, la jalousie, le sentiment surtout d'avoir vu bafoué, massacré, tout ce qu'on possède en soi de sincère, de pur et de vivace, s'étaient d'abord traduits, chez Adrien, par une intolérable souffrance physique. Un breuvage mortel, de ceux qui lentement, savamment, dans les pires brûlures, consument les entrailles, ne l'aurait pas davantage torturé que l'aveu de Lorenza. Sur les remparts de Brouage où l'air, pourtant, était si prodigue, la respiration lui avait manqué. Il n'avait plus rien vu de l'azur du ciel que l'approche du crépuscule délicatement nuançait. Le large espace embué par le souffle rythmé de l'océan, l'inconnu encore plus immense que l'on devinait derrière le fin tracé de l'horizon, avaient semblé se rapprocher, l'enserrer, bâtir autour de lui pour le paralyser, un carcan de pierre indestructible. Privé de mouvement tandis qu'en lui l'incendie poursuivait son ravage, aveuglé, suffocant, Adrien avait tout simplement cru qu'il allait mourir et l'avait souhaité.

Mais ne se dessèche pas ainsi une sève aussi riche, aussi généreuse que la sienne. Ne se tarit pas si vite une pareille source vive. Le poison d'une voix traîtresse ne les avait pas tout à fait détruites. Adrien s'était accroché à une pensée ténue, comme une minuscule lueur dans ses ténèbres : nul n'avait le droit de le voir ainsi, de surprendre son image d'homme brisé. Ce sursaut d'orgueil avait réussi à l'arracher de ce rempart maudit, à le précipiter aux écuries de l'Intendant.

Sans un mot à quiconque, devant Gillot stupéfait, Adrien avait sellé un cheval et avait fui Brouage.

Il avait chevauché droit devant lui, pendant des heures, jusqu'à ce que sa malheureuse monture s'écroulât, du sang aux naseaux. Alors lui-même s'était allongé au bord de la route, sombrant à la minute dans une opaque inconscience, un sommeil lourd et dépeuplé de gisant. Gillot l'avait retrouvé au matin dans cette position après une nuit de recherches anxieuses.

— Monsieur, monsieur... ça ira ?

Il s'était alarmé, ce brave garçon à la mine un peu niaise mais plus fin, en vérité, qu'il ne le paraissait, et pareil à la plupart des domestiques, selon un mystérieux phénomène universel, très au courant des secrets de son maître.

— Monsieur, rejoignons-nous la Cour ? avait-il demandé, préférant parler et agir comme si de rien n'était.

— Non, Gillot. Nous allons à Saint-Evy. Chez moi !

Adrien écrivit au roi pour lui faire part de son intention en sollicitant la permission de rester quelque temps dans ses terres. Après avoir brièvement annoncé la raison de cette décision brutale – sa rupture avec Lorenza –, il osait espérer que des événements intimes et récents aideraient Louis à le comprendre et à l'approuver. S'il ne manqua pas de se réjouir de l'alliance espagnole, dont bientôt le roi sortirait encore grandi, il sut aussi glisser dans sa lettre une allusion délicate à la peine que son ami d'enfance éprouvait lui-même. Enfin il l'assurait de sa loyauté : « Ne doutez jamais de celui qui fait gloire entre tous les autres de se dire, Sire, de votre Majesté, le très humble, très obéissant et très fidèle serviteur et sujet, Adrien d'Ivreville, comte de Saint-Evy. »

Pour la première fois, il s'adressait directement au roi et non à Mazarin comme il était d'usage, et dont chacun dépendait à la Cour. Adrien marquait là ses distances. Il avait vu clair dans le jeu subtil du Cardinal. Si ce dernier l'avait autorisé à se rendre à Brouage, alors qu'il savait déjà que son rival l'y avait précédé, c'était pour se ménager un atout, éventuellement l'utiliser, lui, Adrien, l'amoureux naïf, au cas où Lorenza se serait entêtée à refuser Naillac. Ainsi Mazarin pouvait-il toujours protester de sa bienveillance envers la famille d'Ivreville, lui démontrer qu'il n'était pour rien dans le choix final de sa nièce. Ce qu'il s'empressa de faire remarquer à Floriane lorsqu'il la revit à Toulouse :

– Ne me reprochez pas ce qui arrive, *cara mia*. Votre fils a eu sa chance. Lorenza s'est décidée, sans que je l'y oblige. Le marquis l'a conquise.

– Et ce dénouement arrange bien les affaires de Votre Eminence, commenta Floriane, désabusée.

– J'en conviens. Allons ! ajouta-t-il en observant son visage soucieux. Adrien est assez armé pour surmonter un chagrin d'amour. Il s'en remettra.

– Je l'espère.

La pensée de son fils, isolé à Saint-Evy, ruminant des espérances envolées, ne quittait pas Floriane. Plusieurs fois, elle faillit passer outre à son désir de solitude et le rejoindre malgré sa lettre où il l'avait priée de n'en rien faire, afin de l'aider à traverser ce temps d'épreuve qu'elle-même jadis avait connu. Mais elle y renonça, comprenant qu'Adrien devait entreprendre seul l'obscur chemin de la guérison, hérissé de regrets acérés ; qu'il devait se battre seul, contre un souvenir plus redoutable que l'ennemi le plus cruel, puisque celui d'une femme parjure.

Une femme qui ne le méritait pas !

Louis qui pourtant n'aimait pas permettre aux autres ce qu'il se refusait à lui-même, répondit favorablement à la demande d'Adrien. Qu'auraient-ils fait ensemble, sinon ressasser leur malheureuse aventure ? Les blessures étaient trop fraîches. A l'un comme à l'autre, s'associait encore la séduisante silhouette d'une Mazarinette. Il était donc sage de laisser au temps le soin de les gommer. Mais, de près ou de loin, Adrien aurait toujours l'affection de son roi.

Entre Maine et Anjou, Saint-Evy était avant tout un petit bijou de la Renaissance, un château bâti de tuffeau blanc, protégé d'ardoises dans une fantaisie bleutée. C'était aussi un village, un colombier, des moulins, une rivière, des terres et des bois, constituant un fief important qui avait appartenu pendant des siècles aux comtes de Saint-Evy, les ancêtres de Floriane. Charles, son frère, décédé sans postérité, avait été le dernier tenant du titre. Par grâce royale, après un bienveillant coup de pouce de Mazarin, ce titre avait été relevé pour être désormais accordé au fils aîné du duc d'Ivreville. Adrien en avait donc hérité.

Il aimait son domaine, en connaissait chaque parcelle pour y être venu dès son plus jeune âge. Mais lorsqu'il se retrouva à Saint-Evy en ce mois de novembre, après avoir suivi sa longue allée assombrie, jonchée de feuilles cuivrées et de branches rompues par les averses, lorsque la porte se referma derrière lui, laissant les brouillards poursuivre leur silencieuse étreinte autour de la maison, aucun des fantômes familiers, qui hantaient les lieux habituellement, ne fut là pour l'accueillir. Une présence les en avait chassés, celle d'une jeune femme brune, orgueilleuse et dure, aux allures trompeuses de vestale. Même les bruits avaient changé. Les craquements, les effleurements furtifs de pas invisibles, les courants d'air soudains, tout ce que chuchote une ancienne demeure à un hôte attentif, s'étaient tus. Une voix aux inflexions colorées, au timbre dominateur, poursuivait maintenant Adrien, lui répétant sans fin des mots insupportables. Il avait cru la fuir, trouver ici un refuge. Elle l'avait suivi, et pris possession de ce qu'il croyait pourtant préservé des atteintes du monde. Il comprit qu'il n'existait pas d'échappatoire à son chagrin, qu'il devait y faire face, tout tenter pour réduire à néant le pouvoir que Lorenza détenait encore sur lui.

Au début, il fut lâche. L'ennemie avait été, était toujours, trop aimée pour être combattue avec vigueur. Adrien se replia sur lui-même et succomba à toutes les tentations, et d'abord celle du souvenir, en revivant chaque instant de son amour, les gestes, les mots échangés depuis la décisive rencontre de Fontainebleau, en s'enivrant d'images, en redessinant les traits, les attitudes de Lorenza jusqu'à les perdre, à ne voir rien d'autre que des contours flous. Il céda également aux regrets. Il aurait dû dire... Il aurait dû faire... Il aurait dû ne pas la croire, ne pas la placer aussi haut, ne pas se contenter de l'adorer, agenouillé devant le piédestal sur lequel il l'avait mise. Il aurait dû oser suivre son désir et la traiter comme une créature de chair, au sang tumultueux.

Lorsque ses pensées atteignaient cette phase, Adrien basculait aussitôt en plein cauchemar. L'imagination et la jalousie aidant, ses visions reprenaient toute leur netteté. Ce visage, ce corps, entourés d'ombre la minute précédente, par un caprice de mémoire, réapparaissaient brutalement sous une lumière crue. Alors, Lorenza n'en finissait plus de se pâmer dans les bras de Naillac !

Pourtant, Adrien n'avait pas sous-estimé le pouvoir bénéfique de Saint-Evy. Le domaine l'appelait jour après jour avec tant d'insistance qu'il réussit à l'entendre, à repousser le calice de lie et de boue qu'il s'obstinait à boire. Un matin, un hennissement lui parvint à travers les volets clos de sa chambre. Dehors, un cheval piaffait, martelait sur les pavés de la cour, son impatience, son exigence et ses reproches. De toute sa fougue primitive d'étalon, soumis à un seul maître, il semblait l'appeler.

Adrien ouvrit la fenêtre et se pencha, ses yeux meurtris par le manque de sommeil papillotant au soleil hivernal.

— Frégouzi !

Le fier cheval pommelé hennit de plus belle, tenu avec peine par l'un des palefreniers. Près d'eux se trouvaient l'intendant de Saint-Evy, et la plupart des domestiques, Gillot au premier plan. Tous guettaient avec anxiété la réaction du jeune homme à la mine trop pâle.

C'était bien Frégouzi, son cheval préféré, au sabot étincelant, sellé, harnaché, prêt à la course, qu'Adrien avait laissé à son départ pour l'Espagne dans les écuries de l'Hôtel d'Ivreville !

— Qui l'a fait venir ?

— C'est moi ! répondit l'intendant. Sur une idée, il faut le dire, de votre valet Gillot.

Ce dernier se dandinait, pas très à l'aise, en attendant le verdict.

Il y eut un silence qui leur parut bien long. Puis :

— C'est une idée excellente, lâcha Adrien d'une voix légèrement voilée.

Après des semaines d'enfer, ce fut la porte entrouverte sur la résurrection. Sorti de sa prostration morbide, Adrien s'aperçut qu'un complot, liant les gens du domaine, s'était tramé à son insu, probablement fomenté de loin par sa mère. C'était à qui s'ingéniait à lui faire oublier sa déception, à le distraire, à le consoler. Très attachés à la famille, curieux pour la bonne cause, les habitants de Saint-Evy, château, village et église confondus, s'évertuaient à prouver à leur jeune seigneur, combien il était aimé, soutenu.

On vit de plus en plus souvent Adrien arpenter ses terres,

surveiller la coupe des bois, visiter les greniers à blé, les entrepôts de fourrage, arbitrer des conflits entre voisins, vérifier les comptes de son domaine, s'intéresser aux tâches de la vie des campagnes, nullement ralenties par la saison, mais différentes, plus feutrées. Sans ennui, bien au contraire, il mena l'existence rustique d'un hobereau de province, lui qui ne connaissait des hivers, que les fêtes de la Cour, les frivoles distractions de Paris. Aurait-il été capable de se dépouiller définitivement de son enveloppe de courtisan, d'abandonner la compagnie des gardes dont il était le chef, de renoncer à toute gloire militaire, de quitter ses amis, de ne plus voir le roi comme il le faisait presque chaque jour depuis qu'il savait marcher ? Avec une femme à ses côtés, une nuée d'enfants autour d'eux, et tout l'amour du monde dans leur foyer, peut-être, oui. Non… Adrien ne pouvait répondre à ce genre de questions qui réveillaient des blessures bien trop fraîches. Le plus sage était de ne pas penser, de s'oublier dans l'action, de continuer à se capitonner le cœur afin que désormais, il soit insensible aux charmes de créatures perverses. Lorenza lui avait fait perdre jusqu'à l'envie d'aimer.

Il aurait probablement prolongé son séjour en attendant la date du mariage royal lorsqu'une lettre d'un parent du maréchal d'Ivreville, résidant à Blois, vint lui apprendre la mort, en cette ville, de Gaston d'Orléans.

Adrien n'avait jamais éprouvé une quelconque sympathie à l'égard du vieux duc trop souvent parjure au roi mais il connaissait son amitié portée aux Saint-Evy, en particulier à sa mère, les liens qui unissaient Floriane à la duchesse. Il considéra donc qu'il était de son devoir d'assister, au nom de sa famille, au service funèbre qui fut célébré dans la chapelle du collège des Jésuites de Blois *, le treize février 1660.

Gaston avait eu une fin charitable et les Blésois pleurèrent avec sincérité un prince foncièrement bon et très apprécié en dépit de la faiblesse de son caractère. Cepen-

---

* Actuelle église Saint-Vincent.

dant, leurs larmes n'étaient rien en comparaison de l'affliction de la duchesse Marguerite. En perdant son mari, Madame voyait s'écrouler son univers. Incapable de s'occuper de ses trois filles, la malheureuse se lamentait. Quand elle vit Adrien, ses larmes redoublèrent. Le jeune homme ressemblait tant à sa chère amie, la maréchale d'Ivreville, si humaine, la seule à la Cour à lui témoigner autre chose que du mépris ou de l'ironie et dont la présence, en cette malheureuse circonstance, aurait été si réconfortante ! Mais enfin, son fils était là, son vivant portrait, symbole de fidélité ! Et puisqu'il se mettait si spontanément à son service, elle lui demanda de les accompagner, elle et ses filles, jusqu'à Paris, suivant de peu la dépouille mortelle de son cher époux qui allait s'acheminer vers la basilique royale de Saint-Denis, sa dernière demeure.

Madame avait la persuasion larmoyante des faibles. Etourdi par ses mots sanglotés, Adrien ne put lui refuser l'honneur qu'elle lui faisait. Ce fut ainsi que, deux semaines plus tard, il retrouva la capitale.

Afin d'honorer la mémoire de Gaston d'Orléans, un deuil général venait d'y être proclamé. Des offices funèbres, les oraisons des plus éminents et des plus éloquents religieux, se succédaient dans de nombreux couvents ou églises, auxquels assistèrent les Messieurs du Parlement, le Gouverneur et différentes personnalités dont les trois jeunes Mancini, récemment revenues de Brouage.

Mais croire que tout à coup Paris s'était voilé de crêpe pour se morfondre dans la tristesse et le recueillement eût été une erreur profonde. La saison était au Carnaval et, par ailleurs, personne n'était encore las de fêter la paix et le futur mariage de Sa Majesté. Plus fréquents que les prières pour le repos d'une âme défunte, continuaient donc à se chanter joyeusement les *Te Deum*.

Paris était ville de lumière. Chaque rue s'ornait de lanternes défiant le vent mauvais d'un hiver particulièrement rude. Mais nul ne sentait le froid à la chaleur des feux de joie pétillant aux carrefours, lorsque, pendant trois jours d'affilée, coulait à flots un franc vin rouge déversé par plus de cent trente fontaines publiques ; lorsque les riches tenaient tables ouvertes et lançaient des pains ou de l'argent au petit peuple en liesse. Paris était aussi ville de musique et de comédie avec mille rengaines de ruelles appréciées tout autant qu'un concert de violons, avec ses théâtres aux loges pleines « à en crever » de gens accourus applaudir la *Cassandre* du vieux Boisrobert, *Les Précieuses ridicules* de Molière ou l'extravagante *Amalasonte* de Quinault.

Son exemple était suivi en Picardie et en Bourgogne, dans les provinces de l'Ouest et du Sud, en Europe même. La paix ! La paix ! Ce n'était partout que réjouissances, des salves, des carillons, des chansons et des cantiques, des défilés de chars dorés, de bourgeois à cheval et des réceptions dans les plus grands Hôtels. Chacun offrait au roi ce qu'il avait en soi de meilleur : une ardente joie de vivre.

Ses devoirs rendus au duc d'Orléans, Madame et ses filles installées en leur Palais du Luxembourg, l'intention d'Adrien avait été de retourner à Saint-Evy, loin de l'atmosphère exubérante des bords de Seine, si peu en accord avec son nouvel état d'esprit. Mais il dut s'attarder quelques jours, le temps de régler une affaire dont venaient de le charger ses parents dans une lettre expédiée de Provence et ce séjour parisien, d'abord mal accepté, devint pour lui l'occasion idéale d'éprouver ses forces.

Etait-il guéri, comme le laissaient supposer les apparences ? Etait-il capable de renouer avec la vie mondaine, sa vanité, ses frivolités, son badinage et ses fréquents mensonges ? Pouvait-il encore trouver du charme dans la compagnie des femmes sans qu'aussitôt un souvenir amer ne vînt l'en dégoûter, l'en éloigner ? Adrien le pensait. Les amis qu'il avait retrouvés se montraient également certains que sa douloureuse retraite dont on avait tant parlé, avait été salutaire. La comtesse d'Olonne fut l'une des premières à le féliciter de son retour.

Ardente Catherine ! Aussi spontanée, au fond, qu'une

167

paysanne, aussi peu compliquée. Mais avec le raffinement et la vénalité en plus. L'alcôve dorée et parfumée de la rue Férou fut de nouveau le théâtre de scènes brûlantes capables de cautériser les plaies les plus vives. Adrien y puisa tout le plaisir et toute la misogynie qui lui étaient encore nécessaires pour se sentir un homme totalement libéré.

Il connut néanmoins un instant difficile lorsqu'il rencontra un après-midi, à Luxembourg, dans le grand cabinet de Madame, les trois jeunes sœurs Mancini. Sur le visage amaigri de Marie, il crut lire en même temps que les traces récentes d'une douleur familière, une sorte d'affolement qu'il ne put s'empêcher d'éprouver lui aussi. Cette rencontre soulevait tant de rêves enfouis dans leurs âmes, comme ces mousses et ces feuilles mortes tapissant le fond d'une eau dormante. Il suffisait donc d'un regard échangé, lancé comme un caillou sur l'onde, pour sentir s'agiter et remonter à la surface, ces bribes désolantes de leur passé ? Heureusement, chez Adrien, l'impression ne dura guère et de son côté, Marie fut aussi amicale, aussi naturelle qu'il le fallait.

La présence de la ravissante Hortense et de Marianne dont la frimousse semblait toujours refléter plus d'émotions qu'il n'était possible à une fillette ordinaire d'en exprimer, contribua beaucoup à mettre les jeunes gens à l'aise.

Non loin d'eux rôdait un grand adolescent, mince et blond, auquel Marie fit signe d'approcher. Il paraissait lui faire une cour discrète, assez bien accueillie. Adrien salua respectueusement ce soupirant timide qui n'était autre que le prince Charles, neveu de la duchesse Marguerite, héritier de Lorraine, certainement un brillant parti pour une Mazarinette et peut-être, une aimable consolation pour un cœur déçu.

— Gare à Venel ! pouffa Hortense.

Sur le qui-vive, infatigable, incorruptible : le temps passait, les circonstances étaient tout autres, madame de Venel aussi sévère que son sempiternel chignon ne changeait pas, toujours aux ordres de Son Eminence. Charles de Lorraine possédait en effet assez de qualités pour consoler Marie et le duché de Nancy avait l'avantage d'être voisin. Malheureusement, le Cardinal avait jeté son dévolu sur un prince italien, le connétable Colonna, dont bien sûr sa nièce ne voulait pas entendre parler. D'où un regain de conflits.

Ostensiblement, pour mieux narguer sa gouvernante, Marie s'éloigna au bras de Charles.

— Ma sœur est très courageuse mais elle n'a pas de chance, soupira Marianne. Quelle existence nous menons si vous saviez, cher Adrien ! Pratiquement séquestrées au Louvre, ne voyant que de rares visiteurs, tous triés sur le volet. Nous étions mieux à Brouage !

Ce n'était pas l'avis d'Hortense. Mieux valaient encore les visites imposées, les fastidieuses leçons de maintien et les lectures édifiantes que l'exil qu'elles avaient connu.

Armand de La Meilleraye, son fidèle adorateur, s'approcha à son tour et lui proposa un rafraîchissement. Marianne et Adrien restèrent seuls.

— Cela tombe bien, fit-elle. Je voulais vous parler.

Ses onze ans lui donnaient une liberté refusée à ses sœurs. Tout le monde aimait Marianne, intelligente et charmeuse. Adrien se laissa bien volontiers prendre par la main et entraîner hors du cabinet de musique, dans l'une des fastueuses galeries du Palais.

Elle s'arrêta sous les panneaux peints autrefois par Rubens, où triomphait une certaine idée de la femme, toute de chair épanouie. Dans sa robe puce, au collet bien sage, la Mazarinette n'en paraissait que plus menue, brune et jeunette. Néanmoins, ce jour-là, malgré ses yeux mutins, son petit nez retroussé, elle avait l'air grave.

— C'est au sujet de Claire, commença-t-elle.

— Tiens, au fait, je ne l'ai pas encore vue.

Sans doute, fidèle à ses façons, devait-elle en ce moment même surveiller Marie et son chevalier servant, à moins qu'elle ne fût à deux pas d'ici, dissimulée parmi les ors et les stucs, fondue dans le décor pour mieux le surprendre lui-même.

— Vous ne la verrez pas ! reprit Marianne.

– Où est-elle donc ? demanda Adrien moyennement intéressé.

– Elle est...

Ce n'était pas dans les habitudes de la petite de faire autant d'embarras.

– Il ne lui est rien arrivé de fâcheux ?

Adrien revit Claire si agréablement blonde, lui souriant sous un rayon de soleil, un joli souvenir qui avait été effacé ensuite par la terrible rencontre, sur les remparts de Brouage. L'hésitation de Marianne lui causait soudain un sentiment imprécis, à peine une appréhension.

– Justement, je ne sais pas, lui dit-elle.

– Expliquez-vous, ma chère petite, fit-il avec patience. Claire n'est pas à Paris, bien. Sa tante l'aurait-elle remise au couvent ? En tout cas, elle n'est pas morte. Nous l'aurions tous appris. Qu'est-ce donc qui vous tracasse ?

Tout simplement des mots, des noms surtout, qui risquaient de le blesser, et qu'elle prononça, enfin, du bout des lèvres, en guettant les réactions d'Adrien, trop fine pour ne pas deviner que renaissait son mal. Il la laissa parler pourtant sans l'interrompre, sans un geste, sans une expression qui pût le trahir. Mais son regard n'était plus le même que tout à l'heure, la petite flamme bleue s'en était échappée, laissant se ternir les prunelles.

En quittant Brouage pour gagner Toulouse où l'attendait Naillac, et où son mariage allait se dérouler en présence de la Cour, Lorenza avait demandé à Claire de la suivre. Demandé... exigé était le terme exact. Leur oncle avait prévu une escorte importante pour l'accompagner dans son voyage. De son côté, le marquis de Naillac avait envoyé des gentilshommes de ses relations. Deux filles étaient déjà au service de Lorenza mais de demoiselle, point. Madame de Venel avait appuyé son désir, voyant une bonne occasion de caser sa nièce qui, bizarrement, contre l'avis de Marianne, avait accepté la proposition.

– Je n'ai pas compris. Claire n'a jamais été en très bons

170

termes avec ma cousine alors qu'elle s'entendait si bien avec moi ! Son départ m'a peinée. Brouage est devenu triste sans elle. Je me suis mise à attendre ses lettres. Nous devions nous écrire, souvent.

Mais les courriers, d'abord réguliers, s'étaient espacés brusquement. Après les noces, le marquis avait emmené sa femme dans son domaine, un vieux château du Béarn où Claire les avait suivis. Le peu qu'elle avait écrit sur l'atmosphère de cette maison, de la conduite de Naillac, de son entourage, de l'attitude de Lorenza, avait suffi pour alerter Marianne.

— Et pourtant, Claire s'est plutôt montrée évasive, elle qui auparavant ne me cachait rien ; elle, si observatrice, si gaie ! Je sais que vous ne l'aimez guère, Adrien. C'est parce que vous ne la connaissez pas. Claire est loyale et la meilleure des amies. Pourquoi ne m'écrit-elle plus ?

— Il arrive qu'une lettre s'égare, observa-t-il en prenant la parole pour la première fois depuis le début du récit.

— Une ou deux, peut-être, je vous l'accorde. Mais la dernière date de la mi-janvier et nous sommes en avril.

— Vous... aucune autre nouvelle n'est venue du Béarn ? demanda-t-il, sans montrer de trouble apparent.

— Un bref billet de Lorenza à Marie, avare de détails. Oh ! Adrien, pardonnez-moi ! Je suis maladroite. Je me doute bien de ce que vous devez ressentir. Personne n'a compris ma cousine, ce changement subit. Comment vous dire ? Ai-je trop d'imagination ? Ce mariage m'a paru étrange et maintenant je suis inquiète pour Claire sans raisons valables à vous donner, sinon un fort pressentiment.

— Qu'attendez-vous de moi, petite Marianne ? fit doucement Adrien en sortant son mouchoir pour essuyer les larmes de la fillette.

Elle renifla sans répondre. Ce qui la tourmentait n'avait plus l'air de rien une fois formulé. Elle se sentait peu convaincante, puérile, chagrinée d'avoir certainement blessé Adrien en évoquant Lorenza. Mais que faire d'autre ? Il était le seul qui avait sa confiance.

LES AMOURS MASQUÉES

— Ne pleurez pas, dit-il encore plus bas. J'irai à Naillac.

Il avait murmuré cela sans réfléchir, sur une impulsion, touché par son chagrin, effleuré par l'image d'une autre jeune fille peut-être malheureuse elle aussi. Il ne voulait pas s'attarder sur ce qui expliquait sans doute plus justement cette promesse insensée : l'envie périlleuse de connaître les secrets de Lorenza.

*
* *

Bien avant que ne se découvre le village aux toits de tuiles brunes et le clocher de son église aussi gracieux qu'un hennin, s'apercevait à des lieues à la ronde la tour de Naillac. A plus de cent pieds, elle se dressait, impressionnant donjon carré, massif, découpé de créneaux, avec une petite échauguette en poivrière surélevant encore l'un de ses angles. Cette tour était en brique, comme l'ensemble de la forteresse de forme polygonale dont elle commandait l'unique accès.

Depuis le Moyen Âge, rien n'avait beaucoup changé à l'intérieur de l'enceinte contre laquelle s'adossait le logis seigneurial. Seules les fenêtres de l'habitation avaient été agrandies, ce qui permettait à la lumière de pénétrer un peu dans les hautes et longues pièces au sol inégal, reliées entre elles par des escaliers tortueux, des passages creusés au cœur même de la muraille. Mais sans la richesse de la décoration, ce logis eût été lugubre : trop vaste, trop froid, trop sombre malgré tout. Cependant, Naillac, qui faisait construire près de Paris une demeure au goût du jour promettant d'être encore plus fastueuse que celle édifiée à Vaux par l'intendant Fouquet, ne projetait pas de remanier son austère forteresse. Telle qu'elle était, colossal anneau orné de sa tour en guise de chaton où claquaient ses couleurs, repaire imprenable, elle lui plaisait.

La seule modification qu'il avait tenu à apporter au château, se trouvait à l'extrémité sud de l'enceinte, sur un terre-plein compris entre la chapelle et l'ancienne salle des gardes. Invisible de la cour, l'endroit était accessible par quelques marches menant d'abord à une porte, de style curieusement mauresque, cloutée de bronze, découpée en fer à cheval où alternaient des claveaux blancs et rouges, suivant le dessin de la pierre et de la brique. Sitôt cette porte franchie, c'était un jardin. Non pas le traditionnel jardinet médiéval où poussaient le plus souvent quelques modestes simples, un rosier chétif entre deux touffes de buis. Encore moins les parterres géométriques à la mode, chers à Le Nôtre, agrémentés de bassins où batifolaient des divinités impudiques. Ce jardin-là était unique en France et pour en voir un semblable, il eût fallu courir bien loin, en Andalousie, atteindre les hauteurs de Grenade. Car c'était bien à L'Alhambra qu'avait pensé Naillac en créant cet abri enchanteur.

Comme au palais des rois Maures qu'il avait un jour visité, les murs de sa forteresse du Béarn rougeoyaient au moindre toucher du soleil et l'horizon se barrait de collines de plus en plus hautes jusqu'à former une chaîne plus impressionnante que la Sierra Nevada. Sans doute l'air soufflé de l'Atlantique était-il différent, épargnant au pays ses brûlures. Mais sa clémence n'empêchait pas les arbres, les fleurs les plus avides de chaleur et de lumière, de croître généreusement. Cyprès, orangers et citronniers, lauriers-roses et jasmin, rosiers aux diverses couleurs, lavande et romarin, pouvaient, ici aussi, confondre à l'envi leurs senteurs. En dépit d'un espace plus réduit qu'à Grenade, régnaient la même harmonie, la même sensualité, inhérentes aux patios andalous. Obsédé par son hérédité, Naillac avait, avec art, recréé l'illusion en dessinant lui-même le décor inspiré des jardins du Généralife. Un étroit canal, piqué de nénuphars, miroitait sous des arceaux de myrte ; une fontaine offrait continuellement son murmure ; une galerie à fines arcades de stuc reliait deux pavillons ouverts, au décor d'azulejos et de cèdre sculpté sous lesquels il faisait bon venir et rêver, à toute heure, en toute saison.

Claire y avait vu se faner les roses tardives, se poudrer finement de neige les feuilles des lauriers, se cristalliser l'eau du bassin. Depuis quelques semaines, elle y guettait les rapides métamorphoses de la terre en renouveau. Il avait suffi de plusieurs journées de soleil pour que déjà les orangers et les citronniers s'étoilent de fleurs d'un blanc vert où se concentrait le plus suave parfum du monde.

– Je suis ravi que vous sachiez apprécier mon jardin. Mon œuvre ! lui disait Paul de Naillac avec sa façon de toujours faire mine d'attacher de l'importance à son opinion. Profitez-en autant qu'il vous plaira.

Naillac l'orgueilleux, Naillac le cruel, Naillac le débauché. Le mauvais génie de Lorenza ! Claire le détestait tout comme elle haïssait l'homme vivant dans son ombre, un être aussi dangereux que lui, mais dissimulé, silencieux, comme un serpent : le sinistre Rupert. Ce bel ange blond, dévoué corps et âme à son maître, n'était qu'un séraphin déchu que la jeune fille avait appris à redouter.

Dès leur arrivée au château, elle s'était trouvée en butte à ses coups bas, ses mauvais tours, ses gestes imprévisibles. Elle avait dû apprendre à esquiver son pied, sournoisement tendu pour la faire trébucher, ses doigts qui pinçaient jusqu'au sang, son poing enclin à la bourrade. Elle avait appris à se méfier des plats présentés brûlants, du potage trop salé, du feu mystérieusement éteint dans sa chambre ou d'une selle de cheval aux sangles par hasard rompues. De l'enfance, Rupert avait gardé le goût de la farce gratuite et méchante qui ne fait rire personne hormis son auteur. Par bonheur, Claire avait l'esprit agile et la débrouillardise des filles grandies sans l'aide de personne. Dans une demeure aussi ancienne, où les recoins, les passages cachés abondaient, elle avait pu donner libre cours à son penchant et très vite devenir familière des lieux. Habile à se faufiler, à se musser partout, il lui était arrivé plus d'une fois de surprendre Rupert, ce qui l'avait rendu furieux et l'avait, quant à elle, beaucoup amusée.

Un jeu qu'elle évitait néanmoins de renouveler. Les colères de Rupert étaient comme ses joies, guère exprimées sinon par une pâleur extrême du visage, par l'étrangeté de ses yeux bleus, soudain transparents, par un sourire figé de masque. Mais elles n'en étaient que plus impressionnantes. Tout était froid en cet homme. Pas le moindre courant, pas la plus petite étincelle ne paraissait passer en lui, même lorsqu'il lui avait manifesté son désir.

C'était ce qu'elle redoutait le plus, ces bras qui, un soir, l'avaient brutalement saisie au détour d'un corridor, cette main qui avait étouffé son cri pendant que l'autre retroussait sa robe. Elle avait lutté sauvagement, en ayant l'impression de se débattre contre une statue plus apte à broyer qu'à étreindre. L'arrivée providentielle de Naillac l'avait sauvée à l'instant où, privée de souffle et de forces, elle allait malgré elle glisser vers l'horreur.

Le marquis n'avait pas eu un mot à dire. Un simple regard lui avait suffi pour éloigner Rupert. Depuis lors, Claire n'avait pas eu à subir de sa part de nouvel assaut, seulement à supporter ses plaisanteries habituelles et parfois, une parole chuchotée, un geste obscène esquissé en catimini, qu'elle faisait semblant d'ignorer.

Quelle raison Naillac avait-il de la protéger de Rupert ? La jalousie ? Peut-être. La jeune fille n'ignorait pas les liens qui unissaient le seigneur et son valet. Tenait-il à ménager la nièce de madame de Venel dont le Cardinal Mazarin et la reine faisaient grand cas ? C'était fort probable. Naillac ne voulait prendre aucun risque de déplaire à la Cour. Agissait-il enfin par politesse envers la demoiselle de compagnie de sa femme ? Cela, Claire l'avait tout d'abord cru avant de découvrir rapidement que son propre sort importait bien peu à Lorenza.

A deux pas d'elle, devant l'un des pavillons mauresques, des oiseaux se chamaillaient les miettes de pain qu'elle venait de leur essaimer. Les jardiniers avaient fini leur tra-

175

vail et refermé la porte. Claire avait repoussé le verrou sur eux. Elle était seule dans cette parcelle exquise de pépiements et de verdure, suspendue entre ciel et vallée, face aux montagnes encore neigeuses. Partis chasser toute la journée, Naillac et Rupert venaient de franchir la porte du donjon. Sachant que Lorenza, qui se levait de plus en plus tard, n'aurait pas besoin d'elle avant longtemps, Claire était assurée de pouvoir profiter de plusieurs heures de paix. Elle avait apporté un livre mais ne se décidait pas à l'ouvrir, préférant laisser sa pensée emprunter son tour habituel et retrouver Adrien.

Souffrait-il toujours ? A Toulouse, madame d'Ivreville lui avait donné des nouvelles assez optimistes de son fils, pourtant Claire ne pouvait s'empêcher de souvent l'imaginer tel qu'il avait quitté Brouage, méconnaissable, désespéré par une femme follement idéalisée. Cette même femme que Claire avait, malgré tout, choisi de suivre. En fait, près de Lorenza qu'il avait tant aimée, elle avait eu l'impression de se rapprocher d'Adrien, certaine aussi de le revoir plus aisément puisque les Naillac fréquenteraient la Cour, assisteraient à Saint-Jean-de-Luz au mariage du roi et, bien que triste de quitter Marianne, la jeune fille avait été heureuse d'échapper à sa tante de Venel, au climat affligeant qui entourait Marie. Pouvait-elle alors soupçonner ce qui l'attendait à Naillac : le dégoût, la peur, le sentiment d'être prisonnière, à la merci de fous ? Tout ce qu'elle n'avait pas osé confier à Marianne, ce qu'elle ne pourrait jamais dire à quiconque ! D'ailleurs, elle avait cessé d'écrire après avoir découvert que Rupert subtilisait ses lettres et celles que lui envoyait sa jeune amie. Lorenza n'avait pas voulu l'écouter lorsqu'elle s'en était plainte à elle.

— Vous avez toujours été une semeuse de discorde, lui avait-elle reproché. Pourquoi accusez-vous ce pauvre Rupert sans la moindre preuve ? Je dois faire un mot à mes cousines, vous pourrez y rajouter quelques lignes si vous y tenez. Quelle importance, tout cela !

176

« Ce n'est pas important. Cela m'est égal. » Qu'il pleuve, qu'il neige, qu'il vente ou qu'il fasse beau... Lorenza n'en avait cure. Elle s'était volontiers éloignée de la Cour pour ce château perdu où elle ne voyait personne. Elle ne s'intéressait à rien du voisinage ou des curiosités du pays, n'apparaissait qu'aux repas ou pour accompagner parfois son mari dans une promenade à cheval, passant le reste de son temps à dormir ou à s'occuper d'elle-même.

Les soins apportés à sa beauté, à sa toilette, mobilisaient autour de sa personne un bataillon de servantes que Claire avait à charge de surveiller. Etre belle, surprendre, éblouir son époux chaque jour par une robe, une coiffure nouvelle, était devenu en effet, chez la marquise de Naillac, une véritable obsession. La fière Lorenza, l'intouchable jeune fille, amie des précieuses, un brin pédante, celle qui tenait la dragée haute à ses galants de Cour, celle qui s'était amusée d'Adrien, avait pris l'âme et les manières d'une sultane de harem dont elle entendait à n'importe quel prix rester la favorite.

Claire était pure mais point naïve. Elle savait ce qui rendait Lorenza tour à tour languissante ou fébrile. Elle entendait son rire et ses cris lorsque Naillac la rejoignait. Elle voyait bien le lendemain l'état de sa chambre, le désordre, les bouteilles vides et le visage éloquent au milieu du lit dévasté. Elle devinait aussi ce que lui lançaient les yeux noirs battus par trop d'amour :

« Oui, oui, je suis devenue cette créature ! semblaient-ils lui avouer. Et la honte que j'en éprouve contribue à mon plaisir. Car j'accepte tout de "lui", excès, humiliations, comme j'accepte Rupert ou l'une des servantes. Comme je t'accepterais toi, petit corps virginal, s'"il" venait à l'exiger. Tu ne peux comprendre, bien sûr. »

Les appétits les plus sombres et les plus bas rampaient dans la demeure, bêtes informes et répugnantes, tapies sur les pas de Claire. Combien de temps encore serait-elle épargnée ? Toujours sur ses gardes, la jeune fille s'enfermait chez elle, le soir, à double tour. Dans la journée, elle s'échappait le plus possible en se mêlant à la vie du village, ou venait dans ce jardin. Elle aurait voulu partir pour de bon, fuir la menace, mais seule, sans argent, où aurait-elle pu aller ? Elle espérait donc tenir jusqu'au moment de gagner Saint-Jean-de-Luz. Bientôt, ils retrouveraient tous la Cour. Elle saurait bien échapper, alors, à cet effrayant trio.

– Adrien, Adrien, murmura-t-elle saturée de frayeur et de solitude mais vaillante pourtant.

Adrien... Son nom était une brise au milieu de miasmes menaçants et nuisibles. Son visage était un foyer de lumière parmi tant d'ombres et de noirs secrets. L'amour qu'elle lui portait était son espoir, sa force et sa sauvegarde.

Le jour s'achevait lorsqu'Adrien parvint en vue de Naillac. A cette distance, les arbres masquaient encore le château, ne laissant jaillir que la tour où s'agitait une oriflamme vert et argent, les couleurs du marquis. Comme pour mieux s'accorder aux pensées du voyageur, le vent avait levé une masse de nuages pluvieux qui obscurcissaient la campagne, inquiétaient les oiseaux et semblaient plonger tout le décor aux courbes douces, dans l'attente d'un assaut plus violent.

Ce qu'Adrien entreprenait était insensé. Il se l'était répété mille fois depuis son départ de Paris. Risquer de se trouver devant une femme déloyale, un homme auquel il s'était toujours opposé, ne pouvait qu'entraîner les pires désagréments. Puisqu'il avait réussi, enfin, à renoncer aux espérances de son passé, puisqu'il n'éprouvait plus rien pour Lorenza, qu'allait-il donc faire auprès d'eux ? Marianne s'était sans doute inquiétée à tort. Le caractère fantasque de Claire devait expliquer son silence. Inconsidérément, Adrien se mêlait à un banal malentendu de jeunes filles. Il était encore temps de renoncer à ce projet, de contourner Naillac et de piquer en direction de Saint-Jean-de-Luz afin d'y attendre le roi.

« Impossible ! Marianne a ma promesse. »

LA FAUX DE SATURNE

C'est ainsi que pour tenir cette promesse, Adrien mit pied à terre une demi-heure plus tard devant une auberge, dans la rue principale. Sans difficulté, il y obtint une chambre pendant que Gillot et deux valets composant son escorte s'installaient dans les communs. Le bourg avait assez d'importance pour justifier la présence de cavaliers. Entre Pau et Orthez, Naillac était lieu d'étape. En outre, les séjours du marquis attiraient souvent des marchands intéressés par sa clientèle. De ce fait, personne ne remarqua particulièrement Adrien, qui put mener un début d'enquête auprès de l'aubergiste. De son côté, Gillot, mis dans la confidence, se chargea de glaner lui aussi quelques renseignements sur la vie des hôtes du château.

Sous les chaînes tressées d'ail violet, les gros jambons patiemment séchés à l'air des montagnes et pendus aux poutres du plafond, ils se retrouvèrent peu après assis dans un coin de la salle. Tous deux n'avaient pas appris beaucoup de choses mais celles-ci étaient suffisantes pour jeter le trouble dans n'importe quel esprit.

Alors que l'aubergiste s'était montré assez peu loquace et visiblement mal à l'aise sous les questions d'Adrien, Gillot avait eu plus de chance en interrogeant la servante et le garçon d'écurie. La personnalité de Paul de Naillac, ses rapports avec son domestique, ramené d'un voyage en Suède, donnaient lieu à de nombreux commérages. La marquise ? Elle ne se montrait presque jamais. Cependant, on la disait très éprise de son mari et s'accommodant fort bien de Rupert. Un bien vilain bougre, celui-là, que tout le pays détestait. Quant à Claire, oui, parfois on voyait cette jeune personne, plutôt charmante quoique farouche, en tout cas fort différente des filles travaillant au château dont on ne connaissait que trop le rôle auprès du marquis.

— Je vais tout de suite là-bas ! déclara Adrien.

— Monsieur, laissez-moi m'y rendre à votre place, proposa Gillot. Ce sera plus prudent.

— Non ! Tu m'attendras avec les autres. Je tiens à me

179

rendre compte moi-même de ce qui se passe. J'ai aussi cette lettre de mademoiselle Mancini à remettre en main propre à Claire de Venel. Dieu sait ce que risque cette enfant auprès de tels individus !

— Je serais désolé qu'il lui soit fait du mal, avoua Gillot.

— Bien sûr. Mais ne dramatisons pas ce qui n'est peut-être que ragots de valetaille.

« Et Lorenza ? » pensait Adrien, en vérité, plus anxieux qu'il ne le montrait. Allait-il découvrir dans ce repaire, deux victimes de Naillac ?

Il faisait nuit noire maintenant ; la pluie tombait fine et tiède. La porte du donjon était encore ouverte et, à l'intérieur du vieux corps de garde, le concierge et sa famille étaient attablés devant des écuelles de soupe. Se présentant comme un simple messager, Adrien demanda à voir mademoiselle de Venel en privé. Personne ne devait savoir qu'un visiteur était ici pour elle. Dans sa main, roulaient de belles pièces d'or. Le gros Béarnais n'en avait jamais eu autant à sa portée et pour le bonheur de les palper, rien ne lui parut impossible. Mademoiselle de Venel devait prendre son repas avec les maîtres. Il promit de la faire discrètement prévenir. En attendant, il mena Ivreville avec déférence dans une salle sans fenêtre, située sous la voûte, et dans laquelle des armes, des coffres de voyage, vides pour l'instant, le tout rangé en ordre impeccable, miroitaient à la lueur d'un flambeau.

Bientôt la porte se rouvrit. Claire apparut, un peu hésitante. Lorsque le concierge les eût laissés seuls, Adrien ôta son feutre et s'avança vers elle.

Il crut qu'elle allait s'évanouir tant fut vive son émotion et il tendit la main pour la soutenir. Mais Claire s'était vite reprise. Appuyée à son bras, elle semblait le dévorer des yeux, de grands yeux limpides, deux perles d'eau tremblantes sous la lumière.

— C'est vous ! Adrien...

Ce soir, son murmure ne s'adressait plus à un souvenir

inlassablement revisité, à un impossible rêve. Adrien…
C'était lui, bien réel. Par-delà l'espace et le temps, il avait
entendu ses appels et venait lui-même y répondre. Tout le
bonheur, tout l'émerveillement que peut ressentir un cœur,
se lurent soudain sur le visage transfiguré de Claire.

Elle était à la fois touchante et remarquable, si belle ainsi,
fragile comme toute fleur à son éclosion, mais visiblement
forte, enracinée dans le terreau le meilleur, celui d'une
authentique passion, qu'Adrien, surpris et troublé, perçut
sans en comprendre encore l'origine.

— Vous êtes venu !

— Il le fallait bien. Vous ne donnez signe de vie à personne. Marianne ne sait plus que penser.

— Marianne ?

— Mais oui ! Vous êtes toutes deux très liées, n'est-ce pas ?
Elle est maintenant à Paris et m'a envoyé en mission auprès
de vous. Avec ceci, tenez !

Claire prit la lettre sans empressement. La joie avait
déserté ses yeux aussi brusquement qu'elle les avait noyés
un instant plus tôt.

— Alors, vous n'êtes que le messager de Marianne ? fit-
elle d'un ton presque maussade.

Par exemple ! Ce n'était donc rien pour elle, toutes ces
lieues parcourues en un délai record, juste pour faire plaisir
à de capricieuses petites ? Sans compter le fait qu'il était
lui-même la dernière personne à avoir intérêt à se montrer
ici ! La réaction de Claire aurait eu de quoi dérouter, pour
ne pas dire froisser Adrien, s'il n'avait également deviné sa
profonde déception.

— Qu'y a-t-il, Claire ? demanda-t-il de la façon tendre et
malicieuse qui faisait tout son charme et savait si bien
séduire. Votre serviteur pourrait-il quelque chose pour vous ?

« Tu peux tout ! aurait-elle voulu lui crier. M'arracher à
ce cloaque, me rendre l'espoir et la liberté. Tu peux aussi
repartir, m'abandonner à la honte, aux ténèbres. Tu peux
m'ôter le souffle, tu en as le droit. Pour toi, j'accepterais la

181

mort, Adrien, puisque je suis tienne depuis longtemps. Pour toujours. Mais cela, tu dois le comprendre sans avoir besoin que je le dise. Tu dois tout seul, de toi-même, venir à moi, te mettre à mon diapason. »

Pour ne pas se trahir, Claire recula un peu, hors de l'espace orangé, dessiné par le flambeau.

— Vous pouvez en effet m'aider à quitter le château de Naillac, répondit-elle calmement.

— Vous n'y êtes pas heureuse ?

En évoquant l'ambiance du repas qui se déroulait en ce moment là-haut, Claire frissonna.

— Non.

— Qu'en pense Lor... madame de Naillac ?

— Je ne crois pas qu'elle s'en soucie beaucoup.

— Vous ne prendriez tout de même pas congé d'elle sans l'en avertir ?

— Si ! Et puisque vous proposez de m'aider, sachez que je voudrais partir d'ici sans plus attendre.

— Voyons, Claire, ce n'est pas sérieux. Madame de Naillac est responsable de vous. Pas plutôt disparue, vous auriez ses gens à votre recherche.

Aucune réponse. Claire était maintenant une mince silhouette pétrifiée dans un silence têtu. Il la rejoignit.

— Ce que vous envisagez ressemblerait assez à une fuite. Qu'y a-t-il ? fit Adrien, en lui posant la question pour la seconde fois.

Agacé par son mutisme, intrigué, pressentant une réalité cachée sous les apparences, mais trop lourde pour être hissée à la surface, Adrien ramena Claire dans le cercle de lumière et plongea son regard dans le sien.

— Me répondrez-vous, petit masque, ou me faudra-t-il interroger madame de Naillac ? D'ailleurs, j'y vais de ce pas !

— Non, non ! Ne faites pas cela, surtout !

— Pourquoi donc ?

Claire avait une mine terrorisée qui ne lui ressemblait guère.

182

– Vous oubliez que vous êtes chez le marquis. Il vaut mieux éviter de le rencontrer. Lorenza s'est retirée de bonne heure, aujourd'hui. Elle doit dormir déjà. Partons tout de suite, Adrien !

– Je ne crains pas le marquis, fit-il en lui serrant fortement le bras. Au lieu de me raconter des sornettes, menez-moi auprès de madame de Naillac. Le concierge vient de me dire que ses maîtres étaient en train de souper.

– Non !

– Dans ce cas, je trouverai sans vous mon chemin.

C'était devenu une irrésistible envie : il voulait savoir ! Il devait se confronter à son ancien amour qui reprenait possession de lui sous la forme d'une angoisse oppressante, d'une curiosité avide comme le désir.

Sans que Claire pût l'en empêcher, il sortit sous la voûte et gagna la cour. Les fenêtres des cuisines et celles du premier étage au-dessus éclairaient la pluie battant le pavé luisant. Un raffut de tous les diables, échappé des communs où devaient être réunis les hommes de Naillac, s'ajoutait au bruit du vent et de l'averse, au grincement de la girouette qui tournoyait sur le pignon d'une tourelle.

Se faufilant dans le logis, Adrien prit un escalier où il croisa une servante chargée de plats vides qu'elle redescendait à l'office. La fille ne portait pas de coiffe. Ses cheveux pendaient sur ses épaules et sa gorge dénudée était soutenue par un corselet noir. Elle s'effaça devant Adrien qui s'arrêta un peu plus haut, devant une porte fermée. Derrière, fusait un rire de femme. Etait-ce Lorenza ? Une voix se mit à chanter, dans la langue du pays, un air languissant.

– Qu'elle se taise ! Je déteste ce jargon.

Cette fois-ci, Adrien reconnut fort bien celle qui venait de parler, de même que Naillac répondant à sa femme. Des mots terribles :

– Vous êtes décidément de méchante humeur, madame. Vous n'avez pas assez bu. Ida, sers encore ta maîtresse.

Surgie de l'escalier, une ombre s'approcha de la porte.

Une main se posa sur le loquet, prévenant le geste d'Adrien.

– N'entrez pas ! souffla Claire. Pour l'amour du Ciel, quittons cette maison !

Mais rien ne pouvait le retenir. Au-delà de ce seuil existait un monde défendu dont il voulait percer le mystère, quels qu'en fussent les risques.

D'une brusque poussée, Adrien ouvrit la porte et demeura saisi.

Jamais il n'aurait pu imaginer, dans ce vieux château à la sobriété médiévale, bâti pour des hommes de guerre peu soucieux de leur bien-être, découvrir pareilles splendeurs : ces tapisseries de soie accrochées aux cimaises ; ces flots d'étoffe pourpre déversés dans les embrasures, jetés sur les fauteuils, drapés autour de la table ; ces tapis, étendus sur le sol comme un givre diapré. De même que ces statues de marbre blanc, grandeur nature, admirablement éclairées jusqu'à prendre vie, par des buissons ardents jaillis de chandeliers d'or ; ces épées de Tolède, disposées en faisceaux sur des panneaux de velours ; ces mille objets rares, coupes de jaspe, de malachite, aiguières de cristal serties d'argent, coffrets incrustés de pierres précieuses, posés sur des meubles marquetés. Jamais il n'aurait pu imaginer que pouvait exister, au centre de murailles aussi épaisses, un tel jeu de lumières : infimes lueurs, étincelles, miroitements, flammes et reflets. Nul ne pouvait rester indifférent à ce lieu agencé pour le plaisir. Un plaisir qui s'éprouvait dès le premier instant et que semblait traduire la voix sensuelle d'une jeune fille, vêtue de voiles translucides, grattant une mandore, tout en poursuivant son chant aussi insidieux que la plainte enamourée d'une amante. Adrien fut ébloui en même temps qu'il respirait un parfum captivant, dégagé par deux grands vases de céramique. Invisibles mais denses, les senteurs ondoyaient dans toute la salle, évocatrices de contrées lointaines où tout devait être comme ici, recherche, raffinement, volupté.

Trois convives étaient assis autour de la table nappée de

rouge, dressée sur une estrade. Une servante semblable à celle qu'Adrien venait de rencontrer, les cheveux défaits et le torse nu, assurait le service des mets présentés sur des plats de vermeil. Naillac et Rupert étaient l'un près de l'autre, le bras du maître posé sur les épaules de son domestique auquel il donnait la becquée, comme à un enfant. Ils en riaient beaucoup, se chuchotaient des mots à l'oreille, enfermés dans le cercle hermétique d'une évidente intimité.

Une femme leur faisait face, très droite sur son fauteuil, le buste moulé de satin jaune, son décolleté profond éclaboussé de perles et de rubis. Une chevelure de jais couronnait son visage coloré par le vin qu'elle buvait à longs traits sans cesser de fixer jalousement ses deux compagnons.

Pénétrer dans le luxuriant décor ; y devenir soi-même acteur, choisir selon son goût la jouissance proposée ; laisser les hommes s'abandonner tout à loisir à leurs amours singulières, pour rejoindre la servante, la musicienne, ou s'approcher par exemple de la jeune femme brune, solitaire et superbe : en d'autres circonstances, peut-être, Adrien se serait-il laissé tenter. Un frisson lui rappelait que le caprice était prompt à s'éveiller, que la chair attendait toujours, de recevoir son offrande.

Mais pour lui, ce soir, la partie était faussée, corrompue d'avance. Il éprouva brusquement une forte nausée.

Personne ne s'était aperçu de son intrusion. Repoussant tout à coup la jeune Ida qui venait de remplir une nouvelle fois sa coupe, Lorenza se leva, s'appuya au bord de la table, et vint chancelante vers son mari.

— Eh bien, ma chère, que voulez-vous ? lui demanda Naillac avec négligence.

— Paul, allons nous coucher.

— Déjà ? Il est encore bien tôt. Notre souper n'est pas terminé. Nous devons attendre Claire.

— C'est trop d'égards pour cette petite qui se moque de nous, vous le savez, riposta Lorenza. Venez !

— Cette petite, comme vous dites, finira tôt ou tard dans

185

notre lit et vous verrez alors que cela valait la peine d'être patients.

Lorenza se rapprocha de lui, en ignorant volontairement Rupert. Elle se pencha, se fit lascive, implorante :

— Paul, mon chéri, je vous en prie, retirons-nous. J'ai froid.

Il se mit à rire, effleura sa gorge puis la repoussa comme une banale marchandise :

— Quelle impatience, madame ! Si vous avez froid, réchauffez-vous à Ida. A moins que Rupert ne veuille se dévouer.

Tourné vers son giton, il lui baisa la joue et proposa :

— Madame la marquise a besoin de réconfort. Si le cœur t'en dit...

L'offre ne devait pas être exceptionnelle. En tout cas, Lorenza ne parut ni surprise ni même offusquée. Rupert se leva, de l'air d'accomplir une aimable corvée pour satisfaire son maître plus que sa propre personne et, sans empressement, se plaça derrière la jeune femme.

Adrien la vit d'abord se raidir à son contact, puis s'alanguir contre lui. Sa robe, étalée comme une monstrueuse corolle jaune pâle, striée de noir, cachait Rupert. On ne voyait de lui que sa tête blonde penchée sur le cou renversé et ses mains, qui massaient les rondes épaules, les dégageaient des manches puis, après avoir tiré sur l'étoffe, l'avoir déchirée d'un geste brusque, libéraient les seins pour les pétrir avec lenteur.

Lorenza ne quittait pas Naillac des yeux. Lui aussi la regardait, souriant toujours, suivant la progression de la fièvre chez sa femme dont il usait si bien de sa passion pour lui, de sa faiblesse, de sa perverse nature. Défaillant sous les audaces de Rupert, un râle grondant au fond de la gorge, les mains crispées sur elle, Lorenza jouissait du sombre bonheur de lui plaire ainsi, docile et provocante.

Lorenza... Ce beau cygne noir. Cette jeune fille qu'Adrien avait toujours approchée avec respect, adoration. Celle qui possédait l'art de conserver ses distances, de se laisser vénérer de loin, de donner tant de prix à la moindre de ses faveurs ! Lorenza, livrée par son époux aux attouchements d'un domestique ! Et consentante !

Adrien avait cru avoir épuisé à Brouage toutes les gammes de la douleur ; avoir connu le pire. Il lui restait pourtant à découvrir encore la honte et le dégoût, à voir la souillure dégrader une image qui, malgré tout, était restée aimable.

Puis, peu à peu, il ne distingua plus Lorenza. Insensiblement, elle devint une forme indéfinissable, qui s'éloignait de son champ de vision, un point négligeable enveloppé de brume, au milieu des lumières. Ce qu'elle pourrait faire désormais lui serait indifférent. Une sorte de soulagement gonfla sa poitrine. Au même moment, il reprit conscience de la présence de Claire, tout près de lui, et pensa qu'il leur fallait partir immédiatement.

La voix de Naillac l'en empêcha :

— Compliments, mes amis ! Rupert, tu sais comment t'y prendre sans risquer de me fabriquer un bâtard ? Je veux que mon fils soit un vrai Naillac.

— C'est-à-dire un chien comme toi !

La haine et le mépris qu'Adrien vouait à cet homme avaient été les plus forts. L'épée au poing, il s'avança au milieu de la salle.

— M. d'Ivreville ! Je ne me souviens pourtant pas de vous avoir invité. Qu'importe ! Ravi de vous revoir.

Chez Naillac, la surprise ne pouvait être que de courte durée. Il possédait une telle maîtrise de soi, une telle insensibilité à la plupart des émotions ordinaires, qu'aucun événement, jamais, ne le prenait vraiment au dépourvu. De sa manière nonchalante et dédaigneuse, il descendit de l'estrade et s'en fut choisir parmi les armes exposées, une fine lame au pommeau damasquiné dans la meilleure tradition de Tolède.

— Je suis à vous, monsieur.

Ils se précipitèrent l'un sur l'autre avec une soif égale de revanche et de meurtre. Leurs épées semblèrent se reconnaître, se confondre en un unique reflet entrecroisé ; leurs mouvements aussi étaient les mêmes, ainsi que le savant, l'harmonieux travail de leurs bras et de leurs jambes, leurs tailles, le port racé de leurs têtes, leurs longs cheveux sombres et naturels, fouettant l'air autour d'eux. Vaillants, habiles, infatigables et fiers, méprisant tous deux les facilités, les basses manœuvres : étaient-ils donc de la même essence ? Etaient-ils donc sortis du même moule ? Oui, en effet. Comme l'avaient été Lucifer, et l'Archange qui l'avait combattu. Chez eux, tout était rare, tout était extrême, en particulier leurs choix. Diamétralement opposés.

Lorsqu'Adrien était intervenu, Claire l'avait suivi en tendant la main dans un geste dérisoire. Maintenant, elle se tenait blottie dans un angle de la pièce, les doigts pressés contre ses lèvres. Rupert et Lorenza s'étaient séparés. Du haut de l'estrade, ils suivaient le duel. Tout comme les deux filles, Ida et la musicienne, ils restaient pétrifiés, anxieux, si peu préparés à ce coup de théâtre.

Lorenza fut la première à réagir. Les nerfs exacerbés, les sens insatisfaits, trop soudainement arrachée au délire, elle tremblait autant sous l'effet de la rage, de la peur, que du vin qu'elle avait bu.

– Arrêtez ! Arrêtez tout de suite. Adrien, je vous ordonne de laisser mon mari ! Espèce d'imbécile ! Personne ne vous a demandé de venir. De quoi vous mêlez-vous ?

Son attitude aurait pu être pathétique. Elle n'était que vulgaire et ridicule.

Harpie dépoitraillée, hystérique, elle tempêtait, injuriait, sans que les duellistes fissent attention à elle. Alors, avisant Claire à moitié dissimulée derrière une tenture, elle retourna contre elle sa hargne et son dépit :

– Tu es là, petite garce. C'est toi qui l'as fait entrer, charogne hypocrite ! Sainte Nitouche ! Je te livrerai aux gardes. Et toi, Rupert ! Qu'attends-tu pour aider ton maître ?

Rupert bondit comme pour lui obéir mais ce fut vers Claire qu'il se dirigea, lui barrant le passage lorsqu'elle tenta de fuir, l'empoignant à deux mains, la repoussant contre le mur. Il la voulait, il allait la prendre, se venger des humiliations subies à cause d'elle, satisfaire en elle une fringale attisée par les caresses de Naillac, celles que lui-même venait de donner à Lorenza. Il se mit à gifler la jeune fille, à la mordre, en se frottant contre elle, dégrafé, obscène, satyre véhément cherchant à forcer une nymphe. Claire se défendit, rendit coup pour coup, morsure pour morsure, sans vouloir crier, alerter Adrien, lui faire commettre par inattention une erreur néfaste.

Mais Lorenza était trop contente de l'initiative du domestique pour rester silencieuse. Elle l'encouragea, lança les pires moqueries à l'encontre de Claire. Adrien les entendit.

Il fit si bien que, tout en continuant à se battre avec Naillac, il parvint à leur hauteur, put arracher Rupert à sa proie, le faire virevolter et, quand le garçon, ayant repris ses esprits, fonça sur lui avec une épée décrochée à la hâte, il réussit à ferrailler de plus belle, seul cette fois-ci contre deux. La lutte inégale fut brève. Touché à mort par Adrien, Rupert s'effondra.

Les deux filles les avaient regardés sans avoir l'air de comprendre, la musicienne étreignant sa mandore d'un bras convulsif, trop hébétée pour être en quoi que ce fût efficace. Mais, de son côté, Ida retrouva assez de ressort pour se ruer hors de la salle en appelant à l'aide. Déjà un remue-ménage bouleversait le calme de la nuit printanière. La présence d'Adrien, révélée par la servante, confirmée par le portier béarnais, les bruits de son affrontement avec Naillac et Rupert avaient alerté les domestiques. Les hommes composant la petite garde du château s'étaient rassemblés à l'entrée du logis, guettant un ordre de leur maître. Les appels de la jeune Ida les précipitèrent dans l'escalier.

Ils ne purent aller plus avant. Claire n'avait pas attendu pour fermer à double tour la porte de la salle. Le bois était épais. La serrure solide. Les hommes durent redescendre chercher des barres de fer pour s'y attaquer.

189

Pendant ce temps, Ivreville et Naillac se battaient toujours. Jusqu'à présent rien, ni les vociférations de sa femme ni la violence de Rupert à l'égard de Claire, n'avait distrait le marquis d'un combat dont il appréciait, au fond, la fureur. Mais de voir si près son ange blond gésir, sans vie, la bouche en sang, il finit par relâcher sa garde, suffisamment pour qu'en profitât son adversaire. L'épée d'Adrien lui pénétra la poitrine. A son tour, Naillac s'écroula sans connaissance, devant l'estrade, aux pieds de Lorenza. Elle cria, un hurlement tel qu'en ont conservé les craintives mémoires, une plainte de fauve monstrueux, mi-femme, mi-bête, clamant sa souffrance devant son mâle ensanglanté.

– Paul ! Paul !

Prise de folie, elle s'élança, sauta lourdement de l'estrade, s'accroupit près de son mari, puis, bien qu'il ne fût que blessé, se retourna, sauvage, haineuse, vers Adrien :

– Assassin ! Assassin ! rugit-elle.

Elle se releva avec maladresse, voulut se jeter sur le coupable, s'empêtra dans ses jupes, trébucha. Il n'eut pas le temps de la retenir : elle vint cogner de la tête sur l'un des vases, brûlant toujours de vapeurs odorantes, si fortement que la céramique vola en petits éclats.

– Lorenza !

Adrien se mit à genoux. Elle avait soudain perdu toutes couleurs. Ses yeux n'étaient plus les lacs nocturnes, énigmatiques, qui naguère l'avaient tant fasciné. Voilés, égarés, ils paraissaient déjà posés sur l'invisible envers du monde.

– La faux de Saturne, chuchota-t-elle. Tu la portes donc toujours...

Un spasme la secoua tout entière. Elle gémit :

– Paul ! en cherchant à se redresser pour le voir encore.

Au même instant, à l'autre bout de la salle, la porte céda.

– Adrien ! Venez vite. Par ici !

Non loin, Claire soulevait une tapisserie et l'attendait devant une ouverture étroite qu'un secret mécanisme venait enfin de libérer après bien des essais infructueux.

— Par ici !

Sa voix réussit à le tirer de sa stupeur et d'une émotion incontrôlable qui, sans doute, aurait fini par le submerger, lui être fatale, alors que les premiers gardes s'élançaient vers lui. Abandonnant Lorenza, il se releva et d'un bond rejoignit Claire. Avec un claquement sec, pareil au bruit d'un mousquet, le mur se referma entre eux et les hommes de Naillac.

— Vous êtes blessé ?

— Non, ce n'est rien.

Il boitait, une longue déchirure s'étirait sur ses chausses qui se festonnaient de sang.

— Ce n'est rien. Continuons.

La porte dérobée, que seul savait emprunter le maître des lieux, communiquait avec la partie la plus retirée du château, celle qui desservait les appartements privés de Naillac.

D'un corridor pas plus large que les épaules d'Adrien, ils débouchèrent dans une salle ronde, carrefour de plusieurs couloirs partant vers différentes directions. Avec assurance, Claire se dirigea dans ce qui était un luxueux labyrinthe coupé de paliers, de marches, de portes, éclairé régulièrement de lanternes. La jeune fille en décrocha une, poursuivit son chemin. Çà et là, une tenture de prix, une statue, un portrait, un coffre de bois poli avec zèle, rompaient la nudité de la pierre. Ils parvinrent ainsi au bas d'un escalier et se retrouvèrent dehors. Au pied du donjon, devant l'arc béant du porche, des hommes s'étaient postés en sentinelles, gardant l'unique issue de l'enceinte ! Cependant, leur vue n'eut pas l'air de troubler Claire.

— Croyez-vous pouvoir courir malgré votre jambe ? demanda-t-elle très bas.

— Oui.

Elle lui désigna, de l'autre côté de la cour, la porte mauresque du jardin.

— C'est là-bas qu'il faut aller si nous voulons sortir du château.

Il n'avait d'autre choix que de s'en remettre à elle. Main

191

dans la main, ils s'élancèrent, la lanterne maintenue devant eux afin d'en masquer l'indiscret éclat. Ils n'avaient à franchir que la largeur de la cour mais à peine en avaient-ils atteint le centre que quelqu'un donna l'alerte.

Redescendus de la grand-salle, les gardes se jetèrent sur leurs talons.

Encore quelques mètres... Puis le court degré... La porte, enfin, avec son mince verrou poussé par Claire.

« Il ne pourra tenir bien longtemps », pensa Adrien, la cuisse déchirée par la course.

Il s'étonna de se retrouver dans un jardin coincé entre deux murailles aveugles et s'achevant, par-dessus le rempart, sur le vide découpé comme un rectangle légèrement plus pâle. La lanterne n'éclairait qu'imparfaitement les arbustes et les fleurs au parfum adouci par la nuit. Les gouttes de pluie et l'eau de la fontaine confondaient, au cœur de l'obscurité, leurs chuintements mélodieux.

« On ne peut rêver plus joli piège », se dit encore Adrien tandis que les hommes de Naillac s'attaquaient à la porte à grand renfort d'ahans et de jurons.

— Il faut faire vite ! Venez, venez !

Il se retourna. La voix de Claire s'était éloignée. Il voyait sa petite lumière s'agiter là-bas devant l'ombre d'un pavillon dressé contre le rempart. Il vint la rejoindre et prit la lanterne qu'elle lui tendait pour mieux s'appuyer elle-même sur l'un des piliers de l'édifice, tâtonnant, moulure après moulure, jusqu'à ce qu'un grincement se fît entendre. A leurs pieds, au centre du dallage d'azulejos, un trou béant venait d'apparaître, une surprise de plus dans une demeure qui, décidément, n'était qu'énigmes, étrangetés.

— Vous aviez donc découvert cela aussi ? fit Adrien avec admiration.

— Les lieux me livrent toujours leurs mystères, confessa Claire sans fausse modestie.

— Votre curiosité est un véritable don de la nature, petite fille. Allons, laissez-moi passer le premier.

LA FAUX DE SATURNE

Le boyau était creusé à pic dans le roc. Jamais il n'avait vu d'escalier si raide. Il aida Claire à le rejoindre et la rassura quand encore une fois elle s'inquiéta de l'état de sa blessure. Ensuite, ce fut un jeu d'enfant de refermer la dalle, au-dessus d'eux : il leur suffit de tourner une grosse poignée de fer.

Ils avaient déjà entrepris leur difficile descente lorsque leurs poursuivants pénétrèrent à leur tour dans le jardin. Lanternes au poing, battant les buissons de leurs armes, les gardes trouvèrent l'endroit désert. Penchés par-dessus le rempart, ils ne purent rien apercevoir au bas de la paroi verticale. Aucun d'eux ne connaissait l'existence du passage secret. Le temps que Naillac, qui venait de reprendre ses esprits, les voyant rentrer bredouilles, les oriente hors du château, dans la bonne direction, les deux fugitifs, déjà à l'air libre, s'étaient fondus dans la nuit.

L'escalier, taillé à même le soubassement rocheux de la forteresse, les mena à l'entrée d'un souterrain beaucoup plus aisé à suivre, conduisant d'abord par une pente inclinée, puis en terrain plat, jusqu'en pleine campagne. Adroitement cachée par des blocs de pierre, étouffée sous d'épais fourrés, l'issue ne pouvait être devinée de personne.

Ils se mirent en marche, désireux d'étirer le plus de distance possible entre eux et le château dont ils pouvaient encore apercevoir les lumières à une demi-lieue environ. Ils manquèrent être pris à ce moment-là, par des cavaliers lancés à leur poursuite qui avaient longtemps promené leurs flambeaux dans le périmètre où Claire et Adrien s'étaient cachés. Les aveuglantes rafales de vent, le manque d'imagination des hommes de Naillac qui se contentèrent de chercher des traces sur le sol au lieu de lever la tête vers la cime des arbres, et simplement la chance, furent favorables aux fugitifs, perchés sur une branche d'un châtaignier.

— Il nous faudrait les chiens. Nous repasserons au petit jour, lança l'un des gardes.

Lorsqu'ils furent suffisamment éloignés, les deux jeunes

gens redescendirent de leur cachette pour repartir sans s'arrêter une minute. Plusieurs fois, Adrien bénit l'obscurité qui dissimulait sa douleur et le sang imbibant ses chausses jusqu'à la botte. Il s'était étroitement bandé la cuisse au moyen de son écharpe, jurant à Claire que ce n'était qu'une estafilade sans gravité.

L'aube sembla longue à venir. Elle coïncida heureusement avec une échappée de nuages libérant, en un instant, la bande incandescente de l'Orient. Sur le chemin boueux, bordé de noisetiers, d'arbres creux fourrés de lierre, ils rencontrèrent un paysan et sa charrette, parcoururent avec lui un bon trajet, assis au milieu de jarres de lait et de paniers d'œufs. Puis ils le quittèrent peu avant l'entrée d'un village.

La pluie effaçant les traces et les odeurs ; la charrette escamotant à la truffe des plus fins limiers, le sillage des fugitifs : désormais sûrs d'échapper aux chiens, Claire et Adrien s'accordèrent un repos bien mérité. Une cabane couverte d'ardoises verdies de mousse, abritant un âne brun, les accueillit titubant, ivres de fatigue, incapables de penser à autre chose qu'à dormir, enfin.

— Tu as mal. Cette blessure te donne la fièvre, ton front est brûlant. Mon Dieu ! Que puis-je faire ? Il te faudrait des soins, au moins de l'eau fraîche. Adrien, mon amour...

Amour. Dans son sommeil agité, il ne percevait que ce mot. Amour. Qui le disait ainsi d'une voix aussi tendre, presque enfantine ? L'amour, il l'avait vécu naguère. Ce n'était qu'une solitude effleurée parfois de douceurs trompeuses sur lesquelles un cœur naïf finissait toujours par se meurtrir. En revanche, d'autres égaraient leurs sentiments dans l'asservissement de la chair, dans cette indignité qui menait à la flétrissure et au trépas. Lorenza... Etait-elle morte ? Dans ce cas, ce n'était pas lui qui l'avait tuée. La faux de Saturne n'avait été qu'un frivole accessoire de carnaval. Sous le masque, le visage d'Adrien avait été ardent, sincère. Pourquoi Lorenza lui avait-elle préféré d'obscurs et dangereux attraits ? Et lui-même ? Pouvait-il la pleurer vraiment ? Etait-ce le chagrin, le remords qui causaient son délire ? Non ! non ! celle qu'il avait aimée était morte un soir d'automne, au bord de l'océan. La femme dont il avait vu les yeux se ternir la veille, n'était qu'une étrangère. Le véritable responsable de son malheur était cet autre, cet homme. Ce maudit !

— Chut ! Calme-toi Adrien. Tu te tortures à plaisir.

Claire s'était réveillée en milieu d'après-midi. Derrière les bottes de paille qui les abritaient, elle avait vu un jeune garçon portant la courte hongreline des bergers, en peau de mouton, entrer dans la cabane, donner à l'âne son picotin et ressortir. Au travers des planches grossières de la porte, elle l'avait regardé s'éloigner vers une maisonnette située en bas du pré, qu'eux-mêmes n'avaient pas remarquée au matin.

Ses habitants étaient-ils nombreux ? Pourraient-ils leur être de quelque secours ? Elle n'osait prendre le risque de se montrer déjà et, songeuse, était retournée s'asseoir près d'Adrien qui se tourmentait dans son sommeil.

— Tu dois oublier, chuchota-t-elle. Dors tranquille. Je t'aime.

Il lui plaisait de pouvoir lui parler, certaine qu'il ne l'entendait pas. Elle osa lui caresser les cheveux et même baiser son front, comme une voleuse se saisit d'un objet trop convoité.

Aussi sensible qu'une feuille au moindre zéphyr, elle tremblait encore de l'épouvantable tempête des heures dernières mais elle sentait, également, ses pensées s'ordonner, les ondes les plus mauvaises s'éloigner d'elle. De tout ce drame, elle ne saurait bientôt retenir que l'aspect merveilleux : la présence à ses côtés de son amour. Le danger ne lui pesait guère puisqu'ils le partageaient ensemble. L'important, dans l'immédiat, était de soigner Adrien, d'augmenter la distance entre eux et Naillac.

Dans le clair-obscur de la cabane, l'âne la regardait, un éclat turquoise dans sa large et attendrissante prunelle. Tout à l'heure, quand ils étaient rentrés, il avait reculé, effrayé. Maintenant, il se tournait vers eux, apparemment heureux de leur compagnie.

Décidée à attendre le soir pour gagner la maisonnette, Claire s'étendit de nouveau près d'Adrien, ramena un peu de paille sur elle, et se rendormit.

Adrien ouvrit les yeux, eut du mal à reconnaître l'endroit où il se trouvait, plongé dans une pénombre épaisse. En sentant la paille crisser autour de lui, il se rappela brusquement : la cabane, l'âne...

Mais il se souvint aussi de la chaleur d'un corps léger contre le sien, du murmure indistinct et cependant apaisant d'une voix juvénile. Maintenant il était seul : Claire avait disparu.

Il crut ne jamais pouvoir se lever. Le sang séché raidissait chaque mouvement de sa chair tuméfiée ; une brûlure irradiait dans la jambe entière. Il parvint tout de même à faire quelques pas, s'approcha de la porte. La tête lui tournait un peu. Où était Claire ? Avec soulagement, il la vit pénétrer dans leur refuge. Une petite chandelle de suif la précédait, tenue par un garçon d'à peu près son âge, très brun et volubile, parlant un patois rocailleux à peine émaillé de français.

– Bonsoir ! Je vous amène Brice. Nous venons vous soigner.

Le dénommé Brice apportait tout ce qu'il fallait pour laver, enduire et panser une plaie. Il avait également au fond de sa besace, du pain, de l'eau, du fromage de brebis, et une fiasque d'un breuvage assez fort au goût de prune dont il insista pour que le blessé en bût sans attendre. Ivreville s'exécuta mais se jeta ensuite sur le pot d'eau que lui tendit Claire pour la faire couler sur son visage et ses mains, pour s'enivrer de ce filet pur, glacé, revigorant.

– De l'eau, Adrien ! La source est là, à notre porte. Et dire que j'ai attendu si longtemps avant de me décider à sortir !

Elle avait dû faire un brin de toilette, ses nattes bien serrées, la mine fraîche. Le jeune Brice la fixait comme si lui était apparue une fée.

– Ce garçon me semble habile et loyal.

– Il vit avec une aïeule clouée dans son lit, expliqua-t-elle. J'ai eu confiance en eux tout de suite.

– Je me demande... fit Adrien, après un silence. Peut-être pourrions-nous demain l'envoyer à Naillac, prévenir mes gens restés à l'auberge ?

Brice hocha la tête en souriant, ses dents aussi blanches que neige. Adrien lui tendit alors une pièce d'or que le jeune pâtre eut du mal à accepter puis lui expliqua comment retrouver Gillot.

– D'après mes calculs, nous devons être à six ou sept lieues de Naillac, c'est cela ? Si tout va bien, vous seriez ici en fin de journée.

Le garçon se lança dans un nouveau discours à demi compréhensible mais très optimiste. Puis il se retira, leur laissant la chandelle et les vivres. Mais seule Claire montra de l'appétit en attaquant à belles dents pain et fromage. Ensuite, Adrien la vit s'installer loin de lui, se couvrant de paille sans vouloir utiliser la couverture fournie par Brice.

– Prenez-la !

– Non, dit-elle. Vous avez la fièvre. Elle est pour vous.

– J'ai probablement de la fièvre mais ce n'est pas une raison pour que vous tombiez malade vous aussi.

Ensevelie sous sa couette rustique et dorée, elle protesta :

– Je ne suis jamais malade.

– Mauvaise graine ! fit-il en éteignant la chandelle.

Il rampa vers elle et étendit la couverture sur eux.

– Auriez-vous peur de moi, demoiselle Claire ?

– Bien sûr que non, marmotta-t-elle.

– Alors, nous dormirons ensemble cette nuit encore.

Elle ne répondit rien mais reçut comme une caresse son souffle sur sa joue, lorsqu'il lui murmura bonsoir.

Très tôt, Brice s'en vint détacher l'âne et partit, tenant entre ses mains le sort des deux jeunes gens. Adrien se leva sans bruit, sortit dans l'aube cristalline et trouva la source. Elle se perdait au creux d'un antique bassin hérissé de

197

lichens et de fines plantes très vertes, échevelées, oscillant dans l'onde rapide. Il défit son bandage, examina la blessure, la recouvrit après l'avoir nettoyée avec soin. Il souffrait encore. Le grand air lui donnait le vertige. De toutes ses cicatrices, visibles et invisibles, lesquelles s'estomperaient le plus facilement ?

Il retourna auprès de Claire. Filtré par une lucarne ternie, le soleil se coulait sur la jeune fille. Ses cheveux défaits brillaient de la même nuance que les brindilles qui se mêlaient à leurs boucles. Ses cils se recourbaient au-dessus de ses joues rondes. Endormie, elle avait un air à la fois angélique et boudeur, des roseurs d'enfant, un abandon d'amoureuse. Adrien se pencha, écarta doucement la couverture, découvrant ses mains refermées sur un objet, un bijou sans doute, qu'elle portait au cou, retenu par un cordon de velours noir.

Etonnante petite personne ! L'existence qui avait dû être la sienne entre les murs de Naillac ne l'avait ni flétrie ni abattue. Elle en était sortie indemne, Adrien en était sûr, et en même temps qu'il s'apitoyait sur elle, il admirait sa force de caractère, partagé, comme toujours à son sujet, entre des sentiments contradictoires. Car elle était à la fois agaçante et cocasse, touchante et courageuse, mystérieuse, insaisissable et pourtant familière. Il avait en effet l'impression que des rapports étroits s'étaient tissés entre eux, à son insu, aussi forts que des liens fraternels... Oui, c'était cela : Claire était devenue comme une sœur cadette, insupportable et précieuse.

Attiré par la grâce de la dormeuse, Adrien la huma, reconnut son odeur tiède de chaton.

— Claire, ma jolie petite bête, mon lutin, mon passe-partout.

C'était à son tour de parler seul. En disant toutes ces sottises, il prenait conscience de minute en minute d'une tendresse débordante, inattendue qui le portait vers elle, irrésistiblement.

Ses lèvres se mirent à glisser sur son visage, se posèrent

sur les mains jointes, remontèrent, pas plus pesantes qu'une aile de papillon effleurant une fleur. Sous ses tendres élans, sourdait un désir encore vague, ruisselet folâtre dont il pouvait parfaitement maîtriser le cours tranquille. Toutefois, vers la bouche, il ne put résister à sa fragilité de bourgeon charnu et se posa sur elle, la pénétra.

A la hauteur des siens, les grands yeux verts s'entrouvrirent et s'abandonnèrent, le laissant deviner beaucoup de choses, du moins le crut-il, tandis qu'avec ferveur et maladresse un baiser répondait au sien. Mais brusquement, les yeux s'emplirent de larmes ; Claire détourna la tête et roula sur le côté, pelotonnée comme un animal sur la défensive.

— Je ne voulais pas vous froisser, s'excusa-t-il, tout à coup honteux de sa propre conduite, lui qui, cinq minutes auparavant, se sentait tout prêt à jouer le rôle honorable d'un frère aîné.

— Claire ! Dites au moins un mot !

Mais non ! Elle avait choisi de bouder, selon l'éternelle incohérence féminine ! Lui tournant toujours obstinément le dos, elle s'était assise et s'occupait maintenant de ses cheveux. D'abord dénattés, ils s'étalèrent, de la tête au creux de ses reins, véritable chaperon de soie gaufrée, couleur de miel, qu'il était tentant de toucher, pensa-t-il, émerveillé, furieux. Puis il vit ses mains voleter d'une mèche à l'autre, rassembler toute cette splendeur en une seule natte épaisse, fort longue, la tordre avec dextérité sur la nuque, la piquer de quelques épingles. La séance finie, Claire daigna se retourner : elle souriait, très naturellement ! L'orage était passé.

— Les cheveux tirés vous vont bien.

— Merci.

— Que portez-vous là ? demanda-t-il, en faisant allusion à son pendentif.

Au ruban de velours noir n'était accroché aucun bijou mais un petit sachet de toile qu'elle voulut soustraire – trop tard ! – à sa curiosité, en le fourrant dans son corsage.

— Serait-ce une amulette ou autre talisman inavouable ?

199

— Oh ! rien de tout cela, répondit-elle en rougissant. Ce sont des pétales de fleur séchés.

— Aux vertus magiques, je présume.

— Je l'espère.

Elle le croyait. Depuis près d'un an, elle portait la rose ramassée dans le parc de Berny, après qu'Adrien l'eût jetée.

L'odeur de l'herbe écrasée de soleil, le bruit de la cascade, le désespoir, l'attrait de la mort et le réconfort de madame d'Ivreville : tout lui revint pour mieux embellir, si cela était possible, son extraordinaire bonheur présent. Un bonheur qui aurait pu être complet si, tout à l'heure, elle ne s'était pas dérobée.

Il lui en avait fallu du courage pour s'arracher aux caresses d'Adrien quand son souhait le plus ardent était de se donner à lui corps et âme ! Son corps, il l'aurait pris et Claire ne doutait pas du plaisir qu'ils auraient eu ensemble. Mais son âme ? S'y serait-il attardé ? Qu'était donc pour lui la petite Claire, ce poison qu'il vouait au diable il n'y avait pas si longtemps ? Une compagne d'infortune qu'il avait appris à estimer, sans doute, mais ne pouvait aimer encore véritablement. Claire voulait tout de lui, aspirant, du plus profond d'elle-même, à un amour total, absolu, et surtout débarrassé à jamais de l'ombre de Lorenza.

« Je parierais que cette enfant ne possède aucun autre bien que ce misérable morceau de tissu, pensait au même moment Adrien qui se rappelait lui avoir toujours vu des vêtements trop larges ou trop étroits, des effets prêtés par les Mazarinettes. Sa beauté mériterait pourtant les plus rares joyaux. »

— Claire, permettez-moi de vous offrir quelque chose.

« Elle va refuser, têtue comme elle est. Tant pis ! essayons. »

Sans lui laisser le temps de réfléchir, joignant le geste à la parole, Adrien glissa un doigt sous sa chemise, en sortit une chaîne d'or qu'il fit passer par-dessus sa tête pour la suspendre au cou de la jeune fille.

— Vous garderez ce présent en mémoire de... de tout

cela, fit-il, souriant presque timidement, avec un geste du bras qui englobait à la fois la cabane poussiéreuse et lumineuse dans les rayons du soleil, mais également les heures noires et les heures tendres, partagées.

— C'est bien trop beau, murmura-t-elle en découvrant au bout de la chaîne, un médaillon d'émail bleu, orné d'une fleur de lys que formaient des éclats de diamants.

— Ce bijou me vient de mon parrain, expliqua-t-il en le faisant scintiller à la lumière. Lui-même le tenait du roi Henri IV dont il avait été le meilleur serviteur et ami. D'ailleurs, voyez le portrait du roi, à l'intérieur, lorsque vous actionnez ce déclic. Mon parrain était le maréchal de Bassompierre. Vous êtes née l'année de sa mort mais vous avez dû entendre parler de cet homme remarquable, si bon ! Il a beaucoup choyé ma petite enfance.

— Et vous vous séparez de ce souvenir ?

— Il sera bien sur vous.

Autour du bijou, leurs doigts s'étaient rencontrés. Cette fois-ci, Adrien ne laissa pas se perdre l'occasion. Sa main emprisonna celle de Claire. Plus tard, peut-être, pourrait-il l'embrasser, la cajoler de nouveau. Il en avait une telle envie folle ! Que lui disaient donc ses yeux ? D'approcher ? Ou plutôt d'attendre ? D'être sage, car le moment n'était pas encore revenu pour lui, d'aimer à nouveau, en toute liberté...

— Cette chaîne ne me quittera jamais, déclara-t-elle solennellement.

Puis elle retira sa main et sortit de la cabane.

Il la revit peu dans le courant de la journée et respecta son besoin d'éloignement. Elle s'était rendue à la maisonnette et avait dû s'y occuper de la grand-mère de Brice et de quelques travaux de ménage. Toutefois, vers midi, elle l'appela, très satisfaite de lui proposer un vrai repas avec omelette, soupe de fèves au lard et fromage blanc tout frais.

Le logis de bois et de torchis aux meubles rares, rugueux, avait pris un air de fête, fleuri des mains de Claire, çà et là, dans tous les récipients vides qu'elle avait pu trouver, de renoncules, de marguerites et de luzerne rose, pour la plus grande joie de l'aïeule, servie comme une reine dans son lit. Ils évitèrent de trop parler du rôle de Brice et ne firent aucune allusion aux événements de Naillac. Ils savaient que ni l'un ni l'autre ne romprait le silence au sujet des circonstances exactes du drame. Cependant, tous deux pensaient bien que les difficultés étaient loin d'être aplanies. Adrien avait maintenant des comptes à rendre au roi, au Cardinal, sans chercher à escamoter sa part de responsabilité.

Peu avant le crépuscule, quatre cavaliers apparurent au bout du chemin, suivis d'un âne brayant comme un fou. Monté sur le cheval destiné à Claire, Brice jubilait d'avoir si bien rempli sa mission.

— Ah ! monsieur ! s'écria Gillot. Quelle inquiétude vous nous avez donnée ! Le village est sens dessus dessous. Bien sûr, on nous a interrogés à l'auberge. Mais dame ! nous, on ne savait rien. Et ce malheur, la marquise… Elle repose dans la chapelle du château depuis hier.

Ainsi donc, Lorenza n'était plus…

— C'est bon, Gillot ! Nous en reparlerons plus tard. Il n'est que temps de prendre la route.

Un peu déçu, le valet n'en montra pas moins son contentement de revoir Claire. De son côté, celle-ci se mit à craindre que cette chevauchée ne nuise à la blessure d'Adrien.

— Tout ira bien, assura-t-il. Les remèdes de Brice font des merveilles.

Pour le jeune berger, l'aventure s'achevait. Largement récompensé par Ivreville, il le fut encore davantage lorsque Claire lui tendit la main avec gentillesse et simplicité avant de partir. Par commodité, elle avait revêtu un habit d'Adrien, extirpé d'un sac de voyage, l'adaptant non sans mal à sa taille. Brice la regarda galoper puis disparaître enfin, comme un beau rêve, évanoui dans la poussière, sur les pas des chevaux.

Vite ! Vite ! Saint-Jean-de-Luz était loin encore. Adrien aurait voulu déjà avoir rattrapé la Cour, être aux pieds du roi, pour lui dire… Quoi ? La vérité ?

IV
La Nuit de Saint-Jean-de-Luz

(Mai-Juin 1660)

> *« Venez, ô reine triomphante.*
> *Et perdez sans regret le beau titre d'Infante*
> *Entre les bras du plus beau des rois. »*

BOISROBERT

"*FRANCE, ne pleure plus, ta misère est passée.*
Quitte de tes malheurs le triste souvenir...
Sous un même drapeau, l'Espagne avec la France
Abattront sans effort l'orgueil des Solimans."

Depuis le temps !... Rêvé, espéré, annoncé, caressé de loin, fêté, déjà, et avec quelle ardeur ! le mariage du roi n'était donc pas une utopie comme les plus impatients finissaient par le croire, un mirage reculant dans un avenir fallacieux, à mesure que s'écoulaient les jours et les semaines. Il allait devenir réalité.

En ce printemps 1660, la côte basque se voyait l'objet d'une invasion aussi charmante que pacifique. Jamais les hasards de l'Histoire n'avaient encore fait et ne feraient peut-être un choix plus heureux qu'en donnant un tel cadre à cet événement extraordinaire. Harmonieux sans mièvrerie, sauvage sans âpreté, le pays semblait idyllique, dans un ondoiement vert et fleuri de collines sur lesquelles venait buter la mer de tout son formidable entêtement.

A partir de Bayonne, sur la grande route qui descendait

205

vers le sud, une procession s'avançait, cahotante, colorée, dans un bruyant mélange d'hommes et de chevaux. La Cour, qui durant plusieurs mois avait été réduite de plus de sa moitié, se reconstituait. On venait de partout, des provinces, de Paris, dépêchant les fourriers qui se démenaient pour loger tout ce monde. Il en allait ainsi jusqu'à la frontière, suivant toujours cette même route qui traversait Saint-Jean-de-Luz, empruntait le pont de bois sur la Nivelle, débouchait à Ciboure, courait vers l'Espagne, à Saint-Sébastien où Philippe IV et sa fille étaient annoncés.

Le huit mai, le maire de Saint-Jean-de-Luz, le « bayle » Martin de Haraneder, entouré de ses quatre jurats, tous vêtus de rouge de la tête aux pieds, accueillirent Louis XIV, dans un tintamarre de cloches et de coups de canon. Pendant quarante jours, un tourbillon, une grisante féerie, allaient parer la petite ville d'un prestige que les siècles ne pourraient ternir.

C'était une cité agréable et prospère, enrichie depuis des siècles dans le commerce maritime et la pêche à la baleine. Cependant, le port, dont elle tirait son profit, se trouvait loin du centre, dans la baie au demi-cercle d'apparence paisible. Donibane Lohitzun : en basque, cela signifie Saint-Jean-des-Marais. Ils s'étendaient en effet, en amont de la Nivelle. A marée haute, la mer, remontant la rivière, noyait toutes ces étendues marécageuses et ne laissait flotter que l'île habitée par les moines Récollets. Comme l'année précédente, le Cardinal de Mazarin s'installa dans leur couvent pendant qu'Anne d'Autriche était reçue à « Joanoenea », la belle maison de pierre et de brique bâtie sur le quai de la Nivelle et fierté de la famille Haraneder.

Ce fut à Marie-Sol de Lohobiague, une piquante veuve d'armateur, que revint l'honneur d'héberger Sa Majesté. La vaste et luxueuse demeure à deux tourelles des Lohobiague, située sur la place de Saint-Jean-de-Luz, était la plus récente, si l'on exceptait l'Hôtel de Ville voisin, parmi toutes celles que comptait la cité. Blotties dans les rues tranquilles du quartier de la Barre, à deux pas de l'Océan imprévisible, elles s'ouvrirent toutes aux grands noms de la Cour, à Monsieur, à Mademoiselle, aux prélats invités, venus avec leurs kyrielles de serviteurs.

> *"Saint-Jean-de-Luz, petit Paris.*
> *Bayonne, son écurie.*
> *Et Ciboure sa poissonnerie."*

Par ce spirituel raccourci, les habitants résumèrent l'incroyable bouleversement de toute la région. Par le passé, les Espagnols l'avaient pillée à maintes reprises. Ils y revenaient nombreux, en promeneurs, et paraissaient très sages en comparaison des Français, désordonnés, curieux de visiter toutes choses.

Entre les deux pays se firent des allées et venues sans fin. On voulait mieux se connaître, faire assaut d'hospitalité, de courtoisie. L'Ile des Faisans fut l'un des endroits les plus courus. Mademoiselle et Monsieur, enragés à vouloir tout voir et tout faire, y entraînèrent un cortège admiratif, ému par ce haut lieu historique. Le roi d'Espagne envoya des comédiens à sa sœur, la reine Anne, ravie d'entendre sa langue maternelle. Malheureusement, leurs spectacles furent jugés impies. Les courtisans s'en lassèrent. Déjà les Espagnols "qui faisaient tant les hypocrites" en matière de religion, selon Mademoiselle, avaient choqué certains de leurs invités en servant, un vendredi, de la viande mêlée au poisson. Quant aux prêtres, ils "parlaient en des termes un peu trop galants pour des prêtres". Evidemment, les habits démodés des sobres hidalgos étaient toujours une source de rires et de bavardages chez les Français qui ne se doutaient pas qu'en retour, leurs jambes élargies de "canons" et "leurs petits pourpoints qui ne leur couvraient ni le corps ni l'estomac" amusaient beaucoup leurs nouveaux alliés.

Mais plus que tout, plus que le site, le bord de mer et les sauts par-dessus la frontière, si excitants, ce qui passionnait la Cour était d'apercevoir la future reine, l'Infante Marie-

Thérèse. En dehors des membres de la famille royale, empêchés par l'étiquette de se rendre en Espagne, tous s'étaient débrouillés pour la rencontrer de près ou de loin. Inlassablement, Anne les questionnait : donc, sa nièce était douce, blonde et charmante, affublée du "guard-infante, cette monstrueuse machine", coiffée de faux cheveux, de disgracieux rubans, bien sûr, mais ce mal-là serait réparable. Les dames françaises auraient vite fait de l'initier au bel air !

Ces comptes rendus n'échappaient pas à Louis. Toutefois, le roi ne manifestait pas sa hâte. Son indifférence non plus, d'ailleurs. Retenu par l'étiquette, il devait encore patienter jusqu'à la rencontre officielle, le temps que quelques points, encore, soient éclaircis par les ministres, que le cérémonial soit parfaitement réglé. Depuis longtemps, Louis ne parlait plus de Marie et s'intéressait à son mariage. De l'avis général, il avait changé : cette victoire sur lui-même l'avait grandi au regard de ses sujets. Mais elle avait également accentué le côté réservé de son caractère.

Adrien d'Ivreville ne devait pas tarder à prendre conscience de ces changements. Il avait espéré parvenir rapidement à Saint-Jean-de-Luz, redoutant que Naillac, malgré le coup d'épée reçu dont il ignorait la gravité, ne le précédât pour présenter, à sa manière, les faits qui s'étaient déroulés sous son toit. Mais c'était trop présumer de ses forces. A peine avait-il chevauché quelques heures, que sa blessure s'était remise à saigner.

Quoi qu'il en eût, Adrien avait donc été obligé d'adopter un rythme beaucoup plus lent. Les routes encombrées, les auberges et relais pris d'assaut, n'avaient pas davantage facilité le voyage.

Sa petite troupe atteignit son but un matin, dix jours après l'installation de la Cour à Saint-Jean-de-Luz.

Envoyés en éclaireurs, tandis qu'Adrien, Claire et Gillot attendaient près du cimetière de l'église Saint-Jean-Baptiste, les deux valets ne tardèrent pas à revenir avec l'adresse du

208

maréchal d'Ivreville. Celui-ci logeait avec sa femme chez le sieur de Hirigoyen, un opulent propriétaire de baleiniers, l'un des parents de Marie-Sol, la brune hôtesse du roi. Sa maison s'élevait non loin de « Joanoenea » près de la rivière. Soucieux de ne rencontrer personne en si piètre équipage, Adrien fit un large détour afin d'éviter de traverser la place, envahie par les mousquetaires, empruntant les ruelles de la ville qu'il connaissait déjà, pour s'y être arrêté l'année précédente, à son retour d'Espagne.

Quelle insouciance, alors ! Quel espoir insensé de gagner la main de sa Mazarinette ! Et quel aveuglement ! Mais comment eût-il pu soupçonner une telle dépravation, une telle démence chez une personnalité aussi rigoureuse ? Aurait-il pu la sauver lui-même ? Les pensées étaient amères. Elles frappaient Adrien de plein fouet, subites, violentes, et, pareilles au ressac, s'abattaient encore. Combien de fois ne l'avaient-elles pas pris en traître quand il croyait avoir parfaitement surmonté l'épreuve ? Heureusement, il lui suffisait de poser les yeux sur Claire pour sentir la vague s'apaiser, s'aplanir. Il ne s'étonnait plus de l'importance que la jeune fille avait prise pour lui en un temps si court. Il pensait la connaître depuis toujours et, néanmoins, elle ne cessait de le surprendre. Sa compagnie était devenue évidente, nécessaire, même s'il persistait à croire à son propre rôle, protecteur et fraternel. En vérité, Adrien eut été bien en peine de mettre un nom sur ses nouveaux sentiments.

En haut du large escalier de bois aux planches épaisses, cloutées à chaque marche, façonnées par des charpentiers de marine, une silhouette féminine élégamment vêtue de soie bleu nuit, se pencha sur la rampe au-dessus du visiteur qui venait de franchir la porte cochère. Botté, flottant dans ses vêtements poudreux, le feutre défraîchi, il hésitait, gêné par la brusque pénombre après le grand soleil extérieur. Vu comme cela, il avait l'air d'un chevaucheur fourbu après une trop longue course.

« C'est cela ! Un courrier, probablement », pensa Floriane qui, pourtant, sentit à la même seconde son cœur s'emballer de façon joyeuse.

Dévalant l'escalier, elle cria son nom :

– Adrien !

Il lui ouvrit les bras, la serra contre lui, dévora de baisers son visage, ses mains, oubliant tout comme elle le faisait elle-même, la poussière et la sueur. Ils ne s'étaient pas vus depuis un an !

– Mère ! Mère chérie !

En s'écartant un peu, Floriane découvrit un deuxième cavalier, resté sur le seuil, beaucoup plus petit que son fils mais d'aussi piteuse figure, qui la salua.

– C'est Claire de Venel. Vous vous souvenez ? Maman, je dois vous dire... Il s'est passé...

Floriane l'interrompit :

– Ne restons pas ici, mes enfants. Montons chez moi.

Ils la suivirent jusqu'au deuxième étage, la partie noble de la maison, occupée d'habitude par le sieur de Hirigoyen et sa femme qui avaient émigré au premier, pour laisser leur appartement à la disposition du maréchal d'Ivreville, des salles aux boiseries joliment peintes de fleurs, aux fenêtres ouvertes à la clarté blonde, dansant sur l'eau de la rivière. Une fois dans la grand-salle, Floriane reprit son fils contre elle et annonça sans atermoiements :

– Je sais tout. Du moins, ce qu'a bien voulu nous raconter le marquis de Naillac. Il est arrivé à Saint-Jean-de-Luz hier au soir.

Renonçant à rattraper les deux fugitifs, le marquis avait hâté les funérailles de Lorenza. Exposé toute une journée dans le chœur de la chapelle, le corps avait été descendu le soir même dans la crypte où reposait déjà Suzanne de Naillac. A la stupéfaction des gens du village, fortement scandalisés, la dépouille de Gustav Rupert avait rejoint la mère et l'épouse de leur châtelain avec un cérémonial jamais vu pour un domestique !

Le coup d'épée d'Adrien avait été sévère mais pas suffi-

210

sant pour neutraliser Paul-Alexandre de Naillac. Puisque la disparition de Lorenza anéantissait son plan de réussite, il devait, sans perdre de temps, rétablir sa position dans la faveur de Mazarin, lui apporter des explications qu'inévitablement celui-ci exigerait. Quant à la mort de Rupert, la seule créature qu'il eût aimée, elle lui laissait un esprit terrifiant de revanche. L'ambition et la haine, plus que jamais détentrices de son âme, étaient encore les meilleurs remèdes à sa blessure. Il avait fait la route en carrosse, assisté de son médecin, et tout de suite avait demandé audience au Cardinal.

Suprêmement habile, Naillac n'avait en rien déformé les faits, encore moins chargé Adrien de fautes imaginaires. Ce qui s'était passé était on ne peut plus simple mais on ne peut plus inacceptable : M. d'Ivreville avait fait irruption chez lui, sans crier gare ; l'avait insulté, provoqué, le blessant lui-même, tuant son serviteur qui s'était interposé ; et, le plus triste, le plus affreux, causant l'accident fatal à la marquise. Involontairement, sans doute. M. d'Ivreville n'avait pas voulu ce drame. La marquise était tombée toute seule, sur un faux pas malencontreux. Elle avait été si perturbée, n'est-ce-pas, de voir ainsi des hommes se battre, son mari blessé. Dieu ! C'était vraiment un terrible malheur.

Naillac n'avait pas eu besoin de feindre le chagrin, poursuivi par le blond souvenir de Rupert. Le roi, la reine qui assistaient à l'entrevue auprès de Mazarin, avaient eu droit au spectacle d'un homme digne mais sincèrement éploré. Son récit ne pouvait que semer la consternation, même si Lorenza n'avait été que moyennement appréciée à la Cour.

En revanche, tous aimaient Adrien d'Ivreville. Comment un garçon aussi droit, aussi respectueux des devoirs d'un gentilhomme, avait-il pu se conduire ainsi ? Evidemment, on se rappelait le duel de l'année dernière, duel que le choix de Lorenza avait ensuite expliqué. Adrien avait été cruellement déçu par ce mariage. Mais on prétendait qu'il

211

s'en était remis. Et, de toute manière, en pareil cas, il n'y avait qu'à s'incliner !

Au contraire, tout donnait à croire que le jeune homme avait ruminé, préparé sa revanche, même si une telle dissimulation, un tel manque d'élégance et de loyauté surprenaient de sa part. Un nouvel engouement porté sur Claire de Venel, cette fois-ci, l'avait-il poussé à enlever la jeune fille ? Car il était bel et bien parti avec elle ! A moins, peut-être, qu'il n'existât une autre raison ?

Sachant l'estime dans laquelle chacun tenait Adrien, Paul de Naillac s'était adroitement gardé de le noircir et, comme les autres, semblait se perdre en conjectures.

— Ton père et moi, avons longuement rencontré leurs Majestés et M. le Cardinal, dit Floriane qui venait de relater la version de Naillac. Ils sont désolés, perplexes. Nous le sommes tous. Car, bien entendu, la Cour entière connaît l'affaire et cherche une explication. Adrien, Adrien, tu vas tout me raconter.

Elle surprit le coup d'œil embarrassé que son fils échangea avec Claire. Dans ce cadre luxueux, ensoleillé, leur fatigue et leur désarroi paraissaient plus évidents encore.

— Pauvres enfants ! Je vous harcèle alors que vous êtes exténués. Ce qu'il vous faut, c'est d'abord un bain puis un bon repas. Nous parlerons ensuite. Ma petite Claire, je ne vous ai même pas embrassée... Et toi, Adrien, on dirait que tu boites. Mon Dieu ! Rien de grave, j'espère ?

Elle appela les servantes et Lubin, le valet d'Artus, qui se chargea d'Adrien. Chacun de son côté, les jeunes gens furent soignés, frottés, parfumés, nourris. Pour Claire, on trouva, dans la garde-robe de la maréchale, une jupe et un « corps » en panne de velours gorge-de-pigeon avec une collerette blanche. Une heure après, tous deux rejoignaient la grand-salle où venait d'entrer Artus d'Ivreville prévenu par sa femme.

A son tour, le maréchal étreignit son fils, s'enquit de sa blessure et fut rassuré. Il eut aussi un salut aimable pour

Claire qu'en son for intérieur, il jugea ravissante, absolument le genre d'enfant pour laquelle un garçon de vingt-deux ans commet les pires bêtises.

— Et maintenant, asseyons-nous et dites-moi tout !

Tout ! Le mot qui, précisément, résumait le souci d'Adrien. Tout ! Dès le début, il avait su que jamais il ne dirait « tout », car quelles qu'eussent été les fautes de Lorenza, il se refuserait toujours à salir sa mémoire, cela, en accord tacite avec Claire.

Devant ses parents étonnés, Adrien se contenta de reprendre la version du marquis, n'y apportant aucun élément nouveau, à l'exception du pourquoi de son passage à Naillac, la lettre de Marianne destinée à Claire, et les violences de Rupert à l'encontre de la jeune fille.

— Cet homme avait-il l'habitude de vous brutaliser, mademoiselle ? lui demanda Artus.

— Il s'y était risqué une fois. Mais... Claire s'arrêta, regarda Adrien, puis acheva : mais le marquis s'était interposé. Il n'avait pas recommencé.

— Ah !

Voici que Naillac apparaissait sous les traits d'un sauveur de pucelle ! C'était à n'y rien comprendre.

— Ainsi, Adrien, tu reconnais avoir une fois de plus provoqué cet homme chez lui, sans rime ni raison flagrantes. Sans doute parce que ses manières ne te reviennent pas ? fit-il avec ironie.

— Tout juste, père ! Ses actes ne sont pas dignes d'un gentilhomme.

— Quels actes, Adrien, voyons ? insista Floriane sans obtenir de réponse.

— Eh bien, reprit le maréchal, permets-moi de te déclarer que l'excuse est mince et ne convaincra ni le roi ni le Cardinal de ton bon droit. Je les ai informés de ta présence en ville. Ils te recevront tout à l'heure. Et vous aussi, mademoiselle. N'oubliez pas que madame de Naillac était la nièce de Son Eminence qui désire toute la lumière sur ce regrettable accident.

LES AMOURS MASQUÉES

Le ton était sec. Il dissimulait en fait une réelle inquiétude, beaucoup de perplexité que partageait Floriane. Adrien leur cachait la vérité, cette charmante petite aussi, d'ailleurs. Etaient-ils donc deux amoureux fautifs, peut-être surpris par le marquis et la marquise de Naillac ? Ou bien leur gêne indéniable avait-elle une autre cause ? Floriane et Artus avaient trop confiance en leur fils pour ne pas pencher pour cette dernière hypothèse.

Comme pour les conforter dans leur idée, Adrien vint embrasser sa mère et, se tournant vers le maréchal, déclara solennellement :

— Je vous donne ma parole que jamais je n'ai failli aux règles de l'honneur.

— Allons en persuader Sa Majesté, fit Artus d'Ivreville en lui tapant affectueusement l'épaule.

Pas un d'entre eux ne le montra ; pourtant, ils avaient tous le pressentiment que la partie était loin d'être gagnée d'avance.

*
* *

Outre le pont de bois qui traversait la Nivelle en coupant l'extrémité de l'Ile des Récollets, beaucoup de petites barques reliaient Ciboure à Saint-Jean-de-Luz. Avec leurs coques dorées, leurs rideaux de damas bleu ou gris, leurs franges et leurs toupets de plumes, elles s'entrecroisaient sur la rivière, aux cris des bateliers. C'était un plaisir de sauter dans l'une des embarcations, de respirer tout à coup un air plus vif, qu'il vînt de la mer ou qu'il embaumât l'herbe fraîche, car tout dans cette ville coquette était devenu jeu, spectacle, divertissement.

Au couvent des Récollets, le public pouvait admirer les habits que le roi s'était fait faire pour ses noces, une débauche de soie, de velours, de dentelles rebrodées de pierres pré-

214

cieuses : "des habits de financier" selon les propres termes de Louis. Les présents destinés à l'Infante étaient aussi exposés, en particulier un grand coffre de calambour orné d'or, contenant toutes les coûteuses bagatelles dont une femme fait ses délices ordinaires : montres, bijoux, miroirs, gants, agendas, couteaux, cure-dents, boîtes à mouches ou à pastilles, croix et chapelets.

Adrien d'Ivreville accosta sur l'Ile des Récollets pour être, à l'heure dite, introduit avec ses parents chez Mazarin tandis que Claire était priée d'attendre un moment. Toujours empêché par la goutte, le ministre recevait, travaillait, donnait ses audiences dans sa chambre dont il ne sortait guère. L'illusion des grands espaces était heureusement fournie par la vue sur la rivière et les Pyrénées qui prolongeait la pièce d'une large brassée de couleurs et d'horizons changeants.

Beaucoup de monde, en particulier les maréchaux, les officiers du roi, assistait à l'entrée d'Adrien. Mais celui-ci ne vit d'abord rien d'autre que le lit recouvert de damas jaune à ramages, aux colonnes gainées de taffetas et garnies à leur sommet de quatre petites pommes de la même couleur. Le Cardinal reposait en robe de chambre incarnadine. A son chevet, étaient assis le roi et la reine, Monsieur se tenant un peu à l'écart, derrière son frère.

Avec tout le respect qu'il leur devait, Adrien s'inclina, très ému de se retrouver devant le roi. Si longtemps loin de lui ! Un chagrin d'amour valait-il cet exil volontaire ? Lorsqu'on savait quelle femme en avait été l'origine, on ne pouvait s'empêcher de penser, comme Adrien le fit en cet instant-là, que tout ce temps avait été irrémédiablement perdu, qu'on avait failli à ses devoirs et à l'amitié.

En se redressant, il aperçut Naillac, d'une pâleur impressionnante, entièrement vêtu de noir avec beaucoup de recherche, silencieux, digne, sinistre. Les deux hommes échangèrent un bref signe de tête puis sur la demande du Cardinal, et devant le roi imperturbable de bout en bout,

215

Adrien relata les circonstances de son passage en Béarn, le déroulement du duel, la mort de Lorenza, ainsi qu'il l'avait déjà fait devant ses parents et à peu de chose près, comme l'avait fait Naillac lui-même.

— Je prie Son Eminence de croire aux regrets que me cause la disparition de madame de Naillac, dit-il pour conclure.

— Disparition dont vous êtes coupable ! lâcha Mazarin.

— Je déplorerai jusqu'à mon dernier souffle les raisons qui ont entraîné sa fin brutale, fit Adrien avec ambiguïté, sans reconnaître sa responsabilité, sans la nier non plus.

— Il est bien temps de gémir lorsque le mal est fait ! Vous convenez d'avoir pénétré sans être annoncé chez M. de Naillac, de l'avoir surpris tandis qu'il soupait tranquillement avec sa femme. Peut-on en connaître la raison ? Vous n'aviez donc pas admis le mariage de ma nièce ?

— Si fait, monseigneur.

— Dans ce cas, pourquoi venir chercher querelle à son mari ? Serait-ce alors, à cause de mademoiselle de Venel ?

— Non, monseigneur.

— Vous ne nous éclairez guère, remarqua le roi qui n'avait encore rien dit. Que l'on fasse entrer mademoiselle de Venel, ordonna-t-il aux gardes en faction devant la porte.

Pendant tout ce temps, Claire avait attendu dans l'antichambre. Son entrée suscita un murmure flatteur parmi l'assistance essentiellement masculine. Pas du tout timide, et cependant modeste, toute parée des reflets rose et bleu de sa robe, modifiés au gré de ses mouvements, elle avança pour exécuter une révérence irréprochable et reprit presque mot pour mot ce qu'Adrien venait de dire.

— Si nous vous avons bien suivie, observa Mazarin, Rupert s'est jeté sur vous alors que ces messieurs se battaient déjà. Par conséquent, ce n'est pas sa conduite, certes inqualifiable, qui a provoqué le duel ?

— Non, monseigneur.

— Alors quoi ? Le savez-vous ?

216

— Je l'ignore, répondit Claire sans broncher.

— Vos rapports avec M. de Naillac étaient-ils cordiaux ? lui demanda doucement la reine, émue par sa fraîcheur, et par ailleurs, défavorable au marquis.

— M. de Naillac s'est constamment montré, vis-à-vis de moi, d'une parfaite courtoisie, déclara la jeune fille d'un air indéchiffrable.

Adrien fut sans doute le seul à surprendre une lueur narquoise dans les yeux sombres de Naillac, toujours muet, respectueux, soumis en apparence, avec juste ce qu'il fallait de fierté pour ne pas paraître veule, pour ne pas faire figure de vaincu. Pliant le jarret, il balaya le parquet de son feutre à l'intention de Claire :

— Je vous remercie, mademoiselle. Je profite de l'occasion pour vous dire combien je déplore l'attitude de mon domestique. J'avoue, ajouta Naillac en se retournant vers le roi, la reine et Mazarin, que je ne m'étais pas aperçu qu'il importunait mademoiselle de Venel, occupé comme je l'étais à me défendre contre mon adversaire.

Rusé, menteur, fielleux, et si sûr de leur silence... Adrien l'aurait étripé avec bonheur.

— Claire, reprit la reine, M. d'Ivreville vous a-t-il obligée à vous enfuir avec lui ?

— Non, Votre Majesté.

— Mais vous l'avez fait, cependant.

Cette fois, personne ne se laissa dérouter par le mutisme du témoin : la mignonne était évidemment amoureuse. Pourquoi, alors, ne cherchait-elle pas à mieux défendre Adrien au lieu de rendre hommage à son ennemi ? Pourquoi tant de mystères ?

Monsieur, qui n'avait pas voix au chapitre, s'agita dans son coin. Son joli visage, émergeant d'un généreux rabat de dentelles, oscillait tour à tour entre sourires encourageants et curiosité furtive selon qu'il regardait Adrien ou Naillac. Adrien frémissant, l'œil clair, habillé simplement mais très avantageusement d'un justaucorps de satin tourterelle qui

217

mettait en valeur sa taille et son teint de pêche ; Adrien, l'ancien compagnon d'enfance, loyal et chaleureux... Et Naillac, tout son contraire : obscur, énigmatique, si follement romanesque par son allure de prince oriental, celui qui l'avait fait danser un soir de carnaval en faisant vibrer son cœur aux accents du péché !... Depuis longtemps, Philippe l'avait lui aussi reconnu.

Le Cardinal toussota avant de reprendre la parole. Il avait son air doux, un ton caressant et fleuri, lesquels depuis longtemps n'abusaient plus personne.

— M. d'Ivreville, vous n'ignorez pas que j'ai pour vous l'affection d'un père. Toutefois, aujourd'hui par votre faute, sans comprendre ce qui a pu motiver votre imprudente conduite, je pleure une nièce chérie et M. de Naillac pleure une jeune épouse. Par estime pour votre famille, pour vos services personnels passés, et parce que je ne suis pas sanguinaire, ainsi que chacun peut en témoigner, je ne réclame pas contre vous de châtiment suprême. Je laisse Sa Majesté décider du sort qu'elle croira juste de vous réserver. Seulement, je demande que vous présentiez des excuses à M. le marquis de Naillac.

Il se fit un si profond silence qu'on n'entendit plus qu'un tintement de cloches et les appels intermittents des oiseaux, des bruits légers, filtrés par les fenêtres entrouvertes. La salle entière fixait Adrien.

Enfin, il se décida, sans insolence et sans violence, avec une audace paisible, tout en ignorant fièrement son ennemi :

— Monseigneur, je vous remercie. Cependant, pardonnez-moi de ne pouvoir donner satisfaction à Votre Eminence. Jamais je ne m'excuserai auprès de cet homme.

— M. de Turenne ! dit alors le roi, haussant à peine la voix.

Plus laid et plus maussade que jamais, le vieux maréchal sortit du rang des courtisans pétrifiés.

— Veuillez prendre l'épée de M. d'Ivreville et le reconduire chez le sieur Hirigoyen. Vous veillerez à ce qu'il n'en bouge pas, en attendant que notre décision soit arrêtée.

218

LA NUIT DE SAINT-JEAN-DE-LUZ

– Sire, je reste le serviteur de Votre Majesté, fit Adrien qui n'eut pas besoin de regarder Naillac pour deviner son intense jubilation.

*
* *

Accéder à la maison Lohobiague avait fini par relever de l'exploit. Lieu de passage en temps normal, la place était devenue le rendez-vous des curieux, des nobles espagnols, de tous ceux qui affluaient des alentours avec l'espoir de voir Louis XIV, de faire partie des heureux qui auraient le privilège d'assister à l'un de ses repas pris en public. Les gardes avaient un mal fou à les filtrer.

Aux quatre coins, des marchands avaient installé leurs petites échoppes ambulantes. Le plus souvent l'air sentait la gaufre et la sardine grillée. On pouvait s'offrir un verre de vin tiré de tonnelets de Jurançon, plaisanter avec les mousquetaires, acheter aux colporteurs des images de la famille royale qui apparaissait quelquefois, en chair et en os, et combien d'autres grands personnages célèbres, mirifiques, marqués du sceau inimitable de la Cour.

Ce matin-là, les premiers badauds s'écartèrent devant un beau jeune homme accompagné d'un exempt de la garde et les virent entrer tous deux dans la maison du roi. A l'intérieur régnait une sorte de fébrilité qui, à première vue, ne cadrait guère avec l'élégance rassurante, nullement tapageuse de la demeure. Mais on s'apercevait vite chez tous ceux qui empruntaient son magnifique escalier de châtaignier – valets, servantes, familiers, petits Lohobiague et leur mère, l'accueillante Marie-Sol –, que cette excitation n'avait rien de vain ou de désordonné, qu'elle était joie, fierté, désir de bien servir l'hôte illustre.

Dans le salon du deuxième étage où l'exempt laissa Adrien d'Ivreville, les physionomies n'étaient pas moins réjouies. Le feu des conversations autant que le climat du pays basque, mettait aux mines des gentilshommes cette touche de vermillon, cet arrondi des chairs synonymes de santé, et, en principe, de cordialité. Néanmoins, l'apparition d'Adrien fit naître chez eux une gêne évidente. Les saluts furent assez tièdes ; les voix baissèrent d'un ton. Ne sachant pas encore très bien si une totale disgrâce allait s'abattre sur lui, les courtisans préféraient se tenir sur une prudente réserve. Très au fait de leurs mœurs, Adrien n'en fut ni surpris ni affecté. Les ennuis, les tourments qu'il accumulait depuis des mois, avaient fini par le détacher un peu de ses semblables et cette distance lui convenait. Trois jours après l'entrevue de Ciboure, le roi l'avait fait demander : rien d'autre n'avait pour l'instant d'importance.

Ce fut encore le maréchal de Turenne qui vint le conduire auprès de Louis XIV.

Un grand lit basque en bois doré à haut baldaquin rouge et or semblait dévorer toute la chambre. Quelques rares meubles de la région, des tapisseries chaleureuses et flambant neuves, une petite cheminée à l'âtre en sommeil : tel était le futur nid nuptial, d'un luxe particulier à la bourgeoisie de province, discret, charmant.

Malgré le soleil qui depuis l'aube éclaboussait la ville et le port, endiamantait la mer et la rivière, la chambre n'était guère éclairée. Par la faute de l'ancien bayle, jaloux de la prospérité des Lohobiague, le tout nouvel Hôtel de Ville avait été construit exprès contre l'une des façades de leur maison, masquant définitivement le spectacle qu'offrait la Nivelle, différente à chaque heure. Mais au fond, qu'importait ! Où se trouvait le roi, pour tous régnait la lumière.

Louis avait un visage florissant, beaucoup de maturité dans le maintien et le regard. Ni aérien ni enflammé, encore moins fugace comme le sont les eaux vives, évoquant plutôt un jeune arbre vigoureux, il était sans conteste fortement ancré dans son siècle, dans la vie surtout, dont il entendait bien tirer pouvoir et jouissance.

LA NUIT DE SAINT-JEAN-DE-LUZ

Adrien ne retrouva pas l'amoureux timide de Marie Mancini, l'adolescent prolongé, parfois capricieux, vite rappelé à l'obéissance par sa mère et Mazarin. Louis avait changé. Du reste, ils avaient changé tous les deux. Ce qu'ils avaient dû affronter, dominer, les avait mûris. En étaient-ils pour autant éloignés l'un de l'autre ?

Lorsque par une porte à peine visible, recouverte du même motif que les murs, Turenne se fut éclipsé, qu'Adrien eut achevé sa révérence, Louis s'approcha et serra dans ses bras son plus ancien ami. Depuis trois jours, Adrien attendait ce témoignage d'affection, trois jours pendant lesquels il s'était morfondu, tournant comme un écureuil en cage dans son logis-prison, devant Floriane et Claire, impuissantes à le calmer. Aujourd'hui, allait-il enfin regagner la faveur du roi sans avoir besoin de s'expliquer davantage qu'il ne l'avait fait ?

— Nous finissions par trouver ton absence bien longue, Adrien.

— Sire, elle l'a été beaucoup trop, je l'avoue. Il ne tiendra qu'à Votre Majesté de me garder toujours près d'elle, à son service.

— Nous verrons. Auparavant, je dois tout savoir de ton litige avec Naillac.

— Ah, Sire...

— C'est bon, soupira Louis devant l'expression éloquente d'Ivreville. Ton obstination ne me facilite pas la tâche, sais-tu ? Le secret qui te lie la langue est donc si terrible ?

— Il ne m'appartient pas, Sire.

— Toucherait-il à l'honneur d'une autre personne ?

— Oui, Sire.

— D'une femme, peut-être ?

— D'une femme, souffla Adrien.

Le roi n'insista plus, frappé par son accent presque suppliant. S'éloignant de quelques pas, il s'assit devant une petite table qui lui servait de bureau, déplaça plumes et papiers, visiblement préoccupé par tout autre chose, par ce

221

qui lui resterait à jamais inconnu, enseveli sous les voiles épais du silence, de la discrétion.

— Soit ! Je me contenterai de cet aveu, dit-il enfin. Et Son Eminence s'en contentera aussi, j'en suis sûr. Seulement, tu as sans doute déjà compris que M. le Cardinal défendra fermement les intérêts de M. de Naillac. Car, s'il regrette sa nièce, il craint encore plus que ne s'échappe, au profit d'une autre famille, l'incalculable fortune du marquis. Tu ne seras pas non plus surpris d'apprendre qu'un remariage avec la jeune Marianne a déjà été envisagé.

Rarement Louis se laissait aller aux confidences. Mais avec Adrien, il retrouvait ses manières ouvertes de naguère, tout comme son ami, dans le feu de l'action, sans témoin, utilisait vis-à-vis du roi, un style direct, voire abrupt, sans se soucier de l'étiquette.

— Non ! s'écria Adrien. Personne ne peut exiger, en plus, le sacrifice de Marianne. Vous ne le permettriez pas ! Pas vous !

— Rassure-toi ! Ce mariage n'est pas encore fait. M. de Naillac devra un peu tempérer ses ardeurs, ajouta Louis, trahissant ainsi le peu d'enthousiasme qu'il devait porter au personnage. Je cherche à te démontrer qu'en cette affaire, je suis obligé de prendre une sanction contre toi. Nous devons faire la preuve de notre fermeté, ne serait-ce que vis-à-vis de l'Espagne qui nous observe de si près en ce moment. Si tu as peut-être de bonnes excuses, tu demeures fautif malgré tout. Cependant, la punition ne sera pas trop dure, un exil de quelques mois sur tes terres de Saint-Evy. Dès l'automne, je te rappellerai à Paris et tout sera oublié.

— Je n'assisterai donc pas à votre mariage, regretta Adrien.

— Non. J'en suis aussi triste que toi.

Il n'y avait plus rien à dire. Si la peine, en effet, était légère, elle marquait pourtant une nouvelle étape dans leur relation. L'amitié du roi ne dispensait personne de respecter les règles du royaume. Louis était bien un maître au-dessus des sentiments communs. En s'efforçant de renoncer à un véritable amour, il s'était endurci, trouvait son bonheur dans l'idolâtrie du peuple rencontrée à chaque pas, dans la montée d'une gloire de jour en jour plus affirmée. Adrien le salua avec la gravité, la déférence d'un serviteur soumis. Chacun avait recouvré son rôle.

— Sire, je remercie Sa Majesté pour toutes ses bonnes grâces. Mes vœux l'accompagneront toujours.

— Tu as ma confiance, Adrien.

Dans les regards qu'ils échangèrent avant de se quitter ce matin-là, glissa une pensée pour le temps d'insouciance, pour les ombres déjà lointaines des Mazarinettes. Leur avenir porterait désormais d'autres noms de femmes et la nostalgie ne tiendrait qu'une moindre place au fond de leurs cœurs.

Adrien était arrivé à la maison Lohobiague conduit par un exempt. Il ressortait de la chambre du roi, libre et détendu. Il n'en fallait pas plus à certains pour se précipiter vers lui, assoiffés de nouvelles. Ils en furent pour leurs frais. En bas, attendait le maréchal d'Ivreville.

— Rejoignons vite ta mère qui s'impatiente.

Tandis qu'Adrien l'informait de la décision du roi, ils quittèrent rapidement la place et gagnèrent le bord de la Nivelle. Au même instant, ils virent Paul de Naillac venir dans leur direction, entouré de gentilshommes, des familiers de Monsieur. Tous ralentirent le pas, Artus également. Seuls continuèrent à marcher Adrien et Naillac, chacun déterminé à ne pas s'effacer devant l'adversaire, tout en lui montrant la plus totale indifférence. En vérité, ils avaient l'air d'être irrésistiblement attirés l'un vers l'autre, leur haine leur servant d'aimant.

— Le vice triomphe toujours de la vertu, susurra Naillac lorsqu'ils se croisèrent.

Adrien glissa un regard de son côté, vit son air railleur, serra les mâchoires et les poings, décidé à dominer son aversion.

223

« Il veut te provoquer. Ne t'arrête pas, pensa-t-il. Tôt ou tard cet homme dévoilera au monde son vrai visage. En attendant, poursuis ton chemin. Pars, comme l'ordonne le roi qui te garde sa confiance. »

Que cherchait Naillac, si sûr de lui, point dupe devant le flegme affiché d'Adrien ? Naillac qui savait si bien attiser les braises, afin d'incendier les esprits autant que les corps. Se retournant, il dit assez bas pour ne pas être compris des témoins de la scène.

— Au fait, bravo pour votre attitude chevaleresque ! Cette traînée de Lorenza n'en méritait pas tant.

Personne n'ayant entendu ces propos, on ne put donc ni prévoir ni approuver la réaction d'Adrien. Elle fut rapide, violente. Pareil à un animal devenu soudainement enragé, il se jeta à la gorge de Naillac, et serra, serra...

— Lâche-le ! Tu es fou !

Le maréchal fut le premier à bondir pour calmer son fils ; les autres s'en mêlèrent aussi ; des gardes intervinrent. Difficilement, les deux hommes furent séparés : le marquis était livide mais triomphant ; Adrien d'Ivreville, aveuglé d'une fureur meurtrière ; Adrien qui, une heure plus tard, se retrouva sous les verrous !

*
★ ★

Le mariage par procuration eut lieu le trois juin, jour de la Fête-Dieu, dans l'église Santa Maria de Fontarabie, Don Luis de Haro représentant Louis XIV.

Monsieur, qui d'abord avait reçu de Mazarin la permission d'y assister, avait dû rester à Saint-Jean-de-Luz : le roi ne désirait pas que son frère, héritier présomptif du trône de France, se rendît aux cérémonies d'une Cour étrangère. Et du même coup, Mademoiselle, princesse royale, avait été fermement invitée à ne pas y aller non plus.

Aussitôt les deux cousins s'étaient rués en larmes chez le Cardinal et l'avaient harcelé tout un après-midi.

– "Pour moi, je n'hérite point, avait plaidé Anne Marie Louise. Je ne dois pas être malheureuse en tout. Puisque les filles ne sont bonnes à rien en France, au moins qu'on les laisse voir ce qu'elles ont envie."

Philippe avait alors demandé à Mazarin comme une grâce particulière qu'elle n'eût pas son autorisation, pleurant, suppliant, trépignant. Sans succès ! Décidément, il serait toujours celui que l'on sacrifie.

Mademoiselle, toute radieuse d'avoir eu gain de cause, s'était engouffrée le lendemain dans un carrosse, avec quelques dames, avait embarqué à Hendaye sur un joli bateau bleu, débarqué à Fontarabie et pénétré « inconnue » dans l'église !

Ce fut un moment simple et émouvant, avec une messe basse dite par l'évêque de Pampelune. Les Français présents, plus nombreux que les Espagnols, constatèrent une fois encore, la sobriété du cérémonial qui n'excluait pourtant pas la grandeur, un peu à l'image du roi Philippe IV arrivé avec sa fille « sans tambour ni trompette ». On oubliait son corps voûté, sa mine grave et son habit gris chichement brodé, pour ne regarder que son chapeau troussé d'un énorme diamant, « le miroir du Portugal », auquel était attachée une perle en poire, la plus grosse du monde : la « pélégrine ».

Et l'Infante ? N'était-elle pas modeste et charmante malgré sa robe blanche bâtie dans une étoffe ordinaire, que beaucoup d'or ne parvenait pas à embellir ? Malgré une "manière de bonnet blanc autour de sa tête plus propre à la défigurer qu'à lui donner de l'ornement" ? Lorsqu'on eut fini de lire la dispense du pape, elle se tourna vers son père, sollicitant son accord pour prononcer le « oui » fatidique. Puis elle étendit le bras vers Don Luis de Haro, qui fit de même, sans la toucher. Alors, l'assistance fut bouleversée de constater l'émotion du père et de la fille, leurs larmes suspendues au bord de leurs yeux, le baiser qu'ils se donnèrent quand tout fut achevé. Ce roi, cette statue grise, avait donc l'âme sensible ? Certainement. Mais, selon lui, il n'était pas digne qu'un souverain le montrât.

On le comprit lors de ses retrouvailles avec sa sœur, Anne d'Autriche, maintenant reine mère. Quarante-cinq années s'étaient écoulées depuis leur séparation. Anne avait été jadis elle aussi, une petite infante intimidée, attristée de quitter les siens pour un pays, un mari inconnus. Dans l'Ile des Faisans où ils se retrouvèrent, chacun sur le tapis marquant les deux royaumes, un mince intervalle de parquet entre eux pour bien indiquer la frontière à ne pas franchir, Anne voulut se jeter au cou de son frère mais sa spontanéité le choqua. Avec une sorte de haut-le-corps, il se redressa et n'échangea avec elle qu'une conventionnelle accolade.

Pendant ce temps, la reine Marie-Thérèse s'asseyait sur un carreau posé moitié en Espagne, moitié en France. L'entrevue n'étant point officielle, étiquette oblige, Louis ne pouvait se montrer, ni parler à celle qui n'était pas encore tout à fait sa femme. Il trouva tout de même moyen de lui apparaître, avec la complicité de Don Luis et de Mazarin, quelques instants au seuil de la salle, sans y pénétrer.

Louis sembla plaire à Philippe IV :

— "Voilà un beau gendre ! Nous aurons des petits-enfants", opina-t-il, ce qui pouvait passer chez lui pour une grande manifestation d'enthousiasme.

— "Que vous semble de cet étranger ?" demanda Anne à sa nouvelle bru, en prenant bien garde de ne pas nommer Louis.

Mais la question fut jugée inconvenante par le roi d'Espagne qui interdit à sa fille de répondre. Par bonheur, cette fois, Monsieur était présent. Tout content de pouvoir s'exprimer convenablement en langue castillane, il trouva l'astuce pour faire parler Marie-Thérèse sans bousculer le protocole et sans offenser la pudeur :

226

– "Ma sœur, que vous semble de cette porte ?" fit-il, montrant l'embrasure d'où Louis les regardait en souriant.

Rougeur. Confusion. Ravissement de la nouvelle reine. Sourires et murmures entendus dans l'assistance.

– "La porte me paraît fort belle et fort bonne", fit Marie-Thérèse, doucement.

On rit. On s'attendrit. Elle avait l'air si fervent, si ingénu !

Un peu plus tard, le bateau de Philippe IV et de Marie-Thérèse, glissant sur la Bidassoa pour regagner Fontarabie, fut longtemps accompagné, le long de la rive droite, par un cavalier émérite, brillant à l'égal d'un demi-Dieu, levant haut son feutre, galant comme un Français peut l'être, surtout s'il est roi. Le geste de Louis XIV, que suivait une cavalcade de gentilshommes, fut jugé extraordinaire, fou, élégant, délicieux.

"En cet instant, sa grandeur se cacha sous la galanterie et l'éclat de la pourpre, pour une fois, le céda aux premières étincelles de son amour."

La politique est tellement plus aimable lorsqu'on peut la parer de romanesque !

Louis et son beau-père se rencontrèrent tout à fait officiellement le dimanche suivant pour "jurer la paix" et l'amitié sur les Evangiles et le crucifix. Il y eut des embrassades, quelques larmes mais rien en comparaison du lendemain lorsque Marie-Thérèse quitta son père. Par trois fois, elle s'agenouilla devant lui pour recevoir sa bénédiction. Jamais plus ils ne devaient se revoir et tous deux le savaient, bien sûr, car ainsi le voulait le destin des princesses : le mariage les arrachait pour toujours à leur famille, à leur pays. Le sacrifice était lourd, et le bonheur rarement à la clef. Malgré son chagrin, Marie-Thérèse y croyait pourtant : puisque pour elle, le bonheur c'était d'être reine de France.

Louis et Philippe pleurèrent dans les bras du roi d'Espagne "abattu de tristesse". Anne pleura en se séparant de son frère. Les ministres, les courtisans, pleurèrent en se congratulant. Puis les larmes cessèrent sur le chemin de

LES AMOURS MASQUÉES

Saint-Jean-de-Luz, dans le carrosse brodé d'or et d'argent, mené par trois compagnies du régiment des gardes, les chevau-légers, les gendarmes et les mousquetaires. On les crut tout à fait taries quand les dames jetèrent aux oubliettes le « guard-infante » pour vêtir la jeune reine « à la française ». Toutefois, elles réapparurent un peu le soir et la nuit, surtout chez Marie-Thérèse. Ses suivantes l'entendirent se lamenter, discrètement :

– ¡ Ay ! Mi padre...

Patience, encore trois jours, et les bras d'un époux sauraient la consoler de l'absence d'un père.

Lorsque l'Etat s'incarne en la personne d'un séduisant monarque de vingt-deux ans dont "le génie de souverain et de maître que Dieu lui avait donné commençait à se faire voir", lorsque les grands de ce monde peuvent emprunter le masque de l'amour, le bonheur – ou son apparence – se faufile des palais jusqu'aux chaumières ; les peuples exultent et s'attendrissent. En ce mercredi neuf juin 1660, celui de Saint-Jean-de-Luz eut l'impression de vivre l'un de ces contes merveilleux dans lesquels les jeunes princesses finissent toujours par épouser le prince de leurs rêves.

Jamais l'air n'avait été plus pur et plus léger que ce jour-là. Il s'étendait sur la ville comme un voile transparent et pailleté d'or, tissé de la main des fées. Aux éclats du soleil, répondaient les étoffes rares, les broderies et les joyaux. Le souffle qui s'échappait des milliers de poitrines gonflées à l'unisson était aussi allègre que la brise. Partout, sur les maisons, sur les hampes fichées aux façades, dans le cortège et dans la foule, ce n'était que brassées coruscantes de fleurs fraîches, cascades de soieries tombées des fenêtres, ondoiements d'étendards, chatoiements de couleurs, frémissements de rubans, de plumes, battements de mains en extase ou froissements d'ailes, de toit en toit.

Une large passerelle de bois, haute d'environ trois pieds, recouverte de tapis, avait été installée entre Joanoenea, la

228

maison Lohobiague et l'église Saint-Jean-Baptiste. Des piliers blancs et dorés soutenant des guirlandes de fleurs et de feuillages la jalonnaient à intervalles réguliers. D'un côté les gardes suisses dans leurs habits tailladés, avec toques à plumet et fraise autour du cou, de l'autre les gardes françaises en bleu, blanc et rouge, formaient une double haie tout le long du parcours.

Dans la matinée, le roi rejoignit sa mère et l'Infante, et peu à peu toute la Cour fut réunie. Un problème venait de surgir, assez épineux pour mettre Mademoiselle, Monsieur, quelques princes et duchesses en émoi. Soutenue par la reine mère, la Princesse Palatine s'était mis en tête de porter une queue, privilège réservé aux personnes de sang royal. Or, ce n'était pas son cas. Alerté, M. de Rhodes, grand maître des cérémonies, compulsa ses archives et, remontant plus d'un siècle en arrière, jusqu'au mariage de Charles IX, démontra qu'en effet tous avaient raison de se plaindre. Mis au courant, le roi "fort jaloux de sa grandeur" protesta auprès de sa mère. Finalement contrainte d'ôter la queue de son manteau, vexée, comme on l'imagine, la Palatine préféra bouder la cérémonie et rentrer chez elle.

Ces manteaux à traîne, si superbes à voir, insignes prestigieux, occasionnèrent d'ailleurs d'autres litiges. Ainsi, les deux petites sœurs d'Anne Marie Louise, mesdemoiselles de Valois et d'Alençon, tout juste arrivées de Paris pour le mariage. De par leur naissance, elles y avaient droit. Mais aucun duc pressenti ne voulut les leur porter : elles étaient trop gamines. Il fallut donc se rabattre sur des gentilshommes moins titrés. Et pendant ce temps, madame de Navailles, la dame d'honneur, bataillait pour faire tenir la couronne fermée sur le chignon de Marie-Thérèse !

Enfin, vers midi, tout le monde fut prêt ; les trompettes sonnèrent le départ. Puis, ce fut aux tambours des Suisses de prendre le relais, martelant la cadence tandis que lentement, le cortège s'acheminait vers l'église.

Les magistrats de la ville, en grande tenue, avaient pris la tête. Suivaient le prince de Conti dont on oublia la bosse pour ne regarder que le pieux visage et le Cardinal de Mazarin, en rochet et camail, le maître d'œuvre de cette apothéose que l'on applaudit.

Marchèrent ensuite les gentilshommes au « bec de corbin », portant la hallebarde aux pointes recourbées qui donnait son nom à leur compagnie. Magnifiques, ils formaient la garde d'honneur de Sa Majesté, deux corps d'élite toujours près du roi, au cœur des batailles comme aux instants solennels.

Solennel, justement, souverain, unique, image inoubliable : Louis XIV s'avança. Il ne portait qu'un strict habit noir mais, par-dessus, son manteau était de brocart d'or et de dentelles ; un cordon de diamants ornait son chapeau. Le roi allait seul, isolé dans sa gloire, Louis-Dieudonné, lys d'or envoyé du Très Haut...

Monsieur, pour sa part, n'avait lésiné ni sur les diamants ni sur les talons de ses chaussures enrubannées. De petite taille, il avait intérêt à se grandir. Mais, il est vrai aussi qu'il était gracieux et toujours à l'aise dans ce genre d'occasion.

Pouvait-on en dire autant de la nouvelle reine ? Certes. Elle était habituée à paraître, telle une idole, depuis son enfance. Accompagnée de son chevalier d'honneur et de son premier écuyer, vêtue d'une robe de brocart blanc cousue de pierreries, elle avait les épaules recouvertes du manteau royal en velours violet semé de fleurs de lys. Très lourd, il était soutenu par les petites Valois et Alençon, elles-mêmes suivies de leurs gentilshommes servants. Quant à la queue, interminable, s'achevant en arrondi, elle était portée par la princesse de Carignan.

C'est Philippe Mancini, le vagabond, le distrait, qui était chargé de tenir la traîne de Mademoiselle, olympienne dans son deuil agrémenté de perles. Elle-même l'avouait d'ailleurs volontiers, sans jamais jouer les modestes : "Je suis propre aux cérémonies ; ma personne tient aussi bien sa place en ces occasions que mon nom dans le cérémonial."

LA NUIT DE SAINT-JEAN-DE-LUZ

Dans un ordre savamment orchestré, suivait la Cour, pour finir par l'apparition en noir et argent de la reine mère. "Toute la joie intérieure de son âme se lisait sur son visage" et beaucoup pensèrent, tout bas, qu'à cinquante-neuf ans, Anne d'Autriche l'emportait en majesté sur la blonde Marie-Thérèse.

Monseigneur d'Olce, l'évêque de Bayonne, entouré des prélats, attendait à l'église pour une messe qui dura trois heures. Par les portes ouvertes, musique, chants et prières, s'en allèrent se poser sur la foule attentive.

Les vivats, les applaudissements, les cris de joie, les chansons profanes, le délire et la frénésie, plus forts que le carillon déchaîné au-dessus des têtes, tout cela explosa plus tard, lorsque le cortège repartit en sens inverse, avec cette fois-ci le jeune couple réuni ; lorsque du haut de son balcon, le roi lança aux bonnes gens, des « pièces de largesse », monnaie frappée pour la circonstance. La fête n'était pas finie. La nuit de juin s'offrait, caressante comme un velours. Dans les maisons, dans les cabarets, aux coins des rues, on pouvait encore boire et festoyer, rire et danser jusqu'à l'aube pour célébrer l'amour et la paix.

A la maison Lohobiague, il n'y eut ni bal, ni comédie, ni festin, ni aucun invité à la table de la famille royale dressée dans la chambre du roi. Le souper terminé, Louis se retira dans sa garde-robe en déclarant qu'il souhaitait se coucher tôt.

Alors une ombre de panique traversa les yeux de Marie-Thérèse. Tournée vers Anne d'Autriche, sans lui cacher ses pleurs, elle quêta le secours maternel si précieux aux jeunes filles en certains moments de leur vie.

— Es muy temprano *, murmura-t-elle.

— Ma chère enfant, vous êtes reine.

---

* Il est trop tôt.

Une petite reine à l'air vulnérable d'une innocente victime sur le lieu de son sacrifice, près du grand lit rouge et or, là où, dans quelques minutes, elle s'ouvrirait à l'inconnu. Déjà ! Elle qui n'avait jamais embrassé d'autre homme que son père !

Ce qu'elle éprouvait, Anne était mieux placée que quiconque pour le comprendre. Quarante-cinq ans n'avaient pas gommé les détails de sa propre nuit de noces, un souvenir pénible, lourd comme une honte. En ce temps-là, Louis XIII, son mari, avait quatorze ans : le même âge qu'elle. Ils étaient deux enfants inexpérimentés, pas le moins du monde préparés à l'amour. Pourtant, par raison politique, pour que leur mariage ne fût pas contesté par les opposants au trône, il fallait qu'il y eût consommation. Anne entendait encore les « contes gras » des courtisans venus encourager le roi, les exhortations de sa belle-mère, Marie de Médicis, énorme, indélicate. Elle revoyait la chambre glaciale et noire de l'Archevêché de Bordeaux et surtout, elle se rappelait son pitoyable époux, grelottant de peur et de froid malgré sa robe d'intérieur et ses bottines fourrées. Ils s'étaient couchés devant tout le monde. Et même plus tard, on ne les avait pas laissés seuls tout à fait. Pour bien s'assurer du bon déroulement des choses, leurs nourrices respectives s'étaient assises dans la ruelle de leur lit, de l'autre côté des rideaux, pendant que tous deux, vainement, tentaient de s'accoupler. Un fiasco qui les avait longtemps dégoûtés du devoir conjugal. Anne avait dû attendre quatre années avant d'être véritablement femme.

Forte de son expérience, elle avait décidé qu'elle n'infligerait jamais semblable épreuve à sa belle-fille. Tout se passerait dans la plus parfaite intimité. Pour le reste, elle pouvait avoir confiance en son fils. Louis ne ressemblait en rien à son pudibond de père. Il était viril, ardent au déduit ; elle avait elle-même veillé à le faire déniaiser à l'adolescence par sa femme de chambre, madame de Beauvais. Louis avait vite prouvé peu après, en engrossant la fille d'un jardinier, qu'il était aussi un bon géniteur. Marie-Thérèse avait de la chance : son mari saurait être un amant.

— Ne craignez rien, querida hija *, lui dit-elle.

Un valet vint annoncer gravement que le roi était déjà déshabillé et qu'il attendait. Ces mots eurent l'air de galvaniser la jeune reine qui fit sortir les hommes présents dans sa chambre, Monsieur, deux ou trois gentilshommes, tous les domestiques, pour ne garder que ses femmes espagnoles et sa dame d'honneur.

— ¡ Rapido, rapido ! El rey me espera **, s'écria-t-elle, si pressée tout à coup, qu'elle chercha à s'extraire elle-même de la robe de toile d'argent qu'elle avait portée pour la soirée.

Le roi n'entra que lorsque toutes les dames se furent retirées et salua sa mère, postée près du lit où la reine s'était étendue. Habituée à lire le moindre changement sur le visage de son fils, Anne s'inquiéta de lui voir autant de froideur et de gravité. Voyons ! Etait-ce la mine qu'un jeune homme normal arborait à l'instant de rejoindre sa jeune épousée ? Déjà tout à l'heure, à table, il n'avait pas été très disert, répondant à peine aux plaisanteries de Philippe. A quoi, à qui pensait-il ? Il avait été si parfait jusqu'ici ! Bien entendu, elle n'eut garde d'exprimer ses craintes. Lorsque Louis eut rejoint Marie-Thérèse, Anne d'Autriche se contenta de leur donner sa bénédiction, de refermer avec soin les courtines autour d'eux, avant de quitter la chambre sur un bruissement de soie, doux et mélancolique.

La première fois que Louis avait vu l'Infante, il avait d'abord été effaré par sa robe et par sa coiffure, lui qui était tellement attentif aux exigences de la mode, les créant lui-même au besoin. Heureusement, les habits à la française lui avaient donné meilleure tournure et à proprement parler,

---

* Chère fille.
** Vite, vite ! Le roi m'attend.

Marie-Thérèse n'était pas laide et faisait une reine tout à fait présentable.

Elle était blonde, si blonde ce soir, aux lumières, que ses cheveux semblaient d'or pâle et d'argent. Elle avait une peau de nacre, rosie par le reflet pourpre des tentures. Elle était petite et potelée avec une poitrine lourde que l'émoi soulevait. Elle possédait surtout des yeux pervenche qui le contemplaient avec adoration, ce qui n'était pas désagréable. Pourtant, à son image claire, opulente et soumise, Louis en avait substitué une autre, brune, anguleuse, insolente et dominatrice. Marie, sa Marie, perdue, oublieuse peut-être. Marie qu'il aurait tant voulu faire reine, qu'il ne devait plus aimer, qu'il oublierait, qu'il aimait toujours. Marie, qu'il désirait plus qu'il ne l'avait encore jamais désirée.

Les rideaux s'étaient refermés sur lui comme pour mieux l'emprisonner dans son nouveau destin. Marie-Thérèse lui souriait, timide et offerte. Machinalement, il échancra sa chemise, lui caressa un sein. Un soupir lui répondit. Il sentit contre lui, son corps frissonnant s'amollir. Il ne serait pas difficile de s'en rendre maître, de le contenter, de le féconder pour remplir son devoir. Louis se rapprocha davantage. Bientôt son ombre recouvrit entièrement la petite reine éperdue dont le bonheur, longtemps, trouva son écho dans la joyeuse rumeur de la ville en liesse.

*
* *

Au début, Adrien avait aimé le voisinage de la mer, son grondement indéchiffrable d'animal pas tout à fait apprivoisé, loyal en apparence, pourtant prêt à bondir, à se répandre, à dévaster la côte pour obéir aux pulsions obscures d'un monde que les hommes ne pourront jamais maîtriser totalement. Il y avait retrouvé les accents de sa propre rage, de sa révolte légitime, étouffées entre les murs d'une geôle. Mais au bout de quelques jours, il n'avait plus supporté ces vagues roulant sans répit leur antienne monotone que le vent ou les mouettes ne parvenaient ni à couvrir ni à modifier. Le même bruit, toujours, et le même pan d'horizon vu d'une ouverture étroite, le même morceau d'herbe et de bruyère tranché net, plongeant sa blanche paroi dans le flot vorace...

Sur un ordre du Cardinal, il avait été amené dans une vieille tour, située non loin du fort de Sainte-Barbe qui, face à la pointe de Socoa, surveillait l'accès de la rade de Saint-Jean-de-Luz. Ancien dépôt de munitions plus ou moins désaffecté, l'endroit ne comprenait qu'une pièce au premier étage solidement fermée d'une porte de fer, avec le minimum de mobilier pour un prisonnier et la salle du bas, réservée à ses gardiens, une douzaine d'hommes. L'escalier, assez abîmé, grimpait plus haut, sur une sorte de plate-forme ronde. Adrien avait permission d'y monter une heure par jour. En d'autres circonstances, il aurait apprécié le coup d'œil sur l'exceptionnelle alliance de la terre et de la mer, les allées et venues des bateaux et l'animation du port qu'il devinait tout juste de loin. Mais rien ne pouvait le distraire de la tristesse, de l'abattement dans lesquels il avait fini par sombrer. Bâillonné par un sens aigu de l'honneur, impuissant, il était condamné à se soumettre, quel que soit le sort qu'on lui réservait, à se laisser engloutir par une fatalité aussi inexorable que le mouvement de l'océan. Morte, Lorenza conservait sur lui tout pouvoir.

Au bout de trois semaines, il pouvait penser qu'on l'oubliait. Son père avait obtenu le droit de lui rendre visite une seule fois, peu après son arrestation. Artus l'avait alors adjuré de parler enfin, d'éclairer sa conduite incompréhensible, inadmissible.

— Je ne doute pas de l'excellence de tes raisons, mon fils. Dis-les nous ! C'est ta seule chance, peut-être, d'échapper à une peine qui sera certainement sévère. Il serait question de te conduire à la forteresse de Pignerol *. Bien sûr, nous ferons tout pour fléchir le roi mais, en ce moment, il nous est impossible d'obtenir une audience. Même ta mère, qui d'habitude a ses entrées privilégiées chez M. le Cardinal, ne peut le rencontrer. Trop occupé, paraît-il ! Et ce n'est pas tout, Adrien. Sache que le jour du mariage, ta compagnie sera menée par le marquis de Naillac !

Le Maréchal lui avait assené la nouvelle comme un coup de massue.

Depuis, il ne cessait de la remâcher. L'idée le mettait au supplice. Et lorsque ce neuf juin, toutes les cloches des églises sonnèrent, dès le matin, les noces de Louis XIV, il se sentit prêt à sacrifier sa vie, à jeter l'ombre du scandale sur sa famille, pour rejoindre le cortège et devant le roi lui-même, abattre son ennemi !

Ses gardiens avaient décidé de fêter l'événement, à leur manière. L'un d'eux vint effectuer rapidement le service habituel ; déposa le nécessaire sur la table : linge propre, repas, pot d'eau, puis repartit pour ne plus se montrer de la journée. Ni lui ni un autre. L'heure de la promenade quotidienne passa : Adrien ne vit personne se manifester. En revanche, il fut gratifié d'éclats de voix, de rires et de tinta-marre, de chansons de corps de garde accompagnées de musette. Occupés à boire des « santés au roi et à la reine », les hommes oublièrent leur prisonnier. Vers le soir, un second plateau lui fut glissé presque furtivement par l'un des hommes passablement éméché. Puis de nouveau, se referma l'énorme porte de fer sur laquelle Adrien s'était déjà plus de vingt fois escrimé en vain. La nuit s'annonçait, joyeuse, inoubliable pour tout le monde, ou presque. Il pensa à ses parents. Pour eux, le sort de leur fils devait bai-gner d'amertume ces heures exceptionnelles. Et Claire ? L'avait-on renvoyée à Paris, auprès de sa tante ? Se rever-

---

* Située dans le Piémont.

raient-ils un jour si lui-même était emmené à Pignerol ou dans quelque citadelle perdue ?

Et dire que Naillac devait en ce moment précis parader, corrompre, poursuivre ses machiavéliques desseins, pendant que lui croupissait en subissant les humeurs d'un misérable groupe d'ivrognes !

Brusquement, Adrien se leva de son lit où il avait passé la majeure partie de la journée. S'approchant de la porte, il colla son visage au petit grillage découpé en son milieu et appela. Longtemps. Personne en bas ne devait l'entendre. Il s'entêta, cria plus fort, jusqu'à ce qu'un garde apparût, la trogne rouge, en traînant les pieds.

Ayant toujours été un détenu modèle, Adrien ne pouvait éveiller la méfiance de cet homme qu'il obligea à entrer sur un prétexte futile. Quelques secondes plus tard, il l'avait assommé, s'était emparé de la clef, avait rouvert et refermé la porte. A pas de loup, il descendit l'escalier.

Une cave ! L'antre de Bacchus ! La salle était méconnaissable, envahie de tonneaux. Ils s'alignaient sur des tréteaux, gros ou petits, joliment ventrus, leurs robinets perlés d'un filet rouge ou blanc. Le vin avait dû être livré pour l'occasion car Adrien était certain de n'avoir vu aucune de ces barriques lors de son arrivée. Le Cardinal soignait bien son personnel. Quelle générosité ! Il y avait là de quoi abreuver un régiment. On n'avait pas non plus lésiné sur la nourriture. Jambons entiers, saucisses, pâtés, terrines, volailles, beignets, melons, pêches et cerises : la table croulait sous les gourmandises largement pillées par des mains grasses, jamais rassasiées. Quelques gardes ronflaient déjà à même le sol, parmi des os et des noyaux, des quignons de pain, des gobelets vides. Près de la porte ouverte, imperturbable, un musicien soufflait dans sa musette.

— Faudrait que not'roi s'marie comme ça toutes les semaines.

— C'est égal. J'aurais pas cru qu'on nous gâte autant.

S'ils se retournaient, Adrien serait découvert. Il n'avait

237

plus que quelques marches à franchir, trois pas à faire pour sortir de la tour. Ces ivrognes ne l'impressionnaient pas. Même seul, il pouvait en venir à bout. A condition qu'il eût une arme pour se défendre le cas échéant, par exemple l'une de ces piques posées contre le mur d'entrée. Il devait faire vite, profiter de la goinfrerie de ses geôliers, de leur ivresse. Adrien bondit, s'empara de la pique et aussitôt eut à s'en servir contre l'un des hommes, plus réveillé que ses compères. Puis un deuxième vint à la rescousse. L'un comme l'autre ne fut pas de taille à lutter. Aucun n'en était bien capable d'ailleurs. Ils se mirent à six contre Adrien, des brutes maladroites mais bien armées contre lesquelles il se défendit en musique, toujours ! Le souffleur de musette ayant jugé à propos d'accompagner les échanges de coups, d'un air sautillant de rigaudon !

Adrien le retrouva dehors lorsqu'il eut claqué la porte à la moustache du dernier garde encore valide. Avec la pique fichée en terre et coincée à hauteur du verrou, il ôta pour un bon moment toute velléité de sortie à ses gardiens devenus prisonniers à leur tour.

— Merci pour le concert ! dit-il au musicien.

— C'était pas mal, hein ? Mais va falloir courir maintenant, mon gentilhomme. Et si j'étais vous, j'irais plutôt du côté du port.

— Peut-être, fit Adrien, un peu surpris par le personnage.

— Alors bonne chance !

Le port, bien sûr. Adrien avait eu tout de suite l'intention de s'y rendre. Quel endroit était plus propice pour se cacher qu'un port, avec sa faune disparate de matelots, ses cabarets plus ou moins recommandables, avec aussi tous les bateaux en partance chaque jour vers la véritable évasion ?

En courant, il se mit à remonter la côte dans la direction de Saint-Jean-de-Luz. Des bouquets d'étoiles éclairaient la nuit tiède, bercée par la mer assagie. Non loin, des maisons annonçaient déjà la ville. Estimant préférable de descendre sur la plage, Adrien allait quitter le sentier lorsque la silhouette d'un petit homme surgit d'un buisson de genêts et se précipita vers lui :

— Oh ! Je le savais bien ! s'écria une voix qui le fit tressaillir de surprise heureuse.

Il ouvrit les bras, reçut Claire contre son cœur.

Pour elle aussi, les jours s'étaient traînés, lourds de tristesse et d'angoisse mais elle avait fait l'effort de ne pas montrer son sentiment à madame d'Ivreville qui avait eu la bonté de se charger d'elle. Au contraire, Claire s'était efforcée de réconforter Floriane lorsqu'il était arrivé à celle-ci de se décourager. Le plus pénible pour elles deux, comme pour le maréchal, était l'attente, l'incertitude, le silence dans lequel se retranchaient le roi, le Cardinal, la reine mère elle-même, dès qu'était abordé le cas d'Adrien.

Pendant ce temps, la faveur de Naillac n'avait pas cessé de s'affirmer. Il ne quittait le cabinet du ministre que pour s'afficher aux bals et aux cérémonies, toujours en bonne place, avec une morgue dépassant toute mesure, le pire ayant été de le voir mener les cent gentilshommes « au bec de corbin », obéissant d'ordinaire à Adrien d'Ivreville !

Depuis un moment déjà, Floriane et Artus cherchaient un moyen d'aider leur fils sans entrer ouvertement en rébellion contre le roi. Fidèles à leur devoir, ils ne pouvaient néanmoins accepter l'injustice sans réagir. Or, injustice il y avait. Bien qu'ignorant ce qui opposait Adrien à Naillac, ils étaient convaincus de la droiture du premier.

Le complot avait pris corps l'avant-veille du mariage. Les festivités allaient entraîner une euphorie, une insouciance, voire un relâchement qu'il fallait mettre à profit. En dehors de Claire qui avait gagné leur affection – cette mystérieuse enfant que leur fils aimait, peut-être –, le maréchal et sa femme n'avaient confié leur projet qu'aux domestiques Gillot et Lubin, prêts à se faire trucider pour leur jeune maître, de surcroît malins comme des renards. Le fait d'enivrer les gardes afin de mieux les neutraliser était, du reste, une idée bien à eux.

Jamais conspiration n'avait été montée avec une telle largesse envers les victimes ! Grassement payés par Artus d'Ivreville, un marchand de vin de Saint-Jean-de-Luz avait livré à la tour, dès le matin du neuf juin, ses meilleurs crus de Bordeaux ; un traiteur y avait porté ses plus fines victuailles. Il revenait à Claire d'avoir pensé à envoyer aussi sur les lieux, un joueur de musette pour charmer les gardiens d'Adrien, une suggestion appuyée par Floriane tout à coup si émue, qu'elle avait embrassé la jeune fille.

— La nuit venue, les hommes seront ivres morts, avait dit le maréchal. Nous n'aurons qu'à tourner la clef dans la serrure et délivrer Adrien.

— A moins qu'il ne se soit délivré lui-même, avait murmuré Claire.

Et c'était bien ce qui s'était passé. Quelle joie lorsqu'elle l'avait reconnu, courant vers eux qui attendaient encore avant d'intervenir ! Blottie dans ses bras, elle moissonnait chaque seconde, engrangeait toute la douceur possible pour pouvoir y puiser quand reviendrait bientôt l'inévitable solitude.

Ainsi, ce curieux bonhomme coiffé d'un bonnet de marin, c'était Claire ? Claire et son abandon câlin, son odeur de chaton qu'Adrien humait à petits coups, derrière son oreille.

— Que fais-tu là, ma mie chérie ? chuchota-t-il, heureux comme jamais il n'aurait cru l'être, de la retrouver.

Une fois de plus, elle l'étonnait, surgissant là où, précisément, il n'aurait imaginé la voir.

— Mademoiselle de Venel est du genre têtu, fit quelqu'un tout près d'eux. Elle a tenu à nous suivre, encouragée par ta mère. J'ai dû m'incliner.

Claire s'écarta vivement, laissant Artus d'Ivreville embrasser son fils. Deux autres silhouettes se rapprochèrent. Gillot et Lubin se montrèrent particulièrement fiers d'Adrien.

— Il est vrai que tu t'en es bien tiré tout seul, approuva le maréchal.

– Je n'ai aucun mérite. Les hommes n'ont que trop arrosé les noces du roi.

Rapidement, on lui révéla le stratagème puis ce fut un franc éclat de rire lorsqu'Adrien leur décrivit l'état du corps de garde.

– Tout de même, mieux vaut ne pas traîner dans les parages. Venez ! fit Artus.

Tandis que tous reprenaient le chemin du port, il expliqua la suite de leur plan.

Il fallait partir. C'était évidemment la seule solution pour le moment, celle qu'Adrien avait envisagée lui-même. Partir ; laisser le temps atténuer le ressentiment de Louis XIV, effacer l'affaire, arracher peut-être le masque de Naillac. Il fallait partir. Le maréchal d'Ivreville avait tout prévu. Un bateau attendait, prêt à mettre les voiles. Il fallait partir, sans emmener la petite Claire dont la main dans l'ombre, était venue prendre la main d'Adrien.

Le quai dansait sous les lumières. Comme partout en ville, la fête battait son plein, déversant des cabarets les joyeux sujets de Sa Majesté.

A chaque mât, battaient les pavillons de France et d'Espagne. Artus s'arrêta devant un gros bateau de pêche amarré un peu à l'écart de ses semblables. Les adieux furent brefs.

– Etes-vous sûr, père, de ne pas avoir à supporter les conséquences de ma fuite ?

– Mais je n'y suis pour rien ! Et j'ignore où tu t'en vas, répondit le maréchal, préférant plaisanter. Ne sois pas inquiet. Un jour, tu retrouveras, nous retrouverons, toute l'amitié du roi.

– Dites à ma mère que je l'aime.

– Arrange-toi pour nous donner des nouvelles, si possible.

Détachant une lourde sacoche qu'il portait à la ceinture, il la tendit à son fils. De l'argent – une forte somme –, du linge, une paire de pistolets...

241

— Et voici mon épée. Je sais que tu t'en serviras avec honneur.

Adrien se retourna vers Claire, vit trembler son sourire et ses yeux, pleins de larmes retenues avec cran. D'un baiser hâtif, il lui effleura la joue alors que, de nouveau, leurs mains se cherchaient, s'étreignaient fortement, jusqu'à la douleur, avant de se séparer.

— Je reviendrai !

Pour Claire, ces mots étaient beaucoup plus qu'une promesse : ils étaient le ferment d'un possible bonheur qu'elle saurait attendre et mériter.

V

Le Médaillon d'Email

(Juin 1660-Juin 1662)

« Soyez-vous l'un à l'autre un monde toujours beau,
toujours divers, toujours nouveau ;
Tenez-vous lieu de tout, comptez pour rien le reste. »

LA FONTAINE

LE mariage avait été consommé ! On le comprit dès le lendemain, en voyant l'humeur souriante du roi, le visage extatique de la reine lorsqu'elle regardait son époux. D'autre part, la nouvelle fut confirmée par la présence de quelques taches révélatrices sur la couche nuptiale, ce qui ne manqua pas d'inspirer les poètes. L'un deux, Benserade, poussa même le mauvais goût jusqu'à versifier sur le sang une nouvelle fois versé par l'Espagne soumise à la France. Eût-elle pris connaissance de ce poème douteux, que Marie-Thérèse ne s'en fut d'ailleurs nullement offusquée puisqu'elle devait très vite avoir l'habitude de frapper des mains à son réveil, si, dans la nuit, le roi l'avait honorée, manifestant sans la moindre pudeur, publiquement devant ses gens, son intime satisfaction.

Louis devait toujours rester avec elle plein de prévenances, attentif à répondre à ses moindres désirs. Elle souhaita ne pas être séparée de lui lors du retour vers la capitale ? Soit ! Il donna des ordres pour avoir logement commun et le peuple de frémir d'aise devant les témoignages d'une entente aussi parfaite au sein du jeune couple.

En vérité, quelques jours de mariage suffirent à Louis

245

pour découvrir les « charmes » de Marie-Thérèse. Sa mollesse, son manque de piquant, dans l'amour comme dans la conversation que son mauvais français desservait encore : décidément non, il ne pourrait en faire ses délices. Il avait trop d'appétit, trop de flamme, pour se contenter de ce petit corps dodu et sans ressort. Reine elle était, incontestablement. Mère ? Peut-être bientôt avec l'aide de la divine providence. Maîtresse, jamais ! Une seule aurait pu tenir auprès de lui tous ces rôles à la fois : Marie !

Alors que la Cour traversait l'Aunis, Louis soudain s'éclipsa, fila à Brouage, accompagné seulement par trois gentilshommes dont Philippe Mancini, le frère de la jeune fille.

Marie avait pleuré sur les remparts roses, sur ce rivage désert. Louis s'y promena, pleurant également à la pensée de tant d'illusions détruites. Marie avait dormi dans le logis du gouverneur, au fond de ce grand lit à colonnes. Il y passa une nuit, le visage pressé contre les coussins où la chère tête brune avait reposé, se grisant d'amertume au souvenir de sa peau mate, de ses baisers fougueux, de toute sa sombre ardeur dont il n'avait pas profité vraiment. Mais, de même qu'à Brouage, Marie avait rêvé, avait cru à l'impossible, Louis se prit à caresser quelques projets. Pourquoi ne donnerait-il pas finalement à sa Mazarinette la place qui lui revenait, celle de favorite ? La première à la Cour ; la première dans son cœur ; la seule à régner sur ses sens.

Cela aurait sans doute pu se faire si un fin renard ne s'était pas montré vigilant, attaché sans doute à l'honneur de la reine, à la vertu de Marie, mais surtout soucieux de la paix en général et de ses intérêts en particulier. Ne tenant pas du tout à voir réapparaître au-devant de la scène, sa trublionne de nièce, Mazarin s'employa très vite à étouffer ce fâcheux regain de passion. Il connaissait bien le défaut de cuirasse chez son royal filleul ; l'atteindre dans son orgueil fut donc, pour le Cardinal, un jeu d'enfant. Quand Louis fut revenu de son pèlerinage sentimental, il apprit combien il avait tort de s'intéresser encore à une ambitieuse qui

LE MÉDAILLON D'ÉMAIL

l'oubliait auprès du jeune Charles de Lorraine. Affirmation qui fut corroborée par la reine mère, avec preuves à l'appui. Blessé dans son amour-propre, Louis retrouva la raison, repoussa ces élans fous de prime jeunesse qui aujourd'hui n'étaient plus de mise. Sur les routes, de ville en village, de hameau en château, il poursuivit son voyage triomphal, se rapprochant peu à peu de Paris.

La ville avait déjà abondamment fêté l'union du roi et de l'Infante et toutes ces festivités qui réjouissaient tant le peuple, ajoutées les unes aux autres, avaient fortement grevé le budget de la municipalité. Voici maintenant qu'on en attendait un effort supplémentaire ! Après l'accueil délirant que lui avaient réservé ses provinces, Louis XIV voulait en effet parachever son éclat par une entrée grandiose dans sa capitale, présenter la reine avec toute la pompe possible.

Ces Messieurs de l'Hôtel de Ville firent la grimace : la nouvelle somme à débourser était si considérable qu'elle exigeait un emprunt. Ils se décidèrent, pourtant. La paix avec l'Espagne, le retour de la Cour après un an d'absence – toute cette prodigue clientèle dont avaient tant besoin les artisans, les commerçants, les fournisseurs –, tout cela valait bien un sacrifice. Le roi était le maître, l'oubliait-on ? Et Paris avait encore à se faire pardonner ses rébellions de naguère.

Plus ou moins enthousiastes, tous se mirent au travail. La préparation nécessita des semaines d'effervescence, de palabres, de comptes minutieux, de travaux acharnés auxquels contribuèrent architectes, maçons, peintres, menuisiers, sculpteurs, poètes, musiciens. Paris fut nettoyé, ravalé, retapé, embelli, agrémenté de portiques, de murs en trompe-l'œil, d'arcs de triomphe en carton et toile peints. Ses façades furent recouvertes, le moment venu, de tapisseries ou de « verdures ». Les balcons se couvrirent de velours cramoisi à crépines d'or. Des échafauds s'élevèrent, décorés de branchages et de fleurs. La milice bourgeoise des seize quartiers parisiens s'entraîna pour parader à son avantage devant Sa Majesté. Chacun s'habilla de neuf. Des milliers et des

247

milliers d'étrangers et de provinciaux affluèrent pour combler les hostelleries, les chambres meublées, les plus médiocres galetas. Tout autour de Paris, la campagne devint un désert. La nuit qui précéda ce vingt-six août 1660, les rues où devait passer le cortège se festonnèrent d'ombres sans façon qui sommeillèrent quelques heures à même le pavé, en attendant le matin du grand jour.

A cinq heures, les carillons préludèrent au spectacle. Discrets d'abord, puis franchement endiablés, tous ensemble, ils pourfendirent la couche des nuages, retombèrent en pluie de notes graves ou légères sur la cité bien éveillée, lustrée, parée de ses meilleurs atours. « L'entrée » s'achèverait environ treize heures plus tard. Mais personne ne vit le temps s'écouler.

Du château de Vincennes où elles résidaient, Leurs Majestés vinrent à l'extrémité du Faubourg Saint-Antoine prendre place sur une estrade abritée d'un « dais à longue queue de toile d'argent ». Des fleurs de lys doubles émaillaient de taches d'or bruni, ce trône où les membres de la famille, les princes, les ducs, le grand chambellan, le grand chancelier de France, les dames d'honneur, entouraient le couple royal. Les grands corps de la Ville et de l'Etat, rassemblés dès l'aube, mirent la matinée à défiler et à discourir devant le roi avant de se diriger vers la vieille porte Saint-Antoine maquillée de tableaux et de guirlandes, pour pénétrer dans Paris.

Honneur au Tout-Puissant : le Clergé ouvrait la marche avec, d'abord, les quatre ordres mendiants : Cordeliers, Jacobins, Carmes et Augustins. Croix haut dressées, cierges allumés, sillage de litanies monocordes. Bah... Le public préféra applaudir leurs suivants, les prêtres et les chanoines des paroisses, les curés dans leurs chasubles fleuries et les bannières des Saints aux coloris éclatants. Sur leurs talons, s'avança l'Université, toutes les Facultés réunies, en rouge, en noir ou en violet, bonnets carrés sur la tête, son recteur étreint d'un mantelet d'hermine. Gens d'église et savants allaient à pied. Ce furent les seuls.

248

Car le défilé devint ensuite une étincelante cavalcade où chacun, du Gouverneur de Paris au milicien le plus modeste, du Prévôt des marchands à l'obscur boutiquier, des membres compassés du Parlement au martial chevalier du guet, s'était transformé en cavalier fringant, juché qui sur un barbe, qui sur un genet ou une mule blanche. Le sergent, le notaire, le marchand de vin, le page et l'orfèvre, le sévère président à mortier comme l'inventif et frivole tailleur, tous étaient vêtus de soie et de plumes, de vair ou de velours, papillotés de rubans vifs, coiffés de toques à cordons. Lorsque sonna la pause de midi, la foule était déjà grise, étourdie par la vague de couleurs et de brillance, emportée par la musique incessante des tambours, des musettes, des violons, des trompettes, se répondant tour à tour quand ils ne jouaient pas en même temps.

Le plus beau restait pourtant à venir, la mirifique chevauchée de Monsieur, des Princes et des seigneurs de la Cour ; l'arrivée des dames, semblables à des brassées de fleurs débordant des carrosses ; la parade des compagnies du roi et l'avancée du Grand Sceau de France, porté dans un coffret de vermeil, par une jument blanche dont les housses et les harnais étaient de velours bleu fleurdelisé.

A l'apparition de Louis XIV, le peuple entra pour de bon au royaume des merveilles dont il était le prince incontesté. Aux fenêtres, sur les toits, sur les échafauds, les grappes humaines parurent se détacher de leurs appuis, enflammées d'un fol délire. Sur son genet d'Espagne à la robe brune, dans son habit de dentelle d'argent diapré de perles, orné de nœuds rouges et blancs, Louis était bien "tel que les poètes nous représentent ces hommes qu'ils ont divinisés", l'astre dont ses sujets avaient besoin, le rêve devenu chair.

Puis les canons saluèrent la reine, debout "sur un char à la romaine de vermeil doré, attelé de six chevaux danois gris", entre deux colonnes enserrées de jasmin et d'olivier, "hiéroglyphes de l'amour et de la paix". Car c'est bien la paix en personne que l'on acclamait, ébloui par "l'or et les pierreries qui chargeaient si fort sa robe qu'à peine en pouvait-on remarquer l'étoffe ".

Mais où donc se trouvait le démiurge du bel âge d'or dans lequel tout un peuple avait le sentiment d'avoir pénétré ? Où se trouvait Son Eminence, le Cardinal de Mazarin ? Il n'avait pas défilé. Trop fatigué, il s'était installé avec Anne d'Autriche aux premières loges, dans une riche maison de la rue Saint-Antoine, l'Hôtel de Beauvais. Aujourd'hui, il avait laissé le roi profiter seul de ce triomphe. Toutefois, il n'avait pas été totalement absent du cortège. Une heure durant, ses équipages et ses gens avaient paradé : ses gentilshommes, ses gardes, ses écuyers et ses pages ; ses chevaux harnachés de rouge et d'argent, le crin frisé au petit fer ; ses soixante-douze mulets, houssés de drap rouge marchant « à la queue leu leu » au rythme de leurs sonnailles ; ses dix carrosses dorés et sa litière de voyage, son carrosse personnel orfévré. Puissance, arrogance et splendeur ! L'effet était saisissant, écrasant. On l'oublia, plus tard, en buvant aux fontaines le frais vin clairet tandis que "la magnifique et superbe entrée du roi et de la reine en la ville de Paris" s'achevait sur un feu d'artifice.

*
* *

Mazarin souffrait, maigre à faire peur, l'haleine repoussante, incapable de marcher sans aide. Goutte, gravelle, hémorroïdes, ulcères, vapeurs : il suffoquait ; ses nuits n'étaient plus que géhenne. Mais d'où venait exactement le mal qui le minait ? Du rein ? De la rate ? Du poumon ? Cachant leur ignorance sous de prétentieux discours, les médecins parvinrent à établir un diagnostic : l'humeur des gouttes de Son Eminence, remontant des jambes à l'estomac, était la cause principale de ces dangereux étouffements. En revanche, il leur fut difficile de se mettre d'accord sur le remède à prescrire : bains ou lait d'ânesse ? La question fut longuement débattue par les doctes personnages qui finirent par opter pour le lavement, moyen le plus sûr de lutter contre la maladie, quelle qu'elle fût.

Atteint en réalité d'une hydropisie du poumon, Mazarin fut donc soigné à grand renfort de clystères !

Tout le monde saluait son stoïcisme car rarement on l'entendait se plaindre. Son délabrement physique ne l'empêchait pas de toujours conduire l'Etat, de continuer à instruire le roi, à manœuvrer en vue de se faire élire pape. Cela ne l'empêchait pas non plus d'accroître encore, par ces combinaisons dont toute sa vie il avait eu le secret, son impressionnante fortune.

Ses ennemis, enragés de le voir aussi coriace, désespéraient de pouvoir un jour s'en débarrasser. L'odeur de l'argent brassé à pleines mains, agissant sur lui comme un puissant cordial, semblait le protéger des miasmes rampants de la mort.

— "Ne se lassera-t-il donc jamais de cette sordide avarice ? se désolait Anne d'Autriche. Sera-t-il toujours insatiable et ne sera-t-il jamais saoul d'or et d'argent ?"

Elle supportait, en fait, bien plus que l'avarice de son vieux compagnon. Ingrat, dur, tyrannique, il ne la traitait pas mieux que ses nièces ou ses familiers mais Anne, dans l'indulgence infinie d'une femme éprise, ne lui en gardait point rancune.

Il fallut attendre le Carnaval de 1661 pour voir enfin diminuer la vitalité quasi surnaturelle de Mazarin. Une nuit de février, le feu prit au Louvre. Des décors destinés au ballet que le ministre comptait offrir à la famille royale avaient été entreposés dans la Galerie des Rois. Une imprudence, une cendre longtemps couvée sous les toiles, sous les cartons, et le feu s'enfla, dévora "les délicates colonnes de brocatelle d'or à fond vert et rouge découpées à Milan", lécha les murs, conquit les trumeaux d'où l'on avait pu enlever heureusement à temps les portraits des anciens rois et reines de France. L'alarme fut donnée. Les Suisses organisèrent une chaîne de seaux d'eau. Les Parisiens vinrent à la rescousse. En particulier, un moine du Grand Couvent des Augustins, muni d'une fourche, s'attaquant courageusement aux poutres et aux solives embrasées, parvint à empêcher la progression des flammes.

Evacué précipitamment, Mazarin fut glissé dans sa chaise, pour être conduit à l'abri dans son Hôtel, très choqué par l'incendie. "La mort paraissant peinte dans ses yeux", il resta abattu, songeur. Ce brasier destructeur n'était-il pas un signe que la fin approchait ? Un reflet peut-être du brasier éternel qui happait certaines âmes ?

Allons, il était temps de se préparer « au terrible passage ». Le fameux docteur François Guénaud ne chercha pas à lui mentir lorsqu'il se fut penché sur lui. Désormais, chaque jour qui passait s'imprégnait de l'ineffable tristesse du « jamais plus ».

– "La joie s'achète-t-elle à prix d'argent ? Tout ce que j'ai le plus aimé dans ma vie ne m'en donne plus. Je n'ai eu que la peine d'amasser tant de richesses et il ne m'en restera bientôt que le regret de les quitter."

Le trépas n'était rien. Mais se séparer des biens de ce monde crevait ce cœur endurci. Parfois ses proches le surprenaient, en pantoufles et bonnet de nuit, vêtu d'une seule robe de chambre de camelot gris-brun, planté devant l'un des tableaux, l'une des statues antiques de sa prestigieuse collection, ou caressant de sa main décharnée un objet précieux.

– "Ah ! Il va falloir quitter tout cela ! Guénaud l'a dit. Il sait bien son métier. Il faut mourir."

Il décida de se retirer à Vincennes dont il était le gouverneur. Embelli par ses soins, agréable séjour, le vieux château royal recelait aussi, dans sa partie la plus ancienne, une sorte de bas de laine équivalant à quelques millions de livres, soigneusement épargnés par Mazarin. Seul, son intendant Colbert, habile et peu scrupuleux sur les moyens de parvenir, en connaissait l'existence.

La Cour le suivit, agitée de la question cruciale : qui serait

252

le prochain ministre ? Le Tellier ? Lionne ? Fouquet ? Sur lequel de ces hommes se porterait le choix de Louis XIV et, par conséquent, lequel d'entre eux devait-on commencer à flatter dans l'espérance de faveurs futures ? Chacun épiait les entretiens, les petites phrases, les signes révélateurs. Mais pour l'instant, Louis ne quittait pas le Cardinal et continuait à recueillir ses conseils, jour après jour, ému aux larmes devant sa souffrance.

Installée dans l'appartement voisin, la reine Anne d'Autriche entendait la nuit les gémissements, les cris de douleur de celui qu'elle avait si passionnément aimé. Pour lui, elle avait joué le sort du royaume et le trône de son fils ; pour lui, elle avait défié les hommes et les conventions ; pour lui elle avait exposé son âme à la colère de Dieu. Jamais pourtant, elle n'avait hésité, guidée par la certitude d'avoir fait le bon choix, portée par un amour d'autant plus inébranlable qu'il était venu tardivement dans sa propre existence. Elle avait aimé Giulio avec le cœur d'une jeune fille et la raison d'une femme, mûrie par des années de sacrifices. Ses défauts, ses petites trahisons vis-à-vis d'elle-même, Anne les pardonnait au fidèle serviteur de la France qui avait été aussi, dans le privé, un magicien subtil et charmant. Leurs liens étaient de ceux que même la mort ne pouvait défaire, un secret que tous deux emporteraient au tombeau.

Pendant un mois, la vie de la Cour resta suspendue au souffle fragile et fétide du malade. Des prêtres se relayèrent à son chevet, sans pouvoir discerner exactement la sincérité de sa contrition. Il était si difficile au Cardinal "d'accommoder ensemble l'humilité chrétienne avec l'amour des biens de la terre et de cette grandeur qui lui faisait disposer de tout un royaume comme bon lui semblait", charges, gouvernements, abbayes, évêchés, qu'il s'était appropriés, avec le consentement du roi !

Pour soulager sa conscience et sur les conseils de Colbert, Mazarin décida de léguer toute sa fortune à Louis XIV, sachant parfaitement que ce dernier ne pourrait accepter l'héritage. En effet, le roi refusa, et ce fut une joie suprême pour l'incorrigible que de conserver jusqu'au bout son or et ses trésors.

Le trois mars, au plus mal, il reçut le Saint Viatique. Le cinq, Louis ordonna les prières publiques des quarante heures dans toutes les églises de Paris ce "qui ne se faisait d'ordinaire que pour les rois". Le sept mars, le Cardinal reçut l'extrême-onction, dans sa chaise, et distribua quelques souvenirs à la famille royale en pleurs : des émeraudes à Monsieur ; un bouquet de diamants à Marie-Thérèse et à Condé ; à Louis, il donna dix-huit fameux diamants, sous condition de les appeler « mazarins » ; enfin à Anne, si malmenée, un autre diamant, « la rose d'Angleterre », un anneau d'or et de rubis, des meubles rares, "en remerciement de ses bontés".

Le même jour, il y eut une dernière étincelle chez cet homme d'exception, ce comédien fabuleux qui, depuis si longtemps, avait brillé sous les feux de la rampe. Mentir, tricher, mystifier la galerie : Mazarin qui avait adoré cela ne put se priver d'un suprême plaisir. Son personnage se devait de partir en beauté. Ses domestiques reçurent l'ordre de procéder à sa toilette avec plus de soin que de coutume. Rasé de frais, il demanda ensuite à son premier valet de chambre de lui friser la moustache au petit fer et de le maquiller habilement. Enfin, vêtu de sa longue simarre « couleur de feu », la calotte posée sur ses cheveux pas même grisonnants, il se fit porter en chaise jusqu'au jardin.

Les premiers rayons de soleil, avant-coureurs du printemps, jouaient sur les plates-bandes brodées de primevères et lorsque le Cardinal apparut, le visage rajeuni par le blanc de céruse, les lèvres et les pommettes relevées de carmin, les courtisans crurent à une illusion d'optique. Les plus indulgents admirèrent cette manière courageuse de braver la mort chez un homme pourtant réputé lâche. Les autres se moquèrent de cette « mômerie », condamnèrent cette comédie ridicule, inutile.

Sous son masque de damoiseau, Mazarin jubilait. Mais

l'effort avait été trop grand pour lui. A l'air vif de Vincennes, embaumé par les violettes des sous-bois, il crut s'évanouir et réclama un peu d'eau de Grenade. Cette fois, le spectacle touchait à sa fin. Remis au lit, il voulut encore jeter un coup d'œil à son testament, parler au roi, aux ministres, échanger une ou deux phrases sibyllines avec Colbert, signer quelques dépêches. Sa rancune était grande à l'encontre de ses médecins :

— "Ils m'ont tué", dit-il à Joly, le curé qui l'assistait.

Puis il se repentit de ces pensées peu chrétiennes. Au seuil de la mort, dans les affres insupportables de l'agonie, il voulut se rapprocher d'un Seigneur qu'il avait trop souvent ignoré. Dans la nuit du neuf mars, entre deux et trois heures, on l'entendit soudain :

— "Ah, Sainte Vierge, ayez pitié de moi et recevez mon âme !"

Il expira, sur ce dernier cri.

Sa vie avait été "un mystérieux énigme composé comme les tableaux les plus achevés... Ah, Dieu ! Quelles clartés et quelles obscurités vous rehaussent la beauté de cette peinture !" * Le Père Léon, chargé de faire son éloge funèbre, souligna très justement les contrastes et les ambiguïtés du défunt. Mais personne ne voulant se souvenir de ce qu'il avait accompli de grand et de beau dans l'intérêt de la France, sa mort fut accueillie partout avec une joie encore plus forte que celle occasionnée dix-huit ans plus tôt par la disparition du Cardinal de Richelieu, ce qui n'est pas peu dire. Son avarice, sa fourberie, ses duperies, furent abondamment évoquées dans les épitaphes et les chansons, plus moqueuses les unes que les autres qui saluèrent son trépas. Pourtant la plus cruelle des oraisons funèbres fut sans conteste ces trois mots tout simples : "Pure, e crepato !"

Enfin, il est crevé ! Le vieil avare qui les avait traités avec tant de rigueur ! Philippe, Hortense et Marie eurent la même

---

* Texte original du Père Léon.

réaction sans chercher à feindre un chagrin qu'ils n'éprouvaient pas. Leur oncle était crevé mais leur existence à tous, quelle serait-elle désormais ?

Le nouveau duc de Mazarin, le principal héritier du Cardinal, n'était pas Philippe, mais Armand-Charles de La Porte de La Meilleraye, qu'Hortense avait épousé quinze jours avant. Amoureux de sa femme, le jeune marié en était si jaloux que leur vie conjugale prenait déjà mauvaise tournure. Quant à Marie, les jours heureux étaient derrière elle. Son oncle avait tout organisé ; bientôt elle serait l'épouse du connétable Colonna et s'en irait à Rome, exilée pour toujours, errante et prisonnière d'un trop tendre passé. Comment auraient-ils pu pleurer celui qui leur avait fait payer si cher leur fortune ?

Lorsqu'on ouvrit le corps de Mazarin, prélevant ses entrailles pour les conserver à la Sainte-Chapelle de Vincennes, conservant sa dépouille destinée au Collège des Quatre Nations qu'il avait fondé, on trouva dans son cœur une étrange petite pierre qui pouvait peut-être expliquer la dureté dont il avait fait preuve de son vivant. Ce fut toutefois ce même cœur qui fut porté à Paris, sur les quais de la Seine, juste en face du Louvre, dans la chapelle du couvent des Théatins, Sainte-Anne la Royale.

La reine Anne pouvait sécher ses larmes. Par cette ultime volonté, Giulio lui manifestait ce qu'elle n'avait jamais, au fond, mis en doute : la fidélité de son amour.

*
* *

Sa mâture aussi délicate qu'une coiffe de dentelle, sa coque joliment renflée, pleine de coton, de sucre, de tabac, de toutes les richesses des Iles, racé comme le requérait son nom, « le Cygne » avait mis les voiles en janvier 1662, espérant atteindre Nantes courant mars. Une violente tempête privant le navire d'une partie de sa voilure, le déviant de sa route, décida autrement du déroulement du voyage. Meurtri, le « Cygne » échoua lentement sur les côtes portugaises, tout près de Lisbonne. Par chance, l'aventure s'achevait sans grands dommages pour la plupart des hommes présents à son bord. Adrien d'Ivreville était parmi eux.

Il avait embarqué à Saint-Christophe, l'une de ces petites terres des Antilles où il venait de passer dix-huit mois sous une identité d'emprunt, hébergé par le gouverneur qui n'était autre que son beau-frère, René de Barradas. Car c'était sa propre famille qu'Adrien avait choisi de rejoindre en fuyant Saint-Jean-de-Luz, trouvant auprès d'elle, en particulier de sa sœur Charlotte, toute l'affection capable d'adoucir son exil. Ayant elle-même réussi à échapper à l'emprise d'une passion tragique, à se bâtir une existence paisible auprès de son mari et de ses trois enfants, Charlotte pouvait mieux que quiconque réconforter, encourager son jeune frère. Cependant Adrien n'était pas de nature à vivre masqué. A l'inévitable mal du pays que le charme des Iles ne pouvait entièrement vaincre, s'était vite ajouté le besoin impérieux de se justifier, de retrouver son nom, l'estime du roi. Son avenir n'aurait de sens que s'il obtenait le pardon pour lui-même, sa revanche sur un autre. La mort de Mazarin, dont ils avaient appris la nouvelle en 1661, avait peut-être modifié bien des choses. Dans une lettre à sa fille, Floriane avait souligné les changements survenus à la Cour, l'autorité de Louis XIV et les manœuvres d'un Naillac plus ambitieux que jamais. Discrètement avertie par Charlotte, elle avait compris que ses enfants étaient ensemble et, confiante, espérait leur prochain retour.

— Rentrerez-vous un jour en France ? avait demandé Adrien à sa sœur.

— Oui, et sans doute bientôt, lui avait-elle répondu. Nous aussi nous en avons la nostalgie.

Mais sans plus attendre, impatient, il était reparti le premier.

LES AMOURS MASQUÉES

Sorti sain et sauf du naufrage du « Cygne », et préférant désormais tourner le dos aux caprices de la mer, Adrien décida d'effectuer par voie terrestre la fin de son périple. A Lisbonne, il s'équipa, loua un guide, un valet, de bonnes montures. En quelques jours, il fut prêt.

C'était sa dernière soirée dans cette ville. Revenant de souper dans une taverne des bords du Tage, Adrien regagnait lentement son hostellerie par la Rua do Ouro – la rue de l'Or –, après avoir contourné le Palais Royal, lorsqu'il entendit s'enfler derrière lui un bruit de galop, assorti, à mesure que ce bruit s'approchait, de claquements, de hurlements épouvantables. Malgré l'heure peu avancée, clémente en ce printemps, les boutiques des orfèvres et des changeurs avaient déjà mis leurs volets, et les lumières filtraient parcimonieusement des fenêtres, laissant la rue, peu fréquentée, soumise à la pénombre.

Adrien se retourna. Un homme courait dans sa direction, talonné par des cavaliers. Echevelé, titubant, il semblait prêt à s'effondrer à chaque seconde. Ce qu'il fit en effet, comme un gibier traqué depuis trop longtemps, à bout de forces, cédant à la meute. Qui étaient-ils donc, ceux qui s'acharnaient sur lui, pire que des chiens assoiffés de sang, plus effrayants, plus vociférants encore, le fouet levé, abattu, sans répit, sur son corps recroquevillé ? Des ombres vomies de l'ombre grandissante, des démons lancés en avant-garde par la nuit qui venait, noirs de la tête aux pieds, à l'exception de leurs dents blanches et carnassières, barrant leurs faces lippues.

Ils étaient huit à torturer ce malheureux. Puis Adrien en aperçut un autre dressé sur ses étriers, qui encourageait la troupe de sauvages. Ce dernier était de race blanche et sans doute un grand seigneur à en juger par l'allure de son cheval, la somptuosité de ses vêtements, les joyaux qui le recouvraient et sa propre autorité. Grand seigneur ou chef de bande ? En tout cas, à sa manière, cet homme-là était lui aussi un monstre, une sorte de gnome aussi large que haut, plus hideux, plus repoussant que ses nègres. A terre, leur victime continuait à se tordre sous les coups. Sans calculer s'il avait la moindre chance d'interrompre le jeu sanglant, Adrien se porta à son secours.

Il réussit à en désarçonner trois en attrapant au vol les lanières de leurs fouets, son épée se chargeant ensuite d'achever la besogne. Après... Il perdit l'équilibre, les pieds ligotés par un reptile de cuir ; frappé à la tête, il ne vit plus rien ; les bruits s'estompèrent ; il s'évanouit.

Lorsqu'il s'éveilla, il eut l'impression curieuse d'être transporté dans un monde inconnu, aux dimensions totalement bouleversées, sans couleurs, sans formes, sans points sur lesquels accrocher le regard, hormis une croix de coquillages incrustés dans le mur, en face de lui. Le plafond bas, les parois resserrées, la longueur de cette cellule ne pouvaient permettre, même à un homme de petite taille, de se tenir vraiment debout ou complètement allongé. Adrien était couché sur le côté, ses grandes jambes repliées sous lui. Sa couche très dure était formée d'une simple planche recouverte de liège.

Péniblement, il parvint à s'asseoir, le crâne vrillé par la douleur. Il s'aperçut qu'un bandage avait été posé tout autour de sa tête et beaucoup de questions commençaient à l'agiter à mesure qu'il reprenait plus ample conscience, quand un moine apparut, courbé sur le seuil étriqué. Un moine âgé, rondouillard et réjoui qui ne fit aucune difficulté pour l'aider à sortir tout à fait de ses limbes.

Adrien l'avait appris à ses dépens : il ne faisait pas bon se promener après la tombée du jour dans les rues de Lisbonne. Un fou les hantait, un homme en partie infirme, obèse, le corps recouvert de pustules purulentes et dégageant une odeur si nauséabonde que jamais aucun bain n'en était venu à bout. Cinq, six bonnets sur la tête ; cinq, six habits enfilés l'un par-dessus l'autre ; excellent cavalier malgré sa demi-paralysie, il se plaisait en compagnie de nègres ou de métis, ce que les cales des navires recrachaient de plus dangereux en fait d'humanité. Avec eux, il hantait les bouges et les ruelles, persécutait les passants, semait le meurtre et l'effroi au hasard ; comme ça ; pour le plaisir. Se moquant du guet, méprisant les lois, impuni, intouchable, tout-puissant. Car ce dément avait pour nom Alphonse VI et il était le roi du Portugal !

D'abord incrédule, Adrien écouta Frère Eusébio, très prolixe, lui en tracer le portrait. Il apprit ainsi la cruauté, les turpitudes, la poltronnerie, les manies dégoûtantes d'un souverain que ses sujets haïssaient, terrorisés par ses caprices sanguinaires et la férule de son favori, le peu scrupuleux comte de Castel-Melhor.

— Oui, mon fils, vous pouvez plaindre notre pauvre pays, soupira Frère Eusébio qui, tout en parlant, avait soigné la blessure d'Adrien et changé son bandage. Et puisque vous êtes Français vous pouvez aussi compatir au sort qui attend notre future reine car vous devriez la connaître.

— Qui est-ce ?

— Une cousine de votre roi. Mademoiselle de Montpensier.

— Quoi !

Oubliant l'exiguïté des lieux, Adrien se leva d'un bond et se cogna au plafond de la cellule.

— Aïe ! s'exclama le bon moine à sa place, en le voyant chanceler et se rasseoir lourdement. Ne vous assommez pas de nouveau. Vous n'étiez pas si brillant, hier au soir, lorsque nous vous avons ramassé, Frère Bartolomeu et moi-même. Ces misérables vous avaient laissé pour mort et ma foi ! vous en aviez l'air.

« Grand Dieu ! Mademoiselle ! Mademoiselle dans le lit de ce répugnant et dangereux avorton ! Ça jamais ! » pensait Adrien, épouvanté par cette perspective.

Le couvent des Capucins qui l'avaient recueilli et soigné était l'un des endroits les plus singuliers qu'il eût jamais vu. Installé près de Sintra, sur le côté nord, le plus humide de la montagne proche de Lisbonne, il était creusé à même les rochers de granit et de loin il ne se distinguait pas au sein d'une végétation fournie, d'arbres et de buissons. A l'intérieur, au travers de ses cellules enfouies sous les pierres et la mousse, de son réfectoire, de ses couloirs étroits, suintants, que réchauffaient à peine des plaques de liège, tout n'était qu'humilité, pauvreté, silence et paix, ainsi que l'exigeait la règle la plus rigoureuse de Saint-François.

Mais les moines pratiquaient également la charité avec bonhomie, tel le Frère Eusébio dont la mine vermeille égayait les yeux dans ce contexte austère. Il régnait tout particulièrement sur le jardin, regorgeant de plantes médicinales qui assuraient la renommée du couvent. Adrien devait garder un souvenir attendri de son sauveur. Remis sur pied, rentré en possession de ses effets, retrouvant, toujours grâce à Frère Eusébio, le petit équipage qu'il s'était constitué à Lisbonne, il quitta, au bout d'une dizaine de jours, les Capucins de Sintra, doublement pressé d'arriver à Paris. Au moins, la mésaventure qui avait failli lui être fatale n'aurait pas été vaine. Il ignorait ce qu'on savait sur Alphonse VI à la Cour de Louis XIV mais au risque de renverser tout l'édifice politique des deux royaumes, Adrien se chargerait de dire la vérité à Mademoiselle. Il n'avait plus qu'à prier afin qu'il ne fût pas trop tard.

★
★ ★

— "Ah ! la vilaine vision que des capucins ! s'écria Anne Marie Louise de Montpensier en voyant apparaître au détour d'une allée, un moine au froc miteux. J'ai toujours ouï dire qu'il faut qu'ils soient ou des anges ou des diables. Et comme les premiers ne se montrent pas..."

De même que ses contemporains, Mademoiselle n'appréciait guère ces frères mendiants, réputés pour leur crasse, leur luxure et leur penchant à boire. Il lui déplaisait tout particulièrement de les voir déambuler dans ses beaux jardins de Luxembourg, dont l'accès était par tradition permis au public. Le groupe de dames et de poètes qui l'entouraient ironisa sur l'allure de ce religieux, à la longue silhouette affinée par la bure et marchant d'un pas de condottiere.

— Souvenez-vous du désordre scandaleux qu'avaient causé de pseudo-moines une nuit de carnaval, fit une jeune femme.

— Celui-ci a l'air de foncer droit sur nous ! s'exclama une autre en riant.

— Esprit, va voir ce qu'il en est, ordonna Mademoiselle à son valet de pied.

Esprit s'exécuta puis revint peu après :

— Ce moine voudrait parler en privé à Votre Altesse.

— En privé ! Il ne doute de rien.

— Il dit venir de Lisbonne exprès pour cela, ajouta Esprit.

Le visage de Mademoiselle, dont nulle poudre ne parvenait à atténuer le teint vif de bonne santé, pâlit exceptionnellement.

— Lisbonne, dis-tu ? souffla-t-elle avec un regard méfiant sur le voyageur piqué un peu plus loin.

Depuis trois mois environ, quelques mots bien précis empoisonnaient les jours et les nuits d'Anne Marie Louise de Montpensier. Lisbonne était justement l'un de ces mots fatals !

— Conduis-le dans mon cabinet, finit-elle par soupirer. Je le recevrai.

Tout avait commencé par un frileux après-midi de février, lorsque le maréchal de Turenne, envoyé par le roi, lui avait annoncé tout à trac le but de sa visite : on allait la marier à Alphonse VI du Portugal ! Au début, Anne Marie Louise avait cru à une « vision » de Turenne, avant de comprendre peu à peu que l'affaire était sérieuse et son destin prêt à basculer. Car il s'agissait, ni plus ni moins, du bien du pays, compromis à nouveau par les prétentions espagnoles. Certes, la paix signée n'était pas officiellement

262

remise en question mais Madrid menaçait l'indépendance que le petit royaume du Portugal avait eu bien du mal à gagner. Peu désireux de voir son beau-père Philippe IV s'emparer d'un état voisin pour augmenter ses forces et mieux se retourner contre la France, Louis XIV avait décidé de prendre les devants et de soutenir Alphonse VI. Comment ? En lui donnant sa cousine et une solide armée.

Lorsque Turenne eut bien expliqué à Mademoiselle l'intérêt politique de cette alliance flatteuse pour elle, il crut bon de lui parler de son « fiancé », ce jeune Alphonse « assez beau de visage », sans grand caractère peut-être, mais n'était-ce pas un défaut idéal chez un homme pour rendre sa femme heureuse ? Mademoiselle commanderait, dirigerait tout à sa guise.

Néanmoins, préférant à ce tableau l'existence agréable qu'elle s'était organisée, entre ses maisons, la Cour, son salon fréquenté par les plus brillants esprits de Paris, Anne Marie Louise avait refusé, s'attirant aussitôt le mécontentement de Louis XIV.

– "Je vous marierai où il sera utile pour mon service !" avait-il déclaré.

C'était le ton adopté par le roi. Il fallait maintenant que chacun obéisse sans discuter. La disparition du Cardinal avait révélé ce que peu de gens soupçonnaient auparavant : la volonté, l'autorité sans faille du jeune monarque ; sa capacité de travailler, son assiduité quotidienne au Conseil, lui qui n'avait paru s'intéresser qu'à la chasse et aux ballets. A la stupeur générale, il n'avait nommé personne pour remplacer Mazarin. Louis était désormais le seul maître. Il fallait plier, le servir, se garder de lui faire de l'ombre. Le vieil esprit capricant, frondeur de la noblesse, son goût de l'intrigue, faisaient partie du passé. Mais en échange de leur soumission, les courtisans recevaient charges, argent, honneurs, savouraient les plaisirs exquis d'une Cour sans pareille au monde. Hors la vue du roi, point de joie, point de lumière. Lui déplaire jetait dans la peine les plus endurcis.

Traitée avec aigreur par Louis, menacée d'être renvoyée pour un exil définitif dans son château de Saint-Fargeau si elle n'acceptait pas ce mariage, en plein désarroi, Mademoiselle s'était insensiblement senti fléchir. Reine de Portugal ? Pourquoi pas, au fond ? Elle avait trente-cinq ans et depuis toujours cherchait un époux parmi tous les princes d'Europe. C'était peut-être, maintenant, l'occasion rêvée. Mariée enfin ! Cet Alphonse... Un jeune homme de vingt ans, faible, inexpérimenté, qui la laisserait libre de ses actes... Elle pouvait tomber plus mal. Le ciel qu'elle priait tant, lui envoyait-il enfin un signe par l'entremise de ce capucin ?

Elle le retrouva dans son cabinet tendu de bleu et d'or, fraîchement repeint comme toute l'aile qu'elle occupait. Il paraissait aussi déplacé qu'un grand gerfaut dans une cage de filigrane. Lorsqu'elle l'eût questionné sur la raison de sa présence à Luxembourg, il lui répondit en un français irréprochable, sans le moindre accent, d'une voix qu'elle crut vaguement reconnaître. Elle distinguait mal son visage car son capuchon le lui dissimulait, mais en vérité ce qu'elle entendit était si terrible, si horrifiant, qu'elle resta longtemps l'œil perdu dans le vague sans plus s'occuper de son interlocuteur.

Un monstre ! C'était un monstre que l'on voulait lui faire épouser. Un débile contrefait, un malade de la chaise percée, un furieux avide de sang, un maniaque, un pervers, capable de la livrer à ses nègres si la fantaisie l'en prenait. Elle, petite-fille d'Henri IV ! Elle, qui n'avait déjà que répugnance pour l'amour !

Une nausée la souleva. Elle interrompit le moine. Cela ne pouvait être vrai sinon jamais Louis, son cousin, n'aurait pu concevoir ce projet pour elle. A moins qu'il n'ait été trompé sur la véritable personnalité d'Alphonse ? A moins qu'il ne la trompât ?

Et si ce capucin n'était qu'un menteur ?

– Comment vous croire ? Qui vous envoie ? fit-elle avec morgue, dissimulant vaillamment son agitation.

264

– Personne. Je suis ici par respect et attachement pour Votre Altesse.

Etait-il ange ou diable ? Décidément, sous cet habit se cachait souvent de bien curieux individus.

– Qui êtes-vous ? demanda-t-elle.

Lentement, il dégagea sa tête du capuchon. Deux yeux gris clair, francs, un rien malicieux, lui sourirent alors. Le visage était hâlé, amaigri, les cheveux noirs trop longs pour être ceux d'un moine mais convenant tout à fait à un séduisant gentilhomme.

– Monsieur d'Ivreville ! murmura Mademoiselle après un instant de stupeur. Eh bien… On peut dire que vous avez l'art de créer la surprise.

Adrien était arrivé incognito la veille, à Paris, décidé à reconquérir tout ce qu'il avait perdu deux ans auparavant, en fuyant Saint-Jean-de-Luz. Pour cela, il n'avait encore aucun plan établi. Se présenter au débotté devant Louis XIV ne lui semblait guère habile. Avant d'agir, il jugeait bon de se rendre compte du nouvel état d'esprit du roi, de l'air actuel de la Cour. Lui-même était-il oublié ? Risquait-il toujours les foudres royales ? Naillac avait-il gagné en puissance ? En influence ?

Prudemment, Adrien ne s'était montré à personne, refrénant son envie de se rendre à l'Hôtel d'Ivreville pour revoir ses parents. Il ne serait certes pas venu à Luxembourg s'il ne lui avait paru primordial d'avertir Mademoiselle sur le danger qui l'attendait à Lisbonne. Adrien avait agi sans calcul, par devoir et affection envers la princesse qui avait pourtant la réputation d'avoir trop d'orgueil et le cœur un peu sec. En l'occurrence, elle prouva qu'on pouvait être pénétrée de sa supériorité sans être ingrate. Toujours frappé de condamnation, sans appui et sans argent, Adrien possédait maintenant une véritable alliée. Mademoiselle était en effet toute prête à venir en aide à celui qui l'avait sauvée des griffes du monstre portugais.

Leur conversation dura plus d'une heure et chez les invités de Mademoiselle, la curiosité s'était peu à peu transformée en inquiétude. Que pouvait bien raconter ce saint homme ? Allait-il persuader leur hôtesse de coiffer une couronne de reine ? Dans ce cas, ce serait, hélas, la fin de leurs charmantes réunions où, bannissant de leurs occupations les cartes et les intrigues amoureuses, ils s'adonnaient en toute fantaisie à la danse, à la littérature, à d'innocents et spirituels jeux de poètes. Lorsque Mademoiselle réapparut, les joues en feu, les cheveux en bataille, ils craignirent le pire.

— Mes amis ! annonça-t-elle d'une voix solennelle, attendez-vous à me voir bientôt boucler mes malles !

Puis, riant de leurs mines consternées, ravie de son effet, elle conclut :

— Sa Majesté ne tardera certainement pas à m'envoyer respirer l'air de Saint-Fargeau. Mais, à tout prendre, je le crois meilleur pour ma santé que celui de Lisbonne.

Parmi toutes les femmes qui, dans le jardin, avaient observé, moqueuses, ce moine à l'allure cavalière, l'une d'elles s'était montrée particulièrement attentive. C'était une jeune fille élancée, aux formes parfaites, révélées par la simplicité d'une robe de taffetas céladon. Ses cheveux châtains, aux reflets presque blonds, sagement répartis en longues boucles de chaque côté de la tête, soulignaient un visage pulpeux dont le moindre attrait n'était pas le regard profond, vert lui aussi. Un vert de sous-bois, pénétré par le soleil.

Sans se faire remarquer, elle s'était faufilée derrière le visiteur et durant l'entretien qu'il avait eu avec Mademoiselle, était restée blottie dans un petit passage obscur, contigu au cabinet. Le cœur affolé, oppressée jusqu'à redouter de s'évanouir, la jeune fille avait cherché à entendre ce qui se disait de l'autre côté du mur, maîtrisant mal son envie d'entrebâiller la porte pour voir les traits du capucin. L'idée qu'il n'était sans doute pas convenable, ni même honnête, de se livrer à ce genre d'espionnage, ne l'avait pas effleurée.

L'habitude de jouer les farfadets de couloirs lui venait

d'une enfance plutôt solitaire où il lui avait surtout été demandé de se faire oublier. D'ailleurs, aujourd'hui, les circonstances auraient justifié n'importe quelle faute de conduite.

La jeune fille n'aurait su dire ce qui l'avait immédiatement bouleversée : un je-ne-sais-quoi dans la silhouette ? La démarche assez particulière ? Mais, ce que son instinct lui avait chuchoté avait été ensuite confirmé par le son de la voix pourtant assourdie, s'adressant à Mademoiselle.

C'était lui ! C'était lui ! Contre toute vraisemblance. Comment expliquer, sinon, cette faiblesse, ce frémissement joyeux que sa raison s'était efforcée de contenir mais qui avait pris très vite l'impétuosité d'un torrent ? C'était lui ! Aucun déguisement, aucun masque n'aurait pu la tromper. Il était revenu. Avec attention, elle avait tendu l'oreille, capté certaines phrases puis, lorsque le visiteur, ayant pris congé de Mademoiselle, avait emprunté pour sortir du Palais les passages réservés aux domestiques, elle l'avait suivi.

Personne n'était en vue. L'occasion était idéale. Elle l'appela :

— Adrien !

Dans la pénombre, elle crut le voir tressaillir, mais sans qu'il se retournât pour autant.

— Adrien ! fit-elle plus fort.

Cette fois-ci, il s'arrêta et la regarda quelques secondes qui lui semblèrent interminables.

— Adrien, c'est moi, Claire, dit-elle désemparée devant son absence de réaction.

Pourquoi gardait-il ce capuchon rabattu ? Que craignait-il ? Ils étaient seuls.

— Vous ne me reconnaissez donc pas ? murmura-t-elle.

Lentement, il secoua la tête et d'un accent étranger qui la dérouta, un accent rocailleux, abominable, il répondit avant de poursuivre son chemin :

— Vous faites erreur, mademoiselle. Je suis le Frère Eusébio du couvent des Capucins de Sintra.

Claire le laissa s'éloigner, stupéfaite, déçue, brutalement dépossédée de sa joie. Si Adrien – car elle était convaincue qu'il s'agissait de lui –, si Adrien n'avait pas jugé bon de se démasquer, de lui parler, n'était-ce pas parce qu'il n'avait pas eu confiance ? Et donc qu'il n'éprouvait rien pour elle, oublieux de leurs aventures et de leur complicité passées ? Pendant deux ans, elle avait attendu son retour avec l'espoir de renouer aussitôt les relations étroites et tendres qui avaient fini par être les leurs, certaine d'aller encore plus avant. Elle avait aussi, bien souvent, imaginé leurs retrouvailles, des romans plein la tête, des émois plein le cœur, toute tendue vers lui, s'efforçant de l'atteindre en pensée, où qu'il fût, par la seule magie de son amour. Et il l'avait repoussée en lui jouant cette méchante comédie ! Le coup était trop rude. Blessée, elle éclata en sanglots.

Claire ! Comment ne l'aurait-il pas reconnue ! Déjà, dans le jardin, il l'avait remarquée au milieu des promeneurs, surpris de la découvrir si grande, si femme, si différente de l'image qu'il en conservait. Cependant, c'était bien son imprévisible amie, à la fois audacieuse et touchante, qui avait surgi sur ses pas, dans le mystère de ce corridor. Adrien faillit faire demi-tour. La prudence le retint. Pas plus que sa famille, sa mère en particulier qui lui manquait tant, il n'aurait voulu compromettre la jeune fille. Avant tout lui importait de retrouver son honneur. D'après ce que lui avait appris Mademoiselle, grâce au plan élaboré en sa compagnie, il ne désespérait pas d'y parvenir.

*
* *

– Plus haut le drapé ! Ce n'est pas d'une galette dont je veux être coiffé mais bien d'un turban à la persane. Recommencez !

Sans se laisser impressionner par le pied de Monsieur qui martelait son impatience sur le tapis de soie, le tailleur s'exécuta, enroula le précieux brocart d'argent aussi haut qu'il le put à l'aide d'épingles invisibles, puis l'emboîta doucement mais fermement sur la tête du prince penchée vers ses mains.

— C'est mieux. Sur mes cheveux noirs, la couleur est seyante, n'est-ce pas ? Ajoutons-y cette escarboucle de rubis que vous agraferez juste au milieu. Là ! Parfait. L'ensemble n'est pas mal, non ?

Le tailleur, les valets et tous les gentilshommes présents ne ménagèrent pas leurs louanges. Dans son justaucorps argenté, agrémenté de bandes d'hermine et de satin incarnadin, ses plus belles pierres cousues sur son baudrier, sur ses gants, et même sur ses bottines à talons, Monsieur était en effet resplendissant et bien des femmes auraient pu lui envier sa grâce, la finesse de ses traits, la cambrure de sa taille.

Philippe but les compliments avec des gourmandises de chatte devant un bol de lait. Mais soudain, il s'aperçut qu'il manquait une voix dans ce concert flatteur, la plus harmonieuse, la plus essentielle à sa félicité.

— J'aurais souhaité entendre l'avis de M. de Naillac. Où est-il donc ? Nous devions tous nous réunir pour cet ultime essayage.

Certains s'entre-regardèrent, ne sachant trop s'il convenait de répondre que Naillac s'était rendu chez Madame pour lui faire admirer son costume. La jalousie de Monsieur envers sa jeune épouse engendrait des scènes plutôt pénibles. Quelqu'un proposa d'aller à la recherche du marquis, ce qui prit un temps assez considérable vu la disposition des appartements du Palais des Tuileries. Monsieur en profita pour houspiller le tailleur et procéda lui-même à de petits arrangements, judicieux du reste, sur les tenues de ses gentilshommes, à peu de chose près, semblables à la sienne. A l'arrivée de Naillac, il explosa :

— Enfin, mon cher ! Est-ce le moment de rôder Dieu sait où ? s'écria-t-il d'un ton de fausset.

Le soupçon le faisait vite souffrir d'un chagrin qu'il traduisait toujours en colère. Lui, si doux et civil, pouvait alors devenir extraordinairement violent. Mais Naillac possédait l'art de détourner les orages. Sans le moins du monde s'excuser, il s'approcha de Monsieur, le jaugea de toute sa stature et d'un doigt désinvolte souleva l'énorme rubis agrafé au turban du prince.

— Ce joyau est exquis. Ses lueurs sanguines rehaussent à ravir la blancheur de votre front.

Sous les yeux noirs et dominateurs, Philippe sentit fondre son courroux.

— Le costume à la persane vous va bien, M. le Marquis, fit-il, subjugué une fois de plus par l'étrange et sombre séduction de Naillac.

Dans un souci d'équité, n'aimant pas blesser ses amis, il s'empressa d'ajouter qu'ils étaient d'ailleurs tous magnifiques.

— Je gage que notre quadrille sera le plus applaudi du carrousel. Nous allons y faire des prouesses.

— Pour vous, Monsieur, je promets d'être vainqueur, assura Naillac en s'inclinant.

Ce carrousel, tout Paris s'y préparait depuis des mois, et bien avant les dates fixées, le 5 et le 6 juin 1662, le programme des réjouissances se vendait aux coins des rues. On annonçait des joutes, des jeux de bague, menés par cinq quadrilles : celui de Monsieur, Philippe d'Orléans ; celui de M. le Prince, Louis de Condé ; celui de son fils Enghien, M. le Duc ; celui de M. de Guise et bien entendu, celui de Sa Majesté.

Le roi voulait ce carrousel exceptionnel et inoubliable, cet événement dédié aux reines devant célébrer la naissance du dauphin.

Car décidément, tout souriait à Louis XIV. Un fils lui était né, précieuse promesse d'avenir et preuve tangible de la bienveillance de Dieu. La disparition de Mazarin, qu'il avait sincèrement pleuré, avait révélé à ses sujets sa personnalité véritable, "sa passion de se rendre plus grand et plus glorieux que tous les princes qui avaient jusqu'ici porté couronne". Quelle stupeur lorsqu'il avait déclaré vouloir désormais gouverner seul, sans Premier ministre ! Beaucoup avaient pensé que ses résolutions ne tiendraient pas ; sa mère, elle-même, s'était montrée sceptique. Huit heures de travail quotidien assidu, l'étude approfondie des dossiers, les entretiens des ministres, le poids de l'Etat jour après jour : n'était-ce pas bien lourd pour un jeune homme ?

En un an, le roi avait pourtant donné toutes les preuves de son inflexible volonté. D'abord en éliminant le surintendant Fouquet, avec l'aide sournoise, implacable, de Colbert. Puis en s'attelant à une réforme fiscale et administrative du royaume. Cependant, ces tâches ne s'accomplissaient nullement au détriment des plaisirs. Dissociant prudemment travail et sentiments, le roi s'amusait. Depuis longtemps, la Cour de France n'avait été aussi jeune, aussi gaie, aussi voluptueuse. La pieuse reine mère pouvait bien soupirer, morigéner ; les vertueuses dames de l'ancienne Cour pouvaient bien tenter de mettre un frein aux débordements de toutes sortes, c'était peine perdue !

Louis donnait l'exemple en choisissant d'abord pour maîtresse la propre femme de son frère, Henriette, la jeune Madame ! Le scandale menaçant d'éclater entre les criailleries de Philippe et les lamentations de Marie-Thérèse, les deux amants avaient eu recours à un subterfuge : Louis s'était mis à courtiser ostensiblement, pour donner le change, l'une des filles d'honneur de Madame. Le choix s'était porté sur la plus malléable, une timide et blonde jouvencelle de seize ans : Louise de La Vallière. Or, dans le regard de pur azur de Louise, le roi avait trouvé un amour sans tricherie, sans ambition. Prise à son propre piège, ivre de dépit, Henriette avait dû céder la place à cette petite et chercher consolation dans d'autres bras.

Paul-Alexandre de Naillac ! Mazarin était mort avant que le marquis n'ait achevé de tisser sa nouvelle toile. Marianne Mancini lui avait échappé. Protégée de la reine mère, elle avait épousé – à treize ans – Maurice-Godefroy de La Tour d'Auvergne, duc de Bouillon. Quant aux biens de Mazarin, partagés entre ses nièces et son neveu, ses « petites » réserves

271

remises au roi par Colbert, le titre de duc relevé par ce cagot de La Meilleraye, Naillac avait dû y renoncer aussi. Mais il en aurait fallu davantage pour rogner ses crocs de loup redoutable. D'autres moyens existaient de parvenir, tout aussi efficaces et assurément plus pervers. Donc, plus délectables.

Naillac n'avait jamais ignoré l'intérêt que lui avait porté Monsieur. Entrer à son service, évincer Guiche, le favori en titre, soumettre à sa loi un prince faible et sensible que la force et la beauté viriles fascinaient, tout cela n'avait été qu'un jeu d'enfant.

L'amusement s'était corsé lorsque Naillac avait, en plus, séduit Madame.

Le mariage de Philippe avec Henriette d'Angleterre, sœur de Charles II, était l'une des dernières œuvres de Mazarin, soucieux d'affermir l'alliance franco-anglaise. Henriette avait eu longtemps l'aspect effacé, malingre, qui convenait à une petite princesse chassée de son pays par la révolution, vivant aux crochets de la Cour de France. Mais cette image appartenait au passé. La triste et pâlotte héroïne dont la maigreur faisait rire, s'était changée soudain en trépidante séductrice, sans doute pas foncièrement mauvaise, seulement assoiffée d'hommages, juste revanche du destin. Il n'empêche qu'elle était bien la dernière femme capable de rendre Philippe heureux.

Entre eux deux, Naillac louvoyait, mentant à l'un et à l'autre, usant de ruses, de déguisements, de masques et de mensonges, sûr d'arriver prochainement à ses fins.

Mais que cherchait-il ? La seule satisfaction de manipuler les êtres ? De faire germer en eux des graines pernicieuses ? De gangrener tout ce qu'il approchait ? Entre ce que lui avait appris Mademoiselle et ce qu'il connaissait lui-même du personnage, Adrien savait seulement que le cheminement de Naillac, quel que fût son but, emprunterait toujours les voies les plus tortes, les raccourcis les plus boueux.

— L'influence de cet intrigant sur Monsieur est désastreuse, avait déploré Mademoiselle lors de leur long tête-à-tête. Néanmoins, le roi laisse faire.

« Le roi a tout intérêt à voir son frère occupé par une vie privée houleuse, avait pensé Adrien. Au moins ne se mêle-t-il pas, pendant ce temps, de vouloir gouverner. A Philippe les caprices, les futilités, le rôle ingrat. A Louis la puissance, les louanges, la pleine lumière. Il en est ainsi depuis leur enfance. »

Gagner le pardon d'un tel homme serait-il possible ? Brûlant d'être fixé sur son sort, Adrien aurait voulu maintenant se jeter à ses pieds, sans attendre. Mademoiselle l'en avait dissuadé :

– Le roi est certes, généralement, d'un abord facile. Il prend et lit les placets qu'on lui donne, accorde des audiences. Mais il déteste les situations imposées. Il dissimule tout et n'oublie rien. Ainsi, il n'a jamais plus prononcé votre nom depuis deux ans. Pourtant les recherches à votre encontre se poursuivent toujours. Nul ne sait l'accueil qu'il vous réserverait.

– Comment l'approcher, dans ce cas ? Me voici donc impuissant, condamné à rester dans l'ombre alors qu'il n'est rien que je ne puisse faire pour Sa Majesté !

Adrien avait fini par avouer à Mademoiselle qu'il souffrait particulièrement de ne pas participer à ce carrousel dont elle venait de lui parler, aux côtés des meilleurs cavaliers de la Cour, un aveu plein d'amertume, qui avait agi à la manière d'un déclic dans l'imagination romanesque de l'ancienne frondeuse.

– M. d'Ivreville ! Je crois pouvoir vous fournir un moyen de rencontrer le roi qui flatterait à la fois sa personne, son prestige et l'intérêt qu'il doit certainement vous conserver encore. Grâce à votre témoignage, je vais échapper au malheur qui m'attendait au Portugal. Grâce à moi, votre désir sera exaucé : le carrousel ne se fera pas sans vous !

Rien n'avait été épargné pour la réussite de la fête.

LES AMOURS MASQUÉES

L'emplacement avait été choisi soigneusement pour son étendue : il s'agissait du « parterre de Mademoiselle », un vaste jardin situé devant le château des Tuileries qu'Anne Marie Louise avait habité jadis, avant de céder la place à Monsieur. Une esplanade tapissée de fin sable blond avait remplacé ce parterre, permettant au fameux ingénieur Vagarain d'y aménager un amphithéâtre entouré de tribunes où purent prendre place quinze mille personnes. Henri de Gissey, "dessinateur ordinaire des plaisirs et des ballets royaux", avait imaginé le thème du carrousel : l'hommage de toutes les nations de la terre à Monseigneur le dauphin.

C'était le prétexte à mille extravagances de costumes, aux mariages de couleurs les plus fous, aux parures les plus prodigues étalées jusqu'aux poitrails des chevaux. Les Turcs de M. le Prince, en blanc, bleu et noir, le croissant de l'Islam brillant sur leurs couvre-chefs, suivaient les délicats Persans de Monsieur. Le Duc d'Enghien entraînait toute une brigade emplumée d'Indiens aux tuniques multicolores. Plus exotique encore, et très applaudi, était le quadrille de M. de Guise, censé représenter l'Amérique, avec ses cavaliers travestis en bêtes étranges, singes monstrueux, ours et autruches, dans une note verte et amarante, chevauchant des montures caparaçonnées de peaux de panthères.

C'était le prétexte, également, au déploiement d'adresse et d'audace de la part de tous ces jeunes gentilshommes avides de se distinguer.

Enfin et surtout, l'occasion était unique d'encenser le père de ce dauphin devant qui la terre entière s'inclinait : le roi Louis XIV, grand à l'égal d'un empereur de Rome, flamboyant comme l'astre du jour.

Ce fut ainsi qu'il apparut à la tête de son quadrille, monté sur un cheval au crin doré, le torse moulé dans une cuirasse de roses et de diamants, casqué d'or, entouré de ses « romains » vêtus de noir et de feu.

Dans la tribune, parmi les filles d'honneur de Madame, Louise de La Vallière frémit, effrayée par le bonheur d'être la favorite de ce demi-dieu, éblouie par le soleil qui servait de « corps » à sa devise. Le soleil, unique, universel et flamboyant, indispensable à la vie du monde, "tranquille, par cette course constante et invariable dont il ne s'écarte jamais... La plus belle, la plus vive image d'un grand monarque." *

Pendant deux jours, les spectateurs purent se croire transportés aux temps anciens de la chevalerie, quand s'affrontaient en champ clos des seigneurs magnifiés par l'armure. Au charme d'antan, s'ajoutaient les mœurs pacifiques d'aujourd'hui. Les cavaliers ne se battaient plus à outrance ; ne versaient plus le sang. Ils se contentaient de courir la bague ou de renverser de leurs lances légères, des têtes de Maures en bois doré. Leurs devises, aux « corps » et aux « âmes » inventés par le poète Benserade, étaient plus galantes que guerrières : un oiseau regardant le soleil, un miroir réfléchissant sa lumière, un tournesol, un croissant de lune, une mouche à miel butinant les fleurs d'un parterre, avec pour « âme », ces mots désinvoltes : "Il faut un peu tâter de toutes."

Il n'y avait plus maintenant de fiefs à conquérir, de donjons à défendre ou à prendre d'assaut. Les seules forteresses à convoiter étaient le cœur de certaines belles ou de suaves jeunes gens. On se battait toujours, bien sûr. Mais l'enjeu était la faveur de Sa Majesté ; les armes, le plus souvent de subtiles manœuvres de couloirs ou d'alcôves. Dans quel péril moral entraîneraient ces fêtes et l'ascension vertigineuse du roi ? Le preux chevalier de jadis était devenu courtisan. Toutefois s'en plaindre était réservé aux grincheux et ceux-ci étaient absents du carrousel.

Les juges de camp déclarèrent le comte de Sault, gentilhomme de M. le Prince, vainqueur de la première course. Le lendemain, ce fut au tour du marquis de Naillac, du quadrille de Monsieur, de remporter la seconde. En récompense, ils reçurent chacun des mains des deux reines, un superbe diamant.

---

* Louis XIV dans ses *Mémoires*.

LES AMOURS MASQUÉES

Le roi, déçu de ne pas voir l'un des siens, à défaut de lui-même, gagner le tournoi, allait entraîner tous les participants dans une dernière cavalcade, lorsque le duc de Gramont, « général » de la cérémonie, annonça l'arrivée d'un cavalier sans nom, venu courir pour Sa Majesté.

Les gradins applaudirent, croyant à un habile rebondissement théâtral, tandis que Louis, fort surpris, se concertait avec Gramont. L'envie très forte de voir dominés les favoris de Condé et de son frère – surtout cet orgueilleux Naillac – finit par l'emporter sur la contrariété causée par cette entorse au programme.

Trompettes et cymbales, solennellement, accompagnèrent l'entrée d'un fougueux destrier à la robe blanche, harnaché de bleu, que montait un homme portant un corselet et un masque de cuir blanc, le casque crêtelé de plumes bleues. Le blanc rappelait la chair pure et nacrée des lys. L'azur était la couleur des rois. S'y ajoutait une devise joliment peinte sur son bouclier : un laurier consacré au soleil. L'allusion était transparente. L'inconnu venait chercher la victoire pour l'offrir à Louis XIV. Mais réussirait-il à surpasser le comte de Sault et le marquis de Naillac, en particulier ce dernier, qui avait pratiquement effectué un « sans faute » ? Malheur à celui qui manquerait au roi en jetant un voile terni sur l'éclat du carrousel !

Le public retint son souffle. Le spectacle reprit.

Avait-on déjà vu pareille habileté, une telle connivence entre l'homme et son cheval, une telle maîtrise dans les voltes, les cabrioles, une telle précision à renverser les têtes et attraper à toute vitesse, du bout de sa lance, sans en manquer un, les anneaux étroits ? L'inconnu semblait se rire de tout, sans effort, avec une grâce, une légèreté qui tenaient du prodige. Non seulement il étonna par sa dextérité, mais encore il séduit, charma par son élégance. Les juges le proclamèrent grand vainqueur sous les applaudissements et les bravos. Le roi pouvait sans crainte ajouter ces nouveaux lauriers à sa gloire.

276

LE MÉDAILLON D'ÉMAIL

Louis détacha un diamant de son costume et le fit porter par Gramont à son valeureux champion.

– Saurons-nous qui vous êtes ?

Le silence pétrifia les gradins où les gens s'étaient mis debout pour mieux découvrir un visage. Mais, contre toute attente, le vainqueur resta masqué, se contentant de prendre le diamant que lui tendait Gramont et de lui dire quelques mots que personne ne saisit. Après un dernier salut au roi, il repartit au galop dans le fond de l'arène.

Comme une éblouissante comète, il était passé, avait disparu. On s'étonna que Sa Majesté, à laquelle Grammont avait transmis le message, mit si longtemps à donner l'ordre de le poursuivre. Au-delà de l'amphithéâtre, sur les bords de la Seine, on le chercha. Seul son cheval fut ramené. Le roi, qui ne perdait jamais l'occasion de picoter son frère, lui dit en plaisantant, de manière à être entendu de leur entourage :

– Vous devriez suggérer à M. de Naillac de suivre encore quelques leçons de manège et de voltige.

Puis, tout riant, il reprit la tête de la parade interrompue.

Blême, Naillac serra les dents. Le cavalier masqué lui avait évoqué des souvenirs précis, avait remué des sentiments de violence à peine assoupis depuis deux ans. Se pouvait-il que ce fût... « lui » ? La haine, comme l'amour, était capable de fulgurances. Sous sa cuirasse blanche était revenu son ennemi mortel et s'il en avait douté, la vue de Claire de Venel aurait suffi à dissiper son incertitude. Lorsque le quadrille de Monsieur défila devant la tribune où la jeune fille était assise auprès de la petite duchesse de Bouillon, Naillac leva les yeux sur elle mais Claire n'y prit pas garde. Ses mains pressées l'une contre l'autre, elle avait la tête tournée en direction de la Seine et son air radieux était bien la plus sûre réponse à la question qu'il venait de se poser.

*
* *

LES AMOURS MASQUÉES

La maison ne se différenciait guère parmi toutes celles du faubourg Saint-Marcel. Sur son mur de guingois, s'entre-croisait un vieux colombage. Sa porte de bois épais, cloutée sur toute la surface, était percée d'un petit judas. Aucune enseigne n'y venait balancer sa marque distinctive, comme celle de la Rose Rouge, par exemple, accrochée juste en face, au fronton d'un cabaret. Une famille de teinturiers et de tapissiers du Moyen Age, les Gobelins, avait donné son nom à ce quartier tranquille des bords de la Bièvre *. Ses nombreuses guinguettes et ses cabarets réputés étaient sur-tout fréquentés le dimanche par les amateurs de bière, de bons vins et d'écrevisses dont la rivière pullulait. L'odeur des teintures, mais également celle des peaux trempées dans les eaux de la Bièvre, et utilisées par les tanneurs, les mégissiers, les corroyeurs, étendaient sur le faubourg, une chape olfactive puissante et désagréable. Mais selon le vent, ces exhalaisons étaient heureusement supplantées par les effluves des brasseries qui produisaient une bière renom-mée ; par le parfum d'herbes et de fleurs émanant des jar-dins et des tilleuls en début de floraison.

« Le plus doux, le plus tendre, de tous les parfums », pensa Claire qui avait deviné la présence des arbres invi-sibles derrière le mur discret.

Pourvue d'une écurie, d'un vaste enclos, la maison appartenait à la veuve d'un écuyer de Mademoiselle. Adrien avait pu s'y préparer pour le carrousel en toute quiétude, à l'abri des curieux, insoupçonné. Il avait fallu à Claire, pour le retrouver, beaucoup de patience et d'astuce. Pendant quinze jours, elle avait assidûment fréquenté le Palais du Luxembourg, observant chaque visiteur, chaque messager qu'avait reçu Mademoiselle. Enfin, sa persévérance avait été récompensée.

Un après-midi, près de l'entrée de service, elle avait reconnu Gillot, le valet d'Adrien. Le brave garçon qui,

---

* Affluent de la Seine maintenant recouvert.

naguère, au Louvre, la renseignait déjà sur tout ce que faisait son maître, ne fut pas de force à résister à ses adroites questions. Oui, M. d'Ivreville l'avait fait rechercher ! Puis, sous le sceau du secret, Gillot avait fini par lui révéler l'adresse du logis des Gobelins.

Claire avait attendu avant de s'y rendre, que fût achevé le carrousel. Encore éblouie, soulevée de fierté par le triomphe remporté la veille par Adrien, elle n'avait pu se contenir plus longtemps. Mais au moment d'agir, parvenue devant la maison, elle hésita, tremblant à la pensée qu'elle risquait d'être mal reçue. Pourquoi cette rencontre-ci serait-elle plus réussie que la précédente ?

« Parce qu'il le faut ! » se dit-elle soudain en frappant à l'huis d'un geste énergique.

Une servante âgée se montra, puis aussitôt, dans l'entrée étroite au plancher bien ciré, s'avança une autre vieille femme, toute en noir, au museau aimable, qui prit un air innocent pour répondre à Claire :

– Un jeune homme chez moi ? Vous faites erreur, mon enfant.

Claire insista, s'attirant la même réponse. La servante avait rouvert la porte. Gentiment, les deux vieilles lui faisaient comprendre qu'elle devait s'en aller. Mais c'était méconnaître l'opiniâtreté de la visiteuse. Sans prendre garde à leurs cris d'orfraies, Claire traversa l'entrée, se dirigea vers une autre porte dont elle tourna la poignée.

Le jardin lui apparut : un arceau de roses, un carré de capucines, deux gros tilleuls et un grand pré où se dressaient des barrières, des potences chargées d'anneaux, une quintaine.

Claire n'avait pas achevé son inspection qu'une voix enjouée lançait du couvert des arbres :

– J'aurais dû m'attendre à vous voir débarquer en ces lieux ! Laissez, dame Marote – ces mots s'adressant à la maîtresse du logis –, je recevrai mademoiselle. Venez, Claire. Eh bien, qu'y a-t-il ? Vous ne voulez pas vous asseoir cinq minutes sous ces frais tilleuls pour un petit bavardage ? N'êtes-vous donc pas venue me féliciter ?

— Si, si, bien sûr, fit-elle un peu gauchement, en s'approchant d'un banc de pierre.

Il se moquait d'elle. Ce ton détaché, exagérément poli, cet œil incisif, ce petit pli ironique au coin de la lèvre, rappelaient à Claire le temps où il tournait en dérision sa façon de surgir à l'improviste. Mais Dieu qu'il était beau ! Viril et désinvolte dans sa chemise échancrée sur sa poitrine mate, à peine ombrée de noir ; plus grand, plus fort... et plus intimidant, hélas !

Elle se sentit rougir et cessant de regarder Adrien, elle s'assit puis épousseta avec une minutie appuyée la modeste jupe de droguet brun qu'elle avait mise pour trotter jusqu'ici.

— Est-ce Mademoiselle qui vous a donné cette adresse ?

— Non ! Je l'ai trouvée toute seule.

— Evidemment !

Adrien se mit à rire. Posant un pied sur le banc, il entrecroisa les doigts sur sa jambe bottée de fauve et considéra Claire avec gaîté :

— Bravo ! Je constate que vous avez su conserver tous vos talents. Et à part cela, inguérissable curieuse, que devenez-vous ?

— Marianne, madame la duchesse de Bouillon, m'a prise auprès d'elle comme demoiselle de compagnie.

— Un service qui, je présume, ne doit pas être trop lourd et vous laisse des libertés ?

— En effet.

— Et... Et c'est tout ? Je veux dire... Non, rien, fit-il en reprenant une position plus conventionnelle, loin de Claire, à l'extrémité du banc.

Dissimulant la tempête intérieure qui la secouait, la jeune fille restait silencieuse. A Saint-Jean-de-Luz, ils s'étaient quittés dans la tendre violence des adieux forcés. Depuis, la pensée d'Adrien avait été sa compagne de chaque instant. A tel point qu'il lui était devenu aussi familier que s'ils avaient vécu tout ce temps ensemble. Mais une si longue séparation façonne différemment les êtres, constatait Claire avec chagrin, une révolte sourde. D'ailleurs, ce qui s'était passé entre eux avait été si peu de chose ! Par un excès d'amour et d'imagination, elle avait fait d'une amusette, le roman de sa vie. Sottement. Mais elle avait beau en appeler à la raison, l'attitude dégagée, simplement amicale d'Adrien, lui était aussi cruelle que l'hostilité ou l'indifférence.

« Pour lui, pensa-t-elle, je serai donc toujours l'amusante petite Claire, un brin agaçante, sympathique malgré tout. Rien de plus. »

— Pardonnez-moi d'avoir joué l'autre jour avec vous au « moine bourru », lui disait-il. Je ne pouvais commettre aucune imprudence avant le carrousel, n'est-ce pas ?

Au-dessus d'eux, dans les touffes d'un jaune verdelet, odorantes et duveteuses, courait un incessant bourdonnement d'abeilles. Le souffle chaud du jardin, abandonné au soleil, parvenait à les atteindre par intermittence, au cœur du cercle d'ombre et de fraîcheur qui les entourait, comme l'appel d'un impossible désir. Plus tard, Claire voudrait revivre indéfiniment toute cette vaine douceur. Pour l'instant, elle s'entendait répondre d'un ton égal :

— Vous n'avez pas à vous excuser. Je l'ai parfaitement compris et souhaite très fort que vos prouesses d'hier vous fassent rentrer bientôt dans les bonnes grâces de Sa Majesté.

— Tout cela n'aurait pas été possible sans Mademoiselle, précisa-t-il. Je déplore qu'elle ait dû nous quitter pour Saint-Fargeau mais je peux vous garantir qu'elle a raison de refuser Alphonse de Portugal ! Quant à moi, maintenant, je n'ai qu'à attendre le retour du roi, parti, comme vous le savez certainement, à Versailles jusqu'à la fin de la semaine. Alors, je demanderai une audience. Je glisserai dans ma lettre le meilleur et le plus sûr des sauf-conduits.

Adrien sortit de sa poche le diamant du roi pour l'offrir à la lumière qui lui arracha de fulgurants éclats rosés.

— Ensuite, murmura-t-il comme se parlant à lui-même,

ce sera le pardon, la prison ou l'exil. Quelle que soit la décision de Louis, je m'inclinerai.

— Je veux croire au pardon. Je prie pour cela, fit Claire avec ferveur.

Il lui sourit en remettant le diamant dans sa poche.

— Parlez-moi de ma mère. La voyez-vous souvent ?

— Très souvent. Madame d'Ivreville va bien. Vous avez dû constater hier, en l'apercevant dans la tribune près de la reine mère, qu'elle est toujours aussi belle. Mais vous n'avez donc pas appris à vos parents que vous étiez à Paris ? Ils en seraient si heureux ! Pourquoi ne pas aller les voir, en cachette ?

Adrien bondit brusquement et se mit à faire quelques pas nerveux :

— Pareil à un voleur, un criminel ? Non ! Je tiens à franchir le seuil de ma propre maison au grand jour et la tête haute. Je connais ma mère. Elle voudra se démener pour moi, courir vers le roi, protester avec sa manière pas toujours diplomate d'exprimer ce qu'elle pense. C'est pareil pour mon père. J'ai causé assez de torts à ma famille et dois régler seul mon destin !

« Tu ne comptes pas Naillac ? se demanda Claire. Qu'en feras-tu ? Il ne te lâchera pourtant jamais. Son nom reste suspendu à ton horizon comme une nuée de corbeaux. »

Elle avait peur, tout à coup accablée par cette évidence. Mais elle ne voulut pas ôter l'optimisme et l'allant d'Adrien. Ni l'un ni l'autre ne parla donc de Naillac.

A son tour, Claire se leva.

— Vous partez déjà ?

— Il est temps. L'Hôtel de Bouillon est bien loin.

— Gillot vous raccompagnera. Il n'est pas bon qu'une jeune fille convenable hante seule les faubourgs isolés.

— Je saurais me défendre le cas échéant, affirma-t-elle, avec un redressement du buste assez faraud qui le fit encore rire.

— Je n'en doute pas.

Néanmoins, il appela son valet et lui ordonna de tenir sellée la mule de dame Marote. Puis il se retourna vers Claire, la main tendue en signe d'au revoir.

– Merci de votre visite. Notre prochaine rencontre aura peut-être lieu à la Cour ? Qui sait ? Je vous ferai danser au ballet du roi.

Claire avait maintenant une telle hâte de s'en aller, d'échapper à cette navrante gentillesse, qu'elle retira sa main en marmottant un brimborion de réponse et s'élança vers la maison.

– Attendez ! s'écria-t-il surpris.

En quelques enjambées, il fut près d'elle pour découvrir, glissant le long de ses joues, de grosses larmes qu'elle essuya trop tard.

– Vous pleurez ! dit-il en la prenant par les épaules.

– Non, non, pas du tout !

– Non ?

A son tour, il passa doucement une main sur le ravissant visage afin d'effacer toute trace de cette tristesse imprévisible, espérant le voir s'éclairer, lui sourire.

– Jamais je n'aurais soupçonné que mon vaillant compagnon, mon rusé lutin, pouvait pleurer.

Le résultat obtenu fut le contraire de ce qu'il escomptait. Un déluge répondit à sa gentillesse badine et Claire s'abattit contre lui, hoquetant de plus belle.

Aucun embarras ne peut être comparé à celui d'un homme soudainement confronté à ce genre de situation. Comment, en effet, s'aventurer dans la complexité d'une âme féminine sans points de repère, désarmé ? Comment déchiffrer ces signaux de détresse, résoudre une telle énigme ? L'entreprise relevait de l'impossible. Pris entre l'envie de fuir et celle de consoler, ému, désorienté, Adrien se sentit frôlé par un vent de panique et pour lui échapper n'entrevit qu'une solution. Penché sur Claire, il chercha sa bouche dont la douceur humide et salée lui fit abandonner très vite toute maîtrise de soi. Entre ses larmes et ce baiser ravageur, la jeune fille perdit souffle et difficilement réussit à détourner la tête. Aussitôt, Adrien la relâcha :

— Pardon ! Mais j'en avais une telle envie ! fit-il pendant qu'elle cherchait à reprendre contenance et dignité en se mouchant discrètement.

Emergeant de la blanche batiste, le visage de Claire réapparut, rouge certes, et un peu défait, mais illuminé surtout d'une joie aussi subite que son tout récent chagrin.

— Vous en aviez… envie ? demanda-t-elle incrédule, en appuyant sur le dernier mot.

— Depuis longtemps, avoua-t-il avec la timidité d'un collégien à son premier amour.

Claire se rapprocha de lui, non sans hésitation :

— Pourquoi, dans ce cas, vous êtes-vous montré si odieux ?

— Odieux ? Je ne comprends pas, ma Claire. Odieux, moi qui rêve de faire votre bonheur ?

— Vous ne m'aviez donc pas oubliée ?

Elle lui offrait des yeux pâlis par les pleurs, agrandis par l'enchantement, plus verts, plus scintillants que ne le seraient jamais tous les beaux océans qu'Adrien avait parcourus. L'oublier ! Deux ans passés dans les plus troublantes contrées n'avaient pu effacer le souvenir de Claire. Bien au contraire, au fil du temps, son sentiment pour elle s'était précisé, épuré, affermi, jusqu'à devenir ce qu'il était maintenant, aussi rare, limpide et résistant que le diamant qu'il avait fait miroiter un instant plus tôt. Il le lui dit, enfin, et lui confia également ses scrupules à lui parler d'amour alors qu'il n'avait rien à lui offrir si ce n'est un avenir incertain.

— J'avais pris pourtant de solides résolutions. Mais comment vous résister, petite fille ?

D'un ton plus bas, il avoua qu'il avait eu lui aussi, la crainte qu'elle-même ne l'eût oublié.

— Tout à l'heure, j'ai failli te demander si tu n'avais pas un projet de mariage en tête. J'ai eu peur de la réponse.

— Il n'y a jamais eu que toi. Il n'y aura jamais personne d'autre. Je t'attendrai toute ma vie s'il le faut.

Entre ses bras, Claire riait, tremblait tour à tour, se lovait le plus étroitement possible, laissant Adrien chuchoter à son oreille, ses aveux, ses doutes, ses folies ; le laissant l'embrasser encore et encore, sans soupçonner l'effort qu'il faisait pour ne pas la renverser là, tout de suite, sur les capucines de dame Marote.

— Tu m'attendras seulement quelques jours, assura-t-il. D'ici là, tu ne dois plus revenir me voir. Il faudra demeurer sagement à l'Hôtel de Bouillon. Promets-le, Claire. Je ne veux pas te savoir rôdant partout, au risque de t'attirer toutes sortes d'ennuis.

— Quels ennuis ?

— Allons, mon cœur, je veux ta promesse !

— Entendu, je te la donne. Je ne quitterai pas Marianne. Mais fasse le Ciel que le roi se décide vite et bien ! Sinon…

Elle se mit à rire, préférant achever sa phrase sur un baiser.

Elle partit cinq minutes après, plus triomphante sur la vieille mule que Gillot tenait en bride, que ne l'avait été la reine dans son char lors de son entrée à Paris. Ses cheveux de lumière, son teint de fleur, son air radieux d'amoureuse, ne manquèrent pas d'être admirés. Des sifflets louangeurs lancés par quelques clients qui s'étaient attablés au soleil devant le cabaret de la Rose Rouge fusèrent comme elle passait devant eux. Elle les balaya de haut, d'un coup d'œil distrait, trop heureuse pour s'offusquer de leurs manières. Pourtant l'un de ces hommes retint son attention sans qu'elle s'expliquât pourquoi. Il n'avait rien de particulier, ce brun semblable aux autres, dans son méchant pourpoint de futaine, un ouvrier probablement. Mais il avait un regard perçant que n'avaient pas tous ces joyeux buveurs de bière ; perçant et sournois. Dès qu'il se vit observé, l'homme plongea le nez dans son pichet.

Cependant, Claire s'éloignait, reprise par sa béatitude, l'hypocrite face brune déjà sortie de sa mémoire.

LES AMOURS MASQUÉES

Marie Mancini était partie rejoindre le connétable Colonna, si "outrée de sa douleur et de l'extrême violence qu'elle s'était faite" pour ne pas la montrer, que madame de Venel, chargée de l'accompagner jusqu'à Milan, avait cru la voir mourir en chemin d'une fièvre cérébrale. Finalement, Marie avait survécu et menait maintenant, dans son riche palais romain, une vie mondaine en apparence sereine, auprès d'un époux empressé. Reste qu'elle avait le cœur brisé définitivement.

Celui du roi, en revanche, avait mieux résisté au naufrage de leur amour. Sans devenir insensible – le sentiment profond porté à Louise de La Vallière le prouvait –, il était dorénavant à l'abri des écueils. Louis aimerait ses maîtresses, les comblerait, les traiterait en reines mais il ne serait plus esclave de ses passions.

– "Il faut se garder contre soi-même, prendre garde à son inclination... professait-il. Qu'en abandonnant notre cœur, nous demeurions maître de notre esprit, que nous séparions les tendresses d'amant d'avec les résolutions du souverain."

Sa liaison avec sa belle-sœur avait fait à la Cour tant de bruit qu'il était pour le moment assez discret dans son commerce avec Louise, elle-même aussi farouche qu'une biche des bois. A la moindre occasion, il fuyait l'envahissante tendresse de sa femme – pauvre Marie-Thérèse à la jalousie tonitruante ! – et de sa mère de plus en plus versée dans la dévotion. Emmenant ses familiers, emmenant Louise, il filait souvent chasser à Versailles.

Le roi projetait par ailleurs de transformer totalement ce « petit château de cartes » que son père avait jadis fait édifier. Les meilleurs artistes s'étaient déjà mis à l'œuvre : Le Vau pour les murs ; Le Brun pour les décors intérieurs ; Le

286

Nôtre pour les jardins ; des artistes révélés par Fouquet dans la construction de son domaine de Vaux dont Louis avait été fort jaloux. Mais il ferait mieux que Fouquet, mieux que son frère à Saint-Cloud, mieux que Condé à Chantilly, mieux que Naillac ou que n'importe qui d'autre ! Le château qui surgirait parmi les bassins, les fontaines et les bosquets de Versailles, celui qu'il voyait dans ses rêves, serait l'image même de la beauté, de l'harmonie, de la grandeur. Une apothéose comme le serait son propre règne !

La fête du carrousel avait été un indéniable succès et durant le court séjour du roi et de son petit groupe à Versailles, tous en parlèrent beaucoup, le cavalier au masque blanc titillant, bien entendu, les curiosités. Louis avait son idée là-dessus, une idée qu'il avait d'abord combattue, étonné de se laisser piéger par l'imagination, lui qui s'en méfiait à l'égal de la peste. Mais en dépit de sa volonté, le souvenir d'un garçon de son âge qu'il avait côtoyé pendant vingt-deux ans s'était imposé en lui et la réponse de l'inconnu rapportée par Gramont avait chassé ses dernières incertitudes. A cheval, à l'épée, à la bague, Adrien d'Ivreville avait dès l'enfance surpassé ses pairs. Son style était unique comme étaient uniques son esprit inventif, son espièglerie de page, sa loyauté. La mystérieuse affaire de Naillac avait toujours évoqué ces sombres rivières dont on ne peut découvrir la source, perdue dans des replis trop profonds, trop dangereux pour être explorés jamais. Pour l'instant, il était temps de l'enterrer. Si Adrien revenait lui demander son pardon, Louis serait maintenant disposé à l'accorder car au bonheur de retrouver un ami, s'ajouterait la satisfaction de rabaisser un marquis de Naillac devenu un peu trop voyant.

Il était indéniable que sous l'influence de cet homme, Philippe n'observait plus aussi bien l'attitude soumise convenant au frère d'un souverain. Quant à ce ménage à trois, avec Madame, il éclaboussait de ridicule toute la famille royale et Louis en voulait à Henriette de l'avoir aussi vite remplacé. Néanmoins, Naillac avait commis une faute plus lourde encore en contant fleurette à Louise de La Vallière, et pire, en lui offrant de l'argent afin qu'elle lui rendît compte des faits et gestes du roi ! Lorsque sa maîtresse lui avait révélé cet infâme marché, Louis s'était juré d'éliminer tôt ou tard l'impudent marquis. Pour l'instant, personne, excepté Colbert, ne s'en doutait. Louis faisait bonne figure et guettait un autre faux pas.

Du loup auquel lui-même se comparait parfois, Naillac n'avait pas seulement le goût du secret, il possédait aussi l'instinct capable d'éviter les chausse-trapes. Son échec auprès de la jeune La Vallière l'avait étonné car il pensait la Cour peuplée de femmes vénales. Il avait commis là une de ses rares erreurs et flairait la rancune mortelle sous les mines imperturbables du roi.

Naillac détestait Louis XIV, sa folie des grandeurs et toute cette mise en scène qui se faisait peu à peu autour de sa personne. Lui, l'homme des ténèbres, ne serait jamais un adorateur du soleil ! Lui, l'animal solitaire, ne se laisserait jamais cueillir au liteau, embastiller, humilier ! Il frapperait avant.

Maladie, accident... Il suffisait d'une si petite brèche pour que la mort s'engouffrât. Le roi disparu, son frère Philippe devenait naturellement régent du royaume pendant la minorité du dauphin. Or, celui-ci avait sept mois. Autant dire qu'il était encore et pour longtemps un fétu misérable à la merci du plus léger vent.

Préoccupé par ses chiffons, les travaux de Saint-Cloud, ses disputes avec Henriette et la découverte de plaisirs sulfureux, Monsieur était évidemment bien loin de soupçonner le destin qui l'attendait. Naillac estimait inutile de mettre dans la confidence un jeune prince attaché, envers et contre tout, à son frère dont il n'avait jamais convoité la place. Philippe était au fond un grand enfant, respectueux de ses devoirs, craignant encore sa mère, pieux, gai, capricieux, filant doux au moindre éclat de voix. Mais il tiendrait sa place sur le trône tout aussi bien qu'un autre, surtout avec un marquis de Naillac pour exercer le pouvoir ! A tout prendre, Naillac le trouvait plus amusant que Madame dont l'entrain n'était qu'une forme d'excitation maladive assez lassante, et la séduction, une somme ingénieuse d'artifices qui s'écroulait dans l'intimité.

D'ailleurs, existait-il seulement une femme dont la beauté fût naturelle et le caractère aussi solide et souple à la fois, qu'un acier bien trempé ?

« Je ne vois que cette petite, se disait alors Naillac lorsque le mépris, le dégoût qu'il éprouvait pour l'humanité entière, lui remontaient à la gorge comme une bile noire. Cette petite de Venel. »

La pensée de Claire le ramenait maintenant à l'incident du carrousel. Finalement, loin de le gêner dans ses machinations, le retour d'Ivreville allait précipiter les choses et bien le servir.

En promettant à Adrien de rester sage, ce qui, pour lui, signifiait d'éviter de fourrer le nez partout, Claire avait affirmé qu'elle ne quitterait pas Marianne. Précision qui avait son importance. Sans être parjure, la jeune fille pouvait ainsi accompagner la petite duchesse dans toutes les visites que celle-ci effectuait, ouvrir l'œil et tendre l'oreille à chaque propos.

Personne ne semblait savoir qui était le mystérieux vainqueur du carrousel. Marianne elle-même, pourtant perspicace et imaginative, n'avait rien percé. A la Cour, les sentiments étaient trop superficiels pour résister au temps. Il fallait soit beaucoup aimer, soit beaucoup haïr pour ne pas oublier ceux qui s'en éloignent.

Par un raisonnement identique à celui que Naillac avait poursuivi, Claire en était venue à craindre que le marquis, éclairé par la haine, n'eût compris qui avait gagné sous le masque. Dans ce cas, si Adrien ne rencontrait pas le roi au plus tôt, il était menacé. Naillac ferait tout pour lui barrer la route et même l'éliminer. Mais autant vouloir décrypter une nuit profonde que de prétendre deviner les pensées de cet homme. D'habitude, Claire cherchait à l'éviter prudemment dans la mesure où le permettait leur appartenance à la même société. Tout en se montrant poli, distant, Naillac avait en effet une façon diabolique de s'intéresser à elle, une lueur fauve dans les yeux lorsqu'elle dansait, lorsque venait son tour de quêter à l'église, lorsqu'elle se rendait à Saint-Cloud parmi d'autres, pour admirer la grande cascade dont Monsieur était si fier. Naillac ne semblait pas douter alors que le moment approchait où, tout naturellement, Claire lui appartiendrait.

Pourtant ce dimanche-là, ce fut dans l'espoir de le rencontrer, d'observer son comportement, que la jeune fille suivit Marianne invitée aux Tuileries. Tout un monde jeune et dissolu s'y côtoyait, attiré par le couple brillant, singulier, que formaient Henriette et Philippe, tous deux dominés par l'outrecuidant Naillac. Mais Claire eut beau s'appliquer, elle ne trouva pas ce dernier différent des autres jours.

Elle s'inquiétait probablement à tort. Voyons... La veille, le roi était revenu de Versailles. Adrien, qui avait dû lui envoyer sa demande d'audience, aurait sans doute une réponse au plus tard demain. Ne pouvait-elle patienter un peu ?

Demain ! Brusquement, tout paraissait long et fragile dans l'esprit agité de Claire. Que se passerait-il d'ici demain ? Adrien l'empêchait de le voir. Elle ne lui manquait donc pas comme il lui manquait ? L'aimait-il seulement ? N'avait-elle pas exagéré l'importance de leurs retrouvailles dans le jardin de dame Marote ? Que faisait-il en ce moment précis où, seule au milieu de la joyeuse assemblée, guettée sans relâche par le marquis de Naillac, elle se tourmentait si fort ?

— Vous n'avez pas été très bavarde aujourd'hui, lui reprocha gentiment Marianne alors qu'elles remontaient en carrosse, en fin d'après-midi. Eh bien, Claire, qu'avez-vous ? On dirait que vous plongez le regard sur un monde invisible à nous autres, pauvres êtres ordinaires. Les fantômes des Tuileries vous apparaissent, peut-être ? Dites-moi celui qui vous fascine en ce moment. Claire ! Je vous parle ! s'écria Marianne impatientée.

— Oh ! Je vous demande pardon. Rassurez-vous, il n'y a ici aucun fantôme. C'est moi qui suis seulement un peu dans la lune.

Il n'y avait pas de fantôme dans la cour envahie par les équipages, mais un homme brun, bien réel, se faufilant derrière l'admirable colonnade de marbre du palais. Et cet homme n'était autre que l'individu chafoin du cabaret de la Rose Rouge ! Pas plus ouvrier des Gobelins que banal amateur de bière, il était un habitué des Tuileries où d'évidence il se dirigeait à l'aise, une silhouette anonyme dans la cohue des domestiques de toutes livrées. Un valet de Naillac, Claire le comprit sans même réfléchir, qui avait dû la suivre l'autre jour et découvrir le refuge d'Adrien !

— Vous devez choisir, ma chère Claire, poursuivait Marianne. Soit vous me confiez le secret me permettant de vous rejoindre sur la lune, soit vous redescendez sur terre. Mais, de grâce, cessez de faire comme si je n'existais pas ! Vous savez très bien qu'il me faut toujours parler à quelqu'un.

Le fait qu'elle fût devenue duchesse de Bouillon n'avait en rien modifié les rapports étroits des deux amies. Heureuse en ménage, ayant embobeliné son mari comme elle le faisait de tout le monde, par son intelligence et son nez retroussé, Marianne était plus mutine, plus bavarde que jamais. Habituée à trouver en Claire toute la gaîté, tout le sens de la repartie qu'elle appréciait tant, elle s'étonnait de son air soucieux.

— Pouvons-nous faire un crochet par les Gobelins avant de rentrer ? lui demanda Claire sans s'occuper de ses remarques.

Marianne, qui n'avait jamais dû mettre le pied dans ce faubourg populaire, s'esclaffa :

— Les Gobelins ! Vous cherchez donc à nous encanailler ? Bon ! Si cela peut vous rendre le sourire, va pour les Gobelins !

Elle donna ses ordres et le cocher tourna sur le Pont-Neuf. Mais loin de la dérider, la promenade ne fit qu'assombrir Claire davantage, et Marianne, qui pressentait chez elle autre chose qu'une simple lubie, finit par se taire, malgré la curiosité.

Le carrosse s'arrêta devant la maison. Claire frappa à la porte ; la même servante se montra mais, cette fois-ci, fut toute gracieuse en la reconnaissant.

– Mademoiselle ! Quel dommage ! Le jeune monsieur vient juste de sortir.

Dame Marote confirma la nouvelle, navrée de ne pouvoir donner beaucoup de détails. Adrien avait reçu un message vers six heures. Il s'était préparé ; Gillot avait sellé leurs chevaux, tout cela sans dire où ils comptaient se rendre. Tout ce mystère autour d'Adrien que lui avait si chaudement recommandé Mademoiselle de Montpensier la comblait d'aise.

– Comment était Monsieur d'Ivreville en partant ? questionna Claire. Préoccupé ? Satisfait ?

– Satisfait, oui je pense.

– A-t-il parlé du roi ?

– Non, en aucune manière.

La déception de la jeune fille faisait d'autant plus de peine aux deux femmes, qu'elles n'avaient rien perdu, l'autre jour, de sa tendre rencontre avec Adrien.

– Je vous en prie, dame Marote. Faites un effort ! Peut-être vous souvenez-vous d'un mot, d'un petit rien. Il est extrêmement important que je sache où se trouve M. d'Ivreville.

– Hélas, ma chère enfant, j'ai beau chercher...

– Il me revient une réflexion de Gillot, fit alors la servante. Une plaisanterie concernant des ruines et des faïences qui vous tombaient sur la tête.

– C'est toi qui es tombée sur la tête, bougonna Marote.

– Ça m'a paru tout de même curieux, se défendit l'autre.

– Des faïences, murmura Claire de plus en plus troublée.

Avant de prendre congé, elle demanda qui avait apporté le message. La réponse de la servante fut catégorique :

– Un vilain brun ! un sournois !

Le même individu, bien sûr ! L'espion du cabaret, celui des Tuileries, la créature de Naillac ! Claire pouvait bien s'efforcer de croire à une convocation du roi, comme cela avait été prévu, comme l'avait espéré Adrien, imaginer à l'heure présente celui-ci au Louvre, son pressentiment gagnait du terrain.

Elle sentait qu'elle devait agir sans perdre un instant, courir où son amour l'appelait. Mais où, mon Dieu ? Qui pouvait le lui dire, lui venir en aide ? Marianne peut-être, qu'elle venait de rejoindre ? Marianne toute brûlante de savoir pourquoi son amie était si bouleversée, à quoi rimait cette visite dans un coin inhabituel.

– Claire ! dites-le moi !

– Je vous expliquerai tout bientôt, c'est promis.

Marianne était généreuse et avait eu par le passé de l'amitié pour Adrien. Mais que pouvait l'amitié dans une affaire aussi confuse où l'amour lui-même ne faisait rien d'autre que de trembler, tâtonner pour trouver la bonne voie ?

– Vous êtes impossible, se plaignit la jeune duchesse, en enfant gâtée, accoutumée à voir le monde plier sous son caprice.

Mise au courant, elle n'aurait eu de cesse que de se précipiter au Louvre, d'y créer un esclandre en réclamant Adrien à cor et à cri alors que selon la conviction de Claire, la plus grande discrétion devait être observée.

« Je l'aime et je n'agis pas. Toute seule, je suis inutile. »

Cette impression d'isolement, d'impuissance, elle la portait en elle depuis toujours.

« Des ruines et des faïences... Où es-tu, Adrien ? Tu as besoin de moi et mon amour ne te sert à rien. Il ne suffit pas. »

Le carrosse avait atteint le quai Saint-Bernard et suivait la Seine sur laquelle s'attardait la fin du jour en coulées mauves et rousses. Les baigneurs du dimanche étaient encore nombreux à barboter autour des barques équipées de cordes et de petites tentes de toile qui servaient à protéger la pudeur des dames. Se baigner nu était normalement interdit. Cela entraînait trop de licence, "la perte de bien des âmes" et pour éviter la grogne des gardes, mieux valait enfiler une chemise. Malgré tout, il se trouvait toujours des gaillards et de jolies filles plus enclins à faire admirer leurs atouts qu'à obéir aux ordres de la prévôté. Claire remarqua un petit garçon, frétillant dans le courant vif, dressant pour reprendre souffle un minois espiègle sans écouter sa mère qui, sur la berge, lui demandait de sortir. Lorsqu'il se décida enfin à la rejoindre, il fut aussitôt emprisonné adroitement dans un grand drap, bouchonné avec vigueur et tendresse par la poigne maternelle, puis emporté tout gigotant par la jeune femme rieuse.

La tête hors de la portière, Claire les regarda aussi longtemps qu'elle le put, captivée par cette vision parfaite d'un bonheur tout simple : un petit garçon dans les bras de sa mère !

*
* *

Le Bois de Boulogne avait toujours eu mauvaise réputation. Cette grande forêt adossée à Paris avait souvent été, au cours des siècles, le théâtre de maintes aventures galantes ou sanglantes que les promeneurs se racontaient avec délices. Car le frisson faisant partie de l'agrément, les gens continuaient à s'y rendre en groupes, le dimanche, pour faire collation sur l'herbe des clairières ou, poussant jusqu'à la Seine, pour manger la matelote dans de modestes cabarets. Le Bois se prêtait à tout avec des chênes plusieurs fois centenaires, des taillis épais, des coins et des recoins profonds, à l'écart de ses allées sages. Les duellistes pouvaient y croiser le fer sans être gênés par le guet ; les amants s'y retrouvaient, venus de la ville dans des fiacres de louage ; les coupeurs de bourses n'y étaient pas rares non plus. Enfin les cerfs, les daims et les biches, peuplaient la vieille fûtaie qui avait fait la joie de tant de rois chasseurs.

Une muraille percée de huit portes l'entourait, dont les pierres desserties, fourrées de lichens et de pariétaires velues, dénonçaient l'abandon. Maintenant que tombait le crépuscule, que les arbres s'enfonçaient peu à peu dans l'ombre, le bois retrouvait une impressionnante solitude. Lorsqu'Adrien et son valet parvinrent à la Porte « Mahiot «, ils croisèrent une dernière famille qui regagnait Paris à pied derrière bien d'autres, le plus jeune juché sur les épaules de son père, la mère et les filles encore parées de guirlandes de fleurs, une grosse servante chargée des paniers vides et l'inévitable petit chien qui s'en vint tourner un instant auprès des chevaux. Ensuite, plus personne. La porte franchie, un silence à peine froissé de quelques bruits d'ailes, une fraîcheur plaisante, où se concentraient toutes les saveurs de feuilles, d'écorces et de terre, accueillirent les deux cavaliers.

— Brr... Ma foi, je n'ai jamais trop apprécié les parages, ronchonna Gillot qui avait du mal à taire son avis. Quelle idée de nous faire venir ici à pareille heure ! Le roi ne pouvait donc pas vous recevoir au Louvre, simplement ?

— Devant la Cour au grand complet ? objecta Adrien. Je pense qu'il est plutôt préférable de ne pas donner un caractère officiel à cette première rencontre. D'ailleurs, le Bois n'est pas sinistre. Je le connais comme ma poche pour y avoir bien souvent chassé avec Sa Majesté à l'époque de la Fronde.

— C'était autrefois. Notre sire le délaisse aujourd'hui au profit de Saint-Germain ou de Versailles. Le château de Madrid n'est même plus entretenu. Je vous l'ai dit, bientôt ce sera une ruine.

– Le roi y possède toujours une meute, il me semble.

– Mais il ne l'utilise pas.

– Sambieu ! Tu commences à m'agacer, s'exclama Adrien. Si tu trembles, maraud, fais demi-tour.

– En vous abandonnant seul dans cette forêt du diable ? protesta Gillot.

Préférant se moquer de son entêtement, Adrien prit le galop sur le chemin sablonneux. Encore visité par les rayons déclinants du soleil, le sous-bois n'avait pour lui rien d'hostile, au contraire. Les visiteurs partis, on sentait la paix reprendre possession du moindre fourré après les rires, les cris et les soupirs du jour. Rendue à ses véritables maîtres, les oiseaux, les bêtes furtives, invisibles au passant, la forêt se feutrait à l'approche du soir.

Pourtant, lorsqu'Adrien s'engagea à droite sur la longue allée de Madrid et qu'il vit entre les arbres s'esquisser une tourelle grise, il eut soudain l'impression que le bout du monde l'attendait et dut convenir, en effet, que ce rendez-vous avait de quoi surprendre.

Le château avait plus d'un siècle. François Ier l'avait fait bâtir après son retour d'Espagne où il était resté un an captif. Ce nom de Madrid lui avait été accolé peut-être par dérision, car il s'était aussi appelé le château de Faïence, ses façades n'étant qu'une admirable mosaïque de couleurs, ornée de médaillons en terre cuite, d'émaux polychromes, œuvres de l'artiste florentin della Robbia *. Mais de la gaîté des murs, de l'originalité des trois cent soixante-cinq fenêtres, une pour chaque jour de l'année, de toute la splendeur d'antan, ne subsistaient que des tons défraîchis, un reflet mélancolique. Le château de Madrid était devenu une coquille vide, lézardée, grignotée par le lierre et la mousse. Les oiseaux nichaient sous ses arcades. L'herbe, le liseron, à la fois fragile et tenace, rampaient sur les pavés de la cour où

_____

* Ce château était situé sur l'actuelle commune de Neuilly.

s'écrasaient les ardoises du toit et des fragments d'émaux. Pourquoi certaines demeures, alors qu'elles ont été conçues par plaisir et pour le plaisir, sont-elles délaissées, rejetées au néant ? Une nuée un peu plus noire, une saute de vent plus violente, et celle-ci aurait pu disparaître tout à fait sans qu'Adrien en fût surpris.

Etouffée par la forêt, la cloche de l'abbaye de Longchamp, située à quelque distance, annonça huit heures quand il passa la grille. Remontant jusqu'à la porte principale, il aperçut un cheval attaché à un anneau.

— Nous ne serons pas seuls, mon courageux Gillot, fit-il en sautant à terre.

— Plaisantez, monsieur, plaisantez ! En tout cas, il ne s'agit pas du roi. On ne voit ni gardes ni lumières.

— Entrons. Nous saurons bien qui est là.

Leurs bottes firent d'abord crisser les débris de terre cuite jonchant l'escalier puis dans le grand hall intérieur, réveillèrent un dallage nu. Pour unique décoration : un coffre oublié dans un angle et les chenets de la cheminée. L'air était frais dans tout ce vide où s'amplifiait le bruit le plus infime et flottait l'odeur particulière des murs à l'abandon.

A l'abandon ? Pas exactement. Un pan entier de vieille boiserie s'animait sous l'effet d'une lueur venue d'une autre salle dont la porte était ouverte. Les deux hommes s'en approchèrent, se mettant d'emblée à marcher doucement sans même se concerter. Adrien avait la main posée sur son épée.

— Ah !

Un cri de frayeur les accueillit. Dans l'embrasure d'une fenêtre aux volets fermés, un chandelier posé devant elle, une femme s'était dressée, silhouette tremblante, enveloppée d'un manteau de soie sombre. Tournant le dos à la lumière, elle ne montrait qu'un visage flou et des cheveux très clairs, très fins, qui l'entouraient comme un halo d'or brasillant.

Aussi étonné qu'elle, Adrien se présenta, la salua, tandis qu'elle se rasseyait sur la banquette, les jambes fauchées par l'émotion.

— Monsieur d'Ivreville, quelle peur vous m'avez faite ! J'avais bien cru entendre du bruit mais dans ces grandes maisons inhabitées on ne sait jamais s'ils sont réels ou non. Je suis contente de vous voir.

Indéniablement, sa voix jeune et agréable était empreinte d'un vrai soulagement. Adrien s'approcha.

— Nous nous connaissons, mademoiselle ?

— Nous nous sommes déjà rencontrés à Blois. Mes parents étaient au service du feu duc d'Orléans. Je suis Louise de La Vallière.

— En effet, je me souviens.

Une créature timide, assez maigre, aux yeux bleus dévorants, boitant un peu, malgré cela excellente cavalière et assez jolie pour séduire un roi de France !

— Maintenant je suis chez la jeune Madame, voulut-elle expliquer en pétrissant un petit carré de dentelle.

Pour le reste, Adrien était au courant grâce au tableau complet que lui avait brossé mademoiselle de Montpensier sur la nouvelle Cour. Mais que pouvait bien signifier la présence solitaire de Louise, dans ce château, à une heure pareille ? Il n'y avait qu'une explication : le roi avait voulu réunir sa maîtresse et son ami ; la première, parce que l'occasion était bonne de la voir à l'écart des courtisans, des autres filles d'honneur et de la vigilance d'Henriette ; le second, pour lui prouver en le mettant dans la confidence, que toute la confiance du passé était revenue, qu'il faisait de nouveau partie de sa vie la plus intime.

— Sa Majesté m'a fait dire de me rendre ici, ce soir. Je présume que vous l'attendez vous aussi ? demanda Adrien très respectueusement.

— Oui, je l'attends, répondit Louise avec le frémissement que lui causait toujours l'évocation d'un amant idolâtré.

– Permettez-moi de m'étonner de vous trouver seule. L'endroit est si désert.

– Un garde m'a accompagnée. Mais il est reparti aussitôt en me disant qu'il allait à la rencontre du roi.

– Il y a longtemps ?

– Un quart d'heure à peine avant votre arrivée.

– Nous n'avons croisé personne en chemin ! faillit remarquer Ivreville.

Mais il jugea bon de se taire. Louise de La Vallière paraissait bien assez nerveuse sans avoir besoin d'être inquiétée davantage. Après lui en avoir demandé la permission, il s'assit près d'elle, envahi maintenant par une impression d'étrangeté qui éclairait les faits d'une façon toute différente. Troublé, Adrien remonta le cours de ces dernières heures jusqu'au moment où le messager lui avait transmis, verbalement, l'ordre du roi de gagner, à la nuit tombée, le château de Madrid. Il ne s'était posé aucune question au sujet de cet homme, trop heureux de recevoir aussi rapidement une réponse à sa demande d'audience et de voir déjà se concrétiser les espoirs entrevus après le carrousel. Il n'y avait eu que Gillot pour soulever des critiques, se montrer circonspect.

Un mystérieux message, un lieu retiré, une jeune fille à l'air perdu, un garde évanoui dans la nature : peste ! Adrien songea, en prenant le parti de s'amuser pour vaincre son malaise, que la situation n'avait rien à envier aux invraisemblables romans de Madeleine de Scudéry.

De son côté, Louise avait dû probablement tenir un raisonnement similaire.

– Tout paraît curieux, n'est-ce pas ? murmura-t-elle. Je ne m'étais pas encore rendu compte à quel point, car j'ai pris l'habitude d'agir en marge. Ce rendez-vous était une si belle surprise ! D'abord, j'en ai seulement savouré le bonheur.

Dans sa candeur, la jeune fille dévoilait avec pourtant peu de mots, ce que pouvait être son amour en pointillé, soumis à la clandestinité, aux ruses d'amants toujours guettés par la malveillance.

— Oh ! Je voudrais que le roi arrive vite, vite ! fit-elle dans un soupir.

Comme pour lui répondre, un piétinement de sabots leur parvint de l'extérieur et Gillot, qui s'était posté dans le hall pour surveiller l'entrée, vint annoncer en trombe :

— Monsieur, voici le roi !

— Enfin !

— Je pense, mademoiselle, que nous avons tous deux beaucoup trop d'imagination, commenta Ivreville en souriant à Louise qui s'était levée d'un bond, en même temps que lui.

Aussi soulagés l'un que l'autre, ils firent leur révérence en voyant Louis XIV. Un garde l'avait précédé d'un flambeau. La pièce vétuste aux teintes passées de rouge et de vert, bordées d'une frise dorée, aux petites salamandres sculptées dans les poutres, se réveilla soudain. L'espace sembla empli dans sa presque totalité par le jeune souverain, superbe en habit bleu, son ombre dédoublée, qui s'avançait tranquillement, majestueusement, en maître.

Il s'arrêta environ à cinq pas de Louise et d'Adrien et son visage, alors, les effraya. La royale sérénité n'était qu'apparence. Ses yeux n'étaient que mépris et colère ; ses lèvres se pinçaient sous la moustache étroite ; sa voix, lorsqu'il parla, tremblait, tant il lui coûtait de se dominer.

— Je ne voulais, je n'osais le croire. Cependant, je dois me rendre à l'évidence et admettre votre trahison.

Bouche bée, Louise le contemplait sans réaliser encore ce qu'il était en train de leur dire. Elle éprouvait pour lui une vénération si proche de l'élan mystique, ses sentiments étaient si étrangers à la coquetterie, aux douteux calculs, qu'elle se savait à l'abri du moindre soupçon. En revanche, Adrien avait immédiatement compris qu'il y avait méprise, même s'il en ignorait, bien sûr, l'origine.

— Sire...

Louis le coupa :

— M. d'Ivreville, vous n'êtes donc revenu que pour commettre un nouveau forfait, l'un des pires qui soient ? Et nous qui nous étions réjoui de votre participation au carrousel et projetions de vous rouvrir bientôt les portes de la Cour.

— Sire, daignez m'écouter un instant !

Adrien était tellement blessé par ce ton glacial, par l'injustice dont il était victime, il était si déconcerté, pressentant derrière cet imbroglio une très grave machination, qu'il osa interrompre le roi.

— Nous sommes ici, mademoiselle de La Vallière et moi-même, sur l'ordre de Votre Majesté !

— Vous vous moquez !

— Me suis-je jamais moqué de vous ? fit Adrien en essayant de mettre dans sa question tout le rappel de leurs jeunes années.

Mais le roi refusa de se laisser attendrir. Tourné vers Louise qui saisissait enfin la raison de son courroux, il lui demanda :

— Qu'avez-vous à ajouter, mademoiselle, à ces pitoyables explications ?

Lui répondre, alors qu'il la considérait comme une ennemie, exigea de la part de Louise un effort surhumain. Elle savait combien il était jaloux, possessif, au point de lui reprocher le plus insignifiant attachement qu'elle avait pu nouer avant de le connaître, de ne pouvoir supporter le moindre compliment sur elle de la part de ses gentilshommes, de lui interdire toute amitié avec d'autres jeunes filles. Il devait être pour elle non seulement un amant, mais aussi un père, un frère, un confident. Il voulait être son tout. Plus aucune femme ne le dominerait comme l'avait dominé Marie. Ce que le roi aimait en Louise était sa soumission pleine et entière, la pureté infinie de ses si grands yeux.

— M. d'Ivreville vous a dit la vérité, répondit-elle sans retenir ses larmes. J'ignorais le revoir aujourd'hui. Un garde s'est présenté aux Tuileries, de votre part. Je l'ai suivi. M. d'Ivreville est arrivé juste après moi.

— Parce que quelqu'un m'avait transmis votre volonté de me rencontrer ici même, sire, acheva Adrien. Je vous en donne ma parole.

Il était difficile de mettre en doute leur sincérité évidente, l'inquiétude de l'un, le chagrin de l'autre. Pauvre petite Louise qui déchiquetait son mouchoir en n'attendant qu'un geste pour se jeter dans les bras de son amant ! De là à oublier tout soupçon, à pardonner déjà, le roi ne le pouvait pas encore.

— Je n'ai envoyé aucun ordre, reprit-il. Mais, pour ma part, j'ai reçu un avis, anonyme bien entendu, m'informant que mademoiselle de La Vallière entretenait une liaison dont la preuve me serait fournie au château de Madrid.

— Et vous l'avez cru ? s'écria Louise douloureusement.

— Je l'ai cru. Oui !

Parce qu'il avait connu trop jeune le mensonge, la duplicité, la traîtrise pour avoir en quiconque une foi totale. Quant à ce qu'il avait souffert en se croyant trompé par sa maîtresse, son cœur et sa vanité également meurtris, personne n'en saurait jamais rien. Sa voix fut à peine plus douce lorsqu'il ajouta :

— Séchez vos larmes, ma chère.

Adrien s'agita. Quels naïfs ils avaient été ! La vérité commençait à lui apparaître. Ce qu'il entrevoyait était terrifiant.

— Sire ! Nous avons été certainement attirés tous trois dans un piège. Ces lieux ne sont pas sûrs. Il faut en partir sans tarder.

— C'est juste. Nous éclaircirons cette affaire au Louvre. Venez !

Dans le hall, Adrien salua deux anciennes connaissances, Louis de Vivonne et le comte de Saint-Aignan. Les deux gentilshommes faisaient souvent partie des expéditions privées de Sa Majesté. Saint-Aignan spécialement chargé d'ordonner les fêtes royales, favorisait, depuis le début, les amours du roi et de Louise, allant même jusqu'à leur prêter sa chambre lorsque la Cour résidait à Fontainebleau.

— La porte ! lança Vivonne au garde en faction.

Mais juste à l'instant, le lourd battant de chêne massif, aux caissons taillés en « pointes de diamants » se rabattit avec violence, plaquant le garde contre le mur. Des hommes firent irruption dans le hall. Ils étaient une trentaine, armés jusqu'aux dents, tous en noir, bottés, bardés de buffle, le feutre bas sur le front. L'un d'eux ficha une torche à chaque angle de la cheminée pendant que les autres prenaient position en demi-cercle.

— Qu'est-ce que cela signifie ? demanda le roi.

A sa droite, déjà prêt à tirer l'épée, Adrien constata amèrement :

— Cela signifie, sire, que nous nous sommes montrés d'une folle imprudence et que nous voilà pris dans la nasse tendue par notre ennemi.

— Notre ennemi ? Si c'est une plaisanterie, elle est d'un goût détestable.

— Ce n'est pas une plaisanterie !

Du seuil, quelqu'un venait de lancer insolemment la réponse. Ce n'était encore qu'une ombre gigantesque, du moins elle le paraissait, loin du cercle incertain des flambeaux. A mesure qu'elle s'avança, l'ombre reprit l'aspect longiligne et hautain d'une silhouette familière à la Cour et que tout le monde reconnut avec une stupeur, une incrédulité que seul Adrien d'Ivreville ne partagea pas.

— M. de Naillac !

— Vous ne savez pas ce que vous faites ! s'exclama Saint-Aignan.

— Oh que si, il le sait, fit Adrien en surveillant chaque mouvement du marquis venu se camper devant le roi, si près qu'il aurait pu le toucher de la pointe de son arme.

De retrouver son vieil adversaire ne l'étonnait pas et même aurait été à sa convenance. Après deux ans de trêve, leur long duel devait reprendre. Mais ce qui causait sa profonde inquiétude, le mettait sur le qui-vive, était le fait que le roi fût mêlé à toute l'affaire.

Un coup d'œil à Vivonne et Saint-Aignan : les deux gentilshommes d'instinct sur leurs gardes comprirent l'avertissement d'Ivreville et vinrent le rejoindre pour former avec lui un rempart devant Louis XIV. Leur manège eut l'heur de beaucoup amuser le marquis de Naillac.

— Votre Majesté se trouve bien protégée : un libertin, un maquereau et pour contrebalancer la paire, le preux chevalier au cœur pur. Pourtant, je crains que cela ne vous suffise pas.

— Vous avez perdu l'esprit, monsieur, martela le roi avec le sang-froid qui ne l'abandonnait jamais. Vous allez sur-le-champ remettre votre épée à M. de Vivonne et dire à ces hommes de se rendre à nos gardes qui attendent dehors.

— Vos gardes ? s'esclaffa Naillac. Mais vous n'avez plus de gardes ! A-t-on idée aussi de fréquenter des bois malfamés avec une si méchante escorte ? Une demi-douzaine de mousquetaires ! Pfut... J'ai le regret de vous apprendre que mes hommes n'en ont fait qu'une bouchée. Je dois vous préciser que ma troupe manie le coutelas avec autant de discrétion que d'adresse. Je gage que vous n'avez rien entendu.

— Misérable ! cracha Vivonne.

Saint-Aignan tenta de se montrer plus diplomate :

— Naillac ! A travers ses gens, c'est Sa Majesté que vous touchez. Vous n'ignorez pas ce qu'il en coûte d'atteindre à la personne sacrée du roi. Reprenez-vous avant qu'il ne soit trop tard. Vous aurez déjà bien assez à payer comme cela.

— Le roi ! L'oint du Seigneur ! L'image intouchable de Dieu sur la terre ! Epargnez-moi vos balivernes. Je ne vois, moi, qu'un jeune despote dont vous êtes tous les jouets serviles.

— Posez les armes ! cria Vivonne aux hommes en noir qui n'avaient pas bronché. Mettez-vous à genoux devant Sa Majesté !

– Vous perdez votre temps, remarqua Naillac qui, décidément, semblait se délecter de la conversation. Aucun de ces braves n'est Français ni même chrétien. Ils se contrefichent de nos coutumes et ne m'obéissent que pour l'argent.

– Vous n'avez donc aucun sentiment d'honneur ? fit la voix juvénile et frémissante de Louise.

Elle eut droit à un salut et un sourire appuyés, de ceux qui valaient au beau Naillac tant de conquêtes de tous bords.

– La vertueuse demoiselle de La Vallière ! Comment s'est passée votre rencontre avec M. d'Ivreville ? Avez-vous pu résister à son charme ? Car il en a. D'autres, naguère, les ont appréciés avant de s'en lasser, il est vrai, ajouta-t-il en évoquant perfidement la rupture de Lorenza et d'Adrien.

Mais il y avait longtemps que pour celui-ci, tout ce qui rappelait Lorenza lui était devenu indifférent. Il ne releva pas le propos, mettant par ailleurs toute sa volonté à se taire et à endiguer le torrent de haine qui gonflait en lui-même, de peur de se laisser noyer, d'y perdre ses moyens. Naillac n'attendait que cela pour dominer plus facilement la situation. Adrien devinait l'effarante ivresse que ce monstre devait éprouver à les tenir tous à sa merci, à les insulter, à se moquer du souverain le plus puissant de la terre. Et c'était bien pour ce souverain qu'il fallait se préparer à lutter, à se battre jusqu'à la mort.

Adrien calcula qu'ils étaient quatre fines lames, avec Vivonne, Saint-Aignan et le roi. On pouvait ajouter Gillot assez adroit, plus le seul garde resté vaillant. Louise ne comptait pas. Sur eux, allaient fondre d'une minute à l'autre les tueurs de Naillac et Naillac lui-même dont Adrien connaissait les exceptionnels talents de bretteur. Trente et un contre six ! Dans cette lutte inégale, qui pouvait garantir la sauvegarde du roi ?

En faisant allusion à Lorenza, Naillac avait, en effet, espéré voir Ivreville lui bondir à la gorge. Le signal eût été donné du combat dont la conclusion rapide ne faisait pour lui aucun doute. Demain, la France pleurerait Louis, quatorzième du nom. Un rendez-vous galant qui avait mal tourné. Personne ne s'en étonnerait. Le peuple connaissait les frasques du roi, son habitude de courir le guilledou et le danger qu'il y avait toujours eu à traverser le Bois de Boulogne, surtout la nuit, sans être solidement entouré. Aucun témoin ne survivrait pour raconter la vérité. Demain, le régent serait le mignon Philippe, et le véritable maître du pays s'appellerait Paul-Alexandre de Naillac !

Il aurait pu être effaré devant sa propre hardiesse et conscient que rien n'était plus grave, plus sacrilège que cette entreprise. D'autres ambitieux, également pétris d'orgueil, auraient certainement frissonné, ne fut-ce qu'une seconde, avant de plonger dans l'abîme. Pas lui ! Sa folie était trop froide, trop calculatrice. Aucune faille ne fissurait le marbre dont il était bâti. Cœur, âme, parcelle d'humanité, quel que soit le nom donné au point sensible de toute créature, Naillac en était privé définitivement. Si une flamme l'animait, cette flamme était noire et son brasier maudit.

Grisé de mener un jeu où toutes les lois humaines et divines étaient bafouées, ne doutant pas du triomphe, il continua son persiflage :

— Vous êtes bien silencieux, cher Ivreville. Quel dommage ! J'attendais beaucoup de nos retrouvailles.

— Avant une heure, tu les auras regrettées ! lui lança Adrien.

Il avait un plan : faire replier leur noyau sur la pièce qu'il venait de quitter avec le roi et Louise de La Vallière. Naillac et sa troupe ne pourraient les y poursuivre qu'en nombre restreint, par petites fournées, leur permettant ainsi de mieux se défendre et de donner au roi la possibilité de s'échapper par l'une des fenêtres. Cette manœuvre ne pouvait réussir que s'ils agissaient de concert, sans gaspiller un instant. Ses compagnons sauraient-ils comprendre ses intentions ? Ils étaient tous expérimentés, s'étaient battus déjà, avaient connu la guerre. Quant à la jeune fille, il lui suffisait de se laisser guider. Portée par son amour et son indignation, elle n'était, du reste, pas décidée à flancher.

Ivreville glissa un pas en arrière, puis un autre, entraînant Vivonne et Saint-Aignan, obligeant de la sorte le roi à reculer lui aussi.

— Replions-nous, vite ! cria-t-il soudain.

Il fut obéi avant même que l'ennemi ne réagisse. Comme prévu, le choc eut lieu au seuil de la salle voisine. Gênés par son ouverture étroite qui ne permettait le passage qu'à un individu à la fois, les hommes de Naillac perdirent momentanément l'avantage du nombre.

— La fenêtre, sire, souffla Adrien. Je vous en conjure.

Naillac aurait-il la même idée ? C'était probable. Dans ce cas, s'il donnait l'ordre à quelques-uns de sortir du château, de le contourner jusqu'à l'autre façade, le roi risquait d'être cueilli sans pouvoir résister. Il n'avait en sa faveur que cinq minutes d'avance, une chance infime à saisir pourtant sans hésitation.

— Accompagnez Sa Majesté, Saint-Aignan. Moi, je reste, décida Ivreville.

— Ma foi, je reste aussi, décréta Vivonne. Ensemble nous allons pourfendre tous ces chiens.

— Vous m'oubliez, monsieur, fanfaronna Gillot.

— Que Dieu vous vienne en aide, mes amis, fit le roi avant de les quitter.

Vivonne referma sur eux la fenêtre et le volet intérieur. Ils n'étaient plus que trois maintenant, face à la meute.

Ils avaient trop de bravoure pour avoir peur. Ils aimaient trop leur roi, ils éprouvaient trop de joie à croiser le fer. Vivonne, ce joyeux débauché un peu grassouillet, savait attaquer et se défendre comme un lion. Gillot, moins conformiste, ne se débrouillait pas mal. Dans le feu de l'action, les blessures devenaient bénignes, le sang versé n'avait pas d'importance. Plusieurs hommes noirs gisaient sur le sol autour d'eux. Mais il y en avait encore beaucoup à faire barrage entre Naillac et Adrien. Lorsqu'ils se rejoindraient, ce dernier ne serait-il pas amoindri ? Aujourd'hui allait sonner l'heure fatale pour l'un d'entre eux, pour l'un et pour l'autre, peut-être. Qu'importe ! Adrien ne voulait pas être dépossédé de cet ultime affrontement. Ferraillant à droite, à gauche, puis fonçant dans la masse tel un boulet, il parvint à gagner le hall. Naillac l'y attendait aussi impatient que lui.

— Laissez-le moi ! fit-il à ceux qui se précipitaient pour l'épauler. Tu es blessé, Ivreville. J'espère néanmoins que nous pourrons nous amuser un moment.

Un moment ? Le temps ne comptait plus. Ils n'auraient pu se séparer pour rien au monde. Naillac fut touché à son tour. Leurs sangs se mêlaient maintenant lorsque leurs deux corps venaient se heurter, les deux épées entrecroisées devant leurs visages douloureux. Comme des jumeaux ennemis, comme certains amants poussant l'étreinte jusqu'au paroxysme de la violence, ils étaient à la fois semblables et antagoniques, liés par la haine, l'aversion inexpiable que chacun ressentait pour l'autre.

On s'agita autour d'eux. Ils n'y prêtèrent pas attention. On se battait dans la cour ; on y lançait de nouveaux ordres. D'autres hommes pénétraient dans le château. Des ombres confuses grossissaient le combat.

— Tiens bon, Adrien !

Pouvait-il comprendre qu'un secours était venu ?

— Tiens bon, mon fils !

Dans l'état d'extrême tension où il se trouvait, sa chair creusée par l'épée de Naillac mais certain, en retour, de lui avoir rendu des coups terribles, l'idée que son père, le maréchal d'Ivreville, était non loin de lui, ne fit qu'effleurer Adrien. Cela suffit, sans doute, à soutenir son bras harassé, à lui donner la force de se tendre encore, pour porter une dernière botte.

Naillac lâcha son arme au même instant que lui, recula, titubant, s'adossa à un mur, ses pupilles dilatées, fixées sur Adrien qui s'effondrait lentement. Le verrait-il mourir avant de partir lui-même ? Car Naillac allait mourir, il le sentait bien. Une morsure atroce lui déchirait la poitrine. Le sang perlait à sa bouche. Tout était perdu. Mais la défaite lui serait douce s'il pouvait assister au trépas de son vainqueur et savoir Rupert vengé.

— Ne me regarde pas ainsi, Adrien d'Ivreville, murmurait Naillac. Ferme les yeux. Leur lumière me fait mal. Elle court sur mes plaies comme un fer incandescent. Ferme les yeux, je n'en puis plus. Je veux te voir mort, enfin !

Ses doigts tâtonnèrent à sa ceinture, s'accrochèrent à la crosse d'un pistolet. Il le leva, en tremblant, ajusta son tir.

— Toute besogne doit s'achever proprement, dit-il encore avec un rire qui n'était qu'un hoquet.

— Non ! Pas ça !

Dans le hall immense, le hurlement se répercuta très haut, résonna à travers toute la demeure. Quelqu'un s'interposait entre les deux hommes, une forme svelte et vive aux bras tendus comme pour empêcher le coup de partir. Trop tard ! La balle siffla, frappant Claire de Venel en plein cœur.

★
★ ★

Allongé, immobile, les yeux clos, les mains jointes derrière la nuque, Adrien croyait entendre ce bruit dans son demi-sommeil et voir s'élancer l'intrépide jeune fille qui l'avait sauvé au péril de sa propre vie. Il conservait de toute la scène une impression un peu vague, faite de couleurs plutôt que de mouvements précis. Il se souvenait de la coulée lumineuse des flambeaux, éclaboussant l'obscurité du hall ; il se souvenait du rougeoiement des blessures et de la robe de Claire, étalée non loin de lui, comme une flaque de sang. C'est à cet instant que l'horreur lui était apparue, une horreur sans nom, inimaginable. Mais il avait tout de même pu ramper jusqu'à la forme étendue, atteindre les longs cheveux de miel dans lesquels il avait enfoui désespérément son visage. Ensuite, tout le reste n'avait été que ténèbres zébrées de pourpre et de feu.

Arraché soudain à sa somnolence, Adrien souleva les paupières et aussitôt son cauchemar s'évanouit, remplacé par la vision onduleuse des branches au-dessus de sa tête. En se faufilant au travers des arbres, le soleil perdait au passage de sa virulence et de son éclat. Il en résultait une alliance délicieuse de tiédeur blonde et de verdure, une profonde harmonie soulignée par les oiseaux, le frisson de la rivière.

Adrien laissa toute cette paix faire en lui son chemin, s'étira, puis, dressé sur un coude, voulut s'assurer que son bonheur était bien réel, que le miracle avait eu lieu. Sous les rayons espacés, l'eau prenait tour à tour l'apparence d'une émeraude ou d'une sardoine brune. Des libellules en rasaient la surface, si rapides, qu'on distinguait à peine leur ventre bleuté. Assise sur une large pierre, sa cotte et ses jupons relevés sur les cuisses, Claire s'amusait à fendre le courant de ses jambes nues, doucement, sans tapage, pensant Adrien encore endormi, et parce qu'il lui était naturel d'être discrète, d'essayer de se fondre délibérément dans un décor, afin de mieux en saisir les secrets.

De prime abord, elle avait toujours cet air esseulé capable de forcer les cœurs les plus endurcis. Mais il n'était pas besoin de la contempler longuement pour être séduit par la parfaite féminité de ses courbes et par son charme, à la fois sensuel et ingénu.

Sans bruit, Adrien se leva. Foulant les bruyères, les plaques de mousse, il s'approcha à pas de loup, s'accroupit derrière elle et l'emprisonna dans ses bras, heureux de lui arracher un cri de surprise.

— Tu vois, moi aussi je sais tomber sur l'ennemi au moment où il ne s'y attend pas, souffla-t-il à son oreille.

Claire se renversa contre lui, se laissa embrasser puis Adrien la fit basculer sur un petit banc de sable.

— Là, c'est plus doux.

Tout en s'activant à délacer son corsage, il lui mordillait la joue, le nez, le menton.

— Tu sens l'eau et la menthe sauvage. Tu en as le goût ; tes yeux en ont la couleur. Je vais me rouler sur toi, me saouler de tous tes parfums, te cueillir à pleines brassées, ma Claire...

Sa bouche s'égarait sur sa gorge et s'attaquait maintenant à ses rondeurs veloutées, s'amusait à en durcir la pointe.

— Adrien, pas ici ! protesta-t-elle.

— Pourquoi non ? Cet endroit ne te plaît donc pas ?

— Il me plaît. Beaucoup. Mais...

Une rougeur affleurait sur sa peau délicatement ambrée. Ses longs cils s'abaissèrent. Embarrassée, Claire se blottit contre Adrien.

— Et si quelqu'un nous surprenait ? murmura-t-elle.

L'amour était pour elle un univers tout neuf dont elle n'avait que depuis peu franchi la frontière. Elle s'y était laissé conduire avec allégresse et ne demandait qu'à suivre son guide, là où il le voudrait. Pourtant, il lui arrivait encore, comme lors de la toute première fois, de se laisser reprendre par la timidité, la pudeur.

— Personne ne nous verra, assura-t-il. En ce moment, tout le domaine de Saint-Evy fait la sieste. Notre coin de rivière est bien caché. Il nous appartient. Nous sommes seuls, Claire. Toi et moi. Pour nous aimer. Nous en avons gagné le droit, il me semble.

Il parlait avec douceur, laissait uniquement filtrer la tendresse dans sa voix alors qu'il n'était que brûlure et convoitise, prêt à la prendre violemment, à crier sur elle sa victoire.

Patience ! Elle n'était sa femme que depuis dix jours. Il ne lui déplaisait pas de la savoir farouche. Ses abandons et ses audaces n'en étaient que plus précieux, plus savoureux.

— Laisse-moi au moins te regarder.

S'écartant un peu d'elle, il la caressa du bout des doigts,

tout le long du corps, glissa sur ses jambes que les gouttes irisaient, jusqu'à ses pieds aux délicats orteils roses, tous de la même longueur, des pieds de bébé, lui dit-il en riant après les avoir couverts de baisers l'un après l'autre. Elle aussi se mit à rire et lorsque leurs yeux se croisèrent à nouveau, elle ne chercha plus à se soustraire à ce qu'elle put lire dans ceux d'Adrien. Au contraire, elle l'attira soudain, hâtivement, par une de ses volte-face toutes personnelles, s'ouvrit d'elle-même, l'accueillit avec un soupir de mourante pour renaître aussitôt dans leur commune flambée de plaisir.

Suffisait-il d'être jeunes, ardents, épris, pour atteindre ensemble une telle plénitude et le sentiment que jamais volupté n'avait été plus légitime ? Ou fallait-il comme eux avoir auparavant affronté le mal, connu la peur, senti la mort vous agripper, vous entraîner, sans espoir de retour ? Epuisés, ils laissèrent un moment la rivière emporter dans son murmure les échos de leur passion. La tête d'Adrien reposait sur la poitrine de Claire, ses lèvres entrouvertes à la hauteur d'une meurtrissure déjà estompée.

— Raconte ! fit-il.

— Je t'ai déjà tout dit.

— Je veux l'entendre encore.

Claire sourit en arrangeant quelques mèches sur le front de son mari. Il s'était baigné tout à l'heure. Ses cheveux étaient restés humides. Ce bain et sa manière de s'ébrouer dans l'eau pareil à un chien fou, l'avaient ramenée quelques semaines en arrière, au moment où elle avait vu un petit garçon et sa mère, sur les berges de la Seine. Cette image avait agi sur elle, ce jour-là, comme un ressort, la libérant de sa terrible impression de détresse et d'inutilité. Elle avait pris conscience qu'elle n'était pas seule à aimer Adrien d'un amour sans limites, prêt à tous les sacrifices. Il y avait aussi sa mère, cette femme vers laquelle Claire s'était toujours sentie attirée, une femme généreuse et douce, capable de conseiller, de soutenir, d'agir au mieux pour sauver son fils.

LE MÉDAILLON D'ÉMAIL

C'est ainsi que la jeune fille avait demandé à Marianne, de plus en plus déroutée, mais résignée à ne recevoir aucune confidence, de la déposer devant l'Hôtel d'Ivreville. Par chance, Floriane s'y était trouvée. Elle avait écouté Claire, sans taxer un instant son récit de fariboles, prenant immédiatement au sérieux ses craintes pourtant davantage basées sur des pressentiments que des preuves solides. Elle-même très intuitive, Floriane avait depuis longtemps décelé chez cette petite une passion vraie, absolue, espérant que son fils pourrait dans l'avenir y répondre.

— Je savais qu'Adrien était de retour parmi nous. Combien j'ai été fière de lui lors de ce fameux carrousel !

— J'ai si peur, madame, où est-il maintenant ?

— Je pense le savoir, avait dit Floriane en prenant la main de Claire. Vous m'avez parlé de ruines et de faïence. Jadis, le château de Madrid était connu aussi sous un autre nom : le château de Faïence. De nos jours, les intempéries le rongent. Il est à l'abandon, et sans se trouver loin d'ici il est perdu au fond des bois. Un endroit idéal pour y préparer un guet-apens. Oui, décidément, tout concorde.

Prévenu par ses soins, le maréchal d'Ivreville avait quitté le Louvre pour rejoindre son Hôtel. Très rapidement, il avait rassemblé quelques hommes. Le convaincre que leur fils avait besoin de secours n'avait, évidemment, posé aucune difficulté à sa femme. Des années auparavant, Artus avait pris pour principe de ne jamais s'étonner de ses décisions et de lui faire confiance une fois pour toutes. Quant à Claire, elle avait déclaré vouloir l'accompagner avec tant de détermination, qu'il aurait été vain de vouloir l'en empêcher. Ils étaient donc partis au triple galop, suivis de peu par le carrosse de Floriane.

— Et c'est dans ce carrosse que j'ai repris connaissance, entre le visage de ma mère et le tien, penchés sur moi comme l'auraient été les visages de mes anges gardiens. Je vous dois la vie à toutes les deux.

Avec autant de précaution que de ferveur, les baisers

313

d'Adrien revenaient sans cesse se poser sur la poitrine de Claire, là où la balle de Naillac avait failli trouer la chair si tendre.

— Tu nous dois la vie, reprit-elle. De mon côté, j'ai été sauvée par le médaillon que tu m'avais offert et qui te venait de ton parrain. Nous sommes tous unis par une même chaîne d'amour.

— Le médaillon de Bassompierre ! Il ne t'avait donc pas quittée.

— Jamais. C'était un peu de toi que je sentais constamment sur ma peau.

La bouche amoureuse d'Adrien raviva l'empreinte que le bijou avait faite sous la violence du choc. Encore quelques jours, elle serait effacée, mais non le souvenir des dramatiques événements du château de Madrid. Le roi, Louise, leurs amis, par bonheur tous sains et saufs, personne n'oublierait. Adrien moins que les autres.

— Que serais-je devenu si ce médaillon ne t'avait pas protégée, ma folle héroïne ? Je n'aurais pas supporté de te perdre sans même avoir l'amer plaisir de la vengeance puisque j'avais déjà mortellement touché Naillac. Sans doute n'aurais-je pu survivre à mes blessures ?

— Nous nous serions rejoints ailleurs, affirma Claire avec conviction. Car tout recommence, éternellement.

La nature frémissante de sève, la fuite sans trêve de l'eau sur les cailloux, les chants d'oiseaux et le vol effervescent des insectes trouvant dans chaque minute la saveur d'une année, en étaient bien la preuve. Au sein du renouveau perpétuel, le véritable amour ne pouvait disparaître ; il venait de trop haut, de trop loin. Chacun avait le pouvoir en quittant cette terre d'en laisser une trace, si ténue fût-elle, comme celle, par exemple, conservée dans un petit médaillon d'émail bleu.

Ayant compris cela, Claire savait que désormais elle ne connaîtrait ni la peur ni l'ombre dans laquelle tremblaient les petites filles mal-aimées ; qu'elle serait prête à donner à

Adrien ce qu'il exigerait d'elle, certaine d'en recevoir tout autant. Triomphante, joyeuse, elle entreprit de chasser la gravité qui venait de s'installer entre eux, employant pour cela des moyens vieux comme le monde et cependant toujours neufs sur le cœur et les sens d'un amant ébloui.

— Mon chaton s'est fait chatte. Tu as vite grandi, ma Claire.

— Prends garde ! Il se pourrait même que je devienne bientôt tigresse.

— Je me doute qu'avec toi je ne serai jamais au bout de mes surprises, soupira Adrien. Mais tu auras beau te métamorphoser, emprunter mille masques, tu seras mienne, toujours. Comme ceci...

Table

Achevé d'imprimer en janvier 1996
sur presse CAMERON
dans les ateliers de Bussière Camedan Imprimeries
à Saint-Amand (Cher)

Nº d'édit. : 492. — Nº d'Imp. : 4/03.
Dépôt légal : janvier 1996.
Imprimé en France